Zurdo & Gutiérrez

616

Die Hölle ist überall

Zurdo & Gutiérrez

616
Die Hölle ist überall

Mysterythriller

Aus dem Spanischen von
Alice Jakubeit

Knaur

Die spanische Originalausgabe erschien 2007
unter dem Titel *616 – Todo es infierno*
bei Random House Mondadori, S. A. (Plaza y Janés), Barcelona

Besuchen Sie uns im Internet:
www.droemer-knaur.de

Redaktion: Peter Kultzen
Umschlaggestaltung: ZERO Werbeagentur, München
Umschlagabbildung: FinePic, München
Satz: Adobe InDesign im Verlag
Druck und Bindung: GGP Media GmbH, Pößneck
Printed in Germany
ISBN 978-3-426-66316-5

2 4 5 3

Richard Wagner

Vorbemerkung

Die mysteriösen, ungeklärten – vielleicht sogar unerklärlichen – Vorfälle in diesem Buch besitzen eine reale Grundlage.

Die Bibelpassagen und Fragmente von der Kirche geächteter, apokrypher Texte sind echte Zitate, die Auslegungen von Bibelpassagen und anderer Texte über den Teufel authentisch.

Die 616 ist die Zahl, die ursprünglich in der Johannes-Apokalypse dem Tier, also dem leibhaftigen Luzifer, zugeordnet wurde. Später ersetzten die ersten Christen diese Zahl durch die 666. Diese bezeichnet den für seine blutige Christenverfolgung berüchtigten römischen Kaiser Nero.

Der Bibel zufolge war Luzifer der reinste und vollkommenste der Engel, ehe seine Güte sich in Boshaftigkeit verwandelte, weil er Gott ebenbürtig sein wollte. Die Frage, warum Gott den Einfluss des Teufels in der Welt zulässt, ist ein großes Rätsel für die Theologen. Sie glauben, dies müsse Teil eines größeren Plans sein, den der Mensch nicht versteht.

Das größte der zahlreichen Rätsel in den Evangelien ist nach wie vor der Satz, den Jesus spricht, ehe er am Kreuz stirbt: »Mein Gott, mein Gott, warum hast du mich verlassen?«, wie es im Matthäus- und Markusevangelium steht.

Die Gesellschaft Jesu ist der fortschrittlichste und mitgliederstärkste christliche Orden der Welt. Seit der Gründung des Ordens durch den Spanier Ignatius von Loyola widmen die Jesuiten sich der Wissenschaft und der Erforschung übersinnlicher Vorkommnisse, auf der Suche nach der WAHRHEIT.

Die beunruhigende Schlussfolgerung, zu der man im Licht der Fakten und der unbestreitbaren Logik in diesem Buch gelangt, könnte die WAHRHEIT sein.

Erster Teil

Wer mit Ungeheuern kämpft, mag zusehn,
dass er nicht dabei zum Ungeheuer wird.
Und wenn du lange in einen Abgrund blickst,
blickt der Abgrund auch in dich hinein.

Friedrich Nietzsche

Vorspiel: Ein Geheimnis, das nicht einmal der Tod auslöschen kann

Der Mann war am Ende seiner Kräfte. Die Sonne hatte ihm das Gesicht verbrannt, und seine Lippen waren vor Trockenheit aufgesprungen. Er trug eine Tunika aus weißem Leinen, nunmehr zerrissen und völlig verschmutzt, seine Sandalen fielen auseinander, und seine Füße waren mit Blasen übersät. Mit letzter Kraft schleppte er sich weiter, ziellos. Ehe der Sandsturm losgebrochen war, hatte er geglaubt, mit seinen beinahe blinden Augen einige Felsformationen zu erkennen. Dort hatte er Schutz suchen wollen, doch er hatte die Felsen nicht mehr rechtzeitig erreicht. Er schützte sich, so gut er konnte, mit dem Stoff seiner Tunika, bis er schließlich entkräftet zu Boden sank und sich dem Tod und den Geiern überließ, die ihm bereits seit Tagen folgten. Er hätte nicht gedacht, dass er einmal so enden würde, nicht nachdem ihm das Glück so oft hold gewesen war.

Der Wind wurde leiser, denn seine Ohren nahmen immer weniger Geräusche der Außenwelt wahr. Schließlich verklang auch der Schlag seines Herzens. Zwar konnte er es nicht mehr hören, doch sein Lebensorgan pumpte das zähflüssige Blut weiter durch die Adern. Seine Brust hob und senkte sich noch mit dem Atem. Der Sand hatte ihn beinahe vollständig begraben, aber er war noch nicht tot. Als der Sturm abklang und der Alte aus der Höhle ihn mitten auf der Düne fand, hing sein

Leben nur noch an einem seidenen Faden. Mühevoll schleppte der weißbärtige alte Einsiedler den jungen Mann bis zu seiner Höhle, wo er vor der unerbittlichen Sonne geschützt war. Die Geier kreisten über ihm, in Erwartung des Augenblicks, in dem sie sich auf seinen reglosen Körper stürzen konnten. Doch einstweilen war ihnen ihre Beute entkommen.

Der Greis wusch dem Mann das Gesicht und befeuchtete ihm die Lippen. Dann trug er eine Salbe aus Eidechsenfett, die er selbst hergestellt hatte, auf die verbrannten Hautpartien auf. Er steckte ihm übelriechende Heilkräuter in den Mund, ließ ihn ausruhen und wartete, bis der Unbekannte auf den Wirkstoff der Kräuter reagierte. Dann gab er ihm einige Tropfen und schließlich kleine Schlucke Wasser zu trinken. Abends gab er ihm ein wenig zu essen. Bei Anbruch der Morgendämmerung konnte der Junge mit schwacher Stimme reden.

»Ich danke dir, dass du mich gerettet hast.«

»Du hast Glück gehabt. Was hast du mitten in der Wüste gemacht, allein und ohne Reittier, mitten im Sturm?«

»Ich bin geflohen …«

»Geflohen? Wovor, oder vor wem?«

»Vor meinem Herrn.«

»Bist du ein Sklave oder ein freier Mann?«

»Jetzt bin ich frei, davor war ich ein Sklave.«

»Deshalb bist du geflohen?«

»Nein. Ich bin geflohen, um dem Tod zu entgehen.«

»Nun, den hättest du beinahe hier gefunden!«

»Aber du hast mich gerettet.«

»Weshalb hast du gefürchtet zu sterben, dort, wo du herkommst?«

»Ich habe mich in die Lieblingssklavin meines Herrn verliebt.«

»Die Liebe führt stets zu Verdruss. Ich liebte einst den lautersten aller Menschen, ich folgte ihm überallhin, ich war ihm treu ergeben … Und jetzt friste ich meinen Lebensabend in einer Höhle, fernab der Welt, vor allen verborgen, allein.«

»Von wem sprichst du?«

»Von einem Juden, der König sein wollte.«

Der junge Mann schwieg eine Weile. Der Blick des hageren Alten mit dem langen Bart und der ausgedörrten Haut verlor sich im schwarzen Höhleninneren.

»Warum lebst du hier so zurückgezogen, mitten im Nirgendwo?«

»Aus Feigheit. Vielleicht hätte ich meinem Leben ein Ende setzen sollen, wie ich gesagt hatte … Mich erhängen. Doch mir fehlt der Mut. Und mein Herz erträgt das Geheimnis, das ich hüte, nicht mehr.«

»Wie heißt du, alter Mann?«

»Seit so vielen Jahren hat mich niemand mehr nach meinem Namen gefragt, dass ich ihn beinahe vergessen hätte … Ich war der Lobpreis Gottes. Ich heiße Judas. Judas Ischariot.«

1

New London, Vereinigte Staaten

Es regnete in Strömen im Städtchen New London in Connecticut. Das Einzige, was sich in dieser ungemütlichen Nacht auf den Straßen regte, waren vereinzelte Autos. Der starke Regen dämpfte ihr Scheinwerferlicht.

Schutzsuchend in einen schweren Regenmantel und eine Mütze gehüllt, rannte eine Frau zur Tür der polnisch-katholischen Kirche St. Peter and Paul. Sie hustete viel, und ironischerweise klang ihr Husten trocken. Unter dem Bogen, der den Eingang beschirmte, schüttelte sie sich wie ein nasser Hund und betätigte die Klingel, deren Ton sich in der Einsamkeit der dunklen Nacht verlor. Die Frau klingelte noch mehrfach, bis sie schließlich von drinnen eine Stimme vernahm, die von den Innenmauern widerhallte wie ein Echo aus dem Jenseits.

»Schon gut! Ich komme ja schon! Wenn Sie so weitermachen, brennt gleich die Klingel durch …«

Ein Priester in Pyjama und Morgenmantel öffnete den schweren hölzernen Türflügel. Er war mittleren Alters, hatte graue zerzauste Haare und ein breites Gesicht. Er war recht groß, trotz des leicht gekrümmten Rückens, mit dem er geboren worden war. Die Frau, die ihn so zur Unzeit geweckt hatte, überragte er um mindestens zwanzig Zentimeter.

»Was wollen Sie?«, fragte der Priester, ohne die Frau zu erkennen, die so häufig in seine Kirche gekommen war.

»Die Beichte, Vater. Ich muss beichten. Jetzt gleich.«

»Kann das nicht bis morgen warten? Wenn man sich um diese Uhrzeit die Beichte abnehmen lassen will, muss man schon in Todesgefahr sein, und das sind Sie ja wohl nicht.«

Die Frau lächelte bitter und wiederholte drängend: »Ich schwöre bei Gott, dass ich beichten muss. Jetzt.«

»Schon gut, kommen Sie herein. Sie sind ja völlig durchnässt«, erwiderte der Priester und trat zur Seite, um sie hinein zu lassen. »Aber sprechen Sie den Namen Gottes nicht leichtfertig aus.«

Doch die Frau, eine Psychiaterin namens Audrey Barrett, hatte den Namen Gottes nicht leichtfertig ausgesprochen. Nicht in dieser Nacht. Gerade als sie über die Kirchenschwelle trat, zerriss ein Donnerschlag den wütenden Himmel, und der Regen schien noch stärker zu werden. Millionen von Menschen schliefen um diese Uhrzeit seelenruhig und ahnten nichts von dem unvorstellbaren Grauen, das sich in dem Geheimnis verbarg, welches Dr. Barrett nun nicht mehr ergründen würde.

Sie wusste nicht, wie sie dem Pfarrer erklären sollte, was ihr widerfahren war; wie sie ihm von dem Geheimnis erzählen sollte, das sie im Herzen trug. Ein Geheimnis, das nicht einmal der Tod auslöschen konnte. Es hatte erst wenige Wochen zuvor begonnen …

Boston, Vereinigte Staaten

Feuer. Die Flammen waren schon zehn Straßen vom Brandherd entfernt über den Dächern der Häuser zu sehen. Das Löschfahrzeug raste mit Höchstgeschwindigkeit um eine Kurve. Trotz der heulenden Sirenen war das Quietschen der Reifen zu hören. Eine Frau und ihr kleiner Sohn sahen dem Löschfahrzeug, das sie beinahe überfahren hätte, hinterher. Der Neue hatte sich bei dem scharfen Manöver den Kopf am Fensterrahmen aufgeschlagen. Er hätte bei der Truppe bleiben sollen. Blut lief ihm übers Gesicht. Das machte sich großartig bei einem Neuling. Die anderen würden es für ein schlechtes Zeichen halten. Es war einer von den schlimmen Bränden. Keiner sprach es aus, aber alle wussten es. Man sah es an den angstvollen Mienen, mit denen sie die Flammen beobachteten, die immer näher rückten. Hoffentlich stirbt heute niemand, besagten diese Mienen.

»Macht euch bereit!«, rief der Brandmeister.

Das Löschfahrzeug hielt vor den Toren des Klosters. Als sie auf die Straße sprangen, spürten sie die Hitze wie einen Peitschenschlag. Sie waren die Ersten. Und vor sich sahen sie die Hölle. Ein unheilvolles Brausen war zu hören. Die Flammen erhellten die Nacht, doch sie vertieften zugleich die Schatten, in die sie nicht reichten.

»Mein Gott!«, flüsterte der Neuling.

Er hatte sich ein Pflaster auf den Kopf geklebt. Nun blutete die Wunde nicht mehr so stark, doch sein Gesicht war blutverschmiert.

»Steh da nicht rum wie ein Volltrottel! Roll den Schlauch aus, oder geh aus dem Weg!«

Der Feuerwehrmann, der dem Neuling dies zubrüllte, hatte schon viele Brände erlebt. Aber noch keinen wie diesen. Sein

Mund war ausgetrocknet, dennoch versuchte er zu schlucken. Das Kreuz am Kirchturm war in Flammen gehüllt, die es verschlingen zu wollen schienen. Das Feuer ist wie ein lebendiges Wesen. Jeder Feuerwehrmann weiß das. Dieser Brand, dieses Feuer hatte jedoch etwas an sich … Nun war er es, der sich wie ein Volltrottel aufführte. Stand da herum und dachte dummes Zeug. »Dieses Feuer hat etwas an sich, das nicht gut ist …«, sagte er unwillkürlich.

»Los, los, los!«, brüllte er seine Männer an. »Richtet den Schlauch dorthin! … Nein! Mehr nach rechts! Schlaft ihr etwa, verdammt noch mal? Das Feuer darf nicht die andere Straßenseite erreichen!« Oder es gerät außer Kontrolle, hätte er noch sagen können. Stattdessen sagte er: »Fred, ruf sofort noch zwei Teams dazu.«

Er schlug Fred auf die Schulter, als könnte er die Dinge so beschleunigen. Dann lief er selbst zu den Überlebenden des Brandes. Es waren allesamt Nonnen. Entsetzt sahen sie mit an, wie ihr Zuhause abbrannte. Sie taten ihm leid, aber er war nicht hier, um sie zu trösten. Nicht jetzt.

»Ist noch jemand drin?«

Die junge Novizin, der er diese Frage stellte, sah ihn nicht einmal an. Er stellte sich vor sie und legte ihr sanft die Hände auf die Arme.

»Hören Sie mir zu, Schwester. Ist da noch jemand drin?«

Er sprach ganz langsam, obwohl er sie am liebsten geschüttelt hätte, um ihr eine Reaktion zu entlocken. Sie antwortete nicht, und er hatte keine Zeit mehr zu verlieren. Er ließ die Novizin stehen. Da hörte er ein dünnes Stimmchen: »Wir waren gerade … beim Abendessen. Es hat in der Küche angefangen. Wir sind alle zusammen rausgelaufen … Alle Schwestern sind in Sicherheit … Aber … Daniel … Er wollte nicht mitkommen. Schwester Mary und ich haben ihn gesucht, aber er wollte nicht mitkommen ... Er kann seine Rose nicht finden.«

»Wo ist dieser Mann?«

»Wir mussten ihn zurücklassen, verstehen Sie? Wir wollten nicht mit ihm sterben!«

Die Nonne begann zu schluchzen, und der Feuerwehrmann musste sich erneut beherrschen.

»Sagen Sie mir, wo Daniel ist, Schwester, vielleicht können wir ihn noch retten.«

»Wirklich?« Die Novizin wandte zum ersten Mal den Blick vom Feuer ab und sah ihm in die Augen. »Ja, vielleicht können wir ihn noch ... Er war in seinem Haus. Hinter dem Kloster. Ich weiß nicht, ob er da noch ist.«

Der Feuerwehrmann lief zum Wagen zurück und holte sich ein Atemgerät und einen tragbaren Feuerlöscher.

»Zwei Teams sind unterwegs, Chef«, sagte der Feuerwehrmann, der in diesem Augenblick aus der Fahrerkabine kletterte.

»Gut. Hilf Johnson und Peters mit dem Schlauch, und lasst ...«

»... das Feuer nicht auf die andere Straßenseite, ich weiß. Wohin gehst du?«

»Es ist noch ein Mann da drin.«

Der Feuerwehrmann betrachtete das brennende Gebäude.

»Dann ist er jetzt bestimmt nicht mehr am Leben.«

»Möglich. Tu, was ich dir gesagt habe.«

Der Brandmeister wandte sich zum Eingang des Klosters. Über die Schulter brüllte er: »Ruf auch einen Krankenwagen ... Wenn ich in einer Viertelstunde nicht wieder da bin, soll mich keiner suchen kommen. Das ist ein Befehl.«

Er dachte an seine beiden Kinder und verspürte keinerlei Lust, sich in dieses Inferno zu stürzen. Es ist nicht leicht, innerlich dazu bereit zu sein, sich für jemand anderen zu opfern. Das ist es nie. Die Flammen schienen sich zu verdoppeln, ihn herauszufordern. Sie schlugen aus den Fensteröffnungen, vermengt mit dichtem schwarzem Qualm. Der Boden war ein einziger Wirrwarr aus glühender Asche, verkohltem Holz und den Scherben der Fensterscheiben.

Er murmelte ein Gebet, das seine Mutter ihm beigebracht hatte, als er ein Kind gewesen war, und an das er sich kaum noch erinnerte. Doch Gott würde sein Gebet nicht hören. Er war sehr weit weg. Weiter als der Feuerwehrmann ahnen konnte.

Er beschloss, links um das Gebäude herumzugehen, wo das Feuer nicht so heftig tobte. Er ging schnell, aber vorsichtig. Ein falscher Schritt, und zwei Kinder würden ohne Vater aufwachsen. In solchen Momenten fragte er sich, warum er hatte Feuerwehrmann werden wollen. Doch diesen Gedanken musste er beiseiteschieben und sich auf das konzentrieren, was er gerade tat, sich so weit wie möglich von den Fenstern fernhalten, die Gesimse und den Kirchturm im Auge behalten … Himmel, der konnte jeden Augenblick einstürzen.

Als er endlich den hinteren Innenhof erreichte, entließ er die Luft aus den Lungen. Erst da merkte er, dass er den Atem angehalten hatte. Noch ein wenig länger, und seine Schutzkleidung hätte in der extremen Hitze Feuer gefangen. So kam es ihm jedenfalls vor. Er war schweißgebadet. Die Sauerstoffmaske saß so eng, dass es schmerzte. »Feuerwehrleute haben auch Angst«, dachte er. Das stimmte zwar, doch davon lassen sie sich nicht abschrecken. Auch dieser Feuerwehrmann nicht, der nun auf die andere Seite des Hofs zurannte.

Dort stand das Haus, von dem die Novizin gesprochen hatte. Das Feuer hatte es bereits erreicht. Das Holzdach war ein einziger, hypnotisch lodernder Scheiterhaufen. Doch, dieser Daniel musste tot sein. Mit einem Fußtritt öffnete er die Tür.

Er konnte kaum etwas erkennen. Alles war voller Rauch. Über seinem Kopf breiteten die Flammen sich über die Decke aus, liebkosten das Holz, ehe sie es verzehrten. Er schaltete die Taschenlampe ein und drang ins Innere vor.

»Daniel!«

Nichts.

Er hörte ein Knarren, bei dem ihm beinahe das Herz stehen blieb, und warf sich zu Boden. Am Rücken spürte er einen heftigen Aufprall, als ihn ein Stück eines brennenden Deckenbalkens traf. Seine Jacke war aufgerissen, und die Flammen versengten den Futterstoff. Er konnte den Feuerlöscher nicht finden. Er würde verbrennen. Er merkte, wie das Feuer versuchte, an seine Haut zu gelangen. Er wälzte sich herum, um den Balken abzuwerfen und die Flammen zu ersticken. Wie ein kleiner Junge wimmernd, versuchte er, sich der Jacke und der Sauerstoffflasche zu entledigen.

Dann spürte er, dass er keine Luft bekam. Er hatte immer noch die Maske auf, doch sie war nicht mehr mit der Sauerstoffflasche verbunden. Er riss sie sich vom Gesicht und atmete gleichzeitig mit aller Kraft ein. Der Rauch drang bis tief in seine Lunge vor, so dass er sich zusammenkrümmte und heftig hustete. Den Brechreiz konnte er gerade noch unterdrücken. Wenn die Sauerstoffflasche nicht gewesen wäre, hätte der Balken ihm das Rückgrat gebrochen, doch der Aufprall hatte das Ventil zerstört; nun war sie nutzlos.

»Daniel!«

Der Rauch wurde immer dichter. Ihm brannten die Augen, und er musste unaufhörlich husten. Mittlerweile stand das gesamte untere Stockwerk in Flammen. Er fühlte sich in die Enge getrieben. Mit jeder Faser seines Körpers verspürte er den Drang zu fliehen. Daniel war nicht mehr hier, oder er war tot. Das sagte ihm sein Verstand.

»Wo …«, er musste husten, »zum Teufel kann er sein?«

Im Bett bewegte sich etwas. Das Bettzeug zuckte kaum merklich. Der Feuerwehrmann umging brennende Möbel und warf furchtsame Blicke zur Decke, die bald endgültig einstürzen würde.

Kinder verstecken sich unterm Bett, wenn sie Angst haben … Er bückte sich und hob die Bettdecke an. Sehr große, erschrockene Augen starrten ihn an.

»Wir müssen hier raus!«, brüllte der Feuerwehrmann, überrascht, dass Daniel ein alter Mann war.

Daniel blickte ihn an, als verstünde er ihn nicht. Sein Atem ging stockend, er war verängstigt.

»Ich kann … meine … Rose … nicht finden.«

Dem Feuerwehrmann kamen die Worte der Novizin wieder in den Sinn. »Er wollte nicht mitkommen. Er kann seine Rose nicht finden.« Nicht zu fassen! Er verspürte Lust, diesem Trottel Verstand einzubleuen. Er riskierte hier sein Leben, um ihn zu retten, sie waren überall vom Feuer umgeben, und dieser Armleuchter interessierte sich nur für seine verfluchte Rose!

»Kommen Sie sofort mit, sonst mache ich Ihnen Beine, das schwöre ich bei Gott!«

Seine Drohung ging in einem erneuten Knarren und dem darauffolgenden Hustenanfall unter. Der Feuerwehrmann zog den Kopf ein und drückte sich ans Bett, denn nun kam in einem Meer von Flammen und Glut das halbe Dach herunter. Daniel stieß ein schreckliches Geheul aus und rollte sich urplötzlich unter dem Bett hervor, wobei er den Feuerwehrmann umwarf. Es war unglaublich, dass er noch so viel Kraft hatte.

»Kommen Sie zurück!«

Er sah, wie Daniel die Treppe hinauflief. Fluchend rannte er hinterher. Das Dach brannte, ebenso das, was vom Fußboden noch übrig war. Und inmitten dieses Flammenmeers stand

Daniel und suchte verzweifelt zwischen den brennenden Möbeln. Sein Atem rasselte, und er verbrannte sich die Hände, doch er gab nicht auf. Er stammelte kaum verständlich: »Ich kann meine Rose nicht finden.« Dem Feuerwehrmann zerriss es das Herz. Er hatte es mit einem Wahnsinnigen zu tun. Allmählich gaben die hölzernen Dielen unter seinem Gewicht nach. Doch er musste Daniel retten. Dieser achtete nicht darauf, dass der Feuerwehrmann neben ihn trat. Sekunden später versank die Welt für Daniel in Schwärze. Der Feuerwehrmann fing ihn auf und warf ihn sich über die Schulter. Er wog so wenig …

Es war Tag. Selbst die längste Nacht endet irgendwann. Und die vergangene Nacht war sehr lang gewesen. Eine der längsten, an die der Feuerwehrmann Joseph Nolan sich erinnerte. Insgesamt hatten sie zehn Löschfahrzeuge benötigt, doch schließlich hatten sie den Brand unter Kontrolle bekommen. Dennoch war alles abgebrannt. Von dem, was zuvor eine wunderschöne Stätte des Gebets gewesen war, blieb lediglich ein immer noch rauchender, schwärzlicher Trümmerhaufen. Er sagte sich erneut, er habe noch nie erlebt, dass ein Feuer ein Gebäude so wütend verzehrt hatte. So ähnlich musste es gewesen sein, als 1972 beim Brand des Vendange Building neun Feuerwehrleute ums Leben gekommen waren, darunter auch Josephs Vater. Das war die größte Tragödie in der Geschichte der Bostoner Feuerwehr gewesen.

Es war warm, doch er fror trotzdem. Der Rücken tat ihm weh, und von Zeit zu Zeit überkam ihn ein Hustenanfall. Alles in allem nichts Gravierendes. Der Arzt hatte gesagt, er könne von Glück reden: Hätte er noch mehr Rauch eingeatmet, ginge es ihm jetzt wie Daniel … der Ärmste. Nachdem der Krankenwagen ihn abgeholt hatte, war Nolan klargeworden, dass der Mann geistig behindert war und nichts auf der Welt mehr liebte als seine Pflanze, *seine* Rose. Die vermaledeite Rose, die sie beinahe beide das Leben gekostet hätte – und Daniel vielleicht noch das Leben kosten würde.

Nolan wusste nicht genau, was er hier wollte. Er war keiner von denen, die an den »Ort des Verbrechens« zurückkehren. Wenn er wieder einmal einen Brand überlebt hatte, wollte er nur noch alles vergessen, nach Hause zurückkehren und seine Kinder umarmen. Sonst nichts. Doch heute hatte er dem Impuls nicht widerstehen können.

Er ging wieder links um das Gebäude herum und zu den verkohlten Überresten von Daniels Zuhause, einem ehemaligen Stall, den er sich mit Säcken voller Erde und Dünger sowie den Gerätschaften seines Berufs – er war der Klostergärtner – geteilt hatte. Nolan kletterte auf den Trümmerhügel. Verkohlte Holzstücke ragten daraus hervor wie verfaulte Zähne. Auf eines setzte sich ein Vogel. Das Leben geht immer weiter. Der Feuerwehrmann schreckte den Vogel auf, und das Tierchen flog zu den Überresten der ehemaligen Hauswand. Da sah er den Blumentopf. Der Feuerwehrmann ging hin und schreckte den Vogel dabei erneut auf. Diesmal schien er ihm einen vorwurfsvollen Blick zuzuwerfen. Wundersamerweise waren der Blumentopf und die Pflanze darin unbeschädigt.

Doch Daniels Rose war nur ein trockener toter Stengel. Und zwar nicht erst seit dem Brand.

2

Spanien, fünf Jahre später

Getreidemeere breiteten ihr goldenes Tuch über die karge, monotone Landschaft der Provinz Ávila. Der schwarze SEAT Toledo wurde langsamer, als er an einem Friedhof vorbeifuhr, der ein wenig abseits des kleinen kastilischen Dorfes Horcajo de las Torres lag. Er war von einer weiß gekalkten Mauer umgeben, deren einzige Öffnung ein breites Tor mit einem Eisengitter war.

Das Auto fuhr weiter bis ins Dorf und hielt auf dem Platz vor der Kirche. Dort stieg der mit einer eleganten Uniform bekleidete Fahrer aus und öffnete den Insassen, einem dicken Bischof und einem jungen Priester, die hintere Tür. Gemächlich stiegen die beiden aus. Die Fahrt von Madrid hatte nicht länger als eineinhalb Stunden gedauert, doch die Gesundheit des Bischofs war durch sein Alter und seine Fettleibigkeit angeschlagen. Ihm war ein wenig schwindelig, und so strauchelte er beim Aussteigen, so dass der Chauffeur ihm die Hand reichen musste, damit er nicht aufs Pflaster stürzte.

»Antonio«, sagte der Bischof, »bitte gehen Sie in ein Café und kaufen Sie ein paar Erfrischungsgetränke. Diese Hitze ist unerträglich …«

Der Bischof schwitzte stark. Er nahm die Mitra ab und wischte sich mit der flachen Hand über die Glatze. Der andere Priester hatte eine helle Haut und blaue Augen. Er betrachtete den Bischof nachsichtig.

Im Handumdrehen war der Fahrer mit einigen gekühlten kleinen Flaschen zurück. Die Bedienung des Cafés kam heraus, neugierig, welche bedeutende Persönlichkeit in ihr Dorf gekommen sein mochte. Auch die alten Leute, die um diese Zeit ihre Partie Domino spielten, streckten neugierig die Köpfe heraus. Sie sahen, dass der Bischof und der Priester zur Kirche gingen. Nun wussten sie Bescheid, denn sie hatten in der letzten Messe davon erfahren: Das waren die Abgesandten des Heiligen Stuhls im Heiligsprechungsverfahren von Don Higinio, der bis zu seinem Tod zu Beginn des Spanischen Bürgerkriegs Pfarrer in der Gemeinde Horcajo de las Torres gewesen war. Der Bischof war zweifellos der Geistliche, der die letzten Nachforschungen anstellen sollte, mit denen sich erwies, ob ein Mann oder eine Frau die Heiligsprechung verdiente.

Doch die Dorfbewohner irrten sich teilweise. Der Bischof war ein von der spanischen Kirche aufgezwungener Begleiter. Der Abgesandte der Kongregation für die Selig- und Heiligsprechungsprozesse war der jüngere Priester, ein nordamerikanischer Jesuit namens Albert Cloister, der in Rom diente. Seine Mission bestand darin, die sterblichen Überreste von Don Higinio zu exhumieren, der einige Jahre zuvor seliggesprochen worden war und in der gesamten Region als Heiliger galt. Seine Güte, seine reine Seele hatten ihn zwangsläufig zum Ziel für die Attacken des Erbfeindes gemacht. Aus einem heftigen inneren Kampf war er mit Hilfe Gottes als Sieger hervorgegangen, doch die Stigmata in seinen Handflächen waren ihm geblieben.

Die Kirche betrachtete Stigmatisierte als Empfänger einer göttlichen Gabe. Kurz nach dem Tod von Don Higinio wandte sich eine alte Frau im Gebet mit der Bitte an ihn, ihre Enkelin zu retten, ein achtjähriges Mädchen, das an einer damals unheilbaren Knochenerkrankung litt. Das Mädchen wurde gesund, ohne dass die behandelnden Ärzte eine befriedigende wissenschaftliche Erklärung gehabt hätten. Fünf Jahre später wiederholte sich das Ganze bei einem frommen Mann, der als Junge in eine Schlucht gestürzt und seitdem gelähmt war. Seit seinem Unfall hatte der Mann jeden Tag ausnahmslos zu Don Higinio gebetet, er möge sich beim Herrn dafür einsetzen, dass dieser ihn von seinem Gebrechen erlöse. Diesmal dauerte das Wunder zehn Jahre – genau zehn Jahre. Am zehnten Jahrestag seines Sturzes erlangte der Mann die Fähigkeit zu gehen zurück, obwohl die Ärzte ihm versichert hatten, das Rückenmark sei durchtrennt und er werde nie mehr aufstehen können.

Die Gemeinde Horcajo, deren Kirche dem heiligen Julian und der heiligen Basilissa geweiht war, wurde nun von einem strengen, reaktionären kastilischen Priester geführt, der so alt wirkte wie die Mauern der Kirche. Bis vor wenigen Monaten hatte ihm ein junger Bursche aus Madrid als Koadjutor zur Seite gestanden, doch der war an Leukämie gestorben und noch nicht ersetzt worden. Und vielleicht würde es angesichts der geringen Größe des Dorfes und des Nachwuchsmangels in diesen Zeiten der Zügellosigkeit und des Internets auch keinen Ersatz geben. Das globale Netzwerk war eine der Lieblingszielscheiben für den Zorn des Priesters. »Da ist das Böse«, pflegte er zu sagen, »die Perversion, die die Welt überschwemmt.« Auch die moderne Musik hatte der gestrenge Pfarrer häufig im Visier, und »die Jugend« in den Städten stellte er sich als Horden verrückt gewordener Burschen mit langen Haaren vor, betrunken und drogenabhängig, denen Mädchen in aufreizender Kleidung und mit dümmlicher Miene hinterherliefen. Er beklagte bitterlich, dass er nicht mehr die Autorität habe, solchen Aberwitz zu unterbinden …

»Ich freue mich, Sie zu sehen, Euer Exzellenz«, begrüßte der

Pfarrer den Bischof. »Und Sie ebenfalls, Pater *Cloistre*. Hatten Sie eine angenehme Reise?«

»Ein wenig beschwerlich und heiß«, erwiderte der Bischof und streckte dem Pfarrer seinen Ring hin. Der beugte das rechte Knie und küsste den Ring, während er die vorgeschriebene Verbeugung vollzog.

Pater Cloister gab der Pfarrer mit einem gewissen Misstrauen, das er allen Fremden gegenüber empfand, die Hand. Zudem erschien er ihm zu jung für eine so verantwortungsvolle Aufgabe.

»Machen wir uns so schnell wie möglich an die Arbeit«, sagte der Jesuit. »Morgen früh muss ich in Rom an einer Audienz des Heiligen Vaters teilnehmen.«

Bei den Worten »Heiliger Vater« klappte der alte Pfarrer den Mund auf und hauchte ein leises »Oh!«. Zugleich wich er ein Stück zurück. Als er sich von diesem Anfall einfältiger Bewunderung erholt hatte, nickte er und sagte: »Selbstverständlich. Wenn Sie so gut wären, mich zu begleiten, bringe ich Sie zum Friedhof. Ich habe den Totengräbern Bescheid gesagt, sie sollen sich für die Exhumierung bereithalten.«

Seit der Reform des Reglements zur Heiligsprechung im Jahre 1917 war es nicht mehr vorgeschrieben, die Leichen zu exhumieren, um zu überprüfen, ob sie unverwest waren, oder ob ihre Särge innen Kratzspuren aufwiesen. Ersteres war ein eindeutiges Zeichen ihrer Heiligkeit, während Letzteres bedeutete, dass die beerdigte Person noch nicht wirklich tot gewesen war. Folglich war sie im Sarg wieder erwacht und hatte verzweifelt gegen das Holz geschlagen und gekratzt, um sich zu befreien. Ein vergebliches Unterfangen; überdies galt Verzweiflung als unvereinbar mit dem Heiligenstatus. Dennoch wurden weiterhin oft Exhumierungen vorgenommen, wenn die sterblichen Überreste einfach zugänglich waren.

Die drei Priester gingen zum Auto und stiegen ein. Eine Traube Nachbarn, herbeigerufen von der Bedienung und der Stammkundschaft des Cafés, zog im Eilschritt hinter dem Wagen her. Jeder wollte sehen, was diese Abgesandten des Heiligen Stuhls mit der Leiche ihres guten Don Higinio machen würden.

Über dem Friedhof lag ein leichter Verwesungsgeruch, verstärkt durch die Hitze. Die Sonne brannte gnadenlos auf die Köpfe der fünf Männer herab, die sich um das Grab von Don Higinio versammelten. Der Bischof merkte, wie ihm trotz seiner Kopfbedeckung der Schweiß vom Scheitel über die Stirn und das ganze Gesicht lief. Die Totengräber, welche die Erde über dem Sarg hatten entfernen müssen, ruhten sich im Schatten aus. Die Hemden klebten ihnen am Körper. Auf einen Ruf des Pfarrers hin nahmen sie die Mützen ab und traten näher. Unter dem aufmerksamen Blick von Pater Cloister entfernten sie mit Brechstangen den hölzernen Deckel des Sarges von Don Higinio, der, völlig vermodert, in mehrere Teile zerfiel, obwohl die Männer sehr behutsam zu Werke gingen.

Die Einwohner von Horcajo beobachteten die Szene. Dicht an dicht klebten sie am Eisengitter, durch das man auf den Friedhof gelangte, und versuchten, etwas zu erkennen. Sie konnten nur die Totengräber sehen, die bis zur Taille im Grab standen, Holzstücke herausklaubten und zur Seite legten. Die Priester hingegen konnten die in ein verschlissenes Leichentuch gehüllte Leiche des Exhumierten sehr wohl betrachten. Während Pater Cloister sich vorbeugte, um besser sehen zu können, zog einer der Totengräber den Stoff zurück. Er stieß einen erstickten Schrei aus, sprang zurück und krallte die Hände in die Erde, ohne jedoch den Blick vom Sarginneren abzuwenden. Der andere Totengräber setzte eine befremdete, tadelnde Miene auf, bis sein Blick auf das fiel, was sein Kollege gesehen hatte.

»Herr im Himmel!«, rief der Bischof, und der Pfarrer trat einen Schritt zurück.

Der Einzige, der scheinbar ungerührt blieb, war der Jesuit, der sich neben das Grab kniete und hineinsah.

»Alle seine Knochen sind zermalmt!«, rief der Bischof wutschnaubend. »Das war das Werk eines Gottlosen. Wir haben es mit einer Entweihung zu tun!«

»Das kann nicht sein, Eminenz«, warf der Pfarrer ein.

Der Kiefernsarg war der Originalsarg, und die Erddecke darüber war intakt gewesen. Eine Entweihung war ausgeschlossen.

Die versammelten Gemeindemitglieder begannen, leise zu tuscheln. Einige Männer und Frauen bekreuzigten sich und begannen zu beten. Sie wussten nicht, was da vor sich ging, doch die Reaktion der Totengräber und Geistlichen ließ nichts Gutes ahnen. Don Higinio musste wohl der Verzweiflung anheimgefallen sein und konnte nun nicht mehr heiliggesprochen werden.

Es wäre besser gewesen, man hätte die sterblichen Überreste jenes guten Mannes an diesem unheilvollen Tag nicht exhumiert. Man hätte ihn vergessen oder ihn ohne weiteres Aufheben heiligsprechen sollen. Nun hatten der Bischof, der Gemeindepfarrer und Pater Cloister mit eigenen Augen gesehen, dass die Knochen von Don Higinio an zahllosen Stellen gebrochen, ja geradezu zertrümmert waren. Eine Grabschändung? Nein. Pater Cloister wusste, dass dies nicht die Ursache der Knochenbrüche sein konnte, auch wenn er noch nie etwas Vergleichbares gesehen hatte. Ebenso unmöglich konnte der Mann sich solche Verletzungen selbst zugefügt haben. Aber wie dann …?

Cloisters Gedankengänge wurden abrupt unterbrochen. Unter der erdrückenden, alles überflutenden Sonne fiel sein Blick auf eine Inschrift auf einem der Fragmente, die vom

Sargdeckel übrig geblieben waren. Sie war innen in das vermoderte Holz eingeritzt worden. Es war ein kurzer, knapper Satz in einer Handschrift, deren Entschlossenheit nicht zu der Vorstellung passte, dass Don Higinio der Verzweiflung anheimgefallen sein könnte. Und dennoch vermittelte dieser Satz die heftigste, schrecklichste Verzweiflung, die ein Mensch erfahren kann. Die heftigste, schrecklichste Verzweiflung, die vorstellbar war: »DIE HÖLLE IST ÜBERALL.«

3

Boston

Das St. Elizabeth's Medical Center – von allen, die es kannten, liebevoll *St. E's* genannt – blickte auf eine beinahe fünfzigjährige Geschichte zurück, doch dem Wesen nach war es unverändert geblieben: Es war ein Krankenhaus für die Armen und Bedürftigen. Dort war Daniel, der alte Gärtner des Klosters, in dem zwei Wochen zuvor der verheerende Brand gewütet hatte, eingeliefert worden. Selbst nach so langer Zeit schien noch niemand zu wissen, ob Daniel überleben würde. Er hatte Verbrennungen an Armen und Händen erlitten, doch am stärksten war seine Lunge geschädigt worden. Ob er nun überlebte oder nicht, die Ärzte versicherten, dass er sich nie wieder vollständig erholen und künftig stets Atembeschwerden haben werde.

Joseph Nolan, der Feuerwehrmann, der ihm das Leben gerettet hatte, hatte sich bisher nicht überwinden können, ihn zu besuchen, obwohl er sich dazu verpflichtet fühlte. Jemanden den Flammen zu entreißen und der Welt der Lebenden zurückzugeben, ist ein Akt der Großzügigkeit, doch er bedeutet auch eine schwere Bürde. Letztlich hat der Retter immer das Gefühl, er schulde dem Geretteten etwas, vielleicht, weil er ihn gezwungen hat, ein Leben fortzuführen, das nicht immer einfach ist.

Nolan erkundigte sich an der Rezeption nach der Intensivstation. Solche Einrichtungen verursachten ihm eine Gänsehaut. Es herrschte absolute Stille, doch sie wirkte nicht im mindesten beruhigend. Der Grund für die bedrückende Stille war das Fehlen von Leben, dieser Zustand zwischen Leben und Tod. Nur wenige, beunruhigende Geräusche waren zu hören: das Murmeln der Beatmungsmaschinen, das ferne *Ping* eines Apparates, der einen matten Herzrhythmus anzeigte, die raschen Schritte einer Krankenschwester, das metallische Klingeln eines Telefons …

Der Feuerwehrmann steckte den Kopf in eines der Zimmer. Es war nicht Daniels. Als er sah, in welchem Zustand sich der Patient darin befand, beschleunigte sich sein Puls. »Verdammt«, sagte er leise und wich entsetzt zurück, bis er mit einer Krankenschwester zusammenprallte.

»Tut mir leid, entschuldigen Sie«, bat er.

Die Krankenschwester beklagte sich nicht einmal über den Zusammenprall, als sie das kreidebleiche Gesicht des Feuerwehrmanns sah.

»Geht es Ihnen nicht gut?«

»Doch, doch. Danke. Es ist nur … Na ja …« Der Feuerwehrmann deutete mit dem Daumen hinter sich.

»Für die mit Verbrennungen ist es am schlimmsten …«

Wem sagte sie das? Doch es war eine Sache, diese Leute inmitten des brausenden Feuers zu sehen, wenn das Adrenalin die Intensität der Gefühle dämpfte, und eine ganz andere, ihnen so mit kühlem Kopf zu begegnen.

»Ich wollte jemanden besuchen, Mr … ähm … Ich fürchte, ich kenne seinen Nachnamen nicht. Aber er heißt Daniel.«

Die Besorgnis der Krankenschwester wich einer argwöhnischen Miene.

»Sie sind doch nicht etwa einer von diesen Anwälten, oder?«

Aus ihrem Mund klang das Wort »Anwalt« wie eine widerliche, ansteckende Krankheit.

»Oh, nein, nein. Ich bin Feuerwehrmann. Ich habe Daniel da rausgeholt, wissen Sie? Aus dem Feuer.«

»Ach so. Und können Sie sich irgendwie ausweisen?«

Der Feuerwehrmann durchwühlte linkisch eine seiner Taschen. Schließlich fand er seine Brieftasche und zog einen Ausweis heraus.

»Hier, bitte.«

»Joseph Nolan, Feuerwehr Boston«, las die Frau. »In Ordnung, Mr Nolan, Sie können Daniel sehen. Er liegt in Zimmer zwei. Ich sage Ihnen das Gleiche, was ich auch der Besucherin gesagt habe, die jetzt bei ihm ist: Bleiben Sie nicht zu lange. Hier brauchen alle ihre Ruhe.«

»Sicher, keine Sorge.«

Also hatte Daniel Besuch … Bestimmt eine der Nonnen. Soweit der Feuerwehrmann wusste, waren sie seine einzige Familie, wenn man so wollte. Die Mutter des Gärtners hatte ihn verlassen, als er erst wenige Monate alt gewesen war. Sie hatte ihn vor den Toren des Klosters der Vinzentinerinnen abgelegt. Man hatte nie herausbekommen, wer die Frau war und aus welchem Grund sie ihr Kind verlassen hatte. Die einzige Spur war eine kurze handschriftliche Nachricht der Mutter: »Bitte haben Sie Erbarmen und kümmern Sie sich um meinen Sohn. Ihn trifft keine Schuld an meinen Sünden. Er ist ein guter Junge. Er weint fast nie. Er heißt Daniel.« Die Nonnen nahmen ihn auf, wie die Mutter gewünscht hatte. Sie stellten keine Fragen und verurteilten niemanden; sie beschränkten sich darauf, Gott und den Benachteiligten unter seinen Geschöpfen zu dienen.

Bald wurde deutlich, dass der Junge nicht ganz normal war. Ein Arzt untersuchte ihn und gelangte zu dem Schluss, er sei geistig beträchtlich zurückgeblieben. Unter diesen Umständen kam die Adoption durch eine richtige Familie, was die beste

Lösung gewesen wäre, nicht in Frage. Da beschlossen die Nonnen, er solle bei ihnen bleiben. Sie gaben ihm ein Heim und dazu ihr Verständnis und ihre Liebe. Und als er alt genug dafür war, gaben sie ihm auch Arbeit als Gärtner des Klosters. Sie waren die Schutzengel, die über Daniel wachten. Dies spürte der Feuerwehrmann deutlich, als er nun eine alte Nonne an Daniels Bett sitzen sah, die liebevoll seine Hand hielt. Er blieb an der Schwelle stehen, weil er nicht stören wollte, und hörte die Nonne beten:

Mitfühlendes Herz,
Quelle des Lebens …
Schenke den Gebrechlichen die Sicherheit Deiner Stärke,
Den Kranken einen heilsamen Balsam,
Und den Verzweifelten Frieden,
Damit die, deren Verstand sie im Stich lässt, nichts als Liebe empfangen,
Damit schwerverwundete Körper frei von Schmerzen werden,
Damit die, die voller Kummer sind, bei Dir Trost finden,
Damit den Leidenden Erleichterung zuteil wird,
Und alle, die am Tor zur Ewigkeit stehen, die Herrlichkeit Deines Lichts schauen.
Du, der Du bist die Ruhe im Sturm,
Die Morgenröte in der Dunkelheit,
Steh uns bei.

Die Beklemmung, die der Feuerwehrmann schon seit seiner Ankunft im Krankenhaus verspürte, verstärkte sich noch. Er zögerte kurz, drehte um, ohne das Zimmer betreten zu haben, und ging wieder. Sein Vater – ebenso wie Joseph Feuerwehrmann – starb auf einer Station für Verbrennungen, die dieser hier sehr ähnlich gewesen war. Er war ein starker Mann gewesen, voller Energie, doch mit dem letzten Atemzug hatte er kein Wort mehr hervorbringen können. Dieser Ort löste zu viele schmerzliche Erinnerungen aus, die ein einfacher Mann wie er nicht immer ertragen konnte. Vielleicht würde er es am nächsten Tag können. Das hoffte er, denn er schuldete Daniel einen Besuch. Und er bewahrte noch immer den kleinen Blumentopf mit dem trockenen Stengel bei sich auf, den der Alte »seine Rose« genannt hatte.

Am späten Abend machte die Nachtschwester, die auf der Intensivstation Wache hatte, ihre erste Runde. Bis jetzt war alles ruhig. Auch bei Daniel, der tief und fest schlief. Wie gewöhnlich überprüfte sie, ob das Beatmungsgerät korrekt arbeitete, maß auch den Blutdruck und überprüfte die Tropfgeschwindigkeit sowie neben anderen Vitalparametern die Sauerstoffsättigung im Blut. Keine Probleme. Die Daten lagen im Rahmen dessen, was zu erwarten war. Daniels Puls schlug ein wenig unregelmäßig, doch dies war unter den gegebenen Umständen nicht besorgniserregend.

Die Krankenschwester betrachtete noch einige Sekunden lang das runzlige Gesicht des Alten und deckte ihn mit mütterlicher Geste zu. Sie musste nicht befürchten, dass der Patient auskühlte – Intensivstationen waren die reinsten Treibhäuser –, doch sicher war sicher. Nach einem letzten Blick verließ sie den Raum und setzte zufrieden ihren Rundgang fort. Deshalb sah sie auch nicht, dass die Herzfrequenz sich plötzlich erhöhte. Die grünen Zacken auf dem Monitor beschleunigten sich. Nur ein wenig. Bis jetzt.

Die Luft war klar. Die Brise trug einen unbeschreiblichen Duft herbei, eine Mischung aus frischgemähtem Gras und dem Gebäck, das Schwester Theresa immer am Thanksgiving Day her-

stellte. So roch für Daniel das Glück. Er schloss die Augen und atmete den wunderbaren Duft tief ein. Da meinte er, eine Musik zu hören, die so schön war, dass er beinahe weinen musste. Er öffnete wieder die Augen, und die Musik wurde noch schöner. In alle Richtungen erstreckte sich eine endlose grüne Rasendecke. Weich. Leuchtend. Kuschelig. Hier und dort bildete sie kleine Hügel, auf denen sich Bäume und Blumen in leuchtenden Farben wiegten, wie er sie noch nie zuvor gesehen hatte. Bäche mit kristallklarem Wasser strömten zwischen ihnen dahin, und um ihn herum versammelten sich alle Arten von Tieren, auch Wildtiere. Sie liefen frei herum, doch Daniel verspürte keine Angst, ebenso wenig wie selbst die schwächsten Tiere vor ihren natürlichen Feinden. Alles hieß ihn auf das liebevollste willkommen. Er konnte sich die ungeheure Freude, die ihn ergriff, nicht erklären. Sein Verstand war dafür zu unbeholfen und langsam. Doch er sagte sich, dies müsse das Paradies sein, von dem die Nonnen ihm immer erzählt hatten. Es konnte gar nichts anderes sein.

Daniel begab sich auf die weite grüne Wiese, gewiegt vom sanften Raunen des Windes und der schönen Musik. Das Gras passte sich seinen Schritten an. Ein Dutzend Schakale rückten sanft beiseite, damit er dem Lauf des Baches folgen konnte. Er ging mühelos, als trüge ihn die Luft. So kam er zur Quelle des Baches. Das war ein See, von dem noch drei weitere Bäche abgingen. In der Mitte lag eine Insel. Und im Zentrum der Insel stand eine einzelne Blume.

»Meine Rose«, murmelte Daniel im Traum.

Die Krankenschwester setzte ihren Rundgang fort, ohne etwas von Daniels Worten und seinem Traum sowie von der stetigen Beschleunigung seines Herzschlags zu ahnen.

Es war eine prachtvolle rote Rose. Daniel lief ins Wasser, weil er zu ihr wollte. Der See war nicht tief. In knapp einem halben Meter Tiefe konnte er im klaren Wasser den Grund sehen.

Er befand sich bereits ganz nahe bei der Insel. Bald würde er seine Rose wieder in Händen halten. Doch dann trat eine Veränderung ein.

Ein Schatten überzog den Himmel, der die Sonne eine Sekunde lang verdeckte. Dann sah alles aus wie zuvor. Doch so war es nicht. Daniel fiel auf, dass das Wasser plötzlich kalt wurde und dass der durchscheinende Spiegel der Oberfläche sich trübte und in einem düsteren, bedrohlichen Blau verfärbte. Er beeilte sich, um so schnell wie möglich auf die Insel und zu seiner Rose zu gelangen, doch das Wasser wurde immer eisiger. Es dauerte nicht lange, bis er Krämpfe in den Beinen bekam und jeder Schritt zur Qual wurde. Währenddessen setzten sich die schrecklichen Verwandlungen in seiner Umgebung fort. Die Blätter der Bäume verfärbten sich auf schwindelerregende, unheimliche Weise gelb und dann hellbraun. Schließlich fielen sie tot zu Boden, auf Gras, das bis vor einem Augenblick tiefgrün und lebendig gewesen, doch nunmehr blass und dem Tod geweiht war. Das Gleiche war den übrigen Pflanzen widerfahren, deren Stengel sich im Todeskampf krümmten. Die bereits abgestorbenen Blütenblätter fielen zu Boden.

Die Musik, die Daniel zuvor Freude bereitet hatte, wich einem Grunzen und dann grässlichem, qualvollem Schmerzensgeheul. Die Luft war nun erfüllt von fauligem Gestank, und als dieser die Tiere erreichte … sie gebärdeten sich wie rasend. Sie begannen, einander aufzufressen. Nicht nur die Raubtiere ihre Beutetiere, sondern auch untereinander. Das kristallklare Wasser füllte sich mit Eingeweiden und ausgerissenen Gliedern. Tausende von Fischen trieben nun tot in der Flüssigkeit, die sich vom Blut so vieler Tiere rot verfärbt hatte.

Daniel stöhnte entsetzt auf ... Seine Rose. Er musste unbedingt zu ihr. Doch ihm fehlte die Kraft, weiterzugehen. Das Wasser war nun eisig. Etwas huschte zwischen seinen Beinen hindurch, etwas Glitschiges, das sich abstoßend anfühlte, so dass er eine Gänsehaut bekam.

Am Horizont vollzog sich eine weitere Veränderung. Der strahlend blaue Himmel überzog sich mit Rot- und Gelbtönen, wie bei einem Brand. Daniel vernahm seltsame Geräusche, eine Art wildes Brausen, das er nicht einordnen konnte. Wie versteinert stand er mitten im See. Er wandte den Blick ganz kurz vom Horizont ab und spürte, dass ihm Tränen der Verzweiflung in die Augen traten. Um ihn herum lebte nichts mehr.

»Nein, nein ...«, stöhnte Daniel, immer noch träumend.

Vom Horizont her drang ein unheilvoller Schrei zu ihm, und der Himmel färbte sich vollständig rot. Das Letzte, was starb, war seine Rose.

»NEIIIIIIN!«

Sein Schrei hallte auf der gesamten Station wider, und in der Überwachungszentrale wurde der Alarm ausgelöst. Nicht einmal zehn Sekunden später betraten hastig ein Arzt und zwei Krankenschwestern Daniels Zimmer. Der Herzüberwachungsmonitor zeigte jetzt dreihundertfünfzehn Schläge pro Minute an.

»Dem zerspringt gleich das Herz!«, rief der Arzt. »Null Komma fünf Milligramm Esmolol pro Kilo. Im Schuss! Und irgendjemand soll diesen Alarm abstellen!«

4

Boston

»Guten Tag, Daniel.«

Der alte Gärtner ignorierte die Begrüßung der Oberin. Weder drehte er sich zur Tür um, als sie das Zimmer betrat, noch blinzelte er auch nur, als sie die Vorhänge aufzog, damit ein wenig Licht ins Zimmer fiel. Er blieb einfach auf dem Bettrand sitzen, den Blick zu Boden gerichtet. So saß er den ganzen Tag, seit die Ärzte ihn aus dem Krankenhaus entlassen hatten. Er war außer Gefahr, litt aber unter beträchtlichen Folgeerscheinungen. Die Vinzentinerinnen hatten Daniel abgeholt und ihn so komfortabel wie möglich in einem bescheidenen Wohnheim für bedürftige Senioren untergebracht, das sie in Boston unterhielten. Es blieb ihnen nichts anderes übrig, denn das frühere Häuschen des Gärtners war bis auf die Grundmauern abgebrannt.

Dieser Ausdruck von Verlassenheit und Teilnahmslosigkeit auf Daniels Gesicht konnte einem das Herz brechen. Zum Teil verdankte er sich den Beruhigungsmitteln, die er einnahm, doch nicht ausschließlich … Da waren auch die furchtbaren Alpträume, die nicht mehr aufhörten, seit sie im Krankenhaus gleich nach dem Brand erstmals aufgetreten waren. Er sprach mit niemandem darüber, doch die Nonnen hörten ihn im Traum stöhnen, und mehrfach hatte irgendeine Schwester ihn mitten in der Nacht vor Angst aufschreiend vorgefunden, die Augen weit aufgerissen, Unverständliches murmelnd. Es wurde immer schlimmer. Der Arzt des Altenheims wusste trotz aller Bemühungen und bester Absichten nicht mehr weiter. Daher beschränkte er sich darauf, Beruhigungsmittel zu verschreiben, die lediglich dazu beitrugen, dass Daniel in diesem bedauernswerten Zustand verharrte, gegen seine Alpträume aber nichts ausrichten konnten.

Schlimmer als die Träume war jedoch die Trauer über den Verlust seiner geliebten Pflanze, eines verdorrten Stengels, den er eines Tages mit ins Kloster gebracht hatte. Die Nonnen hatten nie erfahren, wo er die Pflanze gefunden hatte, doch von Anfang an hatte er eine große Zuneigung zu ihr bewiesen. Unbeirrt nannte er sie seine Rose, obwohl es sich ebenso gut um irgendeine andere Pflanze der Schöpfung handeln konnte.

»Das kann so nicht weitergehen«, sagte sich die Oberin, als sie nun die abwesende Miene des alten Gärtners betrachtete. Nach ihrem Besuch würde sie sogleich Dr. Barrett anrufen. Das stand fest. Der arme Daniel … Doch an diesem Tag hatte die Nonne eine Überraschung für ihn.

Ein sanftes Klopfen an der Tür riss die Geistliche aus ihren Gedanken.

»Herein.«

»Ähm … guten Tag.«

Die Nonne musterte den Mann ausgiebig. »Sind Sie Mr Nolan?«

»So ist es. Joseph Nolan.«

»Freut mich, Sie persönlich kennenzulernen. Sie haben heute Morgen mit mir telefoniert. Ich habe gerade eben an Sie gedacht, ist das nicht merkwürdig? Aber bleiben Sie doch nicht da stehen … Kommen Sie«, sagte sie, ehe der Feuerwehrmann antworten konnte. »Haben Sie sie bei sich?«

»Ja.«

Es war nicht leicht gewesen, Daniel zu finden. Nolan hatte eine ganze Woche dafür benötigt, dazu zwei Einladungen zum Abendessen mit anschließendem Kinobesuch und eine Führung für zwanzig Kinder durch seine Feuerwache. Entgegen seiner Absicht hatte er Daniel nicht wieder auf der Intensivstation besucht. Als Nolan endlich den Mut für einen erneuten Besuch im Krankenhaus aufgebracht hatte, war Daniel bereits entlassen worden, und niemand hatte ihm sagen wollen, wo er nun war. Die beiden Einladungen zum Abendessen und ins Kino hatten einer jungen Frau aus der Krankenhausverwaltung gegolten, die ihm schließlich die Anschrift des Altenheims gegeben hatte – ein schmutziger Trick, das wusste er, selbst für einen guten Zweck; und die Führung war ein zusätzliches Bonbon für den Neffen des Mädchens sowie neunzehn weitere, als Fünftklässler getarnte kleine Monster gewesen.

»Daniel, sieh mal, was Mr Joseph Nolan dir mitgebracht hat. Deine Rose!«

»Meine … Rose?«, wiederholte Daniel und sah Joseph an. »MEINE … ROSE!«

»Ich habe sie in den Trümmern deines Hauses gefunden«, sagte der Feuerwehrmann ein wenig verlegen. »Du hattest recht, Daniel. Sie war da.«

Daniels Niedergeschlagenheit war wie weggeblasen. Unerwartet behende sprang er aus dem Bett und umarmte zugleich Joseph und den Blumentopf, den dieser ihm reichte.

»Was sagt man, Daniel?«

»Danke, Jo…seph.«

Als der Feuerwehrmann Daniel seinen Namen sagen hörte, auch wenn es noch so zaghaft war, musste er lächeln.

»Gern geschehen. Du darfst mich übrigens wieder loslassen, bevor du mir alle Knochen brichst … Außerdem muss ich gehen. Meine Schicht fängt in einer halben Stunde an. Aber ich komme ein andermal wieder, Daniel, okay?«

Daniel antwortete nicht. Er hatte den Blumentopf auf die Fensterbank gestellt und betrachtete ihn verträumt.

Joseph und die Nonne ließen ihn allein. Auf dem Korridor sagte sie: »Kommen Sie wieder, wann immer Sie wollen. Sie sind ein guter Mensch, Joseph.«

Das fand er merkwürdig. Er hatte mit einem Mädchen geflirtet, das er nicht wieder anzurufen beabsichtigte, nur um ihr eine vertrauliche Information zu entlocken … Ein guter Mensch?

»Der Schein trügt, Schwester.«

Dr. Audrey Barrett wäre eine attraktive Frau gewesen, wenn sie nicht alles getan hätte, um diesen Eindruck zu vermeiden. Ihre Kleidung war so nüchtern, dass sie beinahe männlich wirkte, und die Haare trug sie stets in einem schlichten Zopf. Ihre großen, ausdrucksvollen grünen Augen hätten die Männer verrückt machen können, doch nur Leid spiegelte sich in ihnen.

Sie war eine intelligente, gut ausgebildete sechsunddreißigjährige Frau, die sich bei ihren Kollegen in der Welt der Psychiatrie einen Namen gemacht hatte. Auf den Universitätsabschluss in Harvard waren der Doktortitel, verschiedene Postgraduiertenstudien und mehrjährige praktische Erfahrungen gefolgt. Sie war sehr gut in ihrer Arbeit, und sie wusste es. Daher nahm sie ohne die geringsten Bedenken skandalöse Honorare. Ihre Patienten – von denen viele vermögend und gesellschaftlich erfolgreich waren – konnten es sich leisten. Zudem litten die meisten ihrer Meinung nach lediglich an einer Krankheit, für die kein Psychiater ein Heilmittel hatte: an der Egozentrik, die dazu führt, dass jemand ein Vermögen bezahlt, nur damit er laut aussprechen darf, wie genial und bedeutend er ist.

Doch im Altenheim der Vinzentinerinnen gab es keinen einzigen Millionär. Das Ego derjenigen, die dort von den

Nonnen versorgt wurden, war bereits vor langer Zeit auf der Strecke geblieben, zwischen Schnapsflaschen, dreckigen Kartons, Abfallbehältern und Sitzen voller Brandlöcher in düsteren Busbahnhöfen.

Wann immer die Oberin Audrey brauchte, kam sie ins Altenheim. Sie bemühte sich, alles für die alten Leute zu tun, was in ihrer Macht stand, ohne auch nur einen Cent dafür zu berechnen. Am Vortag hatte sie einen Anruf erhalten. Die Nonne hatte ihr vergleichsweise ausführlich beschrieben, was sie diesmal bedrückte: Daniel, ein geistig behinderter älterer Mann, der im Kloster des Ordens als Gärtner gearbeitet hatte, hatte mit angesehen, wie das Kloster durch einen Brand zerstört worden war, der ihn beinahe das Leben gekostet hätte und bei dem er schweren Schaden an der Lunge genommen hatte. Zudem litt der alte Mann seither an schrecklichen Alpträumen, die ihn wachhielten und jede Nacht ein starkes Angstgefühl in ihm auslösten. Der Fall wirkte weder kompliziert noch interessant. Wie alle Fälle im Altenheim. Audrey hegte bezüglich der Diagnose keinen Zweifel: Schlafstörungen und Angstepisoden infolge von posttraumatischem Stress, verstärkt durch den labilen Geisteszustand des Patienten. Sie sagte sich, es sei eigentlich nicht notwendig, mit ihm zu reden.

An jenem Nachmittag stieg Audrey entschlossen die Treppe hinauf, die zur Eingangstür des Altenheims führte. Es war ein alter, von einem Wohltäter aus der Gemeinde gestifteter Ziegelbau. Die elektrischen Leitungen waren erneuerungsbedürftig, die Möbel so verbraucht wie die Menschen, die das Haus bewohnten, die wasserfleckigen Wände benötigten einen frischen Anstrich, und von den Rohrleitungen sprach man besser nicht. Die Besuche im Altenheim machten sie stets melancholisch, waren aber auch befriedigend – melancholisch wegen des

Zustands der alten Leute und des Gebäudes; befriedigend, weil Audrey etwas für sie tun konnte.

Auf dem Weg zum Büro der Oberin begegnete Audrey mehreren Anwohnern, die sie herzlich grüßten. Alle trugen abgetragene Flanellbademäntel und plumpe Hausschuhe.

»Darf ich reinkommen?«, fragte die Psychiaterin vor der Tür zum Büro.

Sie hörte, wie drinnen ein Stuhl zurückgeschoben wurde, dann Schritte.

»Guten Tag, meine Liebe«, sagte die Oberin. »Bitte komm herein.«

Die beiden Frauen setzten sich, dann fügte die Nonne hinzu: »Du kommst sehr pünktlich, liebe Audrey, wie immer ... Und dabei ist deine Zeit so kostbar, nicht wahr? Dr. Holton ist ein guter Arzt, aber du weißt ja, dass er nur die Körper heilen kann, nicht die Köpfe. Daniel braucht deine Hilfe.«

»Er hat ihm Anxiolytika verschrieben?«

»So ist es.«

»Ich weiß nicht, ob man in diesem Fall viel mehr tun kann.«

»Warum sagst du das?«

»Der arme Mann ist geistig behindert. Welche Form von Psychotherapie kann bei jemandem funktionieren, dessen Verstand nicht normal arbeitet?«

»Das ist eine grausame Bemerkung, Audrey«, tadelte die Nonne.

»Das Leben ist grausam, Schwester.«

Wer wusste das besser als Audrey?

»Eines Tages musst du mir den Grund für deine Traurigkeit nennen.«

»Ja ... Eines Tages.«

»Wirst du mit ihm reden? ... Bitte.«

Nach kurzem Nachdenken antwortete Audrey: »Ja. Aber es wird nichts nützen.«

»Danke, meine Liebe! Daniel ist gerade im Garten. Ich lasse ihn rufen, dann könnt ihr euch im Therapieraum unterhalten.«

Der »Therapieraum« war ein Zimmer, das ursprünglich als Speisekammer genutzt worden war. Die Oberin hatte ihn in einen behelfsmäßigen Behandlungsraum umwandeln lassen. Es gab zwei Stühle – einen für Audrey und einen für den Patienten –, einen kleinen Holztisch, der früher in einer Grundschule gestanden hatte, und eine einfache Lampe, deren Glühbirne hin und wieder flackerte. Wollte man einen Preis für den deprimierendsten Raum der Welt vergeben – dieses Zimmer hätte hervorragende Gewinnchancen.

»Heute scheint die Sonne«, meinte Audrey. »Ich könnte auch im Garten mit dem Patienten sprechen.«

»Aber ja, natürlich. Wie du möchtest. Aber er heißt nicht Patient. Er heißt Daniel.«

»Ich weiß.«

Hinter dem Heim gab es einen Garten von beachtlicher Größe. Wie im Gebäude zeigte sich auch dort die Vernachlässigung, doch es wuchsen ein paar Blumen, und der Rasen war von einem kräftigen, satten Grün. Über den Garten verstreut standen mehrere Steinbänke. Auf einer davon saß Daniel, als Audrey und die Oberin sich ihm näherten.

»Hallo, Daniel«, begrüßte ihn die Nonne.

»Hallo.«

Er wirkte zufrieden. Seine Gesichtshaut hatte sich in der Herbstsonne gerötet.

»Hattest du heute Nacht Alpträume?«

Bei dieser Frage veränderte sich Daniels Miene. Er wurde sehr ernst und begann zu husten. Dieser rauhe, lang anhaltende Husten trat seit dem Brand regelmäßig auf. Endlich klang er ab, doch Daniel antwortete nicht, und die Hand, die seinen geliebten Blumentopf die ganze Zeit über nicht losgelassen hatte, schloss sich fester darum.

»Möchtest du, dass ich deine Pflanze ein bisschen gieße?«

Diese Frage stellte Audrey. Nicht mit einer Million Liter Wasser und dem besten Dünger der Welt hätte man diesen toten Stengel wieder zum Leben erwecken können. Dessen war sie sich sicher. Doch Daniels Augen leuchteten auf.

»Ja. Meine Rose … braucht Wasser.«

»Ah. Es ist also eine Rose …?«

»Ich lasse euch allein«, flüsterte die Nonne, als sie sah, dass Audrey bereits mit ihrer Arbeit begonnen hatte.

»Es ist die … schönste … Rose der Welt.«

»Aber sicher. Ich heiße Audrey. Du bist Daniel, stimmt's?«

»Ja. Meine Rose braucht … Wasser.«

Audrey sah sich um. Sie wusste, dass es irgendwo in der Nähe einen Schlauch gab, mit dem der Garten gesprengt wurde.

»Du hast Blumen gern, nicht wahr? Gibt es in deinen Träumen auch Blumen, Daniel?«

Der Gärtner wurde wieder ernst. Audrey dachte schon, er würde auch diesmal nicht antworten, doch da sagte er: »Jetzt nicht mehr … Sie sind alle tot.«

5

Frankreich, zwei Jahre zuvor

»Wie oft habe ich mir schon gewünscht, ich könnte diese Bilder löschen. Sie haben sich mir förmlich eingeprägt … Aber ich kann es nicht. Jede Nacht suchen sie mich heim.«

Pater Albert Cloister war an diesem Nachmittag erst in der Stadt des Lichts, der Hauptstadt Frankreichs, angekommen, um eine für seine Nachforschungen wichtige Zeugin zu hören. Nun lief sein digitales Aufnahmegerät und zeichnete die Worte einer alten Dame aus der Pariser Oberschicht auf, die sich schließlich doch mit seiner Befragung einverstanden erklärt hatte. Das hatten nur ihre tiefen religiösen Überzeugungen ermöglicht. Wenn man eine Tragödie erlebt hat, ist das Letzte, was man will, sie in der Erinnerung nochmals zu durchleben.

»Ja, Pater, anfangs verspürte ich ein angenehmes Gefühl, ein Gefühl von Frieden, würde ich sagen. Ich schwebte wie ein ätherisches Wesen auf ein weißes Licht zu, das mich magnetisch anzuziehen schien, immer stärker. Als ich das Licht erreichte, war ich voller Freude, ohne Angst vor dem Tod. Den hatte ich mehr oder weniger akzeptiert.«

Die alte Dame in ihrem Rollstuhl hielt inne. Ihr Blick war trostlos. Eine Enkelin war bei der Befragung zugegen. Sie hatte gerade den Kaffee serviert und reichte ihrer Großmutter nun eine Tasse. Mit zitternder Hand führte diese das dampfende Getränk an die Lippen. Sie schloss die Augen und trank einen

Schluck. Die Haut an ihrer Kehle erbebte. Als sie die Augen wieder öffnete, war ihr Blick unendlich traurig.

»Aber ich sah auch, was hinter dem Licht war. Ich sah noch etwas anderes. Und das, Pater, war nicht, was ich erwartet hatte … Ich bin außerstande, über diese Erfahrung zu reden. Ich möchte nicht einmal daran denken. Was ich dort gesehen habe, ist unbeschreiblich. Es war schlimmer als böse … Wenn ich diesem Gespräch zugestimmt habe, dann nur, weil …«

»Ich weiß«, sagte Pater Cloister, der wachsende Beklemmung verspürte. »Und ich möchte Ihnen nochmals aufrichtig danken, im Namen meines Bischofs und meiner Kongregation. Aber ich muss Sie bitten, mir alles zu erzählen, woran Sie sich erinnern, auch wenn es Sie quält. Es ist außerordentlich wichtig.«

Das Schweigen dehnte sich aus. Der große Raum war mit Mahagonimöbeln und goldgerahmten Spiegeln eingerichtet. Durch ein Fenster fiel ein Sonnenstrahl herein. Selbst die winzigen Staubkörnchen, die im Lichtstrahl schwebten, schienen zu erstarren.

»Was ich gesehen habe, Pater, das wünsche ich niemandem … Das Licht wurde immer größer, je mehr ich mich näherte. Zu Anfang begriff ich nicht, warum, aber allmählich klangen die fernen Geräusche, die ich hörte, wie Klagegeschrei. Ja, es waren verzweifelte Klageschreie. Ich konnte sie immer besser hören. Dann wurde das Licht blasser, dunkler, bis es beinahe erlosch. Es verlor immer mehr an Intensität und verfärbte sich erst gelblich und dann rötlich, dann tiefrot. In diesem Licht sah ich hinter der Schwelle, an der das Licht seinen Ursprung hatte, reine Seelen, die auf einen tiefen Brunnen zustürzten, einen Brunnen der Qual und der Verzweiflung. Und ich nahm etwas unendlich Böses wahr, zu dem all diese Seelen verdammt waren – nicht mit meinen Augen, sondern mit meinem Geist. Dieses ewige Böse machte mir Angst …«

Tränen traten der tapferen Frau in die Augen und liefen ihr über die faltigen Wangen, als sie sich an diese Erfahrung erinnerte, die sie nicht hatte machen wollen und an die sie eigentlich nie mehr denken wollte. Ihre Enkelin neben ihr legte ihr tröstend die Hände auf die Schultern. Als die alte Dame sich wieder gefasst hatte, fuhr sie fort.

»Ich habe gelesen, dass das auch anderen Menschen passiert ist. Dass das weiße Licht nicht immer der letzte Anblick derer ist, die beinahe sterben, dann aber doch zurückkehren. Dass es Menschen mit anderen Erfahrungen gibt.«

»Aber das, was Ihnen geschehen ist, als Sie im Koma lagen, das ist noch nie zuvor passiert, soweit die Kirche weiß«, log Pater Cloister barmherzig und zog einige Dokumente aus seiner Aktentasche.

»So ist es, Pater. So ist es. Keiner der Ärzte konnte mir erklären, wie mir in einem ständig von einer Krankenschwester bewachten Bett auf der Intensivstation sämtliche Knochen an den Beinen brechen konnten. Von selbst, ohne jeden Grund, so dass ich jetzt ein Krüppel bin … Ich habe Angst, Pater. Was hat das alles zu bedeuten?«

Albert Cloister wusste keine Antwort auf diese Frage. Er wünschte, er hätte eine gehabt. Er hätte gern gewusst, was er antworten sollte. Doch wie bei so vielen anderen Gelegenheiten konnte er sich im Angesicht des Unbekannten nur an seinen Glauben halten.

»Beten Sie zu Gott und haben Sie keine Angst. Er wird es uns offenbaren, wenn er es für richtig hält. Haben Sie keine Angst.«

Er reichte der alten Dame, die nun bitterlich weinte, beide Hände. Ihre Augen suchten die des Priesters, als wollte sie dahinterblicken, als wollte sie prüfen, ob er ihr eine ehrliche Antwort gegeben hatte. Tag und Nacht, unablässig quälte die

Angst sie. Er versuchte, sie zu beruhigen. Doch auch er verspürte allmählich Angst. Eine gestaltlose Angst, deren eigentliche Ursache er noch nicht gefunden hatte.

Ein Taxi brachte Albert Cloister zur Kathedrale Notre-Dame de Paris. Er verspürte das Bedürfnis, in diesem herrlichen Gotteshaus zu beten, das die Menschen errichtet hatten, als sie Gott noch echte Verehrung entgegenbrachten. Es heißt, der Glaube könne Berge versetzen, doch er vermag noch viel mehr. Er kann sogar neue Berge errichten: die Kathedralen, Berge aus bearbeitetem Stein, durch den Glauben errichtet. Der tonnenschwere Stein von Notre-Dame musste einfach die Sorge erleichtern, die schwer und drückend auf ihm lastete.

»DIE HÖLLE IST ÜBERALL«, fiel ihm wieder ein. So lautete die Inschrift an der Innenseite des Sargs jenes spanischen Priesters, dessen Heiligsprechung man hatte aussetzen müssen. Seine Knochen waren gebrochen. Irgendetwas hatte sie zerbrochen, während der Mann noch gelebt hatte. Man hatte ihn offenbar im Zustand der Katalepsie beerdigt, und er war im Sarg wieder erwacht. Doch diese Verletzungen hatte er sich nicht selbst beibringen können. Das war unmöglich. Pater Cloister hatte den Auftrag erhalten, den Vorfall zu untersuchen. Ende 2000 war er von der Kongregation für die Selig- und Heiligsprechungsprozesse zu einer Gruppe von Priestern gekommen, die keinen offiziellen Namen hatte und sich der Erforschung des Verbotenen widmete – rätselhafter übersinnlicher Vorfälle, all dessen, was jenseits des menschlichen Fassungsvermögens und der wissenschaftlichen Erkenntnisse liegt. Diese Geistlichen waren allesamt Jesuiten wie Cloister auch und unterstanden direkt dem Papst. Sie arbeiteten teilweise inkognito, notfalls auch mit gefälschter Identität; es waren Männer des Glaubens, bewandert in Wissenschaft, Technologie,

Geschichte, Mythologie, Symbolik, alten Sprachen, Psychologie, Spionagetechniken. Männer, die das Seltsamste vom Seltsamen untersuchten, um ein Phänomen entweder endgültig zu widerlegen oder unwiderlegbar zu beweisen. Sie nannten sich »die Wölfe Gottes«. Ja, *Wölfe*, denn manchmal braucht es Wölfe, um die *Schafe* des Herrn zu beschützen.

Schon als kleines Kind hatte Cloister Scharfsinn bewiesen und echte Neugier auf die ihn umgebende Welt an den Tag gelegt. Er las lieber Bücher, während seine Schulkameraden Comics anschauten. Schon immer hatte er gespürt, dass er anders war. Zunächst hatte er dies als Last empfunden, doch später, als er die Gründe verstand, hatte er sich deswegen nicht mehr minderwertig gefühlt. Seine umgängliche Art veranlasste ihn, sich den anderen anzupassen. Er war ein sehr extrovertierter Junge, der sich dennoch nicht ganz wohl fühlte in dieser Welt. Einige Jungen hegten gewisse Vorbehalte gegen ihn, und die Mädchen beachteten ihn kaum. Schon in sehr jungen Jahren, als er noch fast ein Kind war, verspürte er zum ersten Mal den Wunsch, Priester zu werden. Er kam aus einer gut katholischen, allerdings nicht besonders religiösen Familie. Trotzdem brachte er allem Heiligen große Hochachtung entgegen.

Ein einziges Mal war er versucht gewesen, den Weg des Glaubens zu verlassen. Das war mit siebzehn Jahren gewesen, in einem gemischten Sommerlager, in das seine Eltern ihn geschickt hatten. Dort hatte er Paula Loring kennengelernt, ein gleichaltriges Mädchen mit blonden Haaren und großen grünen Augen, die drei, vier Jahre älter als er wirkte und in die er sich unsterblich verliebte. Die Hälfte der Ferien suchte er nach einem Weg, sie anzusprechen, ohne dass ihr sein rotes Gesicht und seine Verlegenheit auffielen. Wenn er sie sah, war sie von einem unsichtbaren Licht umgeben. Er war schüchtern im Umgang mit Mädchen, und das stand ihm im Weg. Doch dann tat sie den ersten Schritt. Es war das Jahr 1989, und im Radio lief die neueste Platte von Roy Orbison mit seinem Südstaatenakzent. Ein Lied – *She's A Mystery To Me* – und eine sternenklare Nacht mitten auf einer Wiese mit einem großen See, umgeben von Bergen, an einem Lagerfeuer … Jenes Mädchen machte ihn so glücklich, wie er nie zu träumen gewagt hätte.

Die folgenden Wochen waren so berauschend wie Wein, so süß wie Honig, so heiter wie eine Vogelschar in der Morgensonne. Es waren Tage der Sorglosigkeit, der Freiheit, wie nur die Jugend sie den Menschen spüren lässt. Albert empfand die Liebe wie einen heiteren Pfeil, der bis ins Zentrum seines Herzens vorgedrungen war. Er entdeckte die Sinnlichkeit und die Sexualität. Doch der Sommer ging zu Ende, er kehrte nach Chicago zurück, Paula nach Philadelphia, und die Bäume verloren ihre Blätter. Beide versprachen, einander zu schreiben, sich wiederzusehen, sich weiter zu lieben, ihre so perfekte Beziehung fortzusetzen.

Doch schon nach wenigen Monaten kam für Albert die Ernüchterung. Anfangs schrieb Paula ihm häufig und rief ihn an. Doch allmählich wurden ihre Lebenszeichen immer seltener, die Hitze wich der Kälte. Dieses traurige Ende seiner Liebe fiel mit der schlimmsten Zeit in Alberts Leben zusammen, dem Tod seines Bruders John.

John war sein einziger Bruder und vier Jahre älter als er. Von klein auf hatte Albert ihn verehrt. Er sah in ihm das Vorbild, dem er nacheifern wollte. John war beliebt, gewann immer im Sport, die Mädchen himmelten ihn an, und er bekam stets gute Noten. Bis sein Verhalten sich wenige Jahre vor seinem Tod änderte. Er gab seine Freundschaften auf und zog sich zurück. Er ging kaum noch aus, außer wenn er zum College musste. Man sah ihn nicht mehr lachen, nichts bereitete ihm noch Vergnügen. Eines Tages gestand er seinen Eltern den Grund für seinen Kummer: Ihm war klargeworden, dass er homosexuell war. Albert litt still darunter, dass sein Vorbild in tausend Stücke zersprang. Als er davon erfuhr, war er erst fünfzehn, und seine Persönlichkeit hatte sich noch nicht gefestigt. Sein Vater sprach mit ihm und erklärte ihm, er dürfe sich niemals über seinen Bruder lustig machen, und er dürfe nicht denken, dass dessen sexuelle Orientierung etwas Schlechtes sei. Albert hielt sein Versprechen. Zum Glück für John waren die Eltern verständnisvoll. Sie taten ihr Möglichstes, um alles Leid von ihrem Sohn fernzuhalten, doch vergeblich. Weihnachten 1989 beging John Selbstmord, indem er sich von der Monroe Street Bridge ins eisige Wasser des Chicago River stürzte.

Seiner Familie hinterließ er eine Nachricht, die bloß aus zwei Worten bestand, einer Bitte um das, was ihm selbst nicht gelungen war: »Verzeiht mir.«

Im Jahr darauf trat Albert ins Priesterseminar der Jesuiten in New York ein. Der Tod seines Bruders war ein schrecklicher Schlag für ihn gewesen. Und die Liebe hielt nicht, was sie versprach. Das Leben war vergänglich. Es herrschte große Ungerechtigkeit auf der Welt, und das Böse lauerte überall. Einzig die Suche nach dem Guten und der Wahrheit in Gott konnte dem Leben einen echten Sinn verleihen und einen Ausgleich für die Nichtigkeit der kurzen Zeitspanne bilden, die jedem Menschen gegeben war.

Albert tat sich in den Naturwissenschaften hervor, und so schickte sein Orden ihn nach einem Doktortitel in Theologie an die Universität Chicago – jene legendäre Institution, an der Enrico Fermi den ersten Kernreaktor der Geschichte in Betrieb genommen hatte. Alberts Noten waren sehr gut und seine Arbeitshaltung zufriedenstellend. Seinen Ordensoberen fiel bald auf, dass dieser junge Mann etwas taugte und talentiert war. Nach Abschluss seiner Ausbildung sandten sie ihn nach Rom, wo er in der Kongregation für die Selig- und Heiligsprechungsprozesse arbeiten sollte. Doch dann betrauten sie ihn mit einer bedeutsameren Aufgabe, zu der nur die Besten, Fähigsten und Loyalsten auserwählt wurden: die Wölfe Gottes.

Albert wusste nun von Dingen, von denen er zuvor nichts geahnt hatte: bisher unbekannte Vorgänge im menschlichen Gehirn, unerklärliche Vorfälle, Kräfte jenseits des bisher Erforschten, allesamt zugleich stimulierend wie auch erschreckend. Doch der Blick blieb dabei stets auf den Allerhöchsten gerichtet, die Phänomene wurden als Beweis seiner grenzenlosen Macht, seiner geraden Handschrift auch auf krummen Zeilen betrachtet. Alles führt zu Gott und alles hat Teil an seiner Herrlichkeit, glaubte Albert Cloister. Doch bei diesem Auftrag ergriff ihn eine tiefe Unruhe, so dass er keinen inneren Frieden mehr fand in einer Welt des immerwährenden Krieges, was ihm sonst allem Schmerz und allen Widrigkeiten, allen Schwierigkeiten und aller Gefahr zum Trotz noch stets gelungen war.

Jetzt aber verspürte er – zum ersten Mal – echte Angst. Er hatte Schreckliches gesehen, doch immer hatte er eine Erklärung dafür finden können. Die fehlte diesmal, und das löste Beunruhigung und vor allem Angst in ihm aus.

Nach einigen Minuten des Gebets im Mittelschiff von Notre-Dame ging er wieder hinaus und unternahm einen ausgedehnten Spaziergang entlang der Seine. In seine Gedanken versunken, überquerte er den Pont au Change und ging weiter, über die Île de la Cité und die Île Saint Louis nach Südosten Richtung Gare d'Austerlitz. Er musste seine Gedanken ordnen. Die gebrochenen Knochen des spanischen Priesters, die gebrochenen Knochen der alten Dame, mit der er soeben gesprochen hatte … Der Schmerz, die furchterregenden Visionen und dieses sonderbare Phänomen mussten irgendwie zusammenhängen. »DIE HÖLLE IST ÜBERALL.« Was bedeutete dieser Satz eigentlich? Ist die Welt eine Hölle, und nach dem Tod erwartet uns eine weitere Verdammnis, eine weitere Hölle? Vielleicht hatte Gott sich der Sünden seiner Geschöpfe wegen von ihnen losgesagt, vielleicht war er der Vergebung überdrüssig und verdammte sie nun erbarmungslos? Aber … was war mit den Gottesfürchtigen? Mit den Guten?

In seiner ledernen Aktentasche befanden sich drei Berichte, die in indirektem Zusammenhang mit dem Fall standen, den er gerade untersuchte. In allen ging es um Personen mit Nahtod-Erfahrungen, die wie die alte Französin etwas mehr als das weiße Licht, das die Seelen friedlich anzieht, *gesehen* hatten. Etwas Böses. Solche Erfahrungen machte etwa jeder Zwanzigste, also fünf Prozent aller Menschen mit Nahtod-Erfahrungen. In den Fernsehreportagen über Nahtod-Erfahrungen kommen sie normalerweise nicht vor. Die Menschen haben nicht gerne Angst vor realen Dingen. Und früher oder später erwartet uns alle der Tod, vielleicht lauert er schon hinter der nächsten Ecke. Die meisten denken nicht gerne darüber nach, auch wenn der Tod unausweichlich ist. Oder vielleicht gerade deshalb.

Doch keine der Personen, deren Berichte Cloister in seiner Aktentasche hatte, war mit gebrochenen Knochen aufgewacht oder mit unerklärlichen Verletzungen ins Leben zurückgekehrt. Man hatte die Berichte ausgewählt, weil darin von einer ausgeprägt bösen Präsenz die Rede war, stärker ausgeprägt sogar als in den negativen Erlebnissen üblich, aus denen die beunruhigenden fünf Prozent bestanden. Es handelte sich um ganz normale Menschen. Es gab keine offensichtliche Erklärung für ihre Visionen, ebenso wenig wie im Fall des spanischen Geistlichen eine Grabschändung vorlag oder die alte Dame das Opfer eines Übergriffs von Seiten eines Geistesgestörten geworden war. Beides war völlig unerklärlich. Das hatte Cloister sich bereits tausendmal gesagt. Die einzige Erklärung, die ihm einleuchtete, war, dass diese Menschen auf ihrer Reise ins Jenseits deutlich weitergekommen waren als die anderen. So weit, dass sie bei der Rückkehr einen körperlichen Schaden davongetragen hatten … Aber das war nicht mehr als eine Mutmaßung.

Pater Cloister setzte sich auf eine Bank am Fluss. Er hatte das Rauchen aufgegeben, doch im Augenblick fiel es ihm schwer, durchzuhalten. Er steckte sich ein Nikotinkaugummi in den Mund und begann zu kauen, während er die Berichte aus der Aktentasche zog. Er ordnete sie nach Datum: Marcial Bernárdez, peruanischer Gärtner, 1993; Edith Sommerfeld, österreichische Hausfrau, 1998; Evelyn Taylor, Leiterin einer Modelagentur in New York, 2001.

MARCIAL BERNÁRDEZ MENA
Lima, Peru.
Gärtner, Staatsbediensteter.
Datum des Vorfalls: 5. Februar 1993.
Datum der Befragung: 28. August 1993.
Alter zum Zeitpunkt des Vorfalls: 39 Jahre.

Ursache seiner Nahtod-Erfahrung: Bei einem durch einen Erdrutsch ausgelösten Autounfall, bei dem das Fahrzeug, in dem sich eine Gruppe Gärtner befand, abstürzte, wurde Marcial Bernárdez die Wirbelsäule durchtrennt. Seine Kollegen versorgten ihn; bis zur Ankunft der Rettungsmannschaft dauerte es mehrere Stunden. Während des Transports ins Krankenhaus erlitt Marcial Bernárdez einen Herzinfarkt

und wies trotz der Wiederbelebungsmaßnahmen der Sanitäter eine halbe Stunde lang keinen Puls auf. Man erklärte ihn für tot, doch etwa eine Stunde später begann sein Herz von selbst wieder zu schlagen.
Auszug aus seiner Aussage: Nachdem er vollständig das Bewusstsein verloren hat, hüllt absolute Schwärze seine Sinne ein. Der Befragte beschreibt diesen Zustand als »tiefen Brunnen«. Er hat kein Zeitgefühl. Nach unbestimmter Zeit kehrt er allmählich zurück, so kommt es ihm jedenfalls vor. Er meint, Geräusche zu hören und Bilder zu sehen. Vor sich sieht er einen Tunnel mit dunklen Wänden, der in einem ein wenig höher gelegenen, blinkenden weißen Licht endet. Ein alles durchdringendes Flüstern ruft ihn und bittet ihn, sich dem Licht zu nähern. Dies tut er vertrauensvoll. Er verspürt keinerlei Kummer mehr. Er geht, ohne zu gehen, kaum merklich, unwirklich. Er erreicht eine Art weißer Scheibe und durchquert sie. Das freundliche Murmeln verwandelt sich in einen gellenden Schrei. Das Licht wird schwächer und verfärbt sich rot. Es blendet ihn nicht mehr; vielmehr kann er von einer Art Aussichtspunkt alles sehen. Was er sieht, erfüllt ihn mit Schrecken und erschüttert ihn. Es lässt sich mit nichts Bekanntem vergleichen: gestaltloses Leiden, Lichtblitze, die sich in Münder zu verwandeln scheinen, welche um Erlösung flehen. Und ein Schatten, der sich zwischen den Schatten verbirgt. Damit endet sein Erlebnis. Bei seiner Rückkehr erinnert er sich an nichts weiter. Doch ohne zu wissen, warum, ist er sicher, dass da noch mehr war.

EDITH FÖRSTER-SOMMERFELD
Linz, Österreich.
Hausfrau, ehemals Verkäuferin in einem Blumenladen.
Datum des Vorfalls: 31. Januar 1998.
Datum der Befragung: 15. März 1998.
Alter zum Zeitpunkt des Vorfalls: 60 Jahre.

Ursache ihrer Nahtod-Erfahrung: Herzstillstand aufgrund eines Stromschlags in der Küche ihrer Wohnung, wo sie allein lag, bis sie zur Essenszeit von einem ihrer Söhne gefunden wurde. Zeit ohne Pulsschlag: unbestimmt. Sie lag sicherlich mehrere Stunden so da, doch es lag ein ungewöhnlicher Umstand vor. Im Sturz schlug sie mit dem Kopf gegen die Hintertür, und diese öffnete sich. Als man sie fand, lag die Temperatur im Raum bei etwa null Grad. Die möglichen Auswirkungen dieses Faktors haben die Ärzte nicht zufriedenstellend klären können.

Auszug aus ihrem Bericht: Sie stürzt jäh in völlige Dunkelheit, gefolgt von einer Art Aufblitzen, sicherlich aufgrund des Stromschlags. Dann leuchtet wie in »Zeitlupe« ein trübes Licht auf, und bereits verstorbene Angehörige und Freunde der Verunglückten ziehen an ihr vorbei. Sie verspürt weder Angst noch Euphorie. Vielmehr befindet sich der Geist von Frau Sommerfeld in einem Zustand bar jeder Emotionen. Dies ändert sich, als das Licht plötzlich heller wird und sich in einem Punkt bündelt. Dorthin bildet sich ein Tunnel. Nun treten Emotionen auf: der Wunsch, auf das Licht zuzugehen und diese Welt des irdischen, körperlichen Lebens hinter sich zu lassen. Aber eine neue Kraft kämpft gegen diese letzte Reise an: die immaterielle Präsenz der Kinder der Frau verhindert, dass der Gang zum Licht heiter verläuft. Dennoch geht sie weiter, bis sich eine schreckliche

Unruhe ihres Geistes bemächtigt. Sie sieht verkrüppelte, deformierte Körper. Eine böse Präsenz erscheint, eine Art Feuerwesen, allerdings besitzt es bis auf die Augen keine klaren Umrisse. Es sind ausdruckslose, ruhige Augen, doch sie sind schrecklich anzusehen. Im letzten Moment dreht Frau Sommerfeld um und erhält einen erneuten Impuls in Richtung ihrer Kinder, die ihren Tod beweinen. So kehrt sie ins Leben zurück, mit dem furchtbaren Gefühl, dass die feuerumrandeten Augen ein Geheimnis bergen, das sie nie ergründen wird, das aber da war und jedes vorstellbare Grauen bei weitem übertrifft.

EVELYN TAYLOR
New York City, Vereinigte Staaten.
Leiterin der Modelagentur Gloria Tebaldi in Amerika.
Datum des Vorfalls: 27. September 2001.
Datum der Befragung: 23. November 2001.
Alter zum Zeitpunkt des Vorfalls: 52 Jahre.

Ursache ihrer Nahtod-Erfahrung: Allergische Reaktion auf eine Speise in einem japanischen Restaurant. Die Reaktion war so heftig, dass die ersten Symptome noch während des Essens auftraten. Die Rettungssanitäter konnten sie stabilisieren; in kritischem Zustand kam sie ins Krankenhaus. Nach zwei Tagen auf der Intensivstation starb sie. Ihre spontane Wiederbelebung erfolgte im Leichenraum.
Auszug aus ihrem Bericht: Sie sieht sich selbst von außen. Die Ärzte machen sich an ihr zu schaffen, versuchen sie zu retten. Draußen warten Menschen und weinen untröstlich. Sie will sich ihnen nähern, um sie zu trösten, um ihnen zu sagen, dass es ihr gut geht. Doch sie hören sie nicht. Nie-

mand bemerkt sie. Ein Gefühl nicht so sehr von Angst, sondern von Beklemmung bemächtigt sich Mrs Taylors. Sie versucht, auf die Intensivstation zurückzukehren. Ihr lebloser Körper liegt im Bett. Schließlich begreift sie. Da verspürt sie einen Impuls nach oben. Sie steigt in die Höhe und entfernt sich vom Krankenhaus und von der Welt, und im gleichen Maße verdunkelt sich ihr Gesichtsfeld. Nun gibt es keine Bezugspunkte mehr. Sie schwebt an einem zeitlosen Ort ohne echte räumliche Eigenschaften. Plötzlich entdeckt sie so weit weg, dass sie die Entfernung nicht schätzen kann, eine Art Prozession grauer Gestalten. Es gibt kaum Licht, und sie kann keine Einzelheiten erkennen. Alle nähern sich einem rechteckigen Gebilde. Es ist ihr eigenes Grab. Das begreift sie, als sie den Sarg sieht und – jetzt ist es etwas heller – die Gesichter ihrer Angehörigen und Freunde. Sie versucht erneut, mit ihnen zu sprechen, sie schreit sogar, doch vergeblich. Sie sieht kein weißes Licht und keinen Tunnel; ebenso wenig Szenen aus ihrem Leben. Sie muss mit ansehen, wie die Menschen, die an dieser gespenstischen Beerdigung teilnehmen, rasch altern und von einem unsichtbaren Loch verschluckt werden, wobei sie ein Angstgeheul ausstoßen. Zudem bemerkt sie die Anwesenheit eines körperlosen Schattens, eines Bewusstseins, das aus der Dunkelheit heraus beobachtet. Diese böse Präsenz steuert das Ganze.

In allen drei Berichten kam das Böse vor, war allgegenwärtig. Cloister hatte den beunruhigenden Eindruck, als hätten nur diejenigen, die über einen gewissen Punkt hinaussehen konnten, die eine gewisse Schwelle erreichten, welche den meisten versagt blieb, eine vollständige Vision gehabt: Tunnel, weißes Licht, Frieden, Ruhe, Freude, und dann Verdunkelung, rotes Licht, Entsetzen, Verzweiflung … Vor allem Verzweiflung.

Und noch etwas. Etwas, woran sich keiner von ihnen wirklich erinnern konnte, das wahrgenommen zu haben sich aber alle sicher waren. Etwas war aus ihrem Gedächtnis gelöscht worden, vielleicht zu ihrem Schutz. Oder auch aus einem anderen Grund. Aber aus welchem?

Frühere Untersuchungen gingen in eine ähnliche Richtung. Wie ein Bücherwurm hatte Cloister sich auf der Suche nach diesen verstreuten Berichten in den Archiven des Vatikan vergraben. Mit Hilfe verschiedener Dokumentationsexperten war er nach und nach auf Aussagen, Berichte, Erwähnungen von vergleichbaren Vorfällen in der Vergangenheit gestoßen. Die ersten Erwähnungen verloren sich im Dunkel der Zeiten: ägyptische Priester, die sich auf bestimmte Stellen am Kopf schlugen, um einen umkehrbaren Tod herbeizuführen – der nicht immer umkehrbar war. Sie wollten einen Blick in die Welt der Toten werfen. Manche ihrer Berichte waren das Zeugnis von Menschen, die entsetzt mit der Vision eines gestaltlosen Bösen, eines dunklen, gesichtslosen Schattens konfrontiert gewesen waren. Später berichteten einige Mönche im Mittelalter von ähnlichen Erfahrungen. Cloister stieß sogar auf einen Arzt aus dem neunzehnten Jahrhundert, der seine Tage wegen seiner wenig orthodoxen Praktiken im Gefängnis beschließen musste. Er hatte das Verfahren der ägyptischen Priester bei den Geisteskranken in der von ihm geleiteten psychiatrischen Anstalt angewandt.

Insgesamt handelte es sich nicht um viele Fälle, doch die Last ihrer Bedeutung war erdrückend und deutete stets in eine bestimmte Richtung. Doch noch wusste niemand, in welche Richtung. Noch.

Pater Cloister erinnerte sich an die auffälligsten dieser Fälle. Ihm schienen sie wie die Überlebenden eines Schiffbruchs, die dagegen kämpfen, vom Wasser verschluckt zu werden, und in ihrem Kampf gegen den Ozean teilweise an die Oberfläche gelangen, in der Hoffnung, dass jemand sie rettet; allerdings wäre es in manchen Fällen wohl besser gewesen, nicht so weit zu gelangen, ebenso wie mancher Wunsch besser nicht erfüllt würde. Albert Cloister war ein Mann mit einem festen Gottesglauben. Noch inbrünstiger glaubte er jedoch an etwas anderes: die Wahrheit.

Seine Dissertation, für die er den Doktortitel in Theologie mit der Note *cum laude* erhalten hatte, endete mit einem Satz, der scheinbar unvereinbar mit der Religion war, in Wirklichkeit und richtig verstanden jedoch die vielleicht tiefste Überzeugung des Menschen zum Ausdruck brachte: »Der Glaube führt uns zur Wahrheit, aber die Wahrheit braucht keine Gläubigen; denn die Wahrheit bedarf nicht des Glaubens, doch der Glaube bedarf der Wahrheit sehr wohl.«

Die Wahrheit war das Einzige, was er suchte. Das Einzige, wofür er zu jedem Opfer bereit war.

Seit er Notre-Dame wieder verlassen hatte, hatten sich die Minuten zu Stunden summiert. Die Abenddämmerung wich allmählich der Dunkelheit. Pater Cloister stieg aus dem tiefen Brunnen seiner Gedanken empor, verwahrte die Papiere in seiner Aktentasche, erhob sich und ging langsam los. Das Wasser des Flusses strömte dahin, gleichgültig gegenüber seinen Grübeleien. Das Wasser eines Flusses ist nie dasselbe wie noch einen Augenblick zuvor. Dennoch hätte man glauben mögen, dass Albert Cloisters Gedanken in diesem Moment – zäh wie Teer und ebenso dunkel – den Strom der Seine hätten aufhalten können.

Er war besorgt und unruhig. Ehe er in das Kolleg zurückkehrte, in dem ihn seine Kongregation untergebracht hatte, betrat er ein Lokal und kaufte eine Schachtel Zigaretten.

6

Boston

Audreys Praxis lag in dem vornehmen Bezirk Back Bay, in einem wieder instand gesetzten Gebäude aus dem achtzehnten Jahrhundert, das die Eleganz einer vergangenen Epoche mit dem Komfort der modernen Zeit verband. Das Gleiche galt für die Praxis selbst. Kostbare Hölzer bedeckten die Wände halbhoch. Darüber blieb Raum für Gemälde mit Szenen des ländlichen Lebens. Der Teppich in Audreys Behandlungszimmer, der ihren Schreibtisch von der unvermeidlichen Couch trennte, auf die ihre Patienten sich legten, war ein echter Perserteppich aus dem Iran. Angesichts seines Preises hätte man schwören können, dass er tatsächlich perfekt war, wäre da nicht dieser eine absichtlich schlecht geknüpfte Knoten gewesen, der bei den besten Teppichen die Perfektion verhindert. Man darf Gott nicht die Stirn bieten, indem man versucht, die Dinge so zu tun, wie er sie täte. Das hat immer seinen Preis. Gott mag keine Konkurrenz. Außerdem verabscheut er Vorwürfe, seien sie auch noch so berechtigt. Davon war Audrey überzeugt. Sie fand, sie hatte guten Grund dazu.

Ihr erstes Gespräch mit Daniel hatte nicht allzu viel erbracht. Sie hatte ihm kaum Einzelheiten über seine Alpträume entlocken können. Was sie über seinen Geisteszustand wusste, hatte sie eher dem entnommen, was ihr die Oberin und andere Nonnen erzählt hatten, als dem, was Daniel preisgegeben hatte. Das war selbstverständlich kein guter Beginn. Allerdings war in ihrem Beruf kaum ein Beginn gut – das Ende übrigens auch nicht –, und was konnte man hier schon erwarten, da Daniel geistig behindert war? Die Nonne hatte Audrey grausam genannt, weil sie angedeutet hatte, dass dem alten Gärtner eine Psychotherapie nichts nützen würde, doch das war die nackte Wahrheit. Und heißt es etwa nicht, die Wahrheit befreit? Doch solche Argumente waren hier bedeutungslos. Diese Schlacht hatte sie von vornherein verloren. Es war schwer, der Oberin etwas abzuschlagen. Deshalb würde Audrey in einer Woche ein weiteres fruchtloses Gespräch mit ihrem geistig behinderten Patienten und seiner toten Blume führen. Sie hatte ihre Eindrücke von Daniel aufgeschrieben, wie sie es bei anderen Patienten auch tat. Die Akte trug auf der Vorderseite seinen Namen, Daniel Smith, sowie das Datum des ersten Behandlungstages. Aus Gewohnheit ging Audrey ihre Notizen nochmals durch, indem sie sie laut las:

1. Bei dem Patienten sind eindeutige Anzeichen von posttraumatischem Stress infolge des Brandes zu erkennen, der das Haus zerstörte, in dem er sein gesamtes Leben gewohnt hatte. Folgende Faktoren kommen erschwerend hinzu: die Tatsache, dass er beinahe dabei umgekommen wäre, die körperlichen Folgeerscheinungen und die neue Umgebung nach dem erforderlichen Umzug.
2. Das Trauma scheint sich vor allem in Form von schrecklichen Alpträumen zu manifestieren. Dieses Syndrom nächtlicher Verwirrtheit darf man als symptomatisch ansehen, denn die Alpträume beinhalten Elemente, die mit der Hauptursache des Traumas, dem Brand, in Verbindung gebracht werden können (siehe Punkt 5 über den Inhalt der Alpträume).
3. Der Patient ist geistig behindert. Es ist daher anzunehmen, dass er sich dessen, was ihm zugestoßen ist, nicht voll

bewusst ist und die schwersten Symptome des Traumas sich daher in einer unbewussten Phase zeigen: während er schläft. Das würde die Heftigkeit der Alpträume erklären. Andere mögliche Symptome wie die ausweichende Beantwortung von Fragen, die sich direkt auf den Brand beziehen, sowie Fragen zu seinen Alpträumen, die sich indirekt auf den Brand beziehen, lassen sich im Augenblick nicht als Folge des posttraumatischen Stresses bestätigen. Der geistige Zustand des Patienten macht es unmöglich, daraus die gleichen Schlüsse zu ziehen wie bei einem geistig nicht behinderten Patienten.

4. Der Patient zeigt eine übertriebene Anhänglichkeit an eine tote Pflanze. Sie ist das Einzige, was ihm aus seinem Leben vor dem Brand geblieben ist. Dieses Beispiel unverhältnismäßiger Emotionalität könnte ebenfalls ein Symptom des posttraumatischen Stresses sein. Ich habe jedoch erfahren, dass der Patient dieses Verhalten bereits vor dem Brand an den Tag gelegt hatte. Auch hier bedeutet die geistige Behinderung ein Hindernis für die Diagnose und vor allem für eine etwaige psychotherapeutische Behandlung.

5. Die Angaben des Patienten zu seinen Alpträumen sind spärlich und ungeordnet; allerdings scheint zwischen ihnen ein gewisser Zusammenhang zu bestehen. Er sprach von toten Pflanzen und Tieren, von ausgetrockneten Flüssen und (von einem Brand?) verwüsteten Feldern; ferner von einem Himmel »so rot wie Blut« – wörtliches Zitat (das Rot der Flammen?).

Empfohlene pharmakologische Behandlung: weiterhin Gabe von Anxiolytika zusammen mit Antidepressiva. Falls die Symptome nicht nachlassen, über den Einsatz von Neuroleptika nachdenken.

Audrey schloss die Akte und rieb sich die Augen. Sie war erschöpft. Die Probleme anderer Menschen laugten sie aus, und das war nicht gut für ihre Arbeit als Psychiaterin. Doch was sollte es? Was bedeutete ihr eigentlich überhaupt noch etwas seit jenem Sommernachmittag vor fünf Jahren, an dem ihr Sohn spurlos verschwunden war? …

Sie musste diesen Gedanken verscheuchen. Manche Erinnerungen schmerzen zu sehr, man gräbt sie besser nicht wieder aus.

»Ausgraben«, murmelte sie.

Wie unpassend dieses klischeehafte Wort doch für Erinnerungen war, die nie gestorben, nie beerdigt worden waren. Traurig erhob Audrey sich aus ihrem Ledersessel und ging ans Fenster. Es war groß, mit einem weißen Holzrahmen und oben sanft gewölbt. Es beruhigte sie, den Verkehr unten auf der Commonwealth Avenue zu beobachten. Bäume und Parkbänke säumten die Promenade in der Mitte. Wenn es schneite wie einige Tage zuvor, hüllten sich die Rasenflächen zu beiden Seiten in eine weiße Decke, auf der normalerweise gegen Abend leuchtend bunte Flecken erschienen – Kinder, die sich mit Schneebällen bewarfen und Schneemänner bauten.

Einige junge Leute gingen unter Audrey auf der Straße vorbei, und sie beneidete sie. Sicher waren es Studenten der Boston University, von deren Einrichtungen viele an der Commonwealth Avenue lagen. Sie waren zu dritt, zwei junge Männer und eine Frau, und hatten sich in dicke Mäntel gehüllt. Ihre Gesichter waren bleich vor Kälte, doch das machten die gesunden roten Flecken auf ihren Wangen, vor allem jedoch ein kaum gezügelter Ausdruck der Begeisterung auf ihren Gesichtern, einfach, weil sie lebendig waren, weil sie lebten, wieder wett. Einst war Audrey auch so gewesen. Sie und ihre Freunde Zach und Leo. Die drei hatten die Arroganz jener besessen, die die Welt verändern wollen, die ungetrübte Überzeugung, dass die Zukunft Großes für sie bereithielt. Doch am Ende hatten sie eine Niederlage erlitten. Die Welt hatte sich nicht geändert. Sie hatten sich geändert. Und zwar deutlich zum Schlechteren.

In der Fensterscheibe sah Audrey das Spiegelbild ihres bitteren Lächelns. Sie fühlte sich so einsam … Leo war seit nunmehr neun Jahren tot. Sein Herz hatte sich geweigert, weiter einen Körper von hundertzwanzig Kilogramm mit einer vom Alkoholmissbrauch zerstörten Leber zu erdulden. Leo war von seinem Herzen im Stich gelassen worden; sie selbst war von Zach im Stich gelassen worden, als er erfahren hatte, dass sie schwanger war. »Ich will für niemanden verantwortlich sein«, hatte der miese Kerl gesagt. Als sie sich auf dem Rücksitz seines Chevrolet vergnügt hatten, hatte er daran keinen Gedanken verschwendet.

»Das Leben ist beschissen«, sagte Audrey genau in dem Augenblick, in dem fröhliches Lachen von der Straße zu ihr heraufdrang, durch die Glasscheibe ein wenig gedämpft.

Der Nachmittag eines Tages, der schon regnerisch und eisig begonnen hatte, ging zu Ende. Audreys Regenschirm isolierte sie von einem grauen Himmel, zu dem ihre düstere Miene gut passte. Bald würde auch dieses zaghafte Grau schwinden, wenn die Nacht das wenige Licht schluckte, das der Morgen gebracht hatte.

Ihr Terminplan war voller Therapiesitzungen gewesen. Ein suizidgefährdeter Manisch-Depressiver, drei Zwangsneurotiker und zwei Alkoholiker hatten ihr in allen Einzelheiten von ihrem Elend erzählt. Man hätte sagen können, es sei kein guter Tag gewesen, wenn das nicht für jeden Tag gegolten hätte. Dabei lag die absurdeste Sitzung noch vor ihr.

Als sie im Altenheim der Vinzentinerinnen ankam, sagte ihr die Obcrin, Daniel sei in seinem Zimmer. Dorthin ging Audrey nun. Mehr denn je schien ihr, der enge Korridor, der zu den Zimmern der alten Menschen führte, müsse zwangsläufig in der Klaustrophobie münden. Der in zwei Grüntönen geflieste Boden war durch die Reinigung mit billigen Putzmitteln glanzlos geworden. Doch trotz des Gestanks nach Putzmittel roch sie den typischen Geruch von Krankheit und Verfall.

Nicht zum ersten Mal nahm sie sich vor, diese selbst auferlegte, mühevolle Arbeit aufzugeben. Und niemand, nicht einmal die Oberin, könnte ihr einen Vorwurf machen, wenn sie es täte. Doch sie konnte sie nicht aufgeben. Sie musste sich weiter zwingen, ins Altenheim zu gehen und Geld für wohltätige Zwecke zu spenden. Nur so konnte sie Gott beweisen, dass er sie fälschlich bestraft hatte, indem er ihr dessentwegen, was in Harvard geschehen war, als sie noch eine einfache Studentin gewesen war, den Sohn genommen hatte. »Es war ein Unfall, ein schrecklicher Unfall«, sagte sie sich erneut, wie schon tausendmal zuvor.

Sie war erleichtert, als sie Daniels Zimmer erreichte. Sich auf das zu konzentrieren, weswegen sie gekommen war, würde sie von ihren schmerzlichen Erinnerungen ablenken. Als sie eintrat, sah sie, dass der Alte müde, aber vergnügt auf dem Bett saß. Im Badezimmer sang eine Männerstimme: *»She'll look at you and smile, and her eyes will say, she's got a secret garden where everything you want, where everything you need will always stay …«*

Ein Wasserhahn wurde zugedreht. Ein Mann kam mit Daniels Rose aus dem Bad. Er hatte sie gewässert.

»… a million miles away«, beendete Audrey den Liedtext mit wehmütiger Stimme.

»Ein schönes Lied, nicht wahr?«

»Ein trauriges Lied.«

»Das ist nur, weil ich es so singe …« Er gab Daniel den Blumentopf zurück und reichte Audrey die Hand. »Joseph Nolan.«

»Audrey Barrett.«

»Audrey hat meine Blume … gegossen«, warf Daniel ein.

»Wirklich?«, fragte der Feuerwehrmann.

»Sind sie mit Daniel verwandt?«

Audrey hatte gedacht, Daniel sei als Baby vor dem Kloster der Vinzentinerinnen gefunden worden und man habe nie herausgefunden, wer seine Eltern waren. Nun war sie verwirrt. Daniel wirkte so entspannt und vertrauensselig in der Gegenwart dieses Mannes …

»Na ja, man könnte wohl sagen, dass ich jetzt sozusagen zur Familie gehöre«, antwortete Joseph. »Ich habe ihn beim Brand des Klosters aus dem Feuer gerettet.«

»Und er hat meine … Rose gefunden.«

Joseph lächelte Daniel zu und meinte: »Ja. Das auch. Sie stand zwischen den Trümmern.«

»Also sind Sie der Feuerwehrmann.«

»Helfen, überleben und dann ab nach Hause.«

»Ist das Ihr Leitspruch?«

»Das kommt bei uns einem Leitspruch noch am nächsten, ja.«

»Verstehe …«

Audrey klang so unbeteiligt, ihre Fragen und Antworten waren so knapp, dass Joseph sich allmählich unbehaglich fühlte. Dabei war er bester Stimmung gewesen, bis diese Frau aufgetaucht war. Daniel war trotz aller Beschränkungen eine echte Persönlichkeit, und Josephs Besuche im Altenheim dauerten immer länger und wurden ihm allmählich zur lieben Gewohnheit. Ehrlich gesagt hatte er den alten Mann ins Herz geschlossen. Dies war ein weiterer Beleg dafür, dass seine Exfrau unrecht gehabt hatte mit ihrer Behauptung, er liebe nur seinen Baseballhandschuh mit dem Autogramm von David Ortiz und das Gehänge zwischen seinen Beinen.

Audrey blickte den Mann in Erwartung irgendeiner Antwort an, die jedoch einstweilen ausblieb. Aber in seinem Gesicht erblickte sie ein schelmisches Lächeln, das mit Sicherheit nicht ihr galt. Das Schweigen zog sich in die Länge. Audrey fiel längeres belangloses Plaudern schwer, besonders mit Mitgliedern des anderen Geschlechts. Seit zu vielen Jahren waren sämtliche Männer, mit denen sie sprach, entweder Kollegen oder Patienten, mit Ausnahme des einen oder anderen Klempners, Anstreichers oder Elektrikers, die in ihrer Wohnung oder ihrer Praxis etwas reparieren mussten. Es fehlte ihr an Gewandtheit für banale Konversation, und über Themen, für die das nicht galt, mochte sie mit niemandem sprechen.

»Audrey möchte, dass … ich ihr … meine Träume erzähle«, sagte Daniel und beendete damit das Schweigen.

»Sind Sie Psychiatriepflegerin? So sehen Sie gar nicht aus«, sagte Joseph. Er hatte Daniel den Rücken zugewandt und die Stimme gesenkt.

»Das liegt vielleicht daran, dass ich nicht Pflegerin sondern Psychiaterin bin«, erwiderte Audrey ebenfalls leise.

»Ah, natürlich. Verzeihen Sie, ich wollte Ihnen nicht zu nahe treten.«

Audrey merkte, dass sie grundlos unfreundlich zu Joseph war. Der Mann war sympathisch, auch wenn er ein wenig unbedarft wirkte. Zudem verbrachten wohl nicht viele Menschen freiwillig den Nachmittag mit einem zurückgebliebenen alten Mann wie Daniel. Sie selbst merkwürdigerweise allerdings auch.

»Sie sind mir nicht zu nahe getreten. Ich nehme an, ich bin tatsächlich so eine Art Psychiatriepflegerin. ›Verrücktes Zeug anhören, nicht selbst verrückt werden und dann ab nach Hause.‹ Das ist unser Leitspruch.«

Überrascht und zugleich befriedigt hörte Audrey Joseph über ihren Witz lachen. An Lachen war sie ebenfalls nicht mehr gewöhnt. Sie selbst brachte ein schwaches Lächeln zustande, das ihren wunderschönen grünen Augen vorübergehend ihr Strahlen zurückgab. Daniel, der nicht mitbekommen hatte, worüber sie gesprochen hatten, lächelte ebenfalls.

Als das Lachen verklungen war, herrschte erneut Schweigen, das wieder ausgerechnet der Gärtner brach.

»Ich möchte nicht … von meinen Träumen erzählen. Sie sind schlimm … Es sind schlimme Träume.«

»Deshalb sollst du sie mir ja erzählen, Daniel«, sagte Audrey und gewann unverzüglich ihre professionelle Haltung zurück. »Damit wir sie zusammen vertreiben können.«

»Ver-treiben?«

Daniel wirkte nicht überzeugt, trotz Audreys mit Bestimmtheit vorgetragenem Argument. Da fuhr sie fort: »Das ist wie Ungeziefer auf den Pflanzen. Da kannst du nicht die Augen zumachen und darauf warten, dass es von alleine verschwindet, verstehst du mich, Daniel? Du musst etwas dagegen tun.«

»Und es mit … Insek- … Insekt-«

»Insektizid! Genau«, beendete Joseph das Wort, das für Daniel zu kompliziert war. Und auf eine Eingebung hin fügte er hinzu: »Du musst der Frau Doktor deine Alpträume erzählen, weil sie das Insektizid hat, mit dem man sie tötet.«

Die Psychiaterin lächelte. Dieser unbedarfte Feuerwehrmann hatte also doch etwas im Kopf. Er hatte Daniel die Situation so erklärt, dass sie für ihn verständlich war.

»Ja? Sie … hat das Insek- … tid?«

Es war unklar, ob Daniel diese Frage Joseph, Audrey, sich selbst oder seiner geliebten Rose stellte. Aber in diesem Augenblick wusste Audrey, dass er mit ihr reden und ihr von seinen Alpträumen erzählen würde. Ein kalter Schauder lief ihr über den Rücken.

Da der Feuerwehrmann ihr geholfen hatte, Daniel zu überzeugen, und dieser ihm vertraute, beschloss Audrey, Joseph zu erlauben, bei dem Gespräch anwesend zu sein. Sie entschied auch, dass sie sich hier in Daniels Zimmer unterhalten würden. In einer vergleichsweise vertrauten Umgebung würde ihm das Gespräch hoffentlich leichter fallen. Doch zuvor flüsterte Audrey Joseph noch ins Ohr: »Mischen Sie sich auf gar keinen Fall ein.« Er nickte zustimmend.

»Sehr gut, Daniel«, begann Audrey. »Hast du diese Woche wieder … schlimme Träume gehabt?«

»Ja.«

»Und kommen darin immer noch verbrannte Felder vor?«

Daniel dachte darüber nach und erwiderte: »Sie sind nicht verbrannt … Sie sind tot … Alles ist … tot.«

»Was ist ›alles‹? Was kommt in deinen Träumen noch vor?«

»Da waren Blumen … Bäume, Tie-Tiere, Gras.«

»Alles war gut, und plötzlich sind die Pflanzen und Tiere gestorben?«

»Die Tiere haben sich … getötet.«

»Meinst du, sie haben sich gegenseitig getötet?«

»Ja.«

Ehe Audrey fortfuhr, machte sie sich Notizen.

»Und was ist mit dem Rest passiert? Wie sind die Pflanzen gestorben?«

Diesmal musste Daniel länger nachdenken.

»Ich glaube … er … hat sie getötet.«

Sowohl Audrey als auch Joseph fiel auf, dass Daniels Miene nun ängstlich war. Bis jetzt war er ruhig gewesen, doch bei der Erwähnung dieses »er« – er hatte das Wort kaum hörbar geflüstert – hatte seine Stimmung sich spürbar verändert. Der Gärtner war nun bleich und rutschte unruhig auf dem Bett hin und her. Als er weitersprach, überkam ihn ein Hustenanfall, der eine ganze Weile anhielt. Hinterher war sein Gesicht von der Heftigkeit des rasselnden Hustens verzerrt, und seine Augen waren gerötet und tränten.

»Trink einen Schluck Wasser«, sagte Joseph und reichte Daniel ein Glas vom Nachttisch.

Damit hatte er gegen Audreys Regel, nicht in das Gespräch einzugreifen, verstoßen, doch er nahm an, dass das nicht zählte. Und selbst wenn, es war ihm gleich. Er bereute allmählich, dass er geholfen hatte, Daniel davon zu überzeugen, dass er mit ihr sprach. Der arme Kerl hatte bereits genug gelitten, in seinem Zustand konnte er kein neues Leid vertragen. Daniels angsterfüllter Gesichtsausdruck, kurz bevor er diesen Hustenanfall bekommen hatte …

»Meinen Sie nicht, es wäre besser, für heute aufzuhören?«, fragte der Feuerwehrmann Audrey.

»Kannst du weitererzählen, Daniel?«, fragte diese.

Die Hustenanfälle machten auch ihr Sorgen. Ganz kurz hatte sie sogar gefürchtet, der alte Mann werde einen Zusammenbruch erleiden. Doch nun schien es Daniel wieder einigermaßen gut zu gehen, und sie wollte die Sitzung nicht gerade in dem Moment abbrechen, in dem es interessant wurde.

»Muss ich … weitererzählen?«, fragte Daniel.

Audrey und Joseph antworteten zur gleichen Zeit, allerdings fielen ihre Antworten recht unterschiedlich aus. Er sagte: »Natürlich nicht«, und sie sagte: »Wir müssen weitermachen.« Keine der Antworten war zu verstehen, doch da Audrey intuitiv spürte, dass Joseph vorschlagen wollte aufzuhören, kam sie ihm zuvor: »Wer ist *er?* Wer ist derjenige, der die Pflanzen sterben lässt?«

»Ich weiß nicht.«

»Und warum glaubst ...?«

»Aber er ... ist böse. Er ... spricht in meinen Träumen mit mir. Und ... manchmal ... auch, wenn ich ... wach bin.«

Die Psychiaterin machte sich wieder Notizen auf ihrem Block. Joseph schwieg. Der alte Mann brauchte psychologische Hilfe, das stimmte. Dieses unerwartete Eingeständnis bewies es.

»Spricht er jetzt gerade mit dir?«, fragte Audrey.

Unter anderen Umständen hätte Daniels Miene sogar komisch gewirkt: Er lauschte angestrengt in sich hinein, die Augen halb geschlossen, das Kinn ein wenig emporgereckt. Joseph wandte den Blick ab, um sich das traurige Bild zu ersparen.

»Jetzt ... sagt er nichts.«

»Was sagt er denn, wenn er mit dir spricht?«

»Ich ... weiß nicht mehr.«

»Versuche, dich zu erinnern, Daniel, bitte. Es ist wichtig.«

Der Gärtner war nun stark verängstigt. Doch er tat, worum Audrey ihn gebeten hatte. Man konnte beinahe spüren, wie sein kleines Gehirn arbeitete, als er sich bemühte, den Tiefen seiner Erinnerung irgendetwas zu entlocken. Die Psychiaterin ließ ihm Zeit. Sie wollte ihn nicht drängen. Während sie auf Daniels Antwort wartete, las sie die Notizen durch, die sie sich im Verlauf der Sitzung gemacht hatte. Joseph seinerseits hatte den beiden den Rücken zugewandt und sah aus dem einzigen Fenster des Zimmers, ohne in der undurchdringlichen Dunkelheit des Gartens etwas erkennen zu können.

Schließlich antwortete Daniel. Doch er sprach mit einer völlig fremden, bedrohlichen Stimme, ohne wie gewohnt zwischendurch zu stocken.

»Wie lauten die drei Lügen, Audrey?«

Joseph wirbelte herum. Die Worte kamen zweifellos aus dem Mund des Gärtners, auch wenn sie nicht von ihm zu stammen schienen. Daniel hatte mit ungewohnter und beunruhigender Sicherheit gesprochen.

»Was meinst du damit, Daniel?«, fragte Audrey.

»Was ist mit ihm los?«, wollte Joseph besorgt wissen.

Audrey bedeutete ihm mit einer Handbewegung und einem kurzen, strengen Blick, zu schweigen.

»Aber es sind gar nicht drei Lügen, sondern vier, nicht wahr, Audrey?«

Erneut sprach er mit dieser unangenehmen Stimme. In den eisigen Ton hatte sich nun eine falsche Liebenswürdigkeit gemischt. In ebenso falscher Komplizenhaftigkeit zwinkerte Daniel Audrey zu.

»Schluss jetzt!«, sagte Joseph. »Wach auf, Daniel!«

Das war eine absurde Aufforderung, denn Daniel schlief ja gar nicht. Er stand nicht einmal unter Hypnose oder Ähnlichem wie diese Leute, die manchmal im Fernsehen auftraten. Aber die Aufforderung entsprang dem, was Joseph in diesem Augenblick empfand. Das war nicht Daniel, und er musste aufwachen, um von dort zurückzukehren, wo er jetzt war.

Daniel kehrte genau an den Punkt zurück, an dem er gewesen war, ehe er in diese Trance verfallen war.

»Ich … erinnere mich … nicht.«

»Bist du das, Daniel?«

Josephs Worte waren eigentlich keine Frage, sondern Ausdruck seiner Erleichterung.

»Natürlich … bin ich … ich, Joseph.«

»Natürlich, Champion.«

»Sind Sie jetzt endlich still und überlassen das Reden mir?«, unterbrach ihn Audrey. »Sie haben heute Nachmittag schon genug geredet.«

Sie war wütend. Sie hätte ihm nicht erlauben dürfen, bei der Sitzung dabei zu sein. Er hatte alles verdorben, dieser Trampel.

»Was hätte ich denn tun sollen? Ich konnte doch nicht einfach zusehen, wie …«

Audrey packte Joseph am Ärmel und zwang ihn, sie vor die Tür zu begleiten. Dort sagte sie zornig: »Wobei konnten Sie nicht einfach zusehen, Sie Idiot? Was glauben Sie mit Ihrem Spatzenhirn, was mit Daniel los war? Haben Sie gedacht, er würde den Kopf verdrehen, wie das kleine Mädchen in *Der Exorzist?*« Audrey hob den Arm und deutete auf Daniels Zimmer. »Dieser Mann da drin hat ein Trauma erlitten. Gott weiß, was dabei mit seinem beschränkten Hirn passiert ist. Er leidet unter schwerem posttraumatischem Stress durch den Brand, aus dem Sie ihn gerettet haben, und nach dem zu urteilen, was wir gerade gesehen haben, hat er möglicherweise außerdem eine multiple Persönlichkeitsstörung oder ist schizophren. In diesem Raum ist nichts Außergewöhnliches vorgefallen, Mr Nolan. Ich sehe so was fast jeden vermaledeiten Tag.«

»Das tut mir sehr leid für Sie.«

Die Aufrichtigkeit dieser Beteuerung entwaffnete Audrey.

»Mir tut es auch leid, das können Sie mir glauben.« Audrey seufzte und fuhr fort: »Tut mir leid, dass ich Sie angeschrien habe.«

»Sie haben mich außerdem einen Idioten mit Spatzenhirn genannt.«

»Das tut mir auch leid.«

Joseph reichte Audrey die Hand. Sie hatte recht. Er hatte sich tatsächlich wie ein Idiot mit Spatzenhirn aufgeführt.

»Schließen wir Frieden?«

»Sicher.«

»Dann lade ich Sie auf einen Kaffee ein.« Diesmal kam er Audrey zuvor. »Und Daniel lassen wir für heute in Ruhe, okay? Lassen Sie ihn sich ausruhen. Er hat es nötig.«

»In Ordnung. Aber ich hoffe für Sie, dass der Kaffee gut ist.«

Wie sich herausstellte, war der Kaffee miserabel. In den Wohnvierteln der sozial Schwachen bekommt man keinen Espresso. Nach einer nicht allzu langen Unterhaltung machte Audrey sich auf den Heimweg. Sie schaltete das Radio in ihrem Mercedes CLK ein, achtete jedoch nicht auf den Musiksender, den sie eingestellt hatte. Ihr Kopf war mit der noch frischen Erinnerung an ihr Gespräch beschäftigt. Joseph hatte sie nach den drei Lügen gefragt, die Daniel erwähnt hatte. »Wie lauten die drei Lügen, Audrey?«, hatte der alte Gärtner gefragt, als er sich plötzlich in jemand anderen verwandelt zu haben schien. Leicht verwirrt gab Audrey Joseph die einzige Erklärung, die ihr auf die Schnelle einfiel: »In der Harvard University gibt es eine Statue, auf der steht: ›John Harvard, Gründer, 1638.‹ Die heißt bei allen an der Uni ›Die Statue der drei Lügen‹, weil die Statue weder John Harvard darstellt, noch er die Universität, die seinen Namen trägt, gegründet hat und Harvard auch nicht 1638 gegründet wurde.«

»Im Ernst? Dann taugt diese Statue ja wohl nichts.«

»Na ja. Angeblich bringt es Glück, wenn man ihre Füße berührt. Leo … ein Studienkollege von mir hat das jedes Mal gemacht, wenn er daran vorbeikam.«

»Und hat die Statue ihm Glück gebracht?«

»Nein«, erwiderte Audrey und fügte flüsternd hinzu: »Sie hat in jener Nacht keinem von uns Glück gebracht.«

»Wie bitte?«

»Ich meinte, nein, sie hat ihm kein Glück gebracht. Mein Freund Leo ist vor ein paar Jahren an einem Herzinfarkt gestorben.«

»Oje, das tut mir leid.«

»So etwas passiert eben …«

»Mal angenommen, Daniel hat mit der Frage nach den drei Lügen diese Statue gemeint, was sollte das dann? Ich meine, warum hat er ausgerechnet danach gefragt?«

»Wahrscheinlich wollte er meine Aufmerksamkeit erregen. In solchen Fällen wird der Patient manchmal ...«, Audrey suchte nach dem passenden Wort, »zu einer Art Exhibitionist.«

»Sie meinen, er wollte Sie beeindrucken?«

»So ungefähr.«

»Aha. Aber finden Sie nicht, dass das ein bisschen zu kompliziert für Daniel ist? Erstens hätte er wissen müssen, dass Sie in Harvard studiert haben, zweitens hätte er die Geschichte dieser ›Statue der drei Lügen‹ kennen müssen, und außerdem hätte er die beiden Dinge miteinander in Verbindung bringen müssen, um Ihnen diese Frage stellen zu können. Ich weiß nicht ... Für mich passt das nicht zusammen.«

»Solche Fälle sind komplizierter, als sie aussehen. Es kommt vor, dass manche der Persönlichkeiten eines Patienten mit multipler Persönlichkeitsstörung Fähigkeiten haben, die seine anderen Persönlichkeiten nicht haben. Manchmal unterscheiden sie sich sogar körperlich. Ich hatte einmal den Fall einer Frau, die in einer ihrer Persönlichkeiten normal sehen konnte, in einer anderen aber kurzsichtig war. Der menschliche Geist ist ein Rätsel, Mr Nolan. Das ist nicht nur ein schöner Satz. Der menschliche Geist ist wirklich ein Rätsel. Daniel kann von einer der Nonnen gehört haben, dass ich in Harvard studiert habe, und es ist nicht so unwahrscheinlich, dass er die Geschichte von der Statue kennt. Schließlich lebt er schon sein ganzes Leben lang in Boston. Und die Verbindung zwischen dem einen und dem anderen hat vielleicht jener andere Daniel hergestellt.«

Diese letzte Erklärung überzeugte Joseph. Beinahe hätte sie sogar Audrey selbst überzeugt, wäre da nicht Daniels zweite

Bemerkung gewesen, an die Joseph offenbar nicht mehr dachte: »Aber es sind gar nicht drei Lügen, sondern vier, nicht wahr, Audrey?« Und das stimmte, ja, denn sie verheimlichte eine Lüge. Das Geheimnis dessen, was eines Nachts in Harvard geschehen war, just an der Statue der drei Lügen …

7

Rom

Die Gesellschaft Jesu hatte sich in ihren politischen Beziehungen zu verschiedenen Staaten und zum Heiligen Stuhl selbst stets auf einem schmalen Grat bewegt. Im Verlauf seiner Geschichte war der Orden aus vielen Ländern vertrieben, war abgelehnt und bekämpft worden. Seine Mitglieder galten aufgrund ihrer progressiven Haltung in Regionen wie Südamerika als linksgerichtet, dabei waren sie für viele andere im Gegenteil traditionelle Diener Gottes. Ihr Gelübde schloss die direkte Unterordnung unter den Papst ein. Dennoch hatten viele Päpste sie geringgeschätzt. Jesuiten absolvierten eine strenge zehnjährige Ausbildung. Sie studierten Philosophie und Theologie, aber auch Naturwissenschaften, und standen heterodoxen Lehren wie der Parapsychologie, der Ufologie oder dem Okkultismus gegenüber stets aufgeschlossen gegenüber.

Deshalb war es nicht verwunderlich, dass die Gruppe im Vatikan, die an der Grenze zwischen Orthodoxie und Heterodoxie operierte, die sich mit Nachforschungen befasste, die andere in ihrer Ignoranz und ihrem Kleinmut für absurd hielten, aus Jesuiten bestand. Die Wölfe Gottes waren 1970 unter dem Schutz von Papst Paul VI. entstanden. Als nach seinem Tod – und dem kurzen Pontifikat von Johannes Paul I. – Johannes Paul II. den Petersstuhl übernahm, hätte der polnische Papst die Gruppe beinahe aufgelöst. Die Jesuiten waren nicht gerade nach seinem Geschmack, daher löste man das Problem mit Hilfe eines neuen Kopfes. Der erste Präfekt der Wölfe Gottes war ein französischer Baske gewesen, Monsignore Virgile Guethary, mit dem das neue Machtzentrum uneins gewesen war. Man ersetzte ihn 1979 durch den Polen Ignatius Franzik, einen energischen, intelligenten und diplomatischen Mann. Es war die Zeit der traditionalistischeren Orden wie Opus Dei, das von Johannes Paul II. zur Personalprälatur erhoben wurde – eine schwierige Zeit für die Jesuiten, doch Franzik wusste zu taktieren. Die Tatsache, dass er ein Landsmann des Pontifex maximus war, trug nicht unerheblich dazu bei, dass die Wölfe Gottes nicht aufgelöst wurden.

Von Anfang an beschäftigten die Wölfe sich mit paranormalen Phänomenen. In einem Fall wurde eines ihrer Mitglieder sogar festgenommen, weil es in der Erfüllung seines Auftrags zu weit gegangen war, sich vom Eifer hatte hinwegreißen lassen. Der Mann hatte versucht, sich in den berühmten amerikanischen Militärstützpunkt Area 51 einzuschleichen. Niemand konnte ihn mit dem Heiligen Stuhl in Verbindung bringen, doch die Behörden fanden heraus, dass es sich bei ihm um einen jesuitischen Geistlichen handelte. Der Orden musste sich für seine Freilassung einsetzen, und nur das Wohlwollen höchster politischer Kreise in den Vereinigten Staaten verhinderte einen Skandal und größeres Aufsehen in der Presse, die ihn mit den Fanatikern der UFO-Verschwörung in Verbindung brachte. Auch wenn das, was er gesucht hatte, nichts mit den »kleinen grünen Männchen« zu tun hatte.

In den neunziger Jahren berieten ehemalige Mitglieder der Wölfe die Produktionsgesellschaft von »Akte X«, allerdings strikt privat. Mehrere Fälle der Serie waren – wenn auch nach entsprechender Bearbeitung – echten Nachforschungen der Wölfe, nicht des FBI, entnommen. Dennoch hielten in Rom viele die Gruppe für eine Verschwendung von Zeit und Geldmitteln. Dabei verdient alles Merkwürdige eine Untersuchung. Just das, was wir nicht kennen, birgt die höchsten Wahrheiten.

Dies dachte Kardinal Franzik, nunmehr ein alter Mann, während er in seinem Büro die Durchwahl von Servidio Paesano, dem Präfekten des vatikanischen Geheimarchivs, wählte.

»Pater Paesano?«

»Am Apparat«, antwortete eine rauhe Stimme am anderen Ende der Leitung.

»Hier ist Franzik. Haben Sie den Kodex vorbereiten lassen, wie ich Sie gebeten habe?«

»Ja.«

»Danke, dass Sie mir den Gefallen getan haben.«

»Keine Ursache. Ich hoffe, er hilft Ihnen weiter. Mich hat er ehrlich gesagt immer nur ratlos gemacht.«

»Verständlich ... Aber in Gottes Plan ergibt alles einen Sinn.«

»Gewiss, Monsignore.«

Kardinal Franzik legte auf, ließ den Hörer aber noch nicht los. Vor ihm befand sich ein schönes Fresko mit einer Allegorie der Grazien. Doch das Bild drang nicht weiter als bis zu seinen Netzhäuten. Das Gehirn dahinter löschte diese wie auch jede andere Information, die in diesem Augenblick aus der Außenwelt kam. Dann kehrte alles zur Normalität zurück wie das eingefrorene Bild eines Spielfilms, wenn die Vorführung fortgesetzt wird. Monsignore Franzik nahm erneut den Hörer ab und wählte eine Nummer aus seinem Adressbuch, das aufgeschlagen vor ihm auf der ledernen Schreibtischunterlage lag. Es war die Nummer einer Benediktinerabtei in Padua. Der Kardinal wollte mit einem alten Freund und Mentor sprechen, der sich viele Jahre zuvor ins klösterliche Leben zurückgezogen hatte. Der Mann war geradezu unfassbar alt. Mit seinen über hundert Jahren hatte Bruder Giulio Vasari sich seinen klaren Geist bewahrt, auch wenn sein Körper einem irreversiblen Verfallsprozess unterworfen war.

»Mein Freund!«, rief der Alte mit seiner tiefen, aber unendlich müden Stimme aus, als er Ignatius Franzik am anderen Ende der Leitung erkannte. »Ich bin hier in meiner eigenen Zelle gefangen. Wenn die guten Brüder sich nicht um mich kümmern würden ... Danke, danke für das Telefon«, sagte er zu dem Mönch, der ihm das schnurlose Telefon gebracht hatte.

»Entschuldige, dass ich schon wieder störe«, sagte Franzik. »Der junge Priester, von dem ich dir erzählt habe, befindet sich gerade auf dem Flug von Brasilien nach Rom. Er wird sehr bald hier sein. Der Kodex liegt im Geheimarchiv bereit. Aber ich weiß nicht, ob wir weitermachen sollen. Meine Verwirrung ist ebenso groß wie meine Beunruhigung.«

In seiner dunklen Zelle hustete Bruder Giulio rauh. Dann sagte er: »Es muss sein. Mein Herz ist seit vielen Jahren unruhig. Vielleicht findet er die Antwort, die ich nie bekommen habe ... und von der ich nicht weiß, ob ich sie überhaupt hören wollte. Denk daran, mein Freund, was ich in meiner Jugend in Sizilien erlebt habe. Und denk auch an Papst Wojtylas letzte Worte auf dem Sterbebett, die du selbst mir voller Angst erzählt hast.«

»Ja. Ja, ich erinnere ich mich an seine Worte, aber wiederhole sie nicht, ich bitte dich! Sie waren beinahe unverständlich. Ein Flüstern. Man hatte einen Luftröhrenschnitt bei ihm gemacht, und er hatte keine Stimme mehr ... Ich bin nicht einmal sicher, ob ...«

»Wenn das nur stimmte! Aber du bist dir ja sicher. Es hat sich allen, die davon wissen, unauslöschlich eingeprägt. Außerdem ist die Uhrzeit, zu der er uns verlassen hat – 21 Uhr 37 –, ein Zeichen des Teufels. Die 37 wird in einigen gottlosen Texten Luzifer zugeordnet. Und in der hebräischen Kabbala kann sie als ›der Sturz‹ interpretiert werden und bedeutet auch ›verbrennen‹.«

»Gott sei Dank sind wir, die wir davon wissen, nur wenige und zudem absolut vertrauenswürdig. Wenn die Gläubigen erführen …«

Der Kardinal schloss die Augen und kniff die Lider zusammen. Diese Erinnerung war wie ein Wurm, der an einer reifen Frucht nagt.

»Wenn dein junger Untergebener den Kodex gelesen hat, schick ihn mir nach Padua«, sagte der Alte sanft.

»Könntest du nicht vorher mit ihm sprechen? Wenn du hinterher immer noch meinst, dass er ihn lesen soll, werde ich keine Einwände haben.«

»Gut. Dann schick ihn gleich nach seiner Ankunft zu mir. Ich werde mit ihm reden.«

Zwischen den beiden durch die Telefonleitung getrennten Männern entstand ein tiefes Schweigen. Der Kardinal brach es.

»Ich habe Angst, Giulio.«

»Ich auch, wie du weißt, lieber Ignatius. Ich auch.«

Der Heilige Stuhl erstrahlte unter einer für den November untypischen Sonne. In den Straßen der Ewigen Stadt, die sauberer als üblich waren, sah man bereits erste Weihnachtsvorbereitungen. Ein undefinierbarer, aber angenehmer Duft erfüllte die Luft, und alle wirkten ein wenig fröhlicher angesichts der Aussicht auf die Feierlichkeiten, mit deren Vorbereitungen man auf Initiative der großen Kaufhäuser jedes Jahr ein wenig früher begann.

Der elegante graue Lancia Thesis mit dem Kennzeichen SCV des Stato della Città del Vaticano ließ das Kolosseum und den Konstantinsbogen rechts liegen. Der Passagier hatte den Fahrer ausdrücklich gebeten, dort vorbeizufahren. Er wollte die majestätischen Ruinen, die ihm noch jedes Mal ein erhebendes Gefühl eingeflößt hatten, wieder einmal betrachten, und sei es auch nur im Vorbeifahren. Vom Kolosseum aus fuhr der Wagen Richtung Circus maximus und überquerte den Tiber. Dann nahm er die Via della Conciliazione, an deren Ende sich der Petersdom erhob. Das Fahrzeug umrundete den Platz und hielt an der Pförtnerloge der Inspektion für öffentliche Sicherheit im Vatikan. Nachdem sie sich ausgewiesen hatten, konnten sie ihre Fahrt fortsetzen und in eine Seitenstraße des Platzes einbiegen. Franzik hatte seinen Chauffeur und seinen eigenen Wagen geschickt, um Pater Albert Cloister vom Flughafen Leonardo da Vinci abzuholen.

Der Flug mit Zwischenlandungen vom amazonischen Regenwald hierher war lang und anstrengend gewesen. Doch er hatte ihm immerhin mehrere Stunden Zeit zum Nachdenken verschafft. Die Gedanken hatten sich völlig ungeordnet in seinem Kopf gedrängt. Er wusste, dass sie wie Teile eines Puzzles waren – das schon. Doch eins fehlte: der Schlüssel, der das Wunder vollbrachte, die einzelnen Teile zusammenzusetzen. Vielleicht benötigte er auch eine bestimmte Perspektive. Manchmal sieht man den Wald vor lauter Bäumen nicht.

Der Priester veränderte seine Sitzposition auf der bequemen Rückbank des Autos. Seit dem Abflug aus Südamerika hatte er sich immer schlechter gefühlt. Er hatte kalte Schweißausbrüche bekommen und zu zittern begonnen. Sein Magen war in Aufruhr. Ihm schien, dass seine Seele, die in solcher Bedrängnis war, ihre Last dem Organismus übertrug und ihn ansteckte. Jetzt, kurz bevor er aus Monsignore Franziks Wagen aussteigen sollte, spürte er, dass ihn die Kräfte verließen. Seine Beine zitterten leicht, wie von einem Krampf, sein Gesicht wirkte abgezehrt und eingefallen, er hatte Ringe unter den Augen und die Haut glänzte vom Fieberschweiß.

Der Fahrer stieg aus, um ihm die Tür zu öffnen – damit hätte Albert Cloister nicht gerechnet –, und da wurde ihm sein Zustand bewusst. Noch vor einer Stunde schien es ihm gutgegangen zu sein, aber er musste seine Kräfte völlig aufgezehrt haben, und nun konnte er den Anschein der Normalität nicht mehr aufrechterhalten.

Der Chauffeur erschrak, als er ihn sah, rief einen Schweizergardisten und bat ihn, einen Arzt zu verständigen. Dann benachrichtigte er selbst Kardinal Franzik und brachte, dessen Anweisungen folgend, Pater Cloister in eines der kleineren Gebäude des Papstsitzes. Über eine marmorne Freitreppe mit Balustrade gelangte man zu einer quadratischen Tür mit Türsturz, über der sich ein rundbogenförmiges Relief befand. Ein wunderschönes Gebäude, das den Eindruck von Reichtum und Macht erweckte.

Drinnen half ein Geistlicher dem Fahrer, Pater Cloister in einen kleinen Wohnraum an der Seite zu bringen. Dort legten sie ihn auf eine Chaiselongue. Sein Gesicht hatte eine grünliche Farbe angenommen, und ihm zitterten die Hände. Man brauchte ihm nicht die Temperatur zu messen, um zu sehen, dass er hohes Fieber hatte.

Der Arzt kam sofort, begleitet von Kardinal Franzik, der außerordentlich besorgt wirkte. Unabhängig von Cloisters Arbeit in seinem Auftrag war er für ihn der Sohn, den er aufgrund seines Priesterstatus nie haben konnte. Als er ihn sechs Jahre zuvor kennengelernt hatte, hatte er sich sofort zu ihm hingezogen gefühlt. Sein energisches, offenes Wesen, seine intellektuelle Tiefe, der Wissensdurst in seinen Augen … All dies erinnerte ihn an sich selbst als jungen Postulanten in Krakau, in einer Zeit, in der die polnische Kirche sich gezwungen gesehen hatte, beinahe wie eine Geheimgesellschaft zu operieren.

»Monsignore …«, sagte Albert Cloister mit schwacher Stimme.

»Ganz ruhig, mein Junge. Sei einfach still, und streng dich nicht an.«

Der Arzt untersuchte den Patienten. Er hegte die Befürchtung, er könne sich irgendeine Lebensmittelvergiftung oder schlimmstenfalls sogar eine bakterielle oder virale Infektion zugezogen haben; vielleicht auch einen Parasiten. Man hatte ihn darüber in Kenntnis gesetzt, dass der Patient im brasilianischen Urwald gewesen war. Solche Erkrankungen waren dort an der Tagesordnung. Allerdings war der Priester ordnungsgemäß geimpft. Einstweilen beschränkte der Arzt sich darauf, Fieber und Blutdruck zu messen, Cloister abzuhorchen und ihm Blut abzunehmen. Er empfahl, Cloister ins Bett zu bringen und in den nächsten zwölf Stunden den Krankheitsverlauf zu beobachten.

Als der Arzt ging, schlief Cloister sofort ein. Mehrfach fantasierte er. Das Fieber blieb mit leichten Schwankungen die ganze Nacht hindurch hoch. Doch am nächsten Morgen sah er besser aus. Das Ergebnis der Blutuntersuchung war unfassbar: Man hatte nichts gefunden. Er war kerngesund. Das Fieber und der Schüttelfrost waren wohl psychosomatischer Natur gewesen. Eine körperliche Ursache gab es nicht.

Am Vormittag besuchte ihn Kardinal Franzik. Albert fühlte sich vollständig wiederhergestellt.

»Fühlst du dich wirklich kräftig genug, um an die Arbeit zu gehen?«

»Kräftig und voller Tatendrang.«

»Vielleicht war es nur der Stress. Die Krankheit der modernen Welt«, sagte der Kardinal nicht allzu überzeugt.

Die beiden Männer verließen den Wohnbereich und begaben sich zum Büro des Kardinals. Dieser hatte sich verschiedene Dokumente bringen lassen, damit Pater Cloister sie sich ansehen konnte. Am Amazonas hatte Cloister einem Ritual beigewohnt, bei dem einige Mitglieder eines vergessenen Stamms – die feinfühligsten – mit Hilfe eines Tranks, den die Frauen nach uraltem Rezept aus den Blättern einer Dschungelpflanze zubereiteten, Zukunftsvisionen oder okkultes Wissen empfingen. Der Jesuit führte mit den Mitgliedern dieses isoliert lebenden Stammes verschiedene streng wissenschaftliche Versuche durch. Er entwickelte eine Reihe von Tests, um die Authentizität des Verfahrens zu überprüfen. Das Ergebnis war in einigen Fällen mehr als überraschend. Eine alte Frau mit unergründlichem Blick beschrieb unter dem Einfluss des Tranks Dinge, die sie nie gesehen hatte. Sie nannte Einzelheiten aus Albert Cloisters Leben, von denen praktisch niemand etwas wusste und die ihr nicht bekannt sein konnten.

Doch am meisten beunruhigte den Mann des Glaubens und der Wissenschaft ein Satz, der nicht völlig unerwartet kam, aber darum nicht weniger verstörend war. Jene Frau sprach den Satz in einer ausgestorbenen Indiosprache, die Cloisters brasilianischer Dolmetscher aus alten Texten spanischer Geistlicher kannte, die jene Gegenden christianisiert hatten.

Der Blick der alten Frau mit der kupferfarbenen Haut, ihre Miene, die Art, wie sie ihn ansah, der Schauder, der ihren welken Körper überlief, all dies deutete darauf hin, dass sie ausgesprochen hatte, womit er gerechnet hatte.

Noch bevor der Dolmetscher den Satz übersetzt hatte, spürte Cloister, wie ein Pfeil sein Herz traf. Zugleich empfand er ein sonderbares Triumphgefühl. Die Worte versengten ihn wie geschmolzenes Metall: »DIE HÖLLE IST ÜBERALL.«

Deshalb war er nun hier. Im Vatikan waren Berichte eines Missionars eingetroffen, die eine Verbindung zu seinen Nachforschungen aufwiesen. Die Indios jener abgelegenen Urwaldregion beschrieben detailliert grauenvolle Visionen eines mutmaßlichen Jenseits. Sie nahmen ein Rauschgift, um ein Fenster in eine andere Welt zu öffnen. Es waren schlichte, aber tapfere Menschen. Ihr Glaube verhieß ihnen kein Paradies am Ende des Lebens, sondern ein endgültiges Ende. Für sie war dies ihr einziges Leben. Sie wären niemals darauf gekommen, dass sie selbst einst die trostlose, unheilvolle Welt ihrer Visionen bewohnen könnten. Für sie war es eine andere, andersartige Welt in einer fremden, isolierten Dimension.

Nachdem er die Wirkung des Tranks an den Stammesmitgliedern beobachtet und die Worte der Alten gehört hatte, die zugleich seine Sehnsucht und seine Angst verkörperten, blieb Cloister nur eins zu tun. Er musste selbst den Trank probieren, der die Indios in den Zustand versetzte, in dem ihr Geist in gewissem Maße die Barrieren von Raum und Zeit einriss. Zunächst widerstrebte sein Wunsch den Indios, doch die alte Frau überzeugte sie, ihn von dem Trank probieren zu lassen. Mit ihrem sechsten Sinn hatte sie gemerkt, dass er die Erfahrung selbst machen musste. In einem hölzernen Gefäß gab sie ihm eine Dosis des Tranks. Albert leerte ihn, als hinge sein Leben davon ab. Sogleich setzte die Wirkung des vergorenen Getränks ein. Eine merkwürdige Abstumpfung überkam ihn. Sein Blick trübte sich. Ein sehr unangenehmes Kribbeln überlief seinen Körper, von den Gliedmaßen nach innen. Geräusche hörte er lauter und zudem deutlicher, wenn auch zugleich fremdartig und *anders*. Seine Nase nahm feinste Gerüche wahr – verbranntes Holz, Pflanzen, Erde, Schweiß, Tiere, Essen, das Getränk selbst. Sein Geist begab sich auf die Reise. Er drang in eine neue Welt vor, in die des erweiterten Bewusstseins. Über diesen Zustand hatte er viel gelesen. Er kannte ihn gut, und doch hatte er ihn noch nie zuvor erfahren.

Seine erste Wahrnehmung war wie das Blitzlicht eines Fotografen, gefolgt von einem dumpfen Knall in seinem Kopf. Das Lagerfeuer, um das sich alle versammelt hatten, schien zu erstarren. Er sah jede einzelne Flamme langsam aufzüngeln und ersterben. Eine Flut von Empfindungen überschwemmte ihn. Sein Herz war erfüllt von Sehnsucht, Tränen traten ihm in die Augen und liefen ihm über die Wangen. Er hatte das Gefühl, wach zu sein, sehr bewusst und lebendig. Wie ein Radio, das mehrere Frequenzen zugleich empfängt, war sein Hirn bald mit Daten gesättigt, die sich ganz von allein am richtigen Ort festsetzten. Er verstand. Er nahm wahr. Eine Klarheit, die so hell strahlte wie ein Diamant, materialisierte sich tief in ihm.

»Ich sehe es …!«, schrie er erstickt.

Ehe Cloister das Bewusstsein verlor, hatte er begriffen, was er nie auch nur geahnt hatte; nicht so sehr der Bedeutung wegen, sondern aufgrund der Art seines Verstehens. Einer für ihn neuen Art. Ein Licht erleuchtete seinen Geist. Es öffnete ein Fenster zur Vision. Allerdings erhellt nicht jede Vision ein Geheimnis oder eine Wahrheit. Manchmal wird enthüllt, was man gar nicht sehen möchte, was man lieber ignorieren würde. Blind zu sein ist oftmals besser, als zu sehen.

Nur der, dem der Wissensdrang über alles geht, kann sich ernsthaft in den Schmelztiegel der Wahrheitssuche stürzen. Die alte Indiofrau hatte diese Begierde bei Albert Cloister bemerkt. Jedes Wissen, und sei es auch noch so schmerzlich, ist für eine Seele wie die seine weniger schmerzlich als Nichtwissen.

In Cloisters Vision leuchteten die Flammen des Lagerfeuers so hell auf wie der Strahl eines Flakscheinwerfers. Sie züngelten zum Himmel empor. Mit einem Mal tauchte aus dem Strahl ein Wesen auf. Es wirbelte zu ihm herum und fixierte ihn wie eine Schlange ihre Beute. Sein Blick war gelassen, aber schrecklich anzusehen, sein Gesicht von kalter Schönheit, der die sengenden Flammen nichts anhaben konnten. Dieser hypnotische Blick … Diese bösartige Präsenz.

Bösartig.

Pater Cloister war wie versteinert und merkte, wie ein kalter Schauder ihm über den Rücken lief. Unwillkürlich stieß er einen angstvollen Laut aus. Plötzlich überkam ihn ein Schwindel, und obwohl er am Boden saß, verlor er das Gleichgewicht und fiel auf den Rücken. Die Geräusche des Urwalds wurden in seiner Wahrnehmung schwächer, wie eine ferne Brandung. Die Schreie und die Gerüche verwischten sich. Sein Einssein mit der Welt hielt inne.

Es war bereits Tag, als er das Bewusstsein wiedererlangte. Er fühlte sich schwach und befand sich immer noch unter dem Eindruck seiner Vision, die ihn beim Erwachen aus der Erinnerung ansprang wie ein tollwütiger Hund. Jene verderbten Augen hatten ihn angesehen. Ihn.

Als er erwachte, hatte er einen trockenen Mund und starken Durst. Er war verwirrt. Als er über die Geschehnisse der Nacht nachdenken wollte, erfasste ihn ein intensives Gefühl, so, als hätte er die Begrenzungen seiner Sinne durchbrochen, in gewisser Weise einem Déjà-vu vergleichbar. Seinen Körper nahm er als überwältigend wirklich wahr. Dies war, was ihm im Urwald geschehen war.

Als er seine Erfahrung mit dem Feuerwesen Kardinal Franzik erzählt hatte, hatte dieser ihm befohlen, so rasch wie möglich nach Rom zurückzukehren. Es gebe etwas, das er wissen müsse, und das dulde keinen Aufschub.

»Der Böse führt den Menschen in Versuchung, lieber Albert, und er quält ihn mit der Verzweiflung«, sagte der Präfekt der Wölfe Gottes nun. Er saß in einem mit rotem Samt gepolsterten Mahagonisessel in seinem Büro.

»Ich bin verwirrt. Aber in gewisser Weise …«

»Du findest, es passt zusammen.«

»So ist es, Monsignore. Ich weiß nicht, wie oder warum.«

»Die Attacken des Bösen nehmen von Tag zu Tag zu. Die Welt wird immer mehr zur Hölle.«

»Ja, *die Hölle ist überall*, aber … dieser Blick …«

»Das Seelenheil gründet genau darauf, diese Hölle zu besiegen, ihre Versuchungen zu meistern. ›Die Hölle ist überall‹, dieser Satz entspricht einem Plan des Bösen. Da bin ich sicher. Er will Krieg, und wir sind seine starken, zähen Widersacher. Ich habe hier ein Schriftstück, dass du lesen musst. Es trägt die Unterschrift von Pater Gabriele Amorth.«

»Dem Exorzisten der Diözese Rom.«

»Genau. Hier«, sagte der Kardinal und reichte Albert einige zusammengeheftete Blätter. »Ich bin sicher, dass es dich interessiert.«

Es war die Kopie eines Interviews mit dem berühmten Exorzisten und Dämonologen, das er der amtlichen Zeitung des Heiligen Stuhls, dem *Osservatore Romano*, gewährt hatte. Darin sprach Amorth über die weltweite Zunahme satanischer Praktiken, von Okkultismus, Spiritismus und schwarzer Magie.

»Ich kenne Pater Amorths Art zu denken, Euer Eminenz. Und wie Sie wissen, teile ich seine Meinung oft nicht. Als Wissenschaftler kann ich nicht akzeptieren, dass der Teufel sich ungehindert unter Jugendlichen tummelt, die ein Spiel spielen, das sie nicht verstehen.«

»Als Wissenschaftler kannst du das nicht akzeptieren. Und als Priester?«

Franziks Frage lastete schwer auf ihm.

»Darauf weiß ich keine Antwort.«

»Verstehe«, sagte der Alte, presste die Lippen zusammen und neigte ein wenig den Kopf. »Dein Glaube ist nicht klein, aber er reicht dir nicht. Du musst ihn mit etwas konfrontieren, an dem er sich beweisen kann. So funktioniert dein Verstand, der deinen Geist beeinflusst. Ich war genau wie du, aber jetzt … Ich habe zu viel gesehen, was nur der Glaube erklären oder begründen kann. Es gefällt mir, dass es immer noch Menschen gibt, die jung an Jahren und jung im Herzen sind. Stell ungehindert deine Nachforschungen an. Rotte das Vorurteil aus. Christus wollte, dass wir werden wie die Kinder, damit wir uns ihm annähern. Aber das heißt nicht, dass er schlicht gestrickte Menschen will, sondern solche, die offen sind, rein, aufrichtig.«

Der alte Kardinal schweifte ab. Seine gekräuselten Lippen waren Pater Cloister wohlvertraut. Er war besorgt und unfähig, es zu verbergen.

»Was muss ich denn so dringend wissen?«, fragte Cloister und nahm damit das Gespräch wieder auf.

»Wie bitte?«

»Warum war meine Rückkehr aus Brasilien so eilig?«

»Ach, richtig …«, sagte Franzik. »Zuvor möchte ich, dass du einen guten alten Freund von mir besuchst. Von ihm habe ich mein Verständnis von Theologie und vieles andere gelernt. Ich habe ihn gebeten, dich in seiner Abgeschiedenheit im Benediktinerkloster in Padua zu empfangen. Als ich erwachsen wurde, war er bereits alt. Er ist über hundert Jahre alt. Aber das soll dich nicht negativ beeinflussen. Sein Verstand ist klarer als der der meisten Menschen. Er ist der weiseste Mensch, den ich kenne. Such ihn auf. Erzähl ihm, was du entdeckt hast, und alles, was dich bedrückt. Unglücklicherweise bleibt ihm nicht mehr viel Zeit. Eine seltsame Lebererkrankung frisst ihn allmählich auf.«

»Was hat er mit meinen Nachforschungen zu tun?«
»Viel. Mehr, als du dir vorstellen kannst.«
»Dann hoffe ich, dass er mich erleuchten kann.«
»Das wird er. Zweifle nicht daran, lieber Albert.«

8

Boston

Die Vergangenheit des ältesten öffentlichen Parks der Vereinigten Staaten, des Boston Common, war nicht sehr rühmlich. Das Gelände hatte als Lager für diverse Heere gedient, an seinen Bäumen hatte man mehr als einen zum Tode Verurteilten gelyncht, und der Rasen hatte bis weit ins neunzehnte Jahrhundert zahllosen Kühen als Weide gedient. Heute jedoch gehörten die Viertel um den Boston Common wie Beacon Hill im Norden, wo sich das Haus von Dr. Audrey Barrett befand, zu den teuersten der Stadt. In ihrer ruhigen, nur zwei Häuserblocks vom Park entfernten Straße standen dunkle Backsteingebäude, schmiedeeiserne Zäune, welche die Grundstücke begrenzten, Straßenlaternen wie aus einem Sherlock-Holmes-Roman und kleine Steintreppen vor den Häusern. Dort konnte man sich mühelos vorstellen, man sei in einem typischen Londoner Stadtviertel. Amerika mochte die Truppen Seiner Majestät geschlagen haben, doch Boston würde in gewisser Weise immer eine englische Stadt bleiben.

Es war still in der Straße. Nur wenige Geräusche wagten diese Stille zu unterbrechen: das Rascheln der trockenen Blätter, wenn der Wind hindurchfuhr, das kaum wahrnehmbare Summen der Glühbirne einer Straßenlaterne, eine Katze, die in den Mülltonnen wühlte. Auf dem Boden neben einer Mülltonne lag ein Kürbis vom letzten Halloween, den noch niemand entfernt hatte. Das grob geschnitzte Gesicht hatte in der

Gruselnacht niemanden erschrecken können, doch jetzt wirkte es unheimlich. Augen und Mund – einst von einer Kerze erleuchtet – hatten sich in bodenlose Brunnen verwandelt.

Audrey eilte die Treppe zu ihrer Wohnungstür hinauf. Beim Eintreten stolperte sie über die auf dem Boden verstreute Post. Ein vergoldeter Briefschlitz verwandelte die Diele in einen riesigen Briefkasten, in dem jeden Tag eine Unmenge Post landete. Verdrossen schob sie die Briefe zusammen und legte sie auf die Anrichte. Eine rasche Durchsicht ergab, dass nichts allzu Dringendes dabei war. »Gott sei Dank für die kleinen Gefälligkeiten«, dachte sie. Laut fügte sie hinzu: »Die großen hebst du dir für deinen Sohn auf, was?«

Niemand antwortete. Sie war allein. Völlig allein. In den letzten fünf Jahren – seit ihr Sohn verschwunden war – war sie nicht eine Sekunde nicht allein gewesen.

Die Füße taten ihr weh, sie waren geschwollen. Sie zog die Schuhe aus und ging auf Strümpfen ins Wohnzimmer. Im Dunkeln ließ Audrey sich in einen großen Ledersessel fallen. Ihre Haushaltshilfe war wieder gegangen, ohne den Kamin anzuzünden. Das war zu erwarten gewesen, da sie schon nicht die Post vom Boden aufgehoben hatte. Die Frau hasste sie aus irgendeinem Grund, und mit solchen kleinen Gemeinheiten rächte sie sich. Audrey hatte es satt. Wenn sie nicht so müde wäre, würde sie sie jetzt gleich anrufen und ihr kündigen. Es gab keine anständigen Menschen mehr auf der Welt. Die einzige Ausnahme war die Oberin … und vielleicht dieser törichte Feuerwehrmann Joseph Nolan – voller guter Absichten wie ein naiver Pfadfinder.

Ihr blieb nichts anderes übrig, als aus dem Sessel aufzustehen und den Kamin selbst anzuzünden. Kurz darauf knisterte das Holz im Feuer. Audrey hatte keinen Hunger, so dass sie, statt zu Abend zu essen, beschloss, ein wenig Musik aufzulegen. Hauptsache, sie musste nicht weiter über den Vorfall mit dem alten Gärtner Daniel nachgrübeln. Seine Bemerkungen hatten sie aus heiterem Himmel getroffen. Entgegen dem, was sie Joseph erzählt hatte, erschien es ihr sehr wohl merkwürdig, dass Daniel die Geschichte der Statue der drei Lügen kannte. Dass er außerdem von einer vierten Lüge gesprochen hatte, widersprach jeder Logik. Erschreckend. Denn Audrey barg seit vierzehn Jahren ein Geheimnis an der dunkelsten Stelle ihres Herzens. Daniel hatte ihr sogar noch komplizenhaft zugezwinkert ... Es war schwer, hier an Zufall zu glauben. Gleich morgen würde sie wieder mit dem Alten sprechen, und sie hoffte, dabei etwas in Erfahrung zu bringen. Nun wollte sie jedoch versuchen, an nichts mehr zu denken und nur ein wenig Musik zu hören. Sie sah die CDs durch, die in einem Ständer auf der Hi-Fi-Anlage standen. Bei einer dachte sie: »Warum nicht?«

Kurz darauf erklang Bruce Springsteen in ihrem Wohnzimmer. Mit seiner rauhen Stimme sang er für eine Frau, die nie die seine sein würde. Es war das Lied, das Audrey den Feuerwehrmann hatte trällern hören, als dieser Daniels tote Rose gewässert hatte.

She'll let you in her house
If you come knockin' late at night
She'll let you in her mouth
If the words you say are right
If you pay the price
She'll let you deep inside
But there's a secret garden she hides.

Dieses Lied machte sie immer traurig. Warum hatte sie gedacht, diesmal würde das anders sein? Sie stellte die Stereoanlage ab, ohne das Ende des Liedes abzuwarten, und die plötzliche Stille ließ sie zusammenzucken. Das Bild des vergessenen Kürbisses neben der Mülltonne schoss ihr durch den Kopf und hätte beinahe eine Erinnerung in ihr ausgelöst, die sie hastig unterdrückte.

Keine Musik also. Was sie jetzt wirklich brauchte, war ein Drink. Ein Jack Daniel's würde den Knoten in ihrem Magen auflösen. Vermutlich hatte auch ihr Freund Leo, den ein Herzinfarkt tötete, ehe die Zirrhose es tun konnte, so angefangen. Bestimmt hatte er anfangs nur hin und wieder ein Glas getrunken, abends, um lästigen Erinnerungen zu entfliehen. Er war immer der Schwächste der drei gewesen. Und der Naivste. Audrey konnte sich nicht erinnern, dass er auch nur einmal nicht den Fuß von John Harvard berührt hatte, wenn er an der Statue vorbeigekommen war – bis zu jener Nacht. Er hatte gesagt, das bringe Glück. Der gute Leo. Auch an jenem Apriltag des Jahres 1991 hatte er es getan …

»Los, Audrey, berühr seinen Fuß«, sagte Leo. »Und du auch, Zach. Heute Nacht können wir John Harvards Glück wirklich gebrauchen.«

»Sei still, du Idiot!«

Zach presste die Worte zwischen zusammengebissenen Zähnen hervor und sah sich dabei um, um sich zu vergewissern, dass niemand Leo gehört hatte. Sie waren allein, aber dennoch entspannte Zach sich nicht. An Audrey, damals seine feste Freundin, gewandt, sagte er: »Und du verteidige ihn nicht wieder. Er ist ein Großmaul …«

Sie verteidigte Leo immer. Das stimmte. Sie konnte nichts dagegen tun. Audrey und Leo kannten sich schon seit ihrer Jugend, weil ihre Mutter und seine Eltern Nachbarn gewesen waren. Sie waren auf dieselben Schulen gegangen und hatten denselben Bus von Hartford, Connecticut, nach Boston genommen. In dieser ganzen Zeit war nie etwas zwischen ihnen gewesen, aber ausgerechnet Leo hatte sie Zach vorgestellt, mit dem Audrey nun seit beinahe eineinhalb Jahren ging. Die beiden studierten auf dem Harvard-Campus Politikwissenschaften, und Audrey auf dem Longwood-Campus Medizin.

»Du hast ihn ja gehört, Leo, du bist ein Großmaul.«

In ihren Worten lag kein Vorwurf. Leo, der immer noch den linken Fuß der Statue von John Harvard berührte, zuckte mit den Achseln und lächelte weiter.

»Ihr habt keine Ahnung, was wir riskieren«, sagte Zach verärgert. »Ihr zwei seid die reinsten Kinder.«

»Ich möchte dich daran erinnern, dass ich drei Monate älter bin als du«, sagte Leo.

»Und ich vier«, fügte Audrey hinzu.

»Ihr könnt mich mal!«

Sie sahen Zach hinterher, der auf die politikwissenschaftliche Fakultät, die John F. Kennedy School of Government, zuging. Er war jähzornig. Das hatte Audrey zu Beginn ihrer Beziehung nicht gemerkt. Am Anfang einer Beziehung sieht man immer nur Rosen, bis die Dornen auftauchen. Zachs Dornen waren einige Monate zuvor aufgetaucht, vielleicht infolge des Kriegs. Er studierte nicht zufällig Politikwissenschaften. Leo ebenso wenig. Beide waren Idealisten, aber jeder auf seine Weise: Während Leo die Politik als Werkzeug sah, um die Welt zu verbessern, betrachtete Zach sie als Waffe, mit der man die Welt gewaltsam verändern konnte. Und was sie in dieser Nacht vorhatten, kam Zachs Vision näher.

Das erste Glas Jack Daniel's trank Audrey in einem Zug aus. Ohne das Gesicht zu verziehen. Mit der Kunst des Trinkens ist es wie mit dem Fahrradfahren: einmal gelernt, verlernt man es nie mehr. Und sie war zu Beginn ihrer Studentenzeit durch eine intensive Lehrzeit gegangen. Erst nachdem sie im ersten Semester in sämtlichen Fächern durchgefallen war, nahm sie das Studium ernst und legte ihre schlechten Angewohnheiten ab. Doch hier waren sie wieder, so frisch wie am ersten Tag.

Das zweite Glas des kupferfarbenen Whiskey aus Tennessee füllte sie bis zum Rand und versank dann gegen ihren Willen wieder in ihren Erinnerungen.

Einen Tag, bevor das alles geschah, hatten sie sich immer noch nicht auf eine Aktion geeinigt, auch wenn die Absicht bei allen dreien klar war: irgendeine Form von aktivem Protest gegen den ersten Golfkrieg, wobei sie sich den Medienrummel um Yitzhak Rabins Vortrag in Harvard zunutze machen wollten. Aber Zachs Ideen waren Audrey und Leo zu radikal. Sie wollten den Campus nur mit Flugblättern überschwemmen. Es sollten so viele sein, dass man sie unmöglich alle noch vor der Ankunft von Rabin und besonders der Journalisten entfernen konnte.

»Ich finde, der Leitspruch sollte so etwas sein wie ›Krieg führt nie zum Frieden‹«, schlug Leo vor.

»Das ist zu allgemein«, meinte Audrey. »Und außerdem, was ist mit dem Zweiten Weltkrieg? Findest du nicht, dass dieser Krieg zum Frieden geführt und uns von Hitler und seinen Spießgesellen befreit hat? Das Problem ist nicht so sehr der Krieg an sich, sondern die Art, wie er geführt wird. Die Bomben unserer Truppen haben da drüben fast alles zerstört. In weiten Teilen des Irak gibt es kein fließendes Wasser, keinen Strom, keine vernünftige medizinische Versorgung. Sie haben kaum zu essen, und was der Rest der Welt schickt, kommt auch nicht beim irakischen Volk an. Das muss man sagen!«

Es war Zach, der Audrey antwortete, und zwar auf eine kränkende Art: »Wenn wir das alles sagen wollen, brauchen wir Flugblätter, so groß wie das Stadion der Red Sox …«

»Da irrst du dich«, entgegnete Audrey verärgert. »Es reicht, wenn wir schreiben: ›Heute werden im Irak wieder tausend Kinder sterben.‹«

Das Schweigen, das auf Audreys Vorschlag folgte, wirkte vielversprechend.

»Mir gefällt es«, sagte Leo.

»Also mir nicht.«

Zach erhob sich von seinem Stuhl. Das kleine Zimmer bot nicht viel Platz zum Umherlaufen. Deshalb konnte Zach immer nur drei, vier Schritte in eine Richtung tun, während er auf und ab lief wie ein unruhiger Löwe in seinem Käfig. Seine Stimme veränderte sich. Nun klang er aggressiver: »Das ist doch alles Schwachsinn! Wir müssen schon etwas drastischer werden, damit sie uns beachten! Die Flugblätter reichen nicht!«

»Ja, deine Vorstellungen kennen wir schon«, sagte Audrey. »Wir haben sie uns den ganzen Nachmittag angehört. Fehlt nur noch, dass du vorschlägst, wir sollen Rabin umbringen! Wäre das dann drastisch genug für dich? … Sei mal realistisch, Zach.«

Der setzte sich wieder. Scheinbar wurde er ebenso schnell wieder vernünftig, wie er zuvor den Kopf verloren hatte. Doch sein Blick drückte etwas anderes aus, und deshalb hielt er den Kopf gesenkt und sah zu Boden statt Audrey in die Augen, als er sagte: »Du hast recht. Ihr habt beide recht … Okay. Machen wir diese Flugblätter.«

Den restlichen Nachmittag und einen Gutteil des Abends verbrachten sie mit dem Druck Hunderter von Flugblättern. Als der Tag, an dem sie zu ihrem speziellen Schlag ausholen wollten, dämmerte, hatten sie drei große Müllsäcke voller Flugblätter mit dem Spruch: »Heute werden im Irak wieder tausend Kinder sterben.« Sie beschlossen, sie nur in den wichtigsten Gebäuden im Herzen der Universität, dem Old Yard, und in der politikwissenschaftlichen Fakultät zu verteilen. Was übrig blieb, würden sie an mög-

lichst vielen Stellen auf dem Campus auf dem Boden verstreuen. Das war der Plan.

Sie kamen überein, dass sie versuchen sollten zu schlafen, ehe sie sich nachts trafen, aber als Zach Leo um drei Uhr morgens die Tür seiner Wohnung öffnete, sah Leo sofort, dass auch Zach und Audrey kein Auge zugetan hatten. Alle drei waren sie bleich und hatten Ringe unter den Augen.

»Können wir los?«, fragte Audrey.

»Kleinen Moment«, sagte Zach. »Ich gehe noch mal aufs Klo.«

Während sie auf Zach warteten, wurde Audrey klar, dass sie besser einen Schal mitnahm. Es würde eine sehr kalte Nacht werden.

»Bin gleich wieder da«, sagte sie zu Leo.

Als sie in das Zimmer kam, das sie mit Zach teilte, stand er plötzlich vor ihr.

»Wolltest du nicht aufs Klo?«

»War ich schon.«

Audrey konnte seine Miene nicht deuten, und seine Antwort war sehr knapp, aber sie dachte sich nichts dabei. Wahrscheinlich war er nervös. Sie selbst war es auch.

Wenige Minuten später gingen sie im Gänsemarsch zur Tür. Jeder trug seinen schwarzen Müllsack über der Schulter, wie drei finstere Knecht Ruprechte. Sie waren nervös, und das Knarren der hölzernen Treppenstufen trug nicht eben dazu bei, sie zu beruhigen.

»Ich kriege gleich einen Herzinfarkt«, sagte Leo.

»Sei still, du Idiot!«

Zachs Auto wartete am Ende der Gasse auf sie. Sie legten eilig die Müllsäcke in den Kofferraum. Dann stiegen sie ein. Jemand stieß einen hörbar erleichterten Seufzer aus, als die Türen sich schlossen.

»Es geht gerade erst los«, bemerkte Zach voller Verachtung für den Seufzer.

Auf dem Weg zum Campus redeten sie kein Wort. Sie parkten den Wagen rund zweihundert Meter von der politikwissenschaftlichen Fakultät in der University Road. Audrey stieg aus und fand, es sei gar nicht kalt, sondern geradezu warm. Angst hat nicht nur Nachteile.

»Gehen wir durch den Park«, sagte Zach.

Damit meinte er eine kleine Grünfläche zwischen der John F. Kennedy Street und dem Memorial Drive, parallel zum Charles River. Die weitverstreuten Straßenlaternen beleuchteten nur die asphaltierten Gehwege. Der übrige Park lag praktischerweise im Dunkeln. Sie gingen über die Grünflächen und machten so einen beträchtlichen Umweg. Einige Minuten später standen sie vor der Fakultät am Fuß eines Baums. Ein entscheidender Moment war gekommen. Noch hatten sie Zeit, ihr Vorhaben aufzugeben. Audrey und Leo zauderten, aber keiner von ihnen sprach ein Wort. Jetzt oder nie. Wenn jemand sie sah, fände ihr Abenteuer ein abruptes Ende. Nichts auf der Welt konnte verdächtiger sein als drei Personen, die in den frühen Morgenstunden bei eisigem Wetter verstohlen mit drei Müllsäcken über die Straße huschten. Jetzt oder nie. Die Entscheidung lag einzig bei ihnen. Und sie trafen die falsche Entscheidung.

»Weiter«, sagte Leo mit einer Bestimmtheit, die er nicht verspürte.

»Wartet mal«, sagte Zach.

Aus seiner Jackentasche zog er drei dunkle Stoffstücke. Audrey brauchte einen Augenblick, bis sie erkannte, worum es sich handelte.

»Strumpfmasken?! Bist du völlig verrückt geworden? Wenn uns jemand damit sieht, glaubt er, wir sind Terroristen.«

»Wenn uns jemand sieht, sind wir geliefert und müssen rennen, was das Zeug hält. Aber mit den Strumpfmasken kann niemand unsere Gesichter erkennen.«

Zachs Argument war nur schwer zu widerlegen. Trotzdem fand Audrey, sie sollten die Dinger nicht überziehen. Eine innere Stimme warnte sie, dass Zach noch etwas in der Hinterhand hatte. Und sie war nicht die Einzige, die diesbezüglich ihre Zweifel hatte.

»Hört mal, Leute«, sagte Leo. »Das gefällt mir gar nicht. Audrey hat recht. Damit sehen wir aus wie Terroristen.«

»Ja«, erwiderte Zach.

Seine Antwort war mehr als nur eine simple Bestätigung. In der Dunkelheit dieser kaum von Mondlicht erhellten Nacht konnten sie die Gesichter der anderen kaum erkennen. Deshalb sahen sie nicht, dass Zach lächelte. Sonst hätte Leo vielleicht nicht gesagt: »Oh, na dann. Gib mir das Scheißding, und dann bringen wir's zu Ende.«

»So gefällst du mir, Leo. Entschlossenheit!«

»Leck mich, Zach.«

Sie gingen zum Rubenstein Building. Nervös gingen sie am Westflügel der politikwissenschaftlichen Fakultät entlang, um über die Eliot Street in den Innenhof zu gelangen. Dort kauerten sie sich neben einige Sträucher, knapp dreißig Meter vom John F. Kennedy Jr. Forum entfernt. Der Rasen war feucht. In der kalten Nacht sahen sie einander an, und in ihren Augen lag ein Lächeln. Bis jetzt hatte sie niemand gesehen. Nicht einmal auf der Eliot Street, wo sie am wenigsten geschützt gewesen waren. Und dieser Ort – eine Art Garten, umgeben von den Fakultätsgebäuden – erschien ihnen vergleichsweise sicher. Jedenfalls solange kein Wachmann sich einfallen ließ, hier einen Kontrollgang zu machen. Audrey blickte nach oben, zum Himmel, der voller leuchtender Punkte hing, von dem sie jedoch nur einen schmalen Streifen sehen konnte. Sie hatte Lust zu singen. Sie war in Hochstimmung. Solche Wunder bewirkt das Adrenalin. Sie senkte den Blick wieder zu ihrem Freund aus Kindertagen und ihrem Geliebten und sagte: »Wollt ihr die ganze Nacht hier sitzen bleiben? Los geht's.«

Jeder nahm sich ein anderes Gebäude vor. Zach das Rubenstein Building, Leo das Belfer Center und Audrey das Littauer Building, in dem sich der Veranstaltungssaal der Fakultät befand. So blieb nur ein Gebäude übrig, das Taubman Center, dem sich derjenige von ihnen widmen würde, der zuerst fertig war. Sie pflasterten alles mit Flugblättern: Wände, Fenster, Türen, Bäume, Hecken, Straßenlaternen … Und sie brauchten auch nicht sehr lange dafür, denn sie befestigten sie mit Kaugummi. Das war Leos Idee gewesen, und es funktionierte hervorragend.

Audrey hatte seit jener Nacht kein Kaugummi mehr gekaut. Schon bei dem Geruch drehte sich ihr der Magen um. So ähnlich war die Wirkung, die der Whiskey allmählich auf sie hatte. Sie hatte beinahe die halbe Flasche geleert und lag mehr, als dass sie saß, in ihrem Lieblingssessel vor dem Kamin, in dem sie gerade Holz nachgelegt hatte. Vielleicht hatte sie es doch verlernt. Vielleicht war die Kunst, Alkohol zu trinken, doch nicht das Gleiche wie Fahrrad zu fahren, und mit der Zeit vergaß man es wieder. Aber manche Dinge vergaß man niemals …

Der Weg von der politikwissenschaftlichen Fakultät zum Old Yard war beängstigend. Der halbe Kilometer wurde ihnen unsagbar lang. Es war eine Sache, tagsüber die John F. Kennedy Street entlangzugehen, ohne etwas zu verbergen zu haben, aber es war etwas völlig anderes, es mitten in der Nacht zu tun und jeden Moment eine Entdeckung zu befürchten. Es wäre viel einfacher und weniger gefährlich gewesen, zum Auto zurückzugehen und damit bis in die Nähe des Old Yard zu fahren. Leider war es bereits zu spät, als ihnen diese Idee kam. Als sie schließlich mit dem Dudley House das Südende des Old Yard erreichten, hatte die Anspannung ein Ende. Sie gestatteten sich nicht viel Zeit, um sich wieder zu beruhigen und zu Atem zu kommen. Es gab hier zwei Studentenwohnheime, deshalb mussten sie sich beeilen.

Sie verteilten in sämtlichen Ecken in der Nähe Flugblätter, und als Nächstes war das älteste Gebäude der Harvard University dran, Massachusetts Hall. Es beherbergte die Büros der Würdenträger der Universität sowie in den oberen Stockwerken Studentenzimmer. Dann fehlte nur noch Harvard Hall, ein weiteres altes Universitätsgebäude, dass zudem seine eigene Legende hatte. Dieser Legende zufolge wütete in der Nacht des 24. Januar 1764 ein heftiger Schneesturm. Und ausgerechnet in dieser, für einen Brand so ungeeigneten Nacht, gellte auf dem Campus ein Feueralarm. Harvard Hall, dessen größter Schatz die fünf Millionen Bände seiner Bibliothek waren, stand in Flammen. Es war Ferienzeit, und auf dem Campus befand sich kaum jemand, der hätte versuchen können, den Brand zu löschen. Das Feuer wütete ungehindert in dem ehrwürdigen Gebäude, und beinahe sämtliche Bücher gingen in Flammen auf, darunter der Legende zufolge sämtliche Bücher, die John Harvard 1638 der damals gerade gegründeten Universität vermacht hatte. Alle bis auf eines, das dem Feuer dank eines Studenten namens Ephraim Briggs entging, der es nicht rechtzeitig zurückgegeben hatte. Der Titel jenes einzigen Buches von John Harvard, das diesen so untypischen und wütenden Brand überlebte, lautete auf Deutsch »Der Krieg der Christenheit gegen den Teufel, das Weltliche und die Fleischeslust« und war von John Downame.

Audrey und Leo befestigten Flugblätter an den Wänden von Harvard Hall und verteilten sie auch in der Nähe. Sie hatten es eilig, fertig zu werden, denn danach konnten sie zum Auto zurückkehren. Alles Übrige würde ein Kinderspiel sein: Zach würde noch ein paar Runden durch die nähere Umgebung fahren, während sie Flugblätter aus dem Autofenster werfen würden wie Konfetti.

»Was hast du vor, Zach?«, flüsterte Audrey, plötzlich beunruhigt.

Anstatt Flugblätter zu verteilen, hatte ihr Geliebter sich vor eines der Fenster im Souterrain gehockt, das hinter dem Gebüsch verborgen lag.

»Nein!«, schrie Leo.

Unwillkürlich war er laut geworden. Er hatte nichts dagegen tun können, als er gesehen hatte, was Zach gerade gemacht hatte.

»Still ... du Idiot!«

Leo schwor bei sich, wenn Zach ihn noch einmal so nannte, würde er ihm die Fresse polieren. Dieser Gedanke schoss ihm blitzartig, beinahe unbewusst, durch den Kopf, denn er war vor Entsetzen wie gelähmt. Zach hatte seinen Schal um eine Hand gewickelt und die Fensterscheibe eingeschlagen. Das gehörte nicht zu ihrem Plan. Jedenfalls nicht zu Leos Plan.

»Wusstest du was davon?«, fragte er Audrey.

»Zach, wo willst du hin, verdammt noch mal?«

Audreys Frage beantwortete Leos Frage. Sie war ebenso überrumpelt wie ihr alter Freund.

»Dieses Gebäude wird gleich zum zweiten Mal brennen«, sagte Zach.

Er hatte die verbleibenden Glassplitter aus dem Rahmen entfernt, damit er durch die Öffnung ins Souterrain von Harvard Hall einsteigen konnte. Ehe er im Innern verschwand, fügte er hinzu: »Das wird die Aufmerksamkeit unserer Landsleute auf den Irak richten, meint ihr nicht?«

Sie antworteten nicht. Sie waren zu benommen, als dass ihnen eine Antwort eingefallen wäre. Das Schlimmste war, dass sie nicht wussten, was sie tun sollten. Sie hätten hinter Zach herlaufen und ihn davon abhalten sollen, das Gebäude in Brand zu stecken. Das erschien ihnen am richtigsten. Doch der Wunsch zu fliehen war stark.

»Ich haue hier ab«, sagte Leo. »Damit will ich nichts zu tun haben.«

»Warte. Leo … Ich …«

Audrey hatte sich noch nicht entschieden, was sie tun sollte. Dafür brauchte sie mehr Zeit, und außerdem durfte Leo sie dabei nicht allein lassen.

»Ist da jemand?«

Die unerwartete Frage ließ Audrey und Leo den Atem anhalten. Sie sahen das Licht einer Taschenlampe näher kommen und wären beinahe übereinander gestolpert in dem Versuch zu fliehen, als ihre Beine ihnen wieder gehorchten. Der Wachmann kam durch das Johnston Gate zu ihrer Linken, und Leos und Audreys erster Impuls bestand darin, in die Gegenrichtung davonzurennen, in Richtung Hollis Hall. Doch dann wurde ihnen klar, dass sie die Ecke nicht erreichen würden, ohne dass der Wachmann sie sah. Instinktiv stürzten sie mit ihren Säcken zu einem Häuschen, das sich vor ihnen befand. Trotz der Kälte schwitzten sie beide. Sie hatten Glück, dass der Wachmann nicht von einem Hund begleitet wurde, denn dann hätte er sie längst entdeckt. Audrey und Leo sahen vorsichtig nach, was der Wachmann, ein kleiner Mann mit einem umfangreichen Bauch, tat. Er war nicht weit entfernt gewesen, als Leo geschrien hatte, und wollte nach der Ursache sehen. Er hatte mit irgendeinem Studenten gerechnet, der betrunken durch die Gegend torkelte. Deshalb war er beunruhigt, als er die Flugblätter entdeckte, welche die drei Freunde angebracht hatten.

»Aber was zum Teufel …? ›Heute werden im Irak wieder tausend Kinder sterben‹«, las der Wachmann laut vor.

Die Beunruhigung des Wachmanns steigerte sich noch, als er das Gebäude überprüfte und dabei entdeckte, dass eines der Fenster zerbrochen war. Wer der Übeltäter auch gewesen sein mochte, er hatte sich die Mühe gemacht, die Öffnung von Glassplittern zu befreien, um ins Gebäude einsteigen zu können.

»Harry …«, rief er über Funk einen Kollegen. Die einzige Antwort war ein statisches Rauschen, doch er gab nicht auf. »Harry, hörst du mich? Scheißding!«

Mit großen Schritten eilte der Wachmann die Treppe zur Eingangstür hinauf. Nach wenigen Sekunden hatte er den richtigen Schlüssel gefunden, die Tür geöffnet und Harvard Hall betreten. Von ihrem Versteck aus sahen Audrey und Leo, wie in den einzelnen Räumen nach und nach das Licht anging, als der Wachmann sich durch das Gebäude bewegte. Doch ab einem bestimmten Punkt – im zweiten Stock – ging kein weiteres Licht mehr an.

»Er hat ihn entdeckt …«, sagte Audrey.

Leo packte sie am Arm, weil er wusste, was sie gleich tun würde.

»Du erreichst nur, dass sie euch beide festnehmen.«

»Ich kann doch nicht zulassen, dass …«

Audrey brach mitten im Satz ab, als sie sah, dass die Lichter in Harvard Hall in entgegengesetzter Reihenfolge eines nach dem anderen wieder erloschen. Das letzte Licht, das erlosch, war das im Eingangsbereich. Und aus dem dunklen Gebäudeinneren trat Zach.

»Ihr müsst mir helfen. Dieser Typ wiegt mindestens hundert Kilo.«

Diesmal konnte Leo nicht verhindern, dass Audrey auf das Gebäude zulief. Als sie ihren Geliebten erreichte, sah sie Blut in seinem Gesicht.

»Was ist passiert? … Was hat er mit dir gemacht?«

Zunächst schien Zach nicht zu begreifen, wovon sie da redete. Dann erkannte er an ihrem Blick, dass er etwas im Gesicht hatte. Er fuhr sich mit der Hand über den Wangenknochen und sah, dass sie voller Blut war.

»Das ist nicht meins. Das ist von ihm.«

»Das Blut ist vom Wachmann?«

»Wäre es dir lieber, es wäre meins?«

»Mir schon«, warf Leo ein, der zu ihnen gekommen war. »Was hast du mit dem armen Mann gemacht?«

»Du sei bloß still, du I…«

Der Faustschlag traf Zach voll auf die Lippen. Nun vermischte sein eigenes Blut sich in seinem Gesicht mit dem des Wachmanns.

»Du Arschloch! Ich bring dich um!«

»ES REICHT!« Falls Audreys Schrei in diesem Moment nicht den gesamten Campus aufgeweckt hatte, dann vermochte das niemand. »Es reicht!«

Ganz kurz war die Nacht wieder friedlich. Dann sagte Zach drohend: »Mit dir befasse ich mich später, wenn sie nicht dabei ist und dich verteidigt. Jetzt muss ich erst mal ein Gebäude abfackeln.«

Zach stieg erneut in Harvard Hall ein. Er hatte dem Wachmann die Taschenlampe abgenommen. Jenseits des Lichtstrahls, der von seiner Hand ausging, blieb alles dunkel.

»Der ist verrückt geworden.«

»Nein, Leo, er ist nicht verrückt. Es ist viel schlimmer.«

Audrey wusste, wovon sie sprach. Schließlich wollte sie eines Tages Psychiaterin werden. Und sie hatte in ihrem Studium bereits gelernt, zwischen einem Verrückten und einem Fanatiker zu unterscheiden.

In Audreys Badezimmer stank es nach Erbrochenem und Alkohol, obwohl sie bereits dreimal die Spülung betätigt und versucht hatte, mit Toilettenpapier die Schweinerei auf dem Boden zu beseitigen. »Leck mich!« Ihr Fluch war nur Ausdruck ihrer Frustration, bis ihr aufging, dass ihre geliebte Haushaltshilfe das Desaster am nächsten Tag würde wegputzen müssen.

»Genau, leck mich!«

Im Badezimmerspiegel sah sie ein boshaftes Lächeln.

»Auf deine Gesundheit, *Audrey.*«

Sie hatte die ganze Zeit über das Whiskeyglas festgehalten. Nun schüttete sie sich den gesamten Inhalt über ihre Kleidung, als sie zu trinken versuchte.

Audrey seufzte erleichtert, als sie bei dem Wachmann einen Puls feststellte. Er war bewusstlos und lag zwischen einigen Stühlen auf dem Boden. Das Licht der Taschenlampe beleuchtete ein Stuhlbein, an dem eine schwarze Haarsträhne hing, festgeklebt in geronnenem Blut.

»Er lebt, aber vielleicht hat er eine Gehirnblutung, oder womöglich … Himmel, was weiß ich?! Wie konntest du nur, Zach?«

»Wenn er aufwacht, wird er nur saftige Kopfschmerzen haben«, erwiderte Zach aus einer Ecke des dunklen Raums. »Ich habe ihn nicht sehr fest geschlagen. Mach dir keine Sorgen um ihn.«

Plötzlich war die Luft von einem intensiven Geruch erfüllt, ähnlich dem von Benzin, aber mit irgendeinem Duftstoff versetzt.

»Was ist das?«, fragte Leo erschrocken.

Er hatte die Taschenlampe gehalten, während Audrey den Wachmann untersucht hatte. Nun richtete er sie auf Zach. Sie sahen ihn wie rasend hin und her gehen, während er überall großzügig flüssigen Grillanzünder verteilte. Zach würde nicht von seinem Plan ablassen. Er hatte tatsächlich vor, Harvard Hall in Brand zu stecken. Und es war keine spontane Aktion. Daran bestand nun kein Zweifel mehr.

»Das hast du vorhin aus unserem Zimmer geholt, stimmt's?«, fragte Audrey, obwohl sie die Antwort bereits kannte. »Als du gesagt hast, du willst noch mal aufs Klo.«

Zach stand mit dem Rücken zu ihnen und verteilte den Rest der Flüssigkeit über die Säcke mit den verbleibenden Flugblättern.

»Bist ein kluges Mädchen, Audrey. Das gefällt mir so an dir.«

»Gehen wir«, sagte Audrey zu Leo. »Hilf mir, ihn hier rauszutragen.«

Sie war nicht sicher, ob sie und Leo es schaffen würden, den schwergewichtigen Wachmann zu tragen, aber sie wollte es versuchen.

»Ich warte, bis ihr draußen seid«, sagte Zach, der nicht anbot, ihnen zu helfen.

Er hatte es eilig, Harvard Hall abzubrennen. Er hatte ein Zippo-Feuerzeug aus der Tasche gezogen und spielte damit gefährlich nahe an den mit Grillanzünder getränkten Flugblättern herum.

Audrey stellte sich an den Kopf des Wachmanns, und Leo an seine Füße. Dann sagte Leo: »Auf drei heben wir ihn hoch. Eins, zwei und …«

»AAAH!«

Der Wachmann hatte die Augen geöffnet und starrte Audrey an. Ihr Schrei hallte im Raum wider, und Zach fiel vor Schreck das Feuerzeug aus der Hand. Sie hörten ein Geräusch ähnlich einem Saugen, dann fingen die Papiere und alles darum herum Feuer und loderten sogleich hellauf. Ein Hitzestrahl schlug ihnen entgegen. Der Wachmann drehte sich um und stand auf, dann entfernte er sich taumelnd von Audrey. Sein Kopfwunde blutete wieder. Er war desorientiert, sein Blick leer. Er öffnete den Mund, um etwas zu sagen, doch es drang nur eine unartikulierte Klage daraus hervor. Diese Klage verwandelte sich in einen herzzerreißenden Schrei, der Audrey noch immer manchmal mitten in der Nacht weckte.

Die Beine des Mannes standen in Flammen. Er war in einer kleinen Pfütze mit Grillanzünder stehen geblieben, die das Feuer bereits erreicht hatte. Die Flammen wanderten blitzschnell seinen Körper empor, bis zu seinem Gesicht. Und der Mann hörte nicht auf zu schreien, immer lauter und lauter. Der Geruch der Flüssig-

keit wich einem unheilvollen, süßlichen Gestank, bei dem Leo sich übergeben musste.

Sie taten nichts, um den Wachmann zu retten. Sie sahen ihn verbrennen, und sie taten nichts. Keiner der drei war fähig, sich zu rühren. Nicht einmal, um zu fliehen. Wie gebannt beobachteten sie diese grauenvolle Art zu sterben. Das füllige Gesicht des Wachmanns verwandelte sich. Der Mund und die Augenhöhlen wurden zu schwarzen Löchern. »Ein Kürbis«, dachte Audrey, beinahe fiebernd. »Er sieht aus wie ein Halloween-Kürbis.«

»Raus!«

Zachs Schrei rettete sie. Es war seine einzige gute Tat in dieser ganzen verfluchten Nacht.

Begleitet vom ohrenbetäubenden Heulen des Feueralarms rannten sie ins Freie. Es dauerte nicht lange, bis in der Nähe mehrere Lichter angingen. Die verschlafenen Mienen derer, die aus den Fenstern blickten, nahmen beinahe sofort einen entsetzten Ausdruck an. »Feuer!«, war aus immer mehr Kehlen zu hören. Harvard Hall stand von einem Ende zum anderen in Flammen.

Sie wussten nicht, ob irgendjemand sie erkannt hatte, denn sie trugen ihre Strumpfmasken nicht mehr. Doch dem galt im Augenblick nicht ihre größte Sorge. Sie wollten so schnell wie möglich fort. Nicht fort vom Feuer, sondern von dem armen Mann, der da drin verbrannte. Und von seinen Schreien, die bereits für immer verstummt sein mussten.

Sie flohen ziellos. Deshalb liefen sie auch nicht zurück zum Auto, sondern in die entgegengesetzte Richtung. Erst, als die Statue von John Harvard vor ihnen aufragte, fiel es ihnen auf. Diesmal berührte Leo nicht ihren Fuß, damit John Harvard ihm Glück brachte. Seit jener Nacht tat er es nie wieder.

Das Gesicht der Statue schien sie mit einer Strenge zu beobachten, die zuvor nicht daran zu bemerken gewesen war. Ein stummer Vorwurf lag darin, dessentwegen, was sie getan hatten, und der Lüge wegen, hinter der sie ihr Geheimnis von nun an für den Rest ihres Lebens würden verbergen müssen. Eine weitere Lüge für die »Statue der drei Lügen«, über deren Kopf die Fahne mit dem Wappen von Harvard und dem Leitspruch »VERITAS« – Wahrheit – wehte.

9

Padua, Italien

Nie zuvor hatte Albert Cloister eine so überwältigende Einsamkeit verspürt wie beim Anblick der dicken Mauern des vor über tausend Jahren erbauten Klosters der Santa Giustina. Ein ganzes Jahrtausend, entschwunden im unerbittlichen Strudel der Zeit. So vieles war vergangen, während diese behauenen Steine unversehrt an ihrem Platz verharrten. Kälte, Hitze, Regen, Schnee – alles kam und ging vorüber. Eine unsichtbare Hand schloss sich um das Herz des Priesters, eine schwindelerregende Leere hatte sich in seinem Inneren eingenistet. Er war sehr ruhig, doch es war die Ruhe, die häufig einer Erschütterung oder entscheidenden Ereignissen vorausgeht.

»Kommen Sie bitte herein, Pater«, wurde Albert von der kaum hörbaren Stimme eines kleinen Mönchs begrüßt, der gekommen war, ihn zu empfangen.

Es war ein strahlend schöner Tag, wenn auch sehr kalt. Die Luft im Inneren des Klosters war eisig und feucht. Die beiden Männer gingen einen im Halbdunkel liegenden Korridor entlang und traten dann in einen Kreuzgang mit gotischen Säulen hinaus, der über dem ursprünglichen romanischen Kreuzgang errichtet worden war. Die Gotik hatte Albert Cloister im Gegensatz zu den meisten Menschen nie so bezaubert wie die Romanik. Romanische Bauwerke mit ihren schweren, kompakten Steinblöcken, ihrer Größe, ihrer nüchternen, geraden, soliden

Erscheinung zog er den sehr gegensätzlichen, hochaufgeschossenen und bemüht großartigen gotischen Bauten vor. Die Romanik war nobler, authentischer.

»Bruder Giulio wird Sie in seiner Zelle empfangen. Seit Monaten muss er das Bett hüten. Ich hoffe, Sie stören sich nicht an der Dunkelheit. Seine Augen vertragen kein Licht. Seine Erkrankung … Stellen Sie sich vor, letzten Monat ist er einhundertzehn geworden!«

»Einhundertzehn!«, stieß Albert ungestüm aus. Er sprach im Flüsterton, dennoch hallte es von den Wänden der Galerie wider, über die sie nun schritten.

»Der Herr hat gewollt, dass er so lange bei uns bleibt, um uns zu inspirieren und unseren Glauben zu stärken. Für mich ist er ein lebender Heiliger. Die Ärzte sagen, er kann jetzt jeden Augenblick sterben. Der Ärmste leidet sehr … Hier ist es.«

Der kleine Mönch klopfte an die hölzerne Tür der Zelle. Ohne eine Antwort abzuwarten, öffnete er die Tür und hob seine dünne Stimme, so gut er konnte, um die Ankunft des Jesuiten zu melden.

»Ich bringe Ihnen den Pater aus Rom, den Freund von Kardinal Ignatius Franzik.«

»Ich habe Sie erwartet. Bitte setzen Sie sich.«

Die Dunkelheit in der Zelle wurde nur von dem Licht, das durch die offene Tür hereinfiel, erhellt. Albert erblickte ein verehrungswürdiges Gesicht, hager, länglich und voller Falten. Die Haare waren luftig wie Seide und sehr weiß. Der uralte Mönch hob eine zittrige Hand und deutete damit auf den einzigen Stuhl in der Zelle, neben seinem Bett.

»Danke, Bruder Giulio«, sagte Cloister. »Ich hoffe, ich komme nicht ungelegen.«

»Das tust du nicht, mein Sohn. Deine Seele ist bedrückt, und du möchtest mir Fragen stellen. Ich hoffe, ich habe Antworten auf deine Fragen. Und dass diese Antworten deinem Geist Frieden schenken.«

Albert setzte sich. Der andere Mönch zog sich zurück und schloss die Tür hinter sich. Nun lag die Zelle völlig im Dunkeln. Allerdings merkte der Jesuit nach einer Weile, dass ein einzelner Lichtstrahl durch einen Spalt im Ochsenauge in der Außenwand fiel.

»Der gute Ignatius hat mir erzählt, was deine Seele bedrückt. Die Vision eines bösen Wesens im Feuer, und auch deine Nachforschungen zu den Erfahrungen von Menschen mit Visionen eines teuflischen Jenseits. Und der Satz, auf den du schon mehrfach gestoßen bist: ›Die Hölle ist überall.‹ Du bist besorgt. Du hegst einen Argwohn, und Zweifel erwachen in dir. Du willst wissen, was das alles bedeutet und was du damit zu tun hast.«

Die Stimme des alten Mannes klang tief und zugleich sanft. Man merkte ihr nicht die geringste Angst vor dem Tod an, der ihren Besitzer nun schon bald erwartete.

»Ich gestehe, ich bin einigermaßen verwirrt. Sehr verwirrt.«

»Das ist ganz natürlich. Ignatius hat mir nur Gutes über dich erzählt. Er sagt, du bist ein ehrlicher, fleißiger junger Mann. Dein Glaube ist fest, obwohl du ein Mann der Wissenschaft bist. Vielleicht hat der Böse dich genau deshalb auserwählt, um Verwirrung zu stiften. Er greift immer die treuesten Diener unseres Herrn an. Die, die ihm am besten dienen. Diese hasst der Teufel am meisten. Er erträgt sie nicht. Es ist ein Mysterium, warum der Allmächtige Satan gestattet, in der Welt zu wirken. Die Theologen finden dafür keine Erklärung. Sicher ist es Teil eines Plans, dessen Beweggründe und Ziele wir nicht verstehen. Es sind die krummen Zeilen unter einer Handschrift, die trotzdem stets gerade ist.«

»Aber meine Vision, dieser Satz über die Hölle, die gebrochenen Knochen der …«

»All dies ist verstörend, das gebe ich zu. Dennoch ist das Gute dem Bösen überlegen. Dieses Jammertal ist wie eine Hölle, die wir alle überwinden müssen, ehe wir die Herrlichkeit erlangen können. Ich glaube, das ist wie die Schule für die Kinder. Gott will, dass wir wissen, was Schmerzen sind, damit wir das Vergnügen, die Freude und das Glück verstehen. Genauso wie ein Vater zulässt, dass sein Kind Fehler macht und stolpert – nicht, weil er es nicht liebt, sondern, gerade weil er es liebt. Er lässt ihm seine Freiheit und ermöglicht ihm, seine eigenen Erfahrungen zu machen.«

Albert hob den Blick, obwohl er in der Dunkelheit nichts sah. Seine Augen wurden feucht und bebten, als er sich an ein anderes Paar Augen erinnerte, das ihn noch vor wenigen Tagen angesehen hatte.

»Bruder Giulio, das Böse ist mir begegnet. Es kam aus dem Feuer. Es hat mich gesucht. Ich mische mich in seine Pläne ein, indem ich diese Fälle von Nahtod-Erfahrung untersuche, und jetzt bin ich Teil des … Jetzt bin Gegenstand meiner eigenen Nachforschungen!«

»Ein Gesicht, das aus dem Feuer kam, Augen, ein Blick. So etwas ist schon einmal geschehen.« Der alte Mann sprach diese Worte, als entsprängen sie dem Innersten seiner Seele. »Ich kenne dieses Gesicht und diese Augen. Auch ich habe sie vor langer Zeit gesehen. Genau wie dich hat dieses Wesen auch mich gesucht und gefunden.«

Albert stieß einen erstickten Laut aus, und der alte Mann seufzte tief. Er fuhr fort: »Es ist ein schwerer Kampf. Du gehörst dem Heer unseres Herrn an. Verzage nicht. Sei tapfer. In meiner Jugend wurde ich selbst von einem Wesen versucht, das ich mir nur als den Teufel vorstellen kann. Deshalb hat Ignatius dich zu mir geschickt. Er kennt die Geschichte. Die ganze Zeit habe ich auf jemanden gewartet, der meine Besorgnis teilen kann. Nun weiß ich, dass du derjenige bist … Es geschah 1922. Damals war ich siebenundzwanzig Jahre alt, und man hatte mich gerade einem kleinen sizilianischen Dorf namens Canneto di Caronia als Gemeindepfarrer zugewiesen.«

»Canneto di Caronia?«, rief Albert aus.

»Ja, genau. Warum überrascht dich das, mein Junge? Kennst du es?«

»Vor einem Jahr gab es in diesem Dorf eine Untersuchung wegen eines Falls von übersinnlich motivierter, spontaner Selbstentzündung. Häuser, die von allein in Brand gerieten, Explosionen ohne Ursache, Feuer, die aus dem Nichts entstanden. Anscheinend gab es einen Zusammenhang zu Ouija-Praktiken.«

»Hmm … Was ich dort erlebt habe, kurz nachdem ich in der Gemeinde angekommen war, hing auch mit Feuer und Flammen zusammen, aber nicht mit Selbstentzündung. Das Feuer war von Menschenhand gemacht. Ein schreckliches Verbrechen, an dem ein paar kleine Mädchen beteiligt waren. Sie waren nicht die Opfer, sondern die Täterinnen. Kaum zu glauben bei sechsjährigen Kindern. Es waren auch sechs Mädchen, allesamt Töchter ungläubiger Eltern, die nicht öfter in die Kirche gingen als in die Kneipe. Schlechte Menschen mit niederen Gefühlen, die die Mädchen ohne jedes Moralverständnis hatten aufwachsen lassen, wie wilde Tiere. Keins der sechs Mädchen ging zur Schule. Aufgrund ihrer Armut, aber vor allem wegen der Vernachlässigung durch ihre Erzeuger waren sie unterernährt. Sie waren immer schmutzig und ungekämmt. Aber niemand hätte gedacht, dass sie fähig wären, ein so abscheuliches Verbrechen zu begehen, und dass dieses Verbrechen mit den Jahren auch noch in Vergessenheit geraten würde. Nur wenige Menschen kannten die Wahrheit, und diejenigen von uns, die das noch konnten, kamen überein, nie über den Vorfall zu sprechen. Was mich betrifft, bis heute. Für die anderen kann ich nicht sprechen. Aber ich habe das Gefühl, dass sie alle ihr Geheimnis mit ins Grab genommen haben, denn die, die davon wussten, starben innerhalb weniger Wochen.«

Pater Cloister wartete gespannt. Noch wusste er nicht, welche Richtung die Geschichte nehmen würde oder was sie mit seinem Fall zu tun hatte. Doch er war sicher, dass sie viel damit zu tun hatte. Vielleicht zu viel. Die Nackenhaare stellten sich ihm auf, während der Alte fortfuhr.

»Eines der Mädchen, die Anführerin, kam aus einer Familie, die als verflucht galt. Zwanzig Jahre davor hatten die Leute in einem Dorf in der Nähe namens Torremuzza einen ihrer Großväter, dessen Frau und mehrere ihrer Kinder getötet. Sie hoben ein großes Grab aus und begruben darin ihre Leichen, zusammen mit den Überresten mehrerer Tiere, die ihnen gehört hatten, und einer großen Menge Schwefel. Das jüngste Kind war gerade erst vier Jahre alt gewesen … Aber diese Familie hatte die Menschen in der Region in Angst und Schrecken versetzt. Zwei der Söhne hatten ein junges Mädchen aus dem Dorf vergewaltigt und ermordet – sie hatten sie an einem Baum aufgehängt und danach gevierteilt. Daraufhin beschlossen die Dorfbewohner, darunter auch der Pfarrer, die Gerechtigkeit selbst in die Hand zu nehmen, und töteten die ganze Familie. Sie töteten sie wie Hunde, ohne Gerichtsurteil oder Gelegenheit zur Verteidigung. Das Böse war in die Herzen aller eingedrungen. Schmerz wurde mit Schmerz vergolten. Das Böse wurde mit Blut, Erde und Schwefel zugedeckt. Der Schwefel war die Idee des Pfarrers. Zu Zeiten der Inquisition rieb man die Kleidung der zum Tode verurteilten Besessenen mit Schwefel ein, ehe man sie hinrichtete. Schon immer hat man dieses chemische Element und seine Ausdünstungen aus den Tiefen der Erde mit der Hölle verbunden. Der Hass erreichte ungeahnte Ausmaße. Wenn das Böse wahrhaft groß und real ist, kehren die Menschen zu ihren primitiven Ursprüngen zurück. Dann tritt der blutrünstige Jäger zutage, das erbarmungslose Wesen, das furchterregende Raubtier. In jener Gegend von Sizilien hatte das Böse machtvolle Wurzeln geschlagen. Es war noch in die kleinsten Ritzen und an die verborgensten Stellen vorgedrungen.

Was das Verbrechen der Mädchen betrifft, von dem ich dir erzählt habe, herrschte Schweigen. Und Vergessen. Die, die es gar nicht erst verstanden hatten, wollten es umso schneller vergessen. Einen so schrecklichen Schmerz, der so tief verletzt, kann man nicht lange ertragen. Für das Dorf waren zwölf Kinder in einem unglückseligen Feuer umgekommen. Wieso die sechs Mädchen und die sechs männlichen Säuglinge allein in einer Scheune gewesen waren, schien ein Rätsel zu bleiben. Aber ich weiß, was geschah. Die sechs Mädchen trugen die Säuglinge in die Scheune und erstickten sie. Dann legten sie Feuer in der Scheune. Der Bürgermeister, der Hilfsgeistliche der Gemeinde, zwei Bauern und ich kamen kurz vor dem Ende dort an. Die Mädchen lachten und vollführten Purzelbäume, und ihre Gesichter … Ich weiß nicht, wie ich die Gesichtchen der Mädchen beschreiben soll, als sie ihr schauriges Verbrechen betrachteten. Für mich war es das Werk Satans. Irgendwie hatte er Besitz von ihnen ergriffen. Aber die Besessenen verlieren ihren freien Willen nicht ganz, deshalb war das für mich unsagbar verstörend. Wir versuchten, sie zu packen. Einer der rauhbeinigen Bauern stürzte bei dem Anblick wie ein nasser Sack zu Boden. Wir anderen versuchten, schnell zu handeln, doch wir waren nicht schnell genug, um das Feuer zu verhüten. Eines der Mädchen entzündete es mit einer Flasche Benzin. Das Feuer loderte auf und breitete sich rasch aus. Wir liefen los, um die Mädchen zu retten. Wir taten unser Möglichstes, aber vergeblich. Die sechs Mädchen starben neben den Leichen der Neugeborenen. Der Bauer, der ohnmächtig geworden war, starb noch in derselben Nacht. Der Bürgermeister erlitt schwerste Verbrennungen bei dem Versuch, die Mädchen zu retten, und lebte nur noch wenige Tage. Der andere Bauer starb zwei Monate später; niemand wusste, woran. Seine Frau fand ihn mit weit aufgerissenen Augen und gekrümmten Fingern im Bett. Mein Hilfspriester, ein guter, edelmütiger Mann, erhängte sich kurz darauf. Auch ich hatte Verbrennungen an Gesicht und Händen. Das Mädchen mit der Flasche hatte mich mit Benzin begossen, als sie selbst schon in Flammen stand. Aber im Gegensatz zu den anderen hatte ich ein langes Leben. Vielleicht war das eine Strafe oder ein Fluch. In den Flammen, die mir das Gesicht verbrannten, sah ich wie in einem Spiegel ein anderes Gesicht. Es drückte unerschütterliche Ruhe aus. Es wirkte sogar traurig oder melancholisch auf mich. Es sah mich an, und ich wusste, das war das personifizierte Böse. Doch es machte sich nicht über mich lustig, es tat gar nichts. Es blieb nur einen Augenblick sichtbar und verschwand dann. Diesen Blick habe ich nie vergessen, und ich werde ihn auch nie vergessen. Wenn ich die Augen schließe, sehe ich ihn vor mir. Er ist immer hier, in der Dunkelheit.«

»Was Sie mir da erzählt haben, ist ja schrecklich. Und dieses Gesicht, das Sie beschrieben haben … So hätte ich es auch beschrieben. Sein Blick war ruhig und schrecklich. Aber wohin führt uns das? Was bedeutet es?«

Der alte Mann bewegte den Kopf auf dem Kissen. Seine Arme fielen matt auf die rauhe Wolldecke zurück. In einer Hand hielt er ein silbernes Kruzifix. Dies war weit mehr als der Besuch eines jungen Mannes, der zum ersten Mal den Mächten der Finsternis begegnet war. Seine Seele brauchte Unterstützung, Trost, Führung und Rat. In seinem langen Leben hatte Bruder Giulio niemals gedacht, dass es so wenig aufsehenerregend, so ohne Erschütterungen und Umwälzungen zugehen würde, wenn derjenige, der den Kreis schließen würde, zu ihm kam. Derjenige, der seine Vision verstehen würde, weil er die gleiche gehabt hatte. Was konnte das bedeuten? Wohin würde es führen? Er wusste es nicht. Die Seelenstärke, die er in seinen vielen Lebensjahren in sämtlichen Situationen, darunter zwei Weltkriegen, bewiesen hatte, nun war sie dahin, zerbrochen wie zartes Glas. Ganz besonders seit Papst Johannes Paul II. gestorben war … Doch davon würde er dem jungen Priester nicht erzählen. Daran durfte er jetzt nicht denken. Daran wollte er jetzt nicht denken. Die Zeit, die ihm noch geblieben war, wurde ihm bitter; es war eine Bitterkeit, die sich wie Gift in sein Inneres hineinfraß. Tapfer fasste er sich so weit, dass er Albert mit einer frommen Lüge antworten konnte, die mehr dazu diente, seine eigenen Dämonen zu bannen, als den Jesuiten zu beruhigen. Eine Lüge ist besser als die Wahrheit, wenn die Wahrheit dich auch nicht befreien kann.

»Dieses böse Wesen will dich von deinem rechten Weg und deiner Arbeit abbringen. Aber lass nicht zu, dass es das Böse in dir sät. Bleibe fest in deinem Willen und deiner Entschlossenheit. Vertraue stets auf Gott. Er ist das Licht, das uns auf unserem Weg durch die Finsternis leuchtet, auch wenn wir seine Handlungen nicht verstehen. Vertraue auf Gott, unseren Herrn, und er wird deinen Geist erleuchten.«

Diese Worte hätten glaubhafter geklungen, wären sie mit echter Überzeugung vorgebracht worden. Sie ergaben nicht einmal wirklich einen Sinn. Und der letzte Satz, mit dem der alte Mönch ihn ermahnte, auf den Allmächtigen zu vertrauen, erinnerte ihn allzu sehr an das, was er selbst bei ähnlichen Gelegenheiten gesagt hatte, wenn er keine eindeutigen Antworten gewusst hatte, die er den sehnlich darauf Hoffenden hätte geben können.

»Ich muss die Wahrheit wissen«, murmelte Albert, dann wiederholte er den Satz laut.

»Du musst jetzt nach Rom zurückkehren. Ich bin müde. Sag Ignatius, dass ich ihn in meine Gebete einschließe, und bitte ihn, auch für mich zu beten. Ich werde es sehr bald nötig haben.«

Bruder Giulio dachte kurz nach. Seit Cloister seine Zelle betreten hatte, hatte Bruder Giulio sich gefragt, ob Cloister wirklich alles erfahren solle. Er hatte Angst um ihn, und er tat ihm leid. Doch nun, am Ende ihrer Unterhaltung, hatte der junge Jesuit ihn mit seinen Worten davon überzeugt, dass er alle Fakten kennen sollte. Er dachte jetzt wieder das, was er schon vor ihrer Begegnung gedacht hatte, als Kardinal Franzik ihm wenige Tage zuvor seinen Fall geschildert hatte: Er hatte das Recht und beinahe die Pflicht als Priester, die Wahrheit zu suchen.

»Wenn du wieder in Rom bist, sag Monsignore Franzik, er soll dir den Kodex zeigen, der im Geheimarchiv aufbewahrt wird.«

»Einen Kodex?«, fragte Albert irritiert nach.

»Ja. Einen alten Kodex von unbekannter Herkunft. Ich hoffe, er nutzt dir auf dem dornenreichen Weg, der vor dir liegt. Johannes Paul II. selbst ist ihn gegangen, zumindest in den letzten Augenblicken seines Lebens.« Der alte Mann überlegte erneut, ob er ihm alles erzählen solle, und tat es dann doch: »Auch er hatte eine Vision des Jenseits, und wie bei so vielen war es keine glückliche Vision.«

»Der Papst?!«

»Auch er hat unsere Beunruhigung geteilt. Er wusste durch den guten Ignatius von deinen Nachforschungen. Bis zuletzt hat er sie nicht besonders ernst genommen …«

»Was hat Seine Heiligkeit gesehen?«

»Er sprach nur einen Satz, im Flüsterton. Einen Satz, den ich jetzt nicht wiederholen werde.«

Cloister wusste sofort, um welchen Satz es sich handeln musste, und sogleich lief ihm ein Schauder über den Rücken. Er wollte etwas sagen, aber Bruder Giulio hinderte ihn daran. Diesmal klang seine Stimme noch tiefer, er sprach sehr langsam, als müsste er um jede Silbe kämpfen.

»Jetzt lass mich allein, mein Sohn. Kehre nach Rom zurück. Bitte geh und lass mich allein. Desillusioniert wie ich bin. Ich wollte dich trösten, aber unsere Begegnung hat nur meine eigene Unruhe verstärkt. Ich kann dir nichts mehr sagen, ich muss meine Seele auf ihre letzten Momente in diesem Körper vorbereiten. Ehrlich gesagt, wüsste ich auch nicht, was ich dir noch sagen sollte. Ich weiß nichts mehr, nicht einmal, was ich weiß und was ich nicht weiß. Hoffentlich zerstreuen meine Zweifel sich in der nächsten Welt. Dir bleibt noch Zeit, deine eigenen Zweifel zu klären, so Gott will. Kehre nach Rom zurück, und möge die Vorsehung dich leiten.«

Die letzten Worte des Mönchs klangen entschieden. Verstört stand Albert auf und nahm seine magere Hand. Die Haut fühlte sich an wie trockenes Pergament. Er drückte sie sanft, drehte sich wortlos um und verließ das Zimmer. Das war sein Abschied. Es gelang ihm, die Tränen herunterzuschlucken, doch er konnte nicht sprechen. Der arme, todgeweihte Alte hatte ihn noch tiefer ins Zentrum der Spirale hineingezogen, die ihn verschlang wie ein Meeresstrudel. Er war ein guter Mensch und ein Weiser. Doch dem, was der Jesuit mit sich herumtrug, hatte er keinen Sinn verleihen können. Im Gegenteil: Bruder Giulios Erzählungen von Johannes Paul II. und seiner eigenen Vision auf Sizilien in seiner Jugend flößten ihm noch mehr Angst und Zweifel ein. Es war, als hätte er ihn erwartet, um ihm eine Brücke zu dem Schlüssel, den er brauchte, zu schlagen – dem Schlüssel zum Verständnis einer Realität, die nun immer noch verborgen war. Verborgen, aber vielleicht doch sichtbar für seinen Geist und seinen Verstand.

Da fiel ihm ein Gedicht ein, das, als er es als Heranwachsender zum ersten und einzigen Male gelesen hatte, einen so überwältigenden Eindruck auf ihn gemacht hatte, dass er es nie wieder vergessen hatte, obwohl er sich weder an den Autor noch an den Titel oder an das Buch, in dem es enthalten war, erinnerte. Das Gedicht hatte sich ihm wie mit feuriger Schrift eingeprägt.

Die Nacht ist gleißend hell, verglichen mit der verdüsterten
Seele.
Der Himmel ohne Sterne, ohne Mond wirkt lichtdurchflutet.
Wie undurchdringlich ist die schwarze Trauer. Wie bleiern
und entsetzlich.
Was ist denn Glück? Wirklichkeit und Illusion.
Für manchen existiert es. Dem Nächsten ist's Chimäre.
Wahnsinn. Blendwerk.
Eine Träne öffnet kein Gitter. Bricht kein festes Schloss.
Sie erschüttert die Herzen. Das ja. Doch das genügt nicht.
Wie bleich ist der Held. Wie falsch, wenn ihm nur bleibt,
sich in die Schlacht zu stürzen.
Das Glück ist, zuweilen, nicht einmal eine Sehnsucht.

10

Boston

Audrey war bereits wach, als das Telefon klingelte, aber sie lag noch im Bett. Seit ihrem Besäufnis war sie kaum aufgestanden. Am Tag zuvor war sie weder zur Arbeit gegangen, noch hatte sie auf die Anrufe ihrer Sekretärin reagiert, die auch diesmal die Anruferin war.

»Hallo, Susan«, sagte Audrey, als sie schließlich abnahm.

»Na, endlich! Wo bist du gewesen? Gestern habe ich den ganzen Tag versucht, dich zu erreichen, zu Hause und auf dem Handy, und ich musste alle deine Termine absagen.«

»Gib mir eine Verschnaufpause, Susan, ja? Gestern hatte ich einen schlechten Tag.«

Die Sekretärin arbeitete seit nunmehr drei Jahren für Audrey, und sie hatte bisher noch nicht erlebt, dass Audrey einen guten Tag gehabt hätte. Einen, an dem sie nicht am späten Nachmittag traurig und nachdenklich auf die Commonwealth Avenue hinausgeschaut hätte.

»Schon gut, Audrey. Aber sag mir eins: Kommst du heute?«

»Heute Vormittag nicht. Ich muss einen Patienten besuchen.«

»Im Altenheim?«

»Ja.«

»Das bringt kein Geld.«

Audrey hätte noch am selben Tag aufhören können zu arbeiten und von ihren Ersparnissen sowie dem Erlös aus dem Verkauf ihrer eleganten Wohnung ohne Geldsorgen bis ans Ende ihrer Tage leben können. Das musste Susan klar sein, doch sie war besessen davon, Audrey dazu zu bringen, Geld zu verdienen, und zwar nicht allein, weil ihr Arbeitsplatz davon abhing.

»Diese alten Leutchen bringen kein Geld, das stimmt …«, gab Audrey zu. »Versuch bitte, meine Vormittagstermine und die von gestern zu verlegen, ja?«

»Wie du willst.«

»Danke.«

Audrey wollte schon auflegen, da fragte Susan: »Audrey, bist du noch da?«

»Ja.«

»Fast hätte ich's vergessen: Ein gewisser Joseph Nolan hat angerufen und nach dir gefragt.«

»Joseph Nolan?«

Das war eine Überraschung.

»Er hat gesagt, ihr hättet euch im Altenheim kennengelernt. Offenbar hat er deine Nummer von der Oberin bekommen, und er wollte wissen, ob er mit dir sprechen kann.«

»Warum?«

»Keine Ahnung. Eine Nachricht wollte er nicht hinterlassen, aber ich an deiner Stelle würde zurückrufen. Seine Stimme klingt echt *sexy!* Sieht er gut aus?«

Männer waren noch so eine fixe Idee von Susan. Die Liste ihrer Liebhaber war so umfangreich wie das Bostoner Telefonbuch. Sie war ständig auf der Suche nach einem Mann für Audrey, die daran gar nicht interessiert war. Das hatte sie ihr schon oft gesagt, aber Susan ließ sich nicht so ohne weiteres von etwas abbringen.

»Wir reden später, Susan.«

Audrey war nicht in Stimmung zum Plaudern. Sie legte auf. Eigentlich hätte sie gern noch ein Weilchen geschlafen, doch sie widerstand der Versuchung. Sie hatte Wichtiges zu tun.

Manchmal wirkte das Altenheim der Vinzentinerinnen wie eine Art Fels. Das war jedenfalls Audreys Eindruck. Nichts veränderte sich je, oder falls doch, dann waren die Veränderungen so klein, dass sie nicht weiter auffielen. Die Zeit verging dort langsam. Audrey war sicher, könnte sie zweitausend Jahre in die Zukunft reisen, würde sie das vernachlässigte Backsteingebäude unverändert vorfinden. Es war wie die Pyramiden, doch nicht etwa, weil es dem Zahn der Zeit zu widerstehen vermochte, sondern weil es schon immer tot gewesen war.

Diesmal suchte Audrey Daniel nicht in seinem Zimmer auf. Sie nahm an, der alte Mann würde im Garten hinter dem Haus die Sonne genießen, und sie hatte recht. Er saß auf derselben Bank wie bei ihrer ersten Begegnung. Als der Alte sie sah, lächelte er einfältig wie immer.

»Du siehst … schlecht aus, Audrey.«

»Ja, ich weiß. Darf ich mich setzen?«

»Natürlich.«

Schweigend saßen sie nebeneinander. Die Gesichter der Sonne zugewandt, beobachteten sie die übrigen Heimbewohner, die an der Hand von Nonnen an ihnen vorbei über den Rasen spazierten.

»Habe ich neulich … etwas Schlimmes getan?«

Überrascht wandte Audrey sich Daniel zu. Er beobachtete weiter die Spaziergänger.

»Nein, natürlich nicht. Warum fragst du das?«

»Er … war … zufrieden.«

»Der, der immer mit dir spricht, war zufrieden?«

»Ja. Ich weiß nicht … was ich zu dir gesagt habe …, aber er hat mir gesagt, … dass ich es … sehr gut gemacht habe, dass ich dich … erschreckt habe.«

Audrey fröstelte. Das passierte ihr in Daniels Gegenwart nicht zum ersten Mal.

»Ich dachte, du erinnerst dich nie an das, was diese Stimme dir sagt.«

Daniel zuckte mit den Achseln und erwiderte: »Er wollte, dass ich … mich … daran erinnere.«

Erneut fiel Audrey auf, dass Daniel Angst hatte. Bei einem normalen Patienten hätte sie genau gewusst, welches ihr nächster Schritt in der psychologischen Evaluierung und Behandlung wäre. Doch der alte Gärtner war kein normaler Patient. Es war nicht normal, was in der letzten Sitzung geschehen war. Audrey musste ständig an Daniels Bemerkung über die vier Lügen denken. Ob das nur ein unglaublicher Zufall gewesen war? Und falls nicht, wie könnte man es sonst erklären? Dies waren die Fragen, auf die sie eine Antwort zu finden beabsichtigte. Seit es ihr gelungen war aufzustehen, hatte sie in einem fort überlegt, mit welcher Strategie sie das am ehesten erreichen würde. Es erschien ihr offensichtlich, dass sie dafür Daniels andere – so rätselhafte – Persönlichkeit freilegen musste, die sie tatsächlich erschreckt hatte. Und zwar aufs heftigste.

Hypnose wäre eine Möglichkeit, auch wenn diese Technik bereits ein wenig veraltet war. Außerdem könnte es sich angesichts von Daniels geistigen Möglichkeiten als schwierig erweisen, sie bei ihm anzuwenden. Doch es gab eine vergleichsweise neue, noch experimentelle Methode namens EMDR. Das war die Abkürzung für »Eye Movement Desensitization and Reprocessing«. Man ging davon aus, dass man den Patienten damit in den geeigneten psychischen Zustand versetzen konnte, damit er Zugang zu tiefliegenden Traumata erhielt und diese verarbeiten konnte. Zwar gab es Ähnlichkeiten zwischen dieser Technik und der Hypnose, doch ihre Ziele unterschieden sich: Die Hypnose sollte den Patienten in einen entspannten mentalen Zustand, eine Art Trance versetzen, während er beim

EMDR-Verfahren in jedem Augenblick ganz wach und sich der Realität bewusst war. Dieser Unterschied mochte banal klingen, doch das war er nicht. Audrey kannte mehrere Fälle von Kindern mit schweren posttraumatischen Stresssymptomen, bei denen man EMDR mit guten Resultaten eingesetzt hatte, und Daniel war einem Kind so ähnlich, wie ein Erwachsener es nur sein konnte.

»Hättest du Lust, ein Spiel zu spielen, Daniel?«

Audrey wirkte nicht im Geringsten fröhlich, doch der alte Mann antwortete trotzdem voller Begeisterung: »Ja.«

Schon lange hatte Audrey den Raum, den die Oberin zum Behandlungsraum für sie hatte umfunktionieren lassen, nicht mehr betreten. Sie fand ihn so deprimierend wie immer, mit seinen billigen Möbeln und den Wänden voller Wasserflecken. Doch Audrey hielt es für besser, die EMDR-Methode hier einzusetzen. Im Garten wäre Daniel zu vielen Ablenkungen ausgesetzt gewesen und zu vielen neugierigen Blicken.

»Setz dich, Daniel.«

Sie selbst setzte sich auf den einzigen anderen Stuhl im Zimmer. Die beiden wurden durch die kleine Schulbank getrennt, die zusammen mit den beiden Stühlen das gesamte Mobiliar des Raums darstellte. Zwischen Daniel und Audrey befand sich außerdem seine Rose, von der er sich seit dem Brand nie mehr trennte. Er hatte sie auf seinen Oberschenkeln abgestellt.

»Es ist ein sehr lustiges Spiel und ganz einfach«, sagte Audrey und holte einen Kugelschreiber aus der Innentasche ihrer Jacke. »Du musst nur immer auf diesen Kugelschreiber gucken und dabei auf meine Fragen antworten. In Ordnung?«

»Das hört sich aber nicht … lustig an.«

»Ist es aber, glaub mir. Bist du bereit?«

»Na gut.«

Audrey hielt Daniel den Kugelschreiber vor die Augen und bewegte ihn hin und her; zuerst langsam, dann immer schneller.

»Erzähl mir von deinen Alpträumen. Du hast doch immer noch Alpträume, oder?« Das wusste Audrey von der Oberin.

Daniel wandte den Blick vom Kugelschreiber ab und richtete ihn auf die Pflanze in seinem Schoß.

»Lass den Kugelschreiber nicht aus den Augen. Die Alpträume, Daniel. Erzähl mir von ihnen.«

»Das ist nicht … lustig.«

Wütend warf Audrey den Kugelschreiber auf den winzigen Tisch. Heute hatte sie überhaupt keine Geduld. Ihr kleiner Geduldsvorrat war von dem soeben Geschehenen aufgebraucht worden. Das Licht der nackten Glühbirne an der Decke flackerte und erlosch dann vollständig. Im Raum wurde es dunkel, und Audrey rief erbittert: »Verdammte Glühbirne!«

Das Problem lag nicht bei der Glühbirne, sondern bei den elektrischen Leitungen. Eines schönen Tages würde hier alles in Flammen aufgehen, genau wie das Kloster, in dem Daniel beinahe gestorben wäre.

Das Licht ging wiederholt an und aus, bis es schließlich anblieb. So war es besser, sagte sich Audrey, die sah, dass Daniel sie mit einer gewissen Vorsicht musterte.

»Tut mir leid, dass ich geschrien habe, Daniel. Ich habe heute einen schlechten Tag. Was hältst du davon, wenn wir es anders probieren?« Er nickte. »Gut. Ich schlage mir mit den Händen auf die Oberschenkel. Und ich möchte, dass du dasselbe tust, aber du nimmst immer die andere Hand. Verstehst du?«

An Daniels Miene sah sie, dass er nichts begriffen hatte. Audrey seufzte erneut. Ob sie nun Geduld hatte oder nicht, sie würde sie irgendwie aufbringen müssen, sonst würde sie den alten Mann womöglich für immer verlieren.

»Ich … verstehe das nicht«, bestätigte Daniel ihre Befürchtung.

Audrey schob den Tisch weg und drehte ihren Stuhl so, dass sie Daniel direkt gegenübersaß.

»Keine Angst. Wir üben das zuerst. Ich klopfe mit der rechten Hand« – patsch – »und du klopfst … mit welcher Hand?«

Statt zu antworten, schlug Daniel sich ebenfalls auf den Oberschenkel. Er tat es mit der richtigen Hand, mit der linken, allerdings gab Audrey ihm eine kleine Hilfestellung, indem sie den Kopf schüttelte, als Daniel die rechte Hand nehmen wollte. Sie fuhr fort: »Jetzt klopfe ich mit der linken« – patsch – »und du mit der …«

»Mit der … rechten?« Patsch.

»Genau so! Jetzt noch mal von vorn. Rechts« – patsch – »links« – patsch – »rechts« – patsch …

»Das macht … Spaß.«

»Habe ich es dir nicht gesagt? Ein bisschen schneller … Sehr gut. Und jetzt wird es ein bisschen schwieriger. Jetzt musst du mir antworten, während du dir auf die Oberschenkel schlägst, einverstanden?«

Patsch. Patsch. Patsch. Patsch.

»Erzähl mir deinen letzten Alptraum.«

Patsch. Patsch. Patsch. Patsch.

Es dauerte eine ganze Minute, ehe Daniel antwortete.

»Da war … ein … Berg. Ich wollte nicht … dahin, aber er … hat mich gezwungen. Ich habe … eine … Feder gefunden. Sie war sehr … groß und … weiß. Es war … Blut drauf.«

»Erzähl mir von dem Berg, Daniel. Wie sah er aus?«

Patsch. Patsch. Patsch. Patsch.

»Daniel?«, hakte Audrey nach.

»Da waren See-len. Un-schuldige Seelen. Sie sind ins … Feuer geflogen.«

»Was war in dem Feuer, Daniel? Wer war da?«

Patsch. Patsch. Patsch. Patsch.

Patsch. Patsch.

Erneut flackerte das Licht der Glühbirne, dann hüllte sie wieder undurchdringliche Schwärze ein. Das Patschen verstummte.

»Und es wurde Dunkelheit! Hast du Angst im Dunkeln, Audrey? … BUUUH!«

Audrey nahm dicht vor ihrem Mund einen heißen Atem wahr. Sie erschrak und zuckte heftig zurück – beinahe wäre sie rücklings mit dem Stuhl umgefallen. Ganz kurz ging das Licht an und sofort wieder aus. In dieser Sekunde sah sie, dass Daniel sie fest ansah, ein boshaftes Lächeln um den Mund. Bloß dass das nicht Daniel war …

»Du!«

»Du bist sehr neugierig, Audrey. Du weißt doch, neugierige Katzen verbrennen sich die Tatzen.«

Erneut wurde Audrey Zeugin dieser radikalen Verwandlung bei Daniel, die ihm ermöglichte, sich flüssig und viel zu eloquent für seine geistigen Fähigkeiten auszudrücken. Es war erschreckend. Zumal im Dunkeln. Audrey versuchte, sich zu fassen und den Impuls, den Raum fluchtartig zu verlassen, zu unterdrücken, denn sonst hätte sie die Verbindung verloren. Doch es war nicht einfach. Dieser andere Daniel machte ihr Angst. Ihr Verstand sagte ihr, dass es absurd war, dass Daniel lediglich ein Mann war, dessen Psyche krank war, und dass jenes andere Wesen nur eine Schöpfung des alten Mannes war, um eine Realität zu bewältigen, die ihm Angst machte oder die er verabscheute. Doch das war nicht das, was ihr Bauch sagte. Und Audreys Intuition hatte sie noch nie im Stich gelassen. In jener schrecklichen Nacht in Harvard, in der der arme Wachmann vor Angst und Schmerzen schreiend in den Flammen gestorben war, hatte sie gewusst, dass Zach etwas zu verbergen hatte. Auch jetzt ahnte Audrey etwas. Verstandesmäßig konnte sie es nicht erklären, doch es löste einen Schwindel bei ihr aus wie ein bodenloser Abgrund.

»Du machst mir keine Angst«, sagte Audrey. Ihre Stimme war trotz aller Zweifel fest.

»Natürlich mache ich dir Angst. Aber du weißt, dass du keine Schwäche zeigen darfst. Bist ein kluges Mädchen, Audrey. Das gefällt mir so an dir.«

Bei den beiden letzten Sätzen ging in den Tiefen von Audreys Gedächtnis eine rote Lampe an, auch wenn sie sie nicht gleich einordnen konnte. Als sie nun wieder das Wort ergriff, klang sie weniger sicher, als sie gewünscht hätte.

»Daniel braucht dich nicht.«

Dies war an Daniel gerichtet, der sich hinter dieser anderen Persönlichkeit verbarg. Audrey wollte Daniel davon überzeugen, dass er keine Masken brauchte, dass er mit ihrer Hilfe jedes Problem bewältigen könnte. Damit kehrte sie zu ihrer Arbeit als Psychiaterin zurück. Den eigentlichen Grund ihres heutigen Besuchs hatte sie ganz vergessen.

»Daniel braucht mich nicht, das stimmt. Aber du schon.«

»Und wozu sollte ich dich brauchen?«

»Um die Wahrheit herauszufinden natürlich. Gibt es etwas Wichtigeres als die Wahrheit? Nein. Deshalb ist VERITAS der Leitspruch von Harvard.«

»Was weißt du schon von Harvard?«

Audrey war wütend. Sie verspürte große Lust, sich auf ihren Gesprächspartner zu stürzen und ihm Schaden zuzufügen. Genau so, »Schaden zufügen«. Es schien ihr nicht ausreichend, ihn einfach nur zu ohrfeigen oder Ähnliches. In der Dunkelheit, in der sie den naiven, unschuldigen Daniel nicht sehen konnte, war es einfach, sich das verachtenswerte Wesen vorzustellen, zu dem diese Stimme gehörte. Und es zu hassen.

»Was ich von Harvard weiß? … Alles, Audrey. Ich weiß alles. Gewissensbisse sind etwas Schreckliches, nicht wahr?« Er hielt kurz inne, und nur ein kaum vernehmbares, aber boshaftes Lachen war zu hören. »Weißt du, dass er zwei Töchter hatte?«

Audrey hielt den Atem an. Sie dachte, sie würde nie wieder Luft holen können.

»Von wem … redest du?«

Sie sprach stockend, wie Daniel sonst immer. Es konnte nur eine Antwort auf ihre Frage geben, doch sie wollte sie hören. Es musste sein, damit kein Zweifel mehr daran bestand, dass hier etwas Ungewöhnliches geschah.

»Ich rede natürlich von dem Wachmann, den ihr in Harvard Hall angezündet habt. Er hieß Abraham, falls es dich interessiert. Man hat seine Töchter nicht zu seiner Leiche gelassen. Man wollte nicht, dass die beiden unschuldigen Mädchen ihn so schrecklich zugerichtet in Erinnerung behalten. Sehr aufmerksam, findest du nicht?«

Das Licht ging wieder an, und Audrey fuhr zusammen. Ihr Herz schlug so schnell, dass ihre Brust schmerzte. Die Adern an ihrem Hals waren geschwollen und pochten.

»Spielen wir … nicht mehr?«, fragte Daniel. Der echte diesmal.

»Nein, Daniel. Ich glaube, für heute ist das Spiel vorbei.«

Audrey war in ihrem Büro. Sie hatte daran gedacht, einen Jack Daniel's zu trinken – auch hier bewahrte sie eine Flasche auf –, doch sie tat es nicht. Jene Nacht neulich hatte ihr eine Lektion erteilt. Sie saß bereits seit über zwei Stunden in ihrem Sessel. Dachte nach. Nun stand sie auf und schaltete die Sprechanlage ein.

»Ja?«

»Schreib mit, Susan.«

»Zuerst möchte ich dich daran erinnern, dass du um drei einen Termin hast, mit Mrs Steiner.«

Ohne auf den bissigen Ton ihrer Sekretärin einzugehen, fuhr Audrey fort: »Such die Nummer des Fachbereichs Physik in Harvard heraus und setz dich mit Professor McGale, Michael McGale, in Verbindung. Versuch unbedingt, so bald wie möglich einen Termin mit ihm für mich zu vereinbaren. Wenn möglich noch für heute.«

»Aber Audrey …«

»Tu, was ich dir sage!«

»Gut. Professor Michael McGale am Fachbereich Physik in Harvard. Wenn möglich heute. Sonst noch etwas?«

Susan war gekränkt, das merkte Audrey.

»Nein.«

11

Boston

Audrey wartete vor der Bürotür von Professor Michael W. McGale im zweiten Stock des Jefferson Laboratory in Harvard. Susan hatte noch für denselben Nachmittag einen Termin vereinbart, und Audrey war eine halbe Stunde zu früh gekommen, weil sie das Treffen mit ihm kaum erwarten konnte.

Sie war zum ersten Mal seit ihrem Abschluss wieder auf dem Campus von Harvard. All die Jahre hatte sie die Universität gemieden. Und heute hatte sie das Gelände ganz bewusst von Norden her betreten, um nicht am Old Yard und an Harvard Hall vorbeizumüssen. Sie hätte den Wissenschaftler einfach anrufen können, doch in gewissen Angelegenheiten war ein persönliches Gespräch besser, und deshalb hatte sie sich für eine Unterhaltung unter vier Augen entschieden.

»Audrey, Audrey Barrett? Bist du das? Natürlich bist du es! Du hast dich kein bisschen verändert.«

»Michael?«

Er hatte sich sehr wohl verändert. Zum einen wog er wohl zwanzig Kilogramm mehr als bei ihrer letzten Begegnung. Zum anderen verdeckte nun ein üppiger Bart weite Teile seines Gesichts.

Audrey und er kannten sich vom Studium her. Michael hatte zu einer großen Gruppe von Studenten gehört, mit denen auch Audrey befreundet gewesen war, wenn auch nicht auf der gleichen Ebene wie mit Leo oder Zach. Nach den Ereignissen jener verhängnisvollen Nacht hatte Audrey den Kontakt zu beinahe allen abgebrochen. Zudem hatte Zach sie verlassen, und Leo hatte sich ihr zunehmend entfremdet, vielleicht als Form von Buße. Jahre später hatte Audrey nur deshalb von seinem Tod erfahren, weil Leos Mutter es ihrer Mutter erzählt hatte. Unter anderem aus diesem Grund war ihre Beziehung zu Michael McGale enger geworden. Er war damals ein brillanter junger Mann gewesen und hatte Physiker werden wollen. Dieses Berufsziel hatte er auch erreicht, und dazu eine Professorenstelle im Fachbereich Physik in Harvard.

»Ich bin ein bisschen dicker, als du mich in Erinnerung hast, stimmt's?«

»Ein bisschen, ja.«

»Die Cheeseburger sind noch mein Untergang ... Wartest du schon lange?«

»Eine Viertelstunde.«

Sie gingen in Michaels kleines Büro. Audrey war auf die typische Klause eines genialen Wissenschaftlers gefasst: bis obenhin vollgestopft, jede Oberfläche mit Papieren übersät, die Regale kurz davor, unter dem Gewicht der Bücher zusammenzubrechen. Doch sie erblickte genau das Gegenteil: ein peinlichst aufgeräumtes Büro mit einem Tisch, auf dem jedes Papier an seinem Platz lag. Die einzigen anderen Gegenstände darauf waren ein Flachbildschirm und das Foto einer glücklichen Familie. Ihre Finger zitterten, als sie es in die Hand nahm, und sie konnte es nicht lange festhalten.

»Tolles Foto, was?«, sagte Michael, dem der Stimmungswechsel seiner alten Freundin nicht auffiel. »Das haben wir in einem der Vergnügungsparks auf Coney Island gemacht. Der kleine Michael wird einmal ein richtiger Herzensbrecher, wenn er groß ist, meinst du nicht? Der kommt ganz eindeutig nach seiner Mutter ... Übrigens, wie geht's denn deinem ...?«

Audrey unterbrach ihn.

»Ich hab es ein bisschen eilig, Michael.«

Sie wusste, was er sie hatte fragen wollen, und sie konnte es nicht ertragen, darüber zu reden.

»Ja, natürlich. Entschuldige. Meine Frau Karen sagt, ich leide unter verbaler Inkontinenz, und sie hat völlig recht ... Okay. Also schieß los ...«

Die beiden hatten sich gesetzt. Durch das Fenster zu seiner Linken fiel ein angenehmes Licht. Die Tage können lichtdurchflutet sein, auch wenn die eigene Seele von Finsternis umgeben ist. Das erschien Audrey außerordentlich ungerecht.

»Ich behandele einen geistig behinderten Patienten, der beinahe bei einem Brand ums Leben gekommen wäre. Er weist verschiedene Symptome von posttraumatischem Stress auf: Albträume in Verbindung mit dem Brand, Schlafstörungen, so in der Art. Ich habe eine psychotherapeutische Behandlung eingeleitet und außerdem die Gabe von Antidepressiva und Beruhigungsmitteln empfohlen, und ...« Michael hatte leise gehustet und sich im Stuhl herumgedreht. Audrey schlich um den heißen Brei herum. »Du hast recht, Michael. Ich werde es ganz klar ausdrücken: Mein Patient weiß Dinge, die er nicht wissen kann.«

»Aha. Und wie erklärst du dir das? Ich nehme an, du hast eine Theorie. Sonst wärst du nicht hier, oder?«

Michael irrte nicht, auch wenn Audrey nicht direkt von einer »Theorie« gesprochen hätte. Passender erschien ihr zu sagen, sie habe eine plausible Erklärung gefunden und wolle mit Michael überprüfen, ob sie etwas taugte.

»Ich glaube, mein Patient könnte ein Telepath sein. Zumindest in einer seiner Persönlichkeiten. Ich habe lange darüber nachgedacht, etwas anderes fällt mir nicht ein. Das, was er weiß, wissen eigentlich nur drei Personen. Und eine davon ist seit Jahren tot. Der andere ist, glaube ich, irgendwo in Afrika und hat sich wahrscheinlich als Söldner verdingt. Und ich würde mein Leben darauf verwetten, dass mein Patient keinen der beiden je kennengelernt hat.«

»Und ich vermute«, warf Michael ein, »dass du die dritte Person bist, die dieses Geheimnis kennt.«

Gewiss hatte Michael das Wort »Geheimnis« nur so dahingesagt, doch ihr war mulmig zumute, als sie das Wort hörte.

»Ja«, bestätigte Audrey. »Ich bin die dritte Person, die das *Geheimnis* kennt, wie du es nennst. Was hältst du von meiner Idee?«

Ein rot gefiederter Vogel setzte sich außen auf die Fensterbank. Seine schwarzen Äuglein musterten Michael neugierig, als fragte er sich, ob Michael essbar sei oder nicht. Offenbar kam er zu dem Schluss, dass der Physiker doch nicht der größte Wurm der Welt war, denn er richtete den Schnabel wieder zur Straße und flog zu einem Baum in der Nähe.

»Ich denke, man könnte bei deinem Patienten einen einfachen Test mit Zener-Karten durchführen, um herauszufinden, ob er telepathische Fähigkeiten hat. Aber falls du wissen willst, ob ich glaube, dass die Telepathie und andere außersinnliche Fähigkeiten kein Mythos sind, sondern physische Realität, dann lautet die Antwort: Ich bin überzeugt davon, dass es so ist. Und ich bin nicht der Einzige … Du kannst dir gar nicht vorstellen, wie viele Projekte es gibt und wie viel Geld in Forschungen zur Telepathie, zum Hellsehen oder zur Telekinese gesteckt wurde und immer noch gesteckt wird. Unsere liebe Regierung ist mit am stärksten an solchen Fragen interessiert.«

»Im Ernst?«

Sie fragte aus reiner Höflichkeit. Die Einzelheiten interessierten sie nicht besonders. Sie wollte knappe, direkte Antworten. Doch Michael nahm ihre Reaktion als echtes Interesse.

»Ich versichere dir, dass die Regierung hinter vielen dieser Projekte steckt. Anfang der siebziger Jahre riefen die CIA und das Verteidigungsministerium ein geheimes Programm ins Leben, dessen letzter Deckname STAR GATE war. Damit wollte man übersinnlich Begabte schulen und sie für Fernspionageaufgaben einsetzen. Das Projekt wurde von einem Physiker der Universität Stanford geleitet, Professor Puthoff. Angeblich wurde es mangels Resultaten Mitte der Neunziger eingestellt, aber Puthoff hat öffentlich bestätigt, das Programm habe funktioniert und er könne bezeugen, dass seine übersinnlich begabten Spione in der Lage seien, von den Vereinigten Staaten aus ultrageheime Stützpunkte im Inneren Russlands auszuspionieren. Und weißt du was, Audrey? Ich möchte wetten, dass das Projekt weiterläuft, nur unter noch größerer Geheimhaltung. Davon bin ich überzeugt. Genau wie die Programme der Russen selbst oder die der Chinesen.

Und es ist keine reine Regierungsangelegenheit. Es gibt auch Universitäten und private Unternehmen, die die übersinnlichen Fähigkeiten erforschen. Die Sony Corporation, die deinen Fernseher oder diesen Monitor hier herstellt, hat jahrelang ein Programm namens ESPER finanziert. Es wurde erst eingestellt, nachdem der Sony-Pressesprecher einem Journalisten gegenüber eingeräumt hatte, sie hätten die Existenz übersinnlicher Fähigkeiten nachweisen können. Übrigens lautete eine ihrer Schlussfolgerungen, dass Kinder über stärkere übersinnliche Begabungen verfügen als Erwachsene. Und hast du nicht gesagt, dein Patient sei geistig behindert? Geistig Behinderte sind so etwas wie große Kinder. An der Universität Princeton läuft seit über einem Vierteljahrhundert das Forschungsprogramm PEAR. Damit haben sie nachgewiesen, dass der menschliche Geist über die Entfernung hinweg auf die Materie einwirken kann. Und es gibt noch viel verblüffendere Dinge, zum Beispiel ein laufendes Projekt mit dem Namen *Global Conscience*, mit dem man offenbar die Existenz eines globalen kollektiven Bewusstseins nachweisen will … Ich könnte dir den ganzen Nachmittag lang von ähnlichen Projekten erzählen.«

Daran zweifelte Audrey nicht. Sie hatte sich mit Michael treffen wollen, weil Physiker in ihren Augen die Quintessenz des Naturwissenschaftlers darstellten. Kein Verstand war so offen und zugleich so streng wie der eines Physikers. Zudem war Michael Experte auf dem Gebiet übersinnlicher Fähigkeiten.

»Du weißt erstaunlich viel über dieses Thema, Michael.«

»Ich glaube eben an die sogenannten übersinnlichen Fähigkeiten. Und weißt du wieso? Nicht, weil ich an Gott glaube, sondern weil ich das nicht tue. Diese Themen interessieren mich schon seit langem, und außerdem gehöre ich zu einer Forschungsgruppe namens DaVinci-Team hier in Harvard. Unser Ziel ist es, zu erklären, was das Wesen des Menschen und alles Lebendigen aus rein materieller Sicht ausmacht. Ich will eine physische Gleichung für das Leben finden, denn die Alternative, dass ein Gott uns erschaffen hat, erscheint mir unmöglich. Wusstest du, dass das größte wissenschaftliche Genie, Albert Einstein, glaubte, die Telepathie sei mehr als wahrscheinlich? Angeblich hat er einem Forscherkollegen erzählt, wenn man die Existenz der Telepathie und ähnlicher Fähigkeiten beweisen könne, würden die Menschen merken, dass sie alle mehr mit der Physik als mit der Welt des Übernatürlichen zu tun haben. Wir sind nur Elementarteilchen, die zusammen das Wesen bilden, das wir sehen, Audrey. Und alles, was wir machen und fühlen, alle unsere Fähigkeiten, gehorchen lediglich physikalischen Gesetzen, die ihrem innersten Wesen nach elementar sind. Und außerdem unausweichlich.«

»Unser Schicksal ist festgelegt, meinst du das?«

»Von dem Augenblick an, in dem wir beginnen zu existieren, ja.«

»Wo kommt in dieser Theorie die Seele ins Spiel?«

»Es gibt keine Seele.«

Audrey sah aus dem Fenster auf die Straße. Die Sonne hatte ihren Abstieg bereits zur Hälfte zurückgelegt. Die langen Schatten der Bäume und der Gebäude erstreckten sich über den Rasen, als wollten sie sich ausruhen.

Michael irrte sich: Es gab eine Seele. Und Audrey war sicher, dass ihre in die Hölle kommen würde, weil sie Gott hasste. Sie hasste ihn glühend, mit jeder Faser ihres Seins. Er hatte sie für den Tod jenes armen Mannes bestraft. Gott hatte geduldig acht Jahre gewartet. Er hatte Audrey gestattet, das Glück zu finden, nur, um es ihr wieder zu entreißen. Der Verlust ihres Sohnes war die Strafe. Audrey war ein weiblicher Hiob, dem Gott keinerlei Belohnung zum Ausgleich für sein Leid zugedacht hatte.

»Doch, es gibt eine Seele, Michael. Ich versichere es dir.«

Sie unterhielt sich noch eine Viertelstunde mit ihrem alten Freund. So lange benötigte Michael, um ihr ein simples Verfahren zu beschreiben, mit dem sie Daniels vermeintliche telepathische Fähigkeiten überprüfen konnte. Es war wirklich einfach und hätte sich in wenigen Minuten erklären lassen, doch Michael konnte nicht widerstehen und musste unbedingt noch alle möglichen überflüssigen Geschichten und Anekdoten rund um den Test zum Besten geben. Der Physiker bot an, Audrey zu helfen, doch sie lehnte höflich ab. Was Daniel und sie wussten, durfte sonst niemand erfahren. Als Audrey das Gebäude schließlich wieder verließ, hatte sie einen Satz Zener-Karten in der Tasche. Da begegnete sie jemandem, mit dem sie nicht gerechnet hatte.

»Joseph?! Was machen Sie denn hier?«

Zwei kleine Kinder begleiteten den Feuerwehrmann, ein Junge und ein Mädchen, die Audrey neugierig musterten.

»Ich habe in Ihrer Praxis angerufen, und Susan hat mir gesagt, dass Sie eine Verabredung mit einem der klugen Köpfe da drin haben. Da bin ich hergekommen, um sie zu treffen. *Wir* sind hergekommen, stimmt's, Kinder?«

Dann flüsterte Joseph Audrey ins Ohr: »Ich habe gedacht, vor den kleinen Süßen hier würden Sie mich bestimmt nicht abwimmeln.«

Das war eine ziemlich gemeine List. Zudem mussten sie schon ziemlich lange hier gewartet haben.

»Ich heiße Audrey«, stellte sie sich Josephs Kindern vor. »Und ihr?«

»Ich bin Tiffany«, sagte das Mädchen.

Sie war eine richtige kleine Dame, die Joseph nur entfernt ähnelte, blond und mit hellen Augen. Der Junge war allerdings ganz der Vater: dunkelbraune Haare und kastanienbraune Augen.

»Und wie heißt du, kleiner Mann?«

»Howard.«

»Hallo, Howard. Hallo, Tiffany. Es hat mich gefreut, euch kennenzulernen, aber jetzt muss ich leider gehen.«

Diesmal flüsterte Audrey Joseph etwas ins Ohr: »Ich wimmele Sie einfach trotzdem ab.«

»Ach, kommen Sie. Sie können doch nicht so böse sein, wie Sie aussehen …« Joseph merkte, dass er das besser nicht gesagt hätte. »Ich meine, …«

»Macht nichts. Ich weiß, was Sie meinen.«

»Sie sind sehr hübsch«, sagte das kleine Mädchen unvermittelt.

Audrey lächelte, anfangs traurig, doch dann fiel ihr auf, dass der kleine Howard sie beobachtete. Er errötete, als er sah, dass sie es bemerkt hatte. Joseph legte die Hand aufs Herz und sagte: »Ich schwöre Ihnen, das haben wir nicht geübt.«

Sie gab sich geschlagen, auch wenn sie nicht sicher war, ob Joseph die Wahrheit sagte.

»Vielleicht hab ich doch noch ein bisschen Zeit für einen Spaziergang.«

»Super!«, rief Joseph. »Gib mir die Hand, Tiffany. Howard?«

Das Mädchen gehorchte ihrem Vater sofort, Howard jedoch nicht. Er stellte sich neben Audrey und griff nach ihrer Hand. Sehr behutsam nahm sie seine Hand. Sie war so zerbrechlich.

»Sieht so aus, als hättest du sie in der Tasche, was, Kumpel?«, sagte Joseph zu seinem Sohn. »Guck mal, wie sie dich ansieht, präg dir den Blick ein, Champion. Den wirst du in deinem Leben nicht oft zu sehen bekommen. Ich würde sagen, es ist Liebe.«

Der Feuerwehrmann fand, dass sein kleiner Howard ein ausgesprochener Glückspilz war. Unter der undurchdringlichen Höflichkeit steckte eine außergewöhnliche Frau. Und Joseph hatte sich vorgenommen, sie zutage zu fördern.

Audreys Spaziergang mit Joseph und den Kindern war letztlich ausgesprochen angenehm. All ihren Sorgen und ihrer unaufhörlichen Traurigkeit zum Trotz, gelang es dem Feuerwehrmann, sie zum Lächeln zu bringen. Er war ein sehr unterhaltsamer Mann. Und offenbar auch ein sehr liebevoller und pflichtbewusster Vater. Für Audrey verging der restliche Nachmittag wie im Fluge. Um ihn ein wenig zu verlängern, bot sie Joseph an, ihn nach Hause zu bringen. Die Kinder sollten bei ihm übernachten. Sie verabschiedeten sich an der Haustür, und allen war anzusehen, dass der Moment des Abschieds zu früh gekommen war. Audrey hatte an diesem Nachmittag ganz vergessen zu zählen, wie viele Stunden es noch dauerte, bis sie ins Bett gehen konnte. Das tat sie normalerweise, weil sie jeden Abend hoffte, von dem Menschen zu träumen, den sie am meisten auf der Welt geliebt hatte.

An ihn dachte sie auch jetzt, zwei Tage nach ihrem Spaziergang über den Campus von Harvard, während Pater Cannon seine Sonntagspredigt hielt. Audrey ging jeden Sonntag in derselben Kirche zur Messe, in die St Vincent de Paul Church, eine Hochburg irischstämmiger Amerikaner wie sie selbst. Audreys Eltern waren inbrünstig, beinahe fanatisch gläubige Katholiken gewesen, die sich stets bemüht hatten, ihr Gottesfurcht einzuflößen. Und sie hatten ihre Sache gut gemacht. Schon als kleines Mädchen hatte sie große Furcht vor ihm empfunden. Ihre Furcht vor Gott war ebenso groß wie der Hass, den sie mittlerweile gegen ihn hegte.

Die Gemeinde war sehr stolz auf ihr »irisches Blut«, und zu diesem Stolz hatte es stets eine Entsprechung gegeben. Ursprünglich hatte die Kirche anderswo gestanden, doch als sie infolge der Ausdehnung der Stadt Boston im neunzehnten Jahrhundert vom Abriss bedroht gewesen war, hatten die Gläubigen beschlossen, sie an ihren derzeitigen Standort zu verlegen. Derselbe Glaube, der Berge versetzen kann, konnte auch die St Vincent de Paul Church Stein für Stein versetzen. Audreys Glaube indes reichte nicht aus, um inneren Frieden zu finden. Doch zumindest führte er sie immer wieder ins Altenheim der Vinzentinerinnen und zu Mutter Victoria.

Sogar an einem heiligen Ort wie der St. Vincent de Paul Church stritten in Audreys Seele unablässig ihre religiösen Überzeugungen und ihr Groll gegen Gott. Als Erstere einmal die Oberhand zu gewinnen schienen, versuchte sie, sich auf die Worte des Priesters zu konzentrieren. Doch vergeblich. Da konzentrierte sie sich auf die Fresken an den Wänden, die sie bereits so oft betrachtet hatte. Sie stellten die vierzehn Stationen der Passion Christi dar, von der Verurteilung zum Tode über die unbeschreiblichen Qualen, die er leiden musste, bis ins Grab. Doch auch in diesen Gemälden fand sie keinen Trost. Sie wäre am liebsten gegangen, doch sie blieb, wo sie war. Wenn dieses kleine Opfer bewirkte, dass Gott sich schuldig fühlte, dann war es das wert, sagte sie sich. Sie wandte ihre Aufmerksamkeit wieder Pater Cannon zu. Es war der erste Sonntag nach Allerheiligen, und in seiner Predigt sprach er vom Leben nach dem Tod.

Nach der Messe wirkten die Gläubigen alle heiter und lächelten; vielleicht waren sie froh, dass sie einen Glauben teilten, der ihnen im Gegenzug für ihr Unglück die Erlösung verhieß. Audrey war neidisch. Und die innere Unruhe, die ihr seit ihrem letzten Gespräch mit Daniel zusetzte, kehrte machtvoller denn je zurück. Am Tag zuvor hatte sie ihn nicht besuchen wollen. Irgendetwas würde geschehen, wenn sie Daniel wiedersah. Nie zuvor hatte sie eine so starke Vorahnung gehabt. Audrey befürchtete etwas Schreckliches, dennoch war sie entschlossen, ihn an diesem Nachmittag wieder aufzusuchen. Sie widerstand der Versuchung, den alten Gärtner einfach zu vergessen und aufzugeben. Es war schon komisch, dass jemand, der keinerlei Hoffnung hatte, anderen Hoffnung geben konnte. Doch genau dies war zwischen ihnen beiden geschehen. Daniel vertraute darauf, dass Audrey ein Heilmittel gegen sein Leiden besaß, und das war ein Wunder. Audrey fand, dem müsse sie gerecht werden.

Aber es gab noch einen Grund, weshalb sie nicht aufgeben wollte: Ihre allzu menschliche Neugier drängte sie, herauszufinden, was das war, wovor ihre Intuition sie schützen wollte.

Für den Weg von der Kirche zum Altenheim benötigte sie eine Viertelstunde. Nachdem sie ihren Wagen geparkt hatte, stieg sie nicht sofort aus, sondern blieb noch einige Minuten sitzen. Nun war sie ein wenig ruhiger. Sie hatte nicht mehr das Gefühl, dass etwas Düsteres sie im Altenheim erwartete. Vielleicht war ihre Intuition doch nicht unfehlbar. Ehe sie ausstieg, sah sie in ihrer Tasche nach, ob sie die Zener-Karten, die Michael McGale ihr geliehen hatte, auch bei sich trug. Sie war fest entschlossen, sie einzusetzen, um herauszufinden, ob Daniel wirklich ein Telepath war.

Audrey überlegte, wo Daniel sein könnte. Das war ihr bereits zur Gewohnheit geworden. Es war ein sonniger Tag, so dass ihre erste Wahl auf den Garten fiel. Dort fand sie mehrere alte Leute, aber nicht Daniel. Sie beschloss, es als Nächstes in seinem Zimmer zu versuchen, ebenfalls vergeblich. Damit blieb von seinen gewöhnlichen Aufenthaltsorten nur noch der Aufenthaltsraum, und dorthin ging Audrey nun. Die Psychiaterin verspürte nicht die geringste Unruhe. Man musste sich seinen Ängsten stellen, wenn man sie vertreiben wollte. Das sagte sie den Patienten in ihrer Praxis oft, und nun folgte sie ihrem eigenen Rat.

Das Gefühl, alles sei in Ordnung, hielt an, obwohl sie auch im Aufenthaltsraum keine Spur von Daniel fand. Dort saßen ein halbes Dutzend alte Leute in ebenso alten Klubsesseln. In ihren Blicken lag die Sehnsucht nach einem Besucher, der nie kommen würde, und Audrey verspürte tiefes Mitleid mit ihnen.

Daniel schien Verstecken spielen zu wollen. Und nicht nur er. Auch die Oberin war nicht in ihrem Büro. Audrey kam der beunruhigende Gedanke, es könne etwas passiert sein. Sie stellte sich Mutter Victoria mit Daniel in der Notaufnahme eines Krankenhauses vor. Die Gesundheit des alten Mannes war seit dem Klosterbrand sehr fragil.

Diese Möglichkeit wollte Audrey so schnell wie möglich ausschließen, ehe sie ihre neugewonnene Ruhe wieder verlor, daher beschloss sie, eine der anderen Nonnen zu fragen. Wieder auf dem Korridor, fiel ihr auf, dass sie an einem Ort noch nicht nachgesehen hatte, und zwar im Therapieraum. Die halboffene Tür gab den Blick frei auf das dunkle Innere. Sie öffnete die Tür ein Stück weiter, tastete nach dem Lichtschalter und schaltete das Licht ein.

Daniel hockte in einer Ecke des Raums. Die Arme hatte er vor der Brust verschränkt und umarmte damit zugleich seine Rose, von der er sich nie trennte. Er schluchzte leise, und dabei schwang sein gesamter Oberkörper vor und zurück.

»Au-dreyyy«, sagte er flehentlich, völlig verängstigt. »Hiiilf … miiir.«

Audreys sämtliche Ängste kehrten abrupt zurück. Die hintere Wand war voller dunkelroter Zeichen. »Bitte, lass es kein Blut sein …«, flehte sie im Stillen. Die Zeichen stellten jeweils einen Kreis, ein Kreuz, ein Quadrat, einen fünfzackigen Stern und drei vertikale Wellenlinien dar: die Symbole der Zener-Karten.

Eine absurde Idee schoss Audrey durch den Kopf. Sie zog Michaels Karten aus der Tasche. Daniel in seiner Ecke an der Wand wimmerte noch immer; er wagte nicht aufzustehen. Audreys Hände waren schweißnass. Sie konnte sich kaum überwinden, die erste Karte umzudrehen. Darauf war ein Kreis abgebildet, und das war auch das erste Symbol an der Wand. Mit zitternder Hand steckte Audrey diese erste Karte unter den Stoß, um die zweite aufzudecken. Ein Quadrat. Audrey hob die Augen zum Himmel.

»Mein Gott …«

Kurz davor, völlig die Kontrolle über ihre zitternden Hände zu verlieren, begann sie, die Karten eine nach der anderen aufzudecken, immer schneller. Sie machte sich nicht mehr die Mühe, sie wieder unter den Stapel zu stecken. Sie ließ sie einfach zu Boden fallen.

Sie ging sämtliche fünfundzwanzig Karten durch. Die Symbole an der Wand standen genau in der Reihenfolge, in der sie die Karten aufgedeckt hatte. Alle. Ohne jede Abweichung.

Drei Stunden waren vergangen. Daniel lag im Bett, und Audrey und die Oberin kümmerten sich um ihn.

»Das Fieber ist nicht mehr so hoch«, sagte Audrey.

Das war eine beruhigende Nachricht, doch sie minderte nicht die Sorge der Nonne. Das Gesicht des alten Gärtners war völlig abgezehrt, und er hustete unaufhörlich. Die stumpfen Augen waren in den umschatteten Augenhöhlen kaum zu sehen. Audrey hatte ihm ein starkes Beruhigungsmittel gegeben, doch nicht einmal das hatte ihn völlig beruhigen können. Mit den Fäusten umklammerte er die Bettdecke, die er bis zum Kinn hochgezogen hatte. Der Blumentopf mit seiner Rose stand neben dem Bett auf dem Nachttisch.

Der alte Mann hatte nicht ein einziges Wort gesagt, seit Audrey ihre Fassung zurückerlangt und ihn aus dem Therapiezimmer hatte fortbringen können. Die Oberin, die man sofort von dem Vorfall in Kenntnis gesetzt hatte, ordnete an, den Raum abzuschließen. Am nächsten Tag würden zwei der Schwestern, die mit der Instandhaltung des Altenheims betraut waren, jene scheinbar mit Blut geschriebenen Symbole entfernen. Als die Oberin sie sah, bekreuzigte sie sich unwillkürlich und murmelte ein kurzes Schutzgebet. Sie habe dort die Hand des Teufels gespürt, gestand sie Audrey, und diese hatte sehr stark den Eindruck, dass die Oberin diesen Verdacht nicht erst seit gestern hegte und auch nicht nur aufgrund dieses letzten Vorfalls.

Auch an Daniels Händen entdeckten sie rote Flecken, die Audrey zunächst ebenfalls für Blut hielt. Doch zum Glück handelte es sich um Farbe – Daniel hatte die Zener-Symbole mit roter Farbe an die Wand gemalt. In einer Ecke des Raums entdeckten sie einen Pinsel und eine halbleere Farbdose, die Daniel aus dem Werkzeugschuppen entwendet hatte.

Die Oberin streichelte dem alten Mann liebevoll über den Kopf. Sie saß auf einem Stuhl am Bett, während Audrey stehen blieb und fieberhaft nachdachte. Was sie da erlebt hatte, bewies mit absoluter Sicherheit, dass Daniel Telepath war. Mehr noch, es bewies, dass er die Fähigkeit der Fernsicht besaß wie jene »übersinnlich begabten Spione«, von denen ihr Freund Michael gesprochen hatte. Nur so hatte er die Zener-Karten aus der Entfernung vorhersehen können. Doch diese Erklärung erschien Audrey nicht ausreichend. Ihr Herz beharrte darauf, dass sich hinter diesem außergewöhnlichen Vorfall noch eine tiefere Bedeutung verbarg. Vielleicht hatte die Oberin recht, und der Teufel hatte hier seine Finger im Spiel. Diese Möglichkeit schloss Audrey keineswegs aus. Sie glaubte an den Teufel, ebenso wie an Gott, denn sie war davon überzeugt, dass die Existenz des einen notwendigerweise die Existenz des anderen bedingte. Es gab kein Gutes ohne Böses, kein Weiß ohne Schwarz, kein Licht ohne Dunkelheit. Auch ihre akademische Ausbildung und ihre Vernunft hatten sie von dieser Überzeugung nicht abbringen können. Im Gegenteil: Sie erlaubten ihr, eine eindeutige Grenze zu ziehen zwischen Erkrankungen des Verstandes und solchen der Seele. Daniels Fall lag genau auf dieser Grenze. Noch war Audrey nicht bereit, zuzugeben, dass er besessen war, wie Mutter Victoria glaubte. Denn das hatte die Oberin mit ihrer Bemerkung über die Hand des Teufels gemeint, auch wenn sie es nicht deutlich aussprechen mochte. Audrey hingegen benötigte mehr Beweise. All ihren negativen Vorahnungen zum Trotz glaubte sie, das Vorgefallene sei ohne Rückgriff auf den Bösen zu erklären. Auch wenn man zu außergewöhnlichen Erklärungen greifen musste.

»Ich ... wollte ... nicht ...«, sagte Daniel schließlich.

»Streng dich nicht an, mein Sohn«, sagte Mutter Victoria. »Ruh dich jetzt aus.«

Daniel benötigte Ruhe. Audrey bestätigte die Empfehlung der Oberin mit einem Nicken. Doch er sprach weiter.

»Da waren ... Tote. Vie-le ... Viele ... Tote. Überall ... waren ... Tote. Federn ...«

Daniel beschrieb einen seiner Alpträume oder vielleicht auch eine Art Halluzination, die er gehabt hatte, als der andere Daniel von seinem Geist und seinem Körper Besitz ergriffen hatte. Der alte Mann sprach stockender denn je, sicherlich aufgrund des Beruhigungsmittels. Er war sehr schwer zu verstehen, doch Audrey fiel ein, dass er bei einem früheren Besuch von einer großen weißen, blutbefleckten Feder gesprochen hatte.

»Die Federn waren voller Blut, Daniel?«

Die Nonne warf Audrey einen vorwurfsvollen Blick zu.

»Daniel muss sich ausruhen.«

»Die Federn waren ... weiß ... und schwarz. Weiße ... und schwarze ... Flügel. Blut. Alle ... tot.«

»Wovon sprichst du, Daniel?«

»Da entbrannte im Himmel ein Kampf«, antwortete die Oberin an Daniels Stelle. Ihre Stimme hallte traurig im Zimmer wider. »Michael und seine Engel erhoben sich, um mit dem Drachen zu kämpfen. Der Drache und seine Engel kämpften ...«

»... aber sie konnten sich nicht halten, und sie verloren ihren Platz im Himmel«, schloss Audrey.

Ihre Eltern hatten sie jahrelang genötigt, jeden Tag Passagen aus der Heiligen Schrift zu lesen. Dann hatten sie ihr Fragen gestellt, und wenn sie die richtige Antwort nicht gewusst hatte, war sie sehr schwer bestraft worden. Noch heute erinnerte sich Audrey an zahllose dieser Passagen.

Dieser sonderbare neue Alptraum war ein weiterer Knoten in der verworrenen Angelegenheit, zu der Daniels Fall sich entwickelt hatte. All dies war für Audrey nur schwer zu fassen. Und obendrein war es völlig unerwartet für sie gekommen. Der Ausgangspunkt war eine harmlose Bitte der Oberin um Hilfe in einem Fall von posttraumatischem Stress gewesen. Ungewöhnlich daran war nur die Tatsache gewesen, dass der Patient geistig behindert war. Ihre erste Begegnung mit Daniel im Park des Altenheims war völlig belanglos gewesen. Doch bei der zweiten hatte die Situation sich gewandelt … Alles hatte sich verändert, als dieser andere Daniel aufgetreten war und die Statue von John Harvard erwähnt hatte. Seit jenem Moment war nichts mehr normal. Und der jüngste Vorfall bestätigte nur, dass die Realität aus den Fugen geriet. Audrey spürte, dass sie allmählich die Kontrolle verlor. Nicht bloß über die psychotherapeutische Behandlung ihres Patienten, sondern über alles – über sich selbst, ihren eigenen Verstand. Nun fragte sie sich, ob sie überhaupt jemals auch nur die geringste Kontrolle über das gehabt hatte, was mit Daniel geschah. Sie benötigte nicht lange für die Antwort, sie lautete nein. Immer stärker hatte sie den Eindruck, ein Getriebe hätte sich in Gang gesetzt, auf das sie keinen Einfluss hatte, und dass sie selbst und jeder in Daniels Umfeld nur Zähnchen in diesem Getriebe waren. Doch Audrey hatte nicht die geringste Ahnung, wohin dies sie alle führen würde.

»Ich muss gehen«, sagte die Oberin resigniert. »Ich kann meine Pflichten nicht länger vernachlässigen. Macht es dir etwas aus, bei ihm zu bleiben?«

»Überhaupt nicht.«

»Danke, Audrey. Aber versprich mir, dass du ihm heute keine Fragen mehr stellst.«

»Versprochen.«

Die Nonne küsste Daniel auf die Stirn und verließ das Zimmer.

»Gott schütze dich, mein Sohn.«

12

Rom

Albert Cloister durchquerte eiligen Schrittes den Innenhof, der die Apostolische Bibliothek vom Geheimarchiv trennte. Es war ein unfreundlicher Morgen nach drei kalten, aber sonnigen Tagen. Der bleigraue Himmel verhieß Regen und schien die Stimmung des Jesuiten widerzuspiegeln. Am Vortag war er in Padua gewesen und hatte mit dem alten Bruder Giulio gesprochen, einem zweifellos außergewöhnlichen Mann, der seine Zweifel und seinen Wissensdurst jedoch nur verstärkt hatte. Deshalb war er nun hier, auf dem Weg zur bedeutendsten Einrichtung für historische Forschungen, einem der geheimnisumwittertsten Orte der Welt, dem Archiv, das die meisten alten Urkunden, Handschriften, Briefe und Kodizes beherbergte. Seine insgesamt beinahe einhundert Regalkilometer bargen Texte, die seit Jahrhunderten nicht mehr das Licht des Tages erblickt hatten, was sich, ihrem Inhalt nach zu urteilen, auch in den nächsten hundert Jahren kaum ändern würde. Dies galt insbesondere für einige apokryphe Texte, die inhaltlich weit über die heterodoxe Sicht der Nag-Hammadi-Schriften oder der übrigen bekannten Apokryphen hinausgingen.

Cloister war sicher, dass der Kodex, von dem der Mönch gesprochen hatte, einer dieser geheimen apokryphen Texte war. Was ausgesehen hatte wie die unzusammenhängenden Teile eines Puzzles, von dem niemand wusste, ergab allmählich einen

Sinn und war anderen Personen wie dem alten Mönch und seinem eigenen Vorgesetzten, Monsignore Franzik, durchaus bekannt. Sie alle wussten mehr, als er geahnt hatte. Als dies alles mit der Exhumierung des früheren Gemeindepfarrers in jenem kleinen spanischen Dorf begonnen hatte, hätte er sich nicht träumen lassen, dass die Angelegenheit so ernst sein könnte.

Der Jesuit ging durch den Eingangsbereich zum Aufzug. Er fuhr hinunter bis zur Cafeteria und setzte sich mit einem doppelten Espresso an einen Tisch. Nach wenigen Minuten erschien die schlanke Gestalt von Ignatius Franzik an der Schwelle. Er blickte ernst drein, gab sich jedoch zuversichtlich – die gleiche Haltung, die auch zwischen Ärzten üblich ist, die ihre todkranken Patienten aufgegeben haben.

»Setz dich, Albert«, sagte der Kardinal zu seinem Zögling, der sich erhoben hatte, und begleitete seine Worte mit einer Geste. »Keine Formalitäten, bitte.«

»Danke, Monsignore.«

»Gestern Abend habe ich mit Giulio telefoniert. Er hat mir gesagt, dass du einen starken Eindruck bei ihm hinterlassen hast.«

»Er hat mich auch sehr beeindruckt. Vor allem mit dem, was er mir erzählt hat.«

»Ich verstehe, dass du verwirrt bist. Ich hoffe, du nimmst es mir nicht übel, dass ich dich über gewisse Details bisher im Unklaren gelassen habe.«

»Details?«

Cloisters Stimme klang eher ungläubig denn verärgert.

»Ja, ja, ich gebe zu, es sind mehr als nur Details. Viel mehr. Dennoch, du verstehst sicher, dass es etwas ist, was nicht allgemein bekannt werden darf.«

»Aber Monsignore, ich führe jetzt schon seit vielen Jahren solche Nachforschungen durch, und ich habe nie einen Hehl daraus gemacht, wenn ich Angst hatte, wenn mich etwas bedrückt hat oder wenn mein Geist in Aufruhr war. Das soll jetzt nicht unbedingt ein Vorwurf sein. Ich bin nur ein wenig verletzt.«

»Das bedauere ich. Aber wichtiger als unsere persönliche Betroffenheit ist es, zum Grund des Problems oder der Frage vorzustoßen, oder wie wir es auch nennen wollen. Wir sind alle verwirrt, Albert. Bevor du hinunter in den geschlossenen Bereich des Archivs gehst, will ich dir erzählen, was einem jungen Priester wie dir zugestoßen ist, der auch für die Wölfe gearbeitet hat. Er war bereits einige Zeit dabei, als ich zum Präfekten ernannt wurde. Mein Vorgänger Guethary hatte mir nur Gutes von ihm erzählt. Er war Belgier und arbeitete in den Missionsstationen in Afrika. Dort entdeckte er, dass es eine Welt hinter der sichtbaren Welt gibt. Das sollte für einen Geistlichen selbstverständlich sein, aber häufig gerät es in Vergessenheit. So viele von uns scheinen zu leben, als wäre dieses unser einziges Leben ... Wie auch immer«, fuhr der Kardinal fort, »ich schickte jenen jungen Mann namens Horace nach New Orleans mit der Aufgabe, einigen Fällen von schwarzer Magie nachzugehen. Das war 1981. Als er dort ankam, hatte man gerade ein schwarzes Albinokind für ein Voodooritual entführt. In New Orleans wird mehr Voodoo praktiziert als sonst wo auf der Welt, einschließlich Haiti. Es wundert mich nicht, dass diese Stadt die Antithese von Jerusalem, der dreifach heiligen Stadt, ist. New Orleans ist die vierfach verfluchte Stadt: von den Christen, den Muslimen, den Juden und den amerikanischen Ureinwohnern. Also, es war Halloween, der heidnische Vorabend von Allerheiligen. In jener Nacht wurde am Rande des French Quarter ein Ritual gefeiert, das nur die Tarnung für das eigentliche Ritual darstellte. Pater Horace konnte sich dort als Begleiter eines örtlichen Journalisten einführen. Der makabre Zweck des Rituals war, aus der Ferne den Tod eines Menschen zu bewirken. Der Polizei der Stadt war der Zutritt verwehrt, und die Behörden mischten sich lieber nicht in diese finsteren Praktiken ein. Pater Horace wusste, was da in Wirklichkeit geschah. Irgendwo in der Nähe des schmutzigen Innenhofs musste sich ein echter *Bokor* verborgen halten, ein Praktiker der schwarzen Magie, ganz ohne Trommeln, leeren Blick oder frenetische Tänze. Man hatte das Albinokind wegen seiner widernatürlich weißen Hautfarbe entführt, und das bedeutete, man würde eine Voodoopuppe anfertigen, und das Kind würde dafür leiden müssen. Und es würde keine von den Puppen sein, die man an jeder Ecke der Stadt kaufen kann. Pater Horace gelang es, in einem Labyrinth enger, dunkler Gassen den Tempel des Bokor zu finden, und das arme Kind. Er wollte sich wieder zurückziehen, um die Polizei zu verständigen, doch das konnte er nicht mehr. Sie entdeckten ihn. Er lief durch die Gänge und fand wieder hinaus in den äußeren Innenhof. Dort zwang eine geheimnisvolle Kraft ihn, vor dem Lagerfeuer in der Mitte des Hofes stehen zu bleiben. Im Feuer sah er unerwartet etwas Schreckliches. Und ich glaube, du weißt, was es war.«

»Augen …«, stammelte Cloister.

»Augen, ein Gesicht, das ihn erstarren ließ. Er blieb wie angewurzelt stehen und konnte nicht verhindern, dass sie ihn fingen. Zum Glück kam er mit dem Leben davon.«

»Dürfte ich Verbindung zu Pater Horace aufnehmen?«

»Es tut mir leid, aber er starb kurz darauf. Ein plötzlicher Herzinfarkt.«

»Oh …«

»Ich weiß, was du denkst.«

»Und irre ich mich?«

»Ich weiß es nicht. Vielleicht hatte sein Tod etwas mit dem Feuerwesen zu tun, vielleicht auch nicht. Bruder Giulio hat diese Augen auch gesehen, und er hat die Hundert hinter sich gelassen. Wahrscheinlich war es irgendein … Zufall.«

»Ja, das ist wohl die logischste Erklärung. Allerdings bin ich verwirrt.«

Der Kardinal beugte sich über den Tisch und legte Albert die Hand auf die Schulter. Es wäre ihm lieber gewesen, wenn Albert nicht in diese Angelegenheit hineingezogen worden wäre. Aber das war nicht seine Entscheidung gewesen.

»Ich will dich bei deinen Nachforschungen nicht mit noch mehr Einzelheiten belasten, aber ich muss dir noch einen Kodex zeigen. Deshalb sind wir hier. Ich weiß, dass Bruder Giulio dir von ihm erzählt hat.«

»Er hat ihn nur kurz erwähnt, aber er hat mir nicht gesagt, worum es in dem Buch geht.«

»Gleich sollst du deine Antwort haben. Komm mit.«

Die beiden Männer verließen die Cafeteria und gingen zurück zum Aufzug. Franzik zog einen kleinen Schlüssel aus der Tasche und steckte ihn ins Kabinentableau. Dann hielt er seinen Ausweis vor das Lesegerät und drückte auf den Knopf für das 4. Untergeschoss. Nur so gelangte man in den geschlossenen Bereich der Bibliothek, in das unterirdische Gewölbe des vatikanischen Geheimarchivs. Externen Nutzern des Archivs war dieser Bereich verschlossen. Zugang hatten nur einige Geistliche, die zum Archiv gehörten, sowie die Spezialisten für die Restaurierung und Katalogisierung der Bestände. Sie alle mussten einen Vertrag mit einer Geheimhaltungsklausel unterzeichnen, wie bei einem Hightech-Konzern oder einer Militärbehörde.

Der Kodex, den Kardinal Franzik und Pater Cloister einsehen wollten, war einer dieser historischen Geheimtexte, einer der bestürzendsten und fesselndsten des ganzen *Archivio*. Es handelte sich um wenig mehr als dreißig etwa zwanzig mal dreißig Zentimeter große Papyrusseiten in einem Ledereinband, um den ein ledernes Band geschlungen war. Franzik bat Cloister, Handschuhe anzuziehen. Das uralte Buch lag auf einem Spezialtisch für Restaurierungen. Das Licht im Raum war kalt und nicht sehr hell; Luftfeuchtigkeit und Raumtemperatur wurden streng kontrolliert. Die beiden Männer setzten sich vor das Buch, das auf der richtigen Seite aufgeschlagen war, auf zwei hohe Hocker.

»Es ist nur ein Fragment«, sagte Franzik und deutete auf die brüchige Seite. »Was ich dir zeigen möchte, befindet sich in diesem Kodex. Aufgrund des Inhalts, des Stils und der Handschrift hat man ihn auf das zweite Jahrhundert unserer Zeitrechnung datiert. Der Radiokarbontest bestätigt das. Wir wissen, dass er aus Ägypten oder Palästina stammt, weil es ein griechischer Text und das Material Papyrus ist. Sonst wissen wir rein gar nichts darüber. Weder, wer der Autor oder die Autoren waren, noch, auf welche Quellen sie sich stützten, oder welchen Zweck sie verfolgten. Man weiß nicht einmal, wie der Kodex in die Bibliothek von San Giovanni in Laterano gelangt war, ehe er hierher ins Archiv kam. Aus Zufall ist er während der Plünderungen durch Napoleon nicht verlorengegangen wie so viele andere unersetzliche Texte. Aber das Wichtigste ist … Schau, hier ist es. Sei vorsichtig mit dem Papyrus. Berühre die Seite möglichst nicht.«

Cloister beugte sich über den Tisch, auf dem der Kodex lag wie die Trümmer eines Schiffbruchs. Der Kardinal deutete auf einen ein wenig verblassten, doch lesbaren Absatz. Darin ging es um Jesu Versuchung in der Wüste.

»DIE HÖLLE IST ÜBERALL.«

Der Satz sprang den Jesuiten an wie ein tollwütiger Hund. Er sah seinen Vorgesetzten an. Es gab da einige miteinander verflochtene Fäden. Doch es schienen weniger Schicksalsfäden zu sein als vielmehr ein dicht gewebtes Spinnennetz: gefährlich, erschütternd, bestürzend. Cloister befand sich auf einer Suche, deren Spuren sich in der Vergangenheit verloren. Noch immer wusste er nicht, wohin die Suche ihn führen mochte, auch wenn sein Verstand ausschloss, dass es sich um zufällige Übereinstimmungen handelte. Es gibt Schatten, die so dicht sind, dass sie nicht verschwinden, sondern sich verdichten, wenn Licht auf sie fällt.

»Und das ist noch nicht alles, lieber Albert«, fügte Franzik hinzu. Äußerst vorsichtig blätterte er mehrere Seiten um. »Ein wenig weiter unten ist die Rede von Jesu letztem Schrei am Kreuz: ›Mein Gott, mein Gott, warum hast du mich verlassen?‹ Und dann heißt es, nur wer dieses Rätsel lösen könne, werde die Wahrheit herausfinden. Wenn das stimmt, dann liegt da der Schlüssel. Dessen bin ich mir sicher, auch wenn ich nicht weiß, welche Tür er öffnen könnte.«

»Die Tür zur Wahrheit …«, murmelte Cloister. Es war keine Antwort auf die Fragen des Kardinals.

»Die Tür zur Wahrheit, ja. Eine Wahrheit, die du wirst finden müssen. Ich kann mir niemanden vorstellen, der dazu besser befähigt wäre. Und außerdem …«

Der Kardinal hielt inne. Cloister konnte seinen Blick nicht deuten.

»Außerdem …?«, hakte er nach.

»Da ist etwas, was … Da ist eine gewisse Logik hinter all dem. Es ist, als ob … etwas dich suchen würde. Ich hoffe, ich rede jetzt keinen Unsinn, und ich will dich auch nicht erschrecken. Aber das sagt mir mein Gefühl. Was meinst du? Glaubst du, das sind die Fieberfantasien eines Verstandes, dessen letzte klare Jahre angebrochen sind?«

»Ganz und gar nicht, Monsignore. Ich bekomme allmählich das gleiche Gefühl. Irgendetwas leitet mich. Aber warum?«

»Ich glaube, diese Frage kann dir niemand beantworten. Außer dir selbst. Mit Gottes Hilfe natürlich. Habe Mut, Albert.«

»Ich hoffe, ich bin der Aufgabe würdig. Ich sehne mich mit ganzem Herzen und aus tiefster Seele danach, diese Wahrheit zu enthüllen.«

13

Boston

Kaum hatte Mutter Victoria das Zimmer verlassen, schlief Daniel ein. Er atmete mühsam, stöhnte immer wieder, und ab und zu zuckten seine Lider und seine Gliedmaßen. Audrey machte es sich auf dem Stuhl bequem, auf dem die Nonne gesessen hatte. Lange blickte sie Daniel und seine Rose an, bis der Schlaf auch sie übermannte.

Als sie wieder erwachte, war sie verstört, ohne dass es dafür den geringsten Anlass gegeben hätte. Falls sie einen Alptraum gehabt hatte, so erinnerte sie sich nicht daran. Sie vergewisserte sich, dass Daniel nach wie vor schlief, und seufzte. Sie fand nicht mehr zu ihrem seelischen Gleichgewicht. Vielleicht ahnten Audreys Sinne etwas, was ihrem Verstand entging. Bei diesem verstörenden Gedanken stand sie auf. Sie ging zum Fenster und sah hinaus. Ihr fiel ein, dass Joseph an dem Tag, an dem sie sich kennengelernt hatten, das Gleiche getan hatte. Wie fern kam ihr diese erste Begegnung nun vor …

»Lich-ter.«

Daniel sprach im Schlaf. Audrey trat an sein Bett und legte ihm beruhigend die Hand auf die Schulter.

»Schsch. Ganz ruhig, Daniel.«

»Gelbe … Luftballons. Da sind gelbe Luft-ballons. Zuckerwatte und ein … Kind!« Daniel lächelte im Schlaf. Es war ein sanftes, kindliches Lächeln. Unvermittelt verwandelte es sich in eine Grimasse des Entsetzens. »Nein … geh nicht … Nein … NEIIIN!«

Der alte Gärtner erwachte. Mit weit aufgerissenen, erschrockenen Augen blickte er in Audreys Richtung, ohne sie zu sehen. Die Psychiaterin war bestürzt. Sie erinnerte sich an eine Szene aus ihrer Vergangenheit mit gelben Luftballons und Zuckerwatte … und einem kleinen Kind. Sie hatte sich ihr unauslöschlich eingeprägt. Dann wurde ihr bewusst, dass Daniel gesagt hatte: »Geh nicht.« Hatte er das Kind gemeint? Mit beiden Händen packte sie den Alten und schüttelte ihn rücksichtslos.

»Sprich weiter, Daniel, bitte. Sprich!«

Sein einfältiger Gesichtsausdruck war zurückgekehrt. Er hatte keine Ahnung, was Audrey meinte. Verzweifelt wurde ihr klar, dass sie hier machtlos war.

»Au-drey, du tust mir … weh.« Sie ließ ihn los. Ihre zusammengekrümmten Finger hinterließen rote Flecken auf Daniels Armen. »Hab ich … geträumt?«

»Erinnerst du dich an deinen Traum?«

Die Frage war müßig, und Audrey wusste es. Daniel schüttelte den Kopf.

»Bist du … böse auf mich?«

Mit aller Macht versuchte Audrey, sich zu beruhigen und aufrichtig zu wirken.

»Ich bin nicht böse. Keine Angst, Daniel. Alles wird gut. Das verspreche ich dir.«

»Glaubst du … das wirklich, Audrey?«

»Sicher.«

Daniel lächelte. Doch sein Lächeln wirkte unecht. Audreys Herz schlug schneller.

»Glaubst du wirklich, dass alles gut wird, Audrey? Glaubst … du … das … wirklich?«

Die Grimasse, die vorgab, ein Lächeln zu sein, wich unheilvollem Gelächter. Audrey war auf ihn hereingefallen. Da sprach wieder jener andere Daniel. Vielleicht war er es die ganze Zeit schon gewesen. Woher sollte sie das wissen?

»Du schon wieder«, sagte sie mit zusammengebissenen Zähnen. »Was willst du von mir?«

»Oh, das wirst du zur rechten Zeit erfahren. Im Augenblick wollen wir uns auf die Frage beschränken, was du von mir willst?«

»Ich verstehe dich nicht.«

»Ich habe es dir neulich schon gesagt, Audrey. Ich weiß, was du wissen möchtest.«

»Und was möchte ich wissen?«, schrie Audrey wütend.

Daniel war aufgestanden, ging nun durchs Zimmer und dozierte dabei wie ein Lehrer im Klassenraum. Audrey war wieder ans Fenster gegangen, um ihm so fern wie möglich zu sein.

»Die Wahrheit über Eugene, Audrey.«

Bei diesem Namen durchfuhr sie ein unerträglicher Schmerz. Als sie wieder sprechen konnte, klang ihre Stimme unsicher und schrill.

»Du kannst nicht wissen, was Eugene passiert ist.«

Audreys Logik ließ nur die Möglichkeit zu, dass Daniel ein Telepath mit Fernwahrnehmung war, der sich in Daniels düsterer Persönlichkeit manifestierte. Somit konnte er über sie oder ihre Vergangenheit nur das wissen, was sie selbst wusste oder woran sie sich erinnerte. Mehr nicht. Die zwangsläufige Schlussfolgerung aus dieser Annahme lautete, dass Daniel zwar wissen konnte, wer Eugene war, doch nicht, was mit ihm geschehen war.

»Du glaubst, dass meine Kräfte«, sagte der Alte mit gespielt dümmlicher Miene, Mitleid heuchelnd, »mir nicht erlauben, zu wissen, was du nicht weißt, nicht wahr? … Du irrst dich, Audrey.«

»Nur Gott kann wissen, was du behauptest zu wissen … Nur Gott und der Teufel.«

»Und was meinst du, wer ich bin?«

»Gott kannst du nicht sein, und der Teufel bist du auch nicht. Und deshalb glaube ich dir nicht.«

»Selig sind die Gläubigen, denn sie sind einzigartig! Du dagegen gehörst zur riesigen mittelmäßigen Gruppe der Ungläubigen. Ihr müsst sehen, um zu glauben.«

Daniels Persönlichkeitsveränderungen, das ausgefeilte Mienenspiel seines anderen Selbst, die parodistischen Anspielungen auf religiöse Zitate und Ereignisse überraschten Audrey kaum noch. Diesmal jedoch fiel Audrey etwas Neues auf, und das beunruhigte sie. Sie nahm ein Verlangen von geradezu animalischer Intensität wahr. Dieser Daniel wollte ihr zeigen, dass er nicht log. Die Psychiaterin war sicher, dass seine Versprechungen gelogen waren. Deshalb sagte sie: »Beweise mir, dass du die Wahrheit sagst, dann glaube ich dir.«

Daniel atmete tief ein. Audrey meinte zu sehen, dass Daniels Gesicht sich verwandelte und seine Augen ganz kurz zu den furchterregenden Augen eines anderen Wesens wurden. Dann packte er ihr linkes Handgelenk. Das kam so unerwartet, dass es Audrey gar nicht in den Sinn kam, sich zu widersetzen. Mit dem rechten Zeigefinger schrieb er Buchstabe für Buchstabe ein Wort auf Audreys Handfläche.

Es war ein Name: »Karen.«

Schließlich schloss er Audreys Hand und sagte: »Worum du gebeten hast, ist vollbracht … Und jetzt geh. Du hast doch gehört, was die Nonne gesagt hat: Daniel braucht Ruhe.«

Audrey legte den Weg zum Auto im Eilschritt zurück. Sie stieg ein und aktivierte die Zentralverriegelung. Trotzdem fühlte sie sich kein bisschen sicherer. Sie konnte sich nicht erklären, was ihr solche Angst einflößte, doch sie empfand ... Sie fühlte sich von innen her beschmutzt.

Sie betrachtete die Hand, auf die Daniel jenen Namen geschrieben hatte. Halb erwartete sie, etwas Ungewöhnliches darauf zu erblicken, wenn sie auch nicht wusste, was. Doch ihre Hand sah aus wie immer. Das hatte sie sich alles nur eingebildet, sagte sie sich immer wieder in dem Versuch, die Stimme zum Schweigen zu bringen, die sie beharrlich fragte: »Und wie erklärst du dir das mit Eugene?«

»Eugene ...«

Daniel war ein Telepath. Das war die Erklärung. Er war in ihr Gehirn eingedrungen – bei diesem Gedanken wurde Audrey beinahe übel – und hatte in ihrem Gedächtnis ihre Erinnerungen an Eugene gefunden, ebenso wie die an die »Statue der drei Lügen« und jene Nacht in Harvard. Seine Behauptung, er sei der Teufel, und das Schreiben jenes Namens auf ihre Handfläche waren ein reiner Schaueffekt gewesen, ein geschickter Trick, damit sie die Nerven verlor.

Audreys innere Stimme verstummte. Doch die Psychiaterin wusste, dass ihre Argumente sie nicht überzeugt hatten. Sie holte tief Luft und ließ den Motor an. Sie musste fort vom Altenheim, fort von Daniel. Sie fuhr zwei Querstraßen weiter, den Blick wie hypnotisiert auf die Fahrbahn gerichtet, und versuchte, ihren Geist zu leeren. Doch ihre Gedanken führten ein Eigenleben ...

»Verdammt!«

Audrey vollführte eine Vollbremsung. Wäre hinter ihr ein Auto gefahren, es hätte ihr nicht mehr ausweichen können. Erst nachträglich wurde ihr das bewusst. Sie war verstört und beschloss ganz vernünftig, an den Straßenrand zu fahren.

Dann holte sie ihr Handy aus der Tasche, wählte eine Nummer und wartete.

»Ja, bitte?«

»Michael?«

»Audrey …?«

Der Physiker war nicht sicher, ob sie es war.

»Ja, ich bin's, Audrey.«

»Ach, hallo! Wie geht's? Hörst du mich gut? Ich bin in einem Restaurant, und hier ist es höllisch laut.«

»Ja, ich höre dich gut. Ich wollte nur wissen … geht's dir gut?«

»Ist was passiert? Du bist ganz anders als sonst … Mike, mein Junge, lass das los! Entschuldige, Audrey, dieses Kind ist ein richtiger Satansbraten. Wo waren wir?«

»Ist deine Frau bei dir?«

»Ja. Und wir wollen ein leckeres ›Joe's Special‹ essen.«

»Ein ›Joe's Special‹?«, fragte Audrey mit erstickter Stimme.

»Ja, in Joe's Grill. Das ist in der Dartmouth Street, in der Nähe vom Vendange Building. Kennst du es?«

»Das ist ganz in der Nähe meiner Praxis.«

»Wenn du Lust hast, komm doch auch. Sie haben das Essen noch nicht gebracht.«

»Nein, danke. Ich … habe keinen Hunger.«

»Bist du sicher, dass es dir gut geht, Audrey?«

Sie beendete das Gespräch. Erneut zitterten ihr die Hände, doch diesmal vor Erleichterung.

Audrey brauchte länger als gewöhnlich für den Weg zu ihrer Praxis. Regen hatte dem sonnigen Tag ein Ende gesetzt, und Tausende von Fahrzeugen schleppten sich beklemmend langsam durch die nassen Straßen, als nähmen sie an einer Parade teil. Audrey sagte sich, es sei der passende Abschluss für einen grauenvollen Tag wie diesen. Der lästige Regen hatte nur noch gefehlt, um sie endgültig zu deprimieren. Traurigkeit hüllte sie ein, beinahe körperlich spürbar. Daniel hatte eine ganze Handvoll Salz in die offene Wunde gerieben, die Eugene für sie immer sein würde.

Es war Sonntag. Sie hatte heute keine Klienten. Doch sie war nicht in die Praxis gefahren, um zu arbeiten. Sie betrat ihr Büro und ging zu einem großen Holzschrank an der rechten Wand. Dabei hinterließ sie auf dem Teppich feuchte, schmutzige Trittspuren – es würde ein Vermögen kosten, den Perserteppich reinigen zu lassen. Sie zog einen kleinen Schlüssel aus der Tasche, öffnete eine der Schubladen des Schranks und holte einen Karton heraus, auf dessen Deckel »2000« stand.

Sie setzte sich, stellte den Karton zwischen ihren Beinen ab und öffnete ihn. Dabei stieß sie einen langen Seufzer aus. Der Karton war voller Fotos. Schon beim Anblick des ersten brach Audrey in Tränen aus.

Sie hatte ihren Sohn Eugene Anfang 1992 geboren, genau neun Monate nach dem 14. April des Vorjahres – dem Tag, an dem jener unglückliche Wachmann durch Audreys Schuld und die ihrer Freunde in Harvard Hall verbrannt war. Audreys Gynäkologe hatte ihr gesagt, dass sie Eugene wahrscheinlich genau an jenem Tag empfangen habe. Manchmal dachte Audrey, sie hätte erkennen müssen, dass dies ein Zeichen, eine Warnung gewesen war. Doch hätte sie dann irgendetwas anders gemacht?

Der Vater des Kindes war Zach. Er hatte Audrey schleunigst verlassen, als sie es ihm gesagt hatte. »Ich will für niemanden die Verantwortung tragen.« So hatte er sich von ihr verabschiedet. Es war sehr schwierig gewesen, weiterzustudieren und sich zugleich um Eugene zu kümmern. Niemand hatte ihr geholfen: Auch Leo hatte sich ihr entfremdet, und Audreys Mutter starb, ohne ihren einzigen Enkel – das »Kind der Sünde«, wie sie ihn genannt hatte – je gesehen zu haben. Audrey hatte ihn allein aufgezogen, voller Liebe und Hingabe, hatte es zu etwas gebracht und zugleich Eugene eine glückliche Kindheit geschenkt. Nichts, was sie im Leben erreicht hatte, erfüllte sie so mit Stolz wie dies.

Eine Handvoll Fotos in ähnlichen Kartons waren alles, was ihr von ihrem geliebten Sohn geblieben war. Er war an einem strahlenden Sommernachmittag des Jahres 2000 verschwunden. Sie waren in den Vergnügungspark auf Coney Island gefahren, um dort gemeinsam den Tag zu verbringen, und Eugene war einfach verschwunden. Deshalb war Audrey so betroffen gewesen über das Foto auf Michaels Schreibtisch, auf dem der Physiker mit Frau und Sohn abgebildet war – ebenfalls auf Coney Island. Die Polizei hatte nie in Erfahrung gebracht, was Eugene zugestoßen war. Man wusste nicht einmal mit Sicherheit, ob er tot war oder noch lebte.

Allmählich weinte Audrey nicht mehr so heftig. Hin und wieder schluchzte sie auf. Draußen war der Regen stärker geworden. Dicke Tropfen schlugen mit Wucht gegen die Hauswand. Die Autos, die in der Commonwealth Avenue im Stau standen, hupten immer wieder. Dann übertönte die Sirene eines sich nähernden Krankenwagens das Hupkonzert.

Als die Polizei den Fall Eugene zu den Akten legte, hatte Audrey nicht aufgeben wollen und einen Privatdetektiv damit beauftragt, die Nachforschungen fortzusetzen. Je besser sie verdiente, desto mehr Geld hatte sie in die Suche nach ihrem Sohn gesteckt. Zurzeit arbeiteten drei Ermittler in verschiedenen Bundesstaaten für sie. Seit Jahren schickten sie ihr jeden Monat einen Bericht mit dem ewig gleichen Tenor: »Es sind keine signifikanten Fortschritte zu verzeichnen«, oder etwas ähnlich Entmutigendes. Doch Audrey hatte die Hoffnung noch nicht aufgegeben. Noch glaubte sie, *zwang* sich zu glauben, dass Eugene lebte, irgendwo. Wenn sie es am wenigsten erwartete, würde einer der Ermittler sie anrufen und ihr berichten, dass er ihn schließlich doch noch gefunden habe. Lebendig. Audrey würde zu ihm fahren, wo er sich auch befinden mochte, und ihn zu sich nach Hause holen. Und dann würde sie ihm alle seine Geschenke auf einmal geben; die Geschenke, die sie Eugene jedes Jahr zu Weihnachten und zum Geburtstag kaufte, seit er verschwunden war. Sie bewahrte sie in einem Schrank auf, den sie nur öffnete, um neue Geschenke hineinzulegen. Staub legte sich auf die Schleifen und das farbenfrohe Geschenkpapier, die auf Eugene warteten.

Audrey war eine starke Frau. Sie musste es sein. Doch nun stand sie kurz davor aufzugeben. Und ausgerechnet jetzt war dieser Daniel aufgetaucht und redete von »der Wahrheit über Eugene«. Einer Wahrheit, nach der Audrey seit fünf Jahren suchte, ohne eine Spur gefunden zu haben … Konnte es sein? Konnte es möglich sein, dass Daniel ihr sagen könnte, was aus ihrem Sohn geworden war? Und die wichtigste aller Fragen, jene, die Audrey sich kaum zu stellen getraute: Lebte Eugene?

»Das kann er nicht wissen.«

Erneut sagte sie sich, Daniel sei eben ein Telepath und besitze zudem die Gabe der Fernwahrnehmung. Doch Telepathen wissen nicht alles. Niemand kennt die Vergangenheit und die Zukunft – niemand außer Gott und dem Teufel, wie Audrey zu Daniel gesagt hatte. Aber wenn er nun tatsächlich besessen war, wie die Oberin vermutete? Dann hätte der Teufel aus ihm gesprochen, dann konnte Daniel wissen, was sonst niemand wissen konnte … In der Hand hielt Audrey ein Foto von Eugene, das letzte, das sie von ihm aufgenommen hatte. Ihr Sohn lächelte. Neben ihm stand ein bizarr gekleideter Clown mit weiß-rot geschminktem Gesicht und riesigen Handschuhen. An einem der Handschuhe war ein beinahe unsichtbarer Nylonfaden befestigt, an dessen Ende eine Traube gelber Luftballons schwebte. Und Daniel hatte im Schlaf von gelben Luftballons geredet …

Dennoch mochte Audrey noch nicht einräumen, dass Daniel besessen sein könnte. Sie benötigte zuerst unwiderlegbare Beweise dafür, die den streng wissenschaftlichen, den Psychiaterinnenanteil in ihr überzeugen konnten. Wenn er der Teufel war, wie er behauptete, sollte er es beweisen. Dann würde sie ihm auch glauben.

Die Sirene des Krankenwagens ertönte erneut, diesmal viel näher. Audrey wischte sich die Nase am Handrücken ab. Sie schluchzte nicht mehr und war ruhiger geworden. Manchmal sind Tränen hilfreich, auch wenn der Trost nie lange anhält und sie stets einen salzigen Nachgeschmack auf der Seele hinterlassen.

Von der Straße her ertönte wieder wütendes Gehupe und vermischte sich mit der durchdringenden Sirene des Krankenwagens, der wohl ebenfalls im Stau festsaß. Audrey stand auf und ging zu einem der Fenster, ohne das Foto von Eugene loszulassen. Der Krankenwagen steckte tatsächlich an einer Seitenstraße der Commonwealth Avenue fest, sträflich behindert. Er würde es schwer haben, von dort fortzukommen. Die Fahrzeuge um ihn herum hatten kaum Spielraum, um ihm auszuweichen. Das mussten wohl auch die Insassen des Krankenwagens erkannt haben, denn Audrey sah sie aussteigen und eine Trage sowie Reanimationsausrüstung hinten aus dem Wagen holen. Entweder waren sie der Verzweiflung nahe, oder der Notfall befand sich ganz in der Nähe.

Ein schrecklicher Gedanke schoss Audrey durch den Kopf …

»O nein … Nein, nein, NEIN!«

Sie rannte aus dem Büro, ohne ihren Mantel mitzunehmen oder die Praxistür hinter sich abzuschließen. Der heftige Regen hatte sie im Nu durchnässt, kaum dass sie auf die Straße getreten war. Desorientiert sah sie sich um, dann rannte sie nach rechts.

Die nassen Haare fielen ihr in die Augen, ihre Schuhe verursachten bei jedem Schritt ein hässliches Platschen. Einige ältere Leute kamen ihr entgegengelaufen. Audrey wich abrupt aus und lief auf die Straße. Ums Haar wäre sie überfahren worden. Hinter sich hörte sie noch die Flüche des Autofahrers.

Sie lief zwischen den stehenden Fahrzeugen hindurch. Die Fahrer sahen sie an sich vorbeilaufen und beobachteten mitleidig diese Frau, die offensichtlich nicht ganz richtig im Kopf war. Schließlich erreichte Audrey den Krankenwagen. Der Fahrer war nicht ausgestiegen. Er erschrak zu Tode, als er sie plötzlich am Seitenfenster auftauchen sah. Audrey klopfte so lange gegen die Scheibe, bis er sie herunterkurbelte.

»Was ist?«

»Wo ist der Notfall?«

»Verschwinde, du Irre.«

»SAGEN SIE MIR, WO DER NOTFALL IST!«, schrie Audrey und packte den Mann am Uniformhemd.

Der Fahrer wollte sich schon mit einem Schlag befreien und das Fenster wieder hochkurbeln, doch dann sah er, dass Audrey das Foto eines lächelnden Kindes in der Hand hielt, das neben einem Clown stand. Das besänftigte ihn.

»Der Notfall ist in Joe's Grill.«

Hals über Kopf stürzte Audrey wieder los, rannte durch den Regen und zwischen den Autos hindurch. Vor dem Restaurant stieß sie auf eine bunte Ansammlung von Regenschirmen und Regenmänteln, deren Eigentümer sich an den Fenstern des Lokals die Nasen plattdrückten und durch die Scheibengardinen hineinspähten. Audrey drängelte sich zwischen ihnen hindurch, wurde beschimpft und bekam Ellenbogen in die Rippen, bis sie schließlich die Tür erreichte.

Das Restaurant war voll besetzt, doch niemand aß. Ein köstlicher Duft nach gebratenem Fleisch und frischem Mais erfüllte die Luft – der fröhliche Duft von Familienessen am Wochenende, von Familienfeiern voller Gelächter. Gott dürfte nicht zulassen, das jemand an einem Ort wie diesem starb.

Doch genau dies war soeben geschehen.

Der Arzt ließ von der Brust der Frau ab. Sie lag am Boden, die Bluse geöffnet. Zum Glück hatte jemand das Kind fortgebracht.

»Es tut mir sehr leid«, sagte der Arzt.

Der Infarkt war ganz plötzlich aufgetreten und für einen so jungen Menschen ungewöhnlich heftig gewesen. Der Ehemann sah den Arzt desorientiert an. Er begriff es nicht. Er wollte es nicht begreifen. Er wandte sich den Menschen um ihn herum zu; vielleicht hoffte er ja, jemand könne ihm das erklären. Da fiel sein Blick auf …

»Audrey? Bist du das?«

Sie schluckte. Erneut brannten die Tränen in ihren Augen.

»Michael, ich …«

»Sie ist tot.«

»Ich weiß.«

Audrey wusste es. »Karen« war der Name, den Daniel auf ihre Handfläche geschrieben hatte, um sie zu zwingen, ihm zu glauben. Und das hatte er auch erreicht. Jetzt glaubte sie ihm.

Joseph Nolan hatte gerade sein Abendessen zubereitet, als es an der Tür klingelte. Er konnte sich nicht vorstellen, wer das sein sollte, denn er erhielt für gewöhnlich keinen Besuch. Nur seine Kinder kamen zweimal die Woche. Er drehte die Gasflamme herunter und ging zur Tür.

»Ja, bitte?«

Keine Antwort.

»Hallo?«

Nichts.

Es war wohl irgendein jugendlicher Scherzbold aus der Nachbarschaft. Joseph wollte sich schon wieder seinen Spaghetti mit Tomatensoße zuwenden, da klingelte es erneut.

»Diese verflixten Blagen!«

Statt in die Küche ging er nun an ein Fenster im Wohnzimmer, von dem aus man die Eingangstür sehen konnte. Erstaunt riss er die Augen auf.

»Audrey!«

Er lief zurück zur Gegensprechanlage und öffnete die Haustür. Dann versuchte er, rasch das Chaos zu beseitigen, das in seiner Wohnung herrschte. Audrey kam herein, als er gerade einige Baseballzeitschriften unter den Sessel warf. Breit grinsend drehte er sich zu ihr um, doch als er sie sah, verschwand sein Grinsen.

»Du bist ja völlig durchnässt ... Was ist los, Audrey?«

Aus ihren Kleidern rann Wasser auf den Boden. Sie sah aus wie eine Vogelscheuche, und sie hatte unverkennbar geweint.

»Bitte, komm rein.« Er zog sie herein und schloss die Tür. »Erzähl mir, was passiert ist.«

Audrey flüsterte: »Nimm mich in den Arm ...«

Joseph schloss sie in die Arme. Sein T-Shirt war rasch ebenso nass wie ihre Kleidung, doch der Feuerwehrmann lockerte seine Umarmung nicht. Noch nie hatte er jemanden gesehen, der so liebes- und trostbedürftig war wie Audrey in diesem Augenblick. Noch nie war ihm jemand so schutzlos erschienen. Und selbst ein einfacher Mann wie er ohne jede psychologische Vorbildung konnte sehen, dass Audreys Schmerz tief ging, weit über die Geschehnisse dieses Abends hinaus, gleichgültig, was gerade geschehen sein mochte. Die manchmal kurz angebundene, stets aber professionelle Haltung, die Audrey seit ihrer ersten Begegnung an den Tag gelegt hatte, hatte Risse bekommen. Joseph sah eine ganz neue Audrey vor sich, zerbrechlich und schutzlos. Und er wollte ihr helfen. Joseph war auf der Welt, um anderen zu helfen. Deshalb war er Feuerwehrmann geworden.

»Es tut mir leid«, sagte Audrey unter Schluchzern, die sie sich bemühte, zu unterdrücken. »Ich hätte nicht herkommen sollen.«

Joseph schüttelte den Kopf. Es gab nichts, wofür sie sich hätte entschuldigen müssen. Sanft löste er die Umarmung und legte Audrey die Hände auf die Schultern, um seinen Worten Nachdruck zu verleihen.

»Alles wird gut«, versicherte er ihr.

Genau das hatte Audrey Daniel in der letzten Sitzung gesagt, just bevor dessen düstere Seite zutage getreten war, vor dem schrecklichen, absurden Tod von Michaels Frau.

»Nein, das stimmt nicht. Nichts wird je gut, nichts wird je, wie wir es uns wünschen.«

Audreys Stimme klang schroff. Sie zwang sich, nicht mehr zu weinen, doch noch immer lag dieser nicht auslotbare Schmerz in ihrem Blick, der jetzt unfähig war, zu lügen oder etwas zu verbergen. Joseph strich Audrey die nassen Haare aus dem Gesicht. Dann streichelte er, ohne darüber nachzudenken, ihre Wange. Er bemerkte, dass sie instinktiv zurückzuckte, und zog sofort seine Hand fort.

»Entschuldige. Ich …«

Audrey legte Joseph zwei Finger auf den Mund und ließ ihn nicht zu Ende sprechen. Dann legte sie die Hand des Feuerwehrmanns erneut an ihre Wange. Joseph sah, wie sie die Augen schloss und ihr Gesicht gegen seine Hand drückte. In seinem ganzen Leben hatte er keine Frau gesehen, die so schön war wie Audrey, wenn sie ihre Abwehrmechanismen aufgab. Er vergrub die Hände in ihren nassen Haaren, bis er ihren Nacken fand. Die unendlich weiche Haut dort war glühend heiß.

»Ich werde dich jetzt küssen«, sagte Joseph sehr ernst.

14

Boston

Audrey wies Josephs Anruf auf ihrem Handy ab. Der Feuerwehrmann hatte in den vergangenen Tagen immer wieder versucht, sie zu erreichen. Der Anrufbeantworter in Audreys Wohnung war voller Nachrichten von ihm, und ihre Sekretärin wusste schon nicht mehr, wie sie ihm erklären sollte, dass ihre Chefin nun schon seit Tagen nicht mehr in die Praxis gekommen war. Audrey ging Joseph aus dem Weg, das musste ihm doch mittlerweile klar sein. Doch offenbar wollte er nicht aufgeben. Im Augenblick beschränkte er sich auf seine beharrlichen Anrufe. Noch war er weder bei Audrey zu Hause noch im Altenheim erschienen, doch früher oder später würde er das tun. Joseph war ein guter Mensch und machte sich Sorgen um sie. Wie auch nicht, nachdem sie in diesem Zustand zu ihm nach Hause gekommen war, völlig durchnässt und verstört?

Audrey war dabei einem Impuls gefolgt. Sie hatte den ursprünglichsten Trost gesucht, den es gab: die Umarmung eines anderen Menschen. Sie war verletzt gewesen und hatte sich schutzlos gefühlt, und in dieser Stimmung hatte sie einen Fehler begangen, den sie nun zu korrigieren versuchte. Am Ende waren sie und Joseph miteinander ins Bett gegangen, was Audrey sich weder gewünscht noch beabsichtigt hatte, als sie den Feuerwehrmann zu Hause aufgesucht hatte. Es war das erste Mal, dass sie mit einem Mann zusammen gewesen war, seit … sie wusste nicht mehr, seit wann. Joseph war zärtlich und liebevoll gewesen, und das machte alles noch schlimmer und erschwerte Audrey, was sie tun musste. Sie wollte keine irgendwie geartete Beziehung zu irgendjemandem beginnen. Nicht einmal zu einem so bezaubernden Mann wie Joseph. Sie wollte ihre gesamte Energie darauf konzentrieren, ihren Sohn Eugene wiederzufinden. Nur dies zählte.

Auf Josephs Drängen hin hatte sie ihm in jener Nacht erzählt, dass die Frau ihres Freundes Michael McGale völlig unerwartet in einem Restaurant in der Nähe ihrer Praxis an einem Herzinfarkt gestorben war. Sie hatte es überstürzt und konfus erzählt, und viel zu viel war dabei ungesagt geblieben. Doch Joseph hatte Audrey nicht gedrängt, mehr zu erzählen, als sie preisgeben wollte. Kurz vor dem Morgengrauen hatte Audrey seine Wohnung verlassen, nachdem sie aus einem leichten, unruhigen Schlaf voller Alpträume aufgewacht war. Joseph hatte einen Gutteil der Nacht mit dem Versuch verbracht, Audrey in den schlimmsten Momenten zu beruhigen. Er war wirklich ein guter Mensch. Doch Audrey musste weitermachen. Allein. Sie wollte Joseph nicht in das hineinziehen, was nun geschehen würde, mit ungewissem, beängstigendem Ausgang.

Daniel war vom Teufel besessen. Die Oberin hatte recht, daran bestand für Audrey nun kein Zweifel mehr. »Beweise mir, dass du die Wahrheit sagst, dann glaube ich dir«, hatte Audrey Daniels düsterer Persönlichkeit gesagt. Und er hatte es getan. Audreys Unglaube hatte die Frau ihres Freundes Michael zum Tode verurteilt. Noch ein Tod, der auf ihrem Gewissen lastete. Er war der Preis dafür, dass ihr die Augen geöffnet wurden, denn nun glaubte sie. Nun glaubte sie, dass Daniel die Wahrheit über Eugene kannte und dass der Teufel aus seinem Mund sprach.

Audrey wollte diese Wahrheit erfahren. Die Ungewissheit quälte sie. Das Wesen, von dem Daniel besessen war, konnte dieser Qual ein Ende setzen. Doch dafür würde Audrey einen Preis bezahlen müssen. Die Lehren ihrer Eltern und ihre religiöse Erziehung stimmten darin überein, dass der Teufel einem nichts schenkte. Und Audrey schreckte die Vorstellung, das Einzige zu verlieren, was ihr – abgesehen von dem Wunsch, Eugene zu finden – nun noch etwas bedeutete: ihre Seele.

Sie befand sich zwischen zwei bodenlosen Abgründen, zwischen denen sie sich offenbar würde entscheiden müssen. Dennoch war sie mit der festen Hoffnung ins Altenheim zurückgekehrt, dieser Entscheidung aus dem Weg gehen zu können. Einige Tage zuvor war ihr etwas eingefallen, wovon sie glaubte, dass sie damit das teuflische Wesen in Daniels Innerem zum Reden bringen könnte, ohne sich dadurch selbst zum Höllenfeuer zu verdammen – nicht mehr als eine Möglichkeit, doch sie würde außerdem den Gärtner retten, der an alldem unschuldig war.

In wenigen Minuten würde ein von der Diözese Boston entsandter Priester ein Exorzismusritual an Daniel durchführen. Die Oberin hatte sich um die Vorbereitungen gekümmert und das Verfahren beschleunigt. Als Audrey ihr den Exorzismus vorgeschlagen hatte, war sie sogleich einverstanden gewesen. Bereits seit einiger Zeit hatte sie vermutet, dass Daniel besessen war, doch sie hatte gewartet, bis Audrey ebenfalls davon überzeugt war. Nun war es so weit.

Vor dem Eingang des Altenheims sprach Audrey, den Blick abwesend auf die alten Mauern gerichtet, ein Gebet. Zum ersten Mal seit vielen Jahren tat sie es voll aufrichtiger Demut. Sie bat Gott, ihr in diesem kritischen Augenblick beizustehen, damit es dem Exorzisten gelänge, Daniel den Teufel auszutreiben, und damit es ihr gelänge, dem Teufel die Wahrheit über Eugene zu entreißen. Audrey wusste, dass ein Exorzismus ein gefährliches Ritual war und dabei finstere Geheimnisse aus der

Vergangenheit zutage treten konnten, doch sie hatte keine andere Wahl. Außerdem bereitete ihr dies keine Sorgen mehr. Der Teufel hatte nicht gelogen, als er gesagt hatte, nichts sei wichtiger als die Wahrheit.

Sie fühlte sich schwach und benommen. Der Geruch von Krankheit und altem Urin im Eingangsbereich drehte ihr den Magen um, obwohl sie außer einigen Schlucken Wasser nichts zu sich genommen hatte. Seit drei Tagen hatte sie nichts mehr gegessen. Pater Tomás Gómez, der den Exorzismus vornehmen würde, hatte der Oberin mitgeteilt, dass striktes Fasten für alle, die an dem Ritual teilnehmen würden, unerlässlich sei, wenn man den Teufel wirksam bekämpfen wolle. Daher würden nur Audrey und der Priester an Daniels Exorzismus teilnehmen. Mutter Victoria hatte zunächst stur darauf beharrt, ebenfalls zugegen zu sein, doch Audrey hatte sie davon abbringen können. Sie hatte argumentiert, dass sich bei dem fortgeschrittenen Alter der Nonne ein Fasten verbiete, da es ihre Gesundheit gefährden würde. Doch die Oberin war bereit gewesen, das Risiko einzugehen, wenn sie damit dazu beitragen konnte, Daniel vom Bösen zu befreien. Angesichts dieser Haltung hatte Audrey ein anderes Argument ins Feld geführt: Die Gebrechlichkeit der Oberin würde Daniel nicht nur nicht helfen, sondern könnte das Wesen, von dem er besessen war, womöglich noch stärken und so eine Austreibung verhindern. Schließlich gab Mutter Victoria doch nach – sehr zu Audreys Erleichterung, obwohl ein egoistischer Teil von ihr sich das Gegenteil gewünscht hätte.

Man würde den Exorzismus in Daniels Zimmer vornehmen. Das war der diskreteste Ort, abgesehen vom Therapieraum, den man sofort verworfen hatte. Sowohl Mutter Victoria als auch Audrey hatten den Eindruck, dass der Therapieraum ein »günstiges Terrain« für Gottes Widersacher sei.

Ehe Audrey zu Daniel ging, sah sie in Mutter Victorias Büro vorbei. Die Unterhaltung war kurz. Sie begann mit einer Bitte der Oberin: »Geh mit Daniel. Er ist sehr verängstigt, und Pater Gómez lässt mich nicht zu ihm. Wir werden in der Kapelle für ihn beten.« Mutter Victoria schloss bekümmert: »Gott schütze euch.«

Ein ungewohnter Weihrauchduft mischte sich in den üblichen Gestank auf dem Gang zu Daniels Zimmer. Vor der Tür erwartete Audrey der Exorzist, gekleidet für den Kampf. Denn darum handelte es sich, um einen Kampf. Über dem Habit trug er das zeremonielle Gewand aus weißem Leinen, den Chorrock, und um den Hals hing ihm eine violette Stola. Er sprach sie an, und seine Worte waren unverblümt.

»Ms Barrett, ich bin Pater Gómez. Auch wenn die Kirche heute empfiehlt, dass bei Exorzismen ein Psychiater zugegen ist, werden Ihnen Ihre wissenschaftlichen Kenntnisse für sich genommen nichts nützen. Seien Sie also bitte so gut, nur zu beobachten und sich zu keinem Zeitpunkt einzumischen, es sei denn, ich fordere Sie dazu auf. Habe ich mich klar ausgedrückt?«

»Selbstverständlich.«

Vielleicht war es der Einfluss des Kinos, doch Audrey hatte mit einem älteren, weiseren Priester gerechnet, dessen durchdringender Blick und gestrenge Miene sich in tausend Schlachten gegen den Fürsten der Finsternis herausgebildet hätten. Unwillkürlich war sie enttäuscht, und zudem besorgt. Pater Gómez war ein junger Mann puertoricanischer Abstammung. Seine affektierte Stimme und die verächtliche Eingangsbemerkung offenbarten einen beunruhigenden Hochmut. Ein Exorzismus ist ein gnadenloser Kampf zwischen Gut und Böse, ein Niemandsland, in dem die Kräfte der beiden Parteien so ausgeglichen sind wie sonst nie. Um die Schlacht zu gewinnen, braucht man Glauben und Ausdauer. Aber auch Demut. Ein Priester ohne Demut geht dem Teufel unter Umständen leicht in die Falle. Es ist Gott, der siegreich aus einem Exorzismus hervorgeht, nicht der Exorzist, der nur sein Werkzeug ist. Hoffentlich würde Pater Gómez dies nicht vergessen.

»Ist das Ihr erster Exorzismus?«

Audrey musste das fragen. Zu viel stand auf dem Spiel.

»Selbstverständlich nicht! Natürlich ist das nicht mein erster Exorzismus!«

»Dann bin ich beruhigt. Für mich ist es nämlich der erste.«

Er warf ihr einen verächtlichen Blick zu und betrat dann ohne ein weiteres Wort Daniels Zimmer. Dort war der Weihrauchgeruch beinahe erstickend. Daniel saß auf dem Bett. Neben ihn hatte der Priester das Kruzifix gelegt, das normalerweise an der Wand hing. Audrey entdeckte noch eine weitere Veränderung: Auf den Nachttisch, auf dem normalerweise eine Lampe stand, hatte Pater Gómez ein Bild der Heiligen Jungfrau sowie zwei kleine Gefäße gestellt, eines mit Weihwasser, das andere mit Salz.

»Au-drey! Ich habe … Angst!«

»Bleib sitzen«, befahl ihm der Priester, als er sah, dass der alte Mann aufstehen wollte.

»Es ist nicht nötig, dass Sie in diesem Ton mit ihm reden«, sagte Audrey. »Sehen Sie nicht, dass er große Angst hat? Keine Sorge, Daniel. Ich bin hier. Dir wird nichts passieren.«

Der Exorzist zog eine wütende Grimasse.

»Ms Barrett, ich habe Ihnen doch gesagt, Sie sollen sich darauf beschränken, das zu tun, was ich Ihnen sage. Wenn Ihnen das nicht gefällt, wird es besser sein, Sie gehen jetzt und nehmen nicht am Ritual teil. Man darf nicht nachgiebig sein gegenüber Satan.«

Audrey dachte: Das ist nicht Satan, du Idiot. Das ist bloß ein geistig behinderter alter Mann, der halbtot vor Angst ist. Aber sie sagte nur: »Ich werde tun, was Sie mir sagen.«

»Sehr gut.« Pater Gómez' Stimme klang schrill vor Befriedigung. »Sie können damit anfangen, dass Sie Daniel die hier anlegen.«

Als Audrey sah, was der Exorzist aus seinem Handkoffer holte, musste sie an sich halten.

»Ich … will keine … Rie-men.«

Die Angst in Daniels Blick brach Audrey das Herz.

»Daniel, vertraust du mir?«

»Ja.«

»Glaubst du mir dann, wenn ich dir sage, dass es sein muss, dass ich dir die Riemen anlege?« Daniel nickte. »Ich werde sie nicht allzu fest ziehen.«

»Ziehen Sie sie so fest wie möglich.«

Zum dritten Mal sprach Audrey nicht aus, was sie dachte. Doch der hasserfüllte Blick, den sie dem Exorzisten zuwarf, sagte alles.

»Ich muss tun, was Pater Gómez sagt. Verstehst du, Daniel?«

»Ich … ver-traue … dir.«

Audrey folgte den Anweisungen des Exorzisten und fesselte Daniel mit den Riemen ans Bett: eine Hand band sie ans Kopfende und eine ans Fußende. So hatte der alte Mann die Arme ausgestreckt wie Christus am Kreuz. Bei diesem mitleiderregenden Anblick nickte Pater Gómez zufrieden. Dann durchsuchte er erneut seinen Koffer und entnahm ihm diesmal eine kleine digitale Videokamera.

»Wollen Sie den Exorzismus filmen?«

Das traf Audrey unvorbereitet. Sie hatte sich damit abgefunden, dass im Verlauf des Rituals Geschehnisse aus ihrer Vergangenheit ans Licht kommen könnten, die sie lieber geheim gehalten hätte. Doch ihr war nicht in den Sinn gekommen, dass sie auf Video festgehalten würden.

»Ich nehme alle meine Exorzismen auf. Es ist sogar vorgeschrieben, wenn die technischen Mittel es zulassen.«

»Halten Sie das wirklich für notwendig, Pater Gómez?«

In seiner Antwort bemerkte sie erneut diesen kränkenden, gefährlichen Hochmut.

»Das Festhalten des Exorzismus in Bild und Ton ist im einundzwanzigsten Jahrhundert gängige Praxis. Stört es Sie?«

Natürlich stört es mich, du eingebildeter Gockel!

»Nein. Es stört mich nicht.«

Pater Gómez stellte die Digitalkamera auf eine Kommode, die an der Wand stand, zu der Daniel blickte. Er stellte das Objektiv ein, betätigte den Aufnahmeknopf und kam zurück.

»Fangen wir endlich an. Die Kamera läuft. Sie können still für Daniel beten, aber ich sage es Ihnen noch einmal: Mischen Sie sich nicht ein, es sei denn, ich befehle es Ihnen ausdrücklich.«

»In Ordnung.«

Der Exorzist stellte sich links neben Daniel und bedeutete Audrey, sich auf dessen andere Seite zu stellen. Sie sah, wie Pater Gómez in die Kamera blickte. Er trug eine dümmliche Selbstgefälligkeit zur Schau und richtete sich sogar die Haare, als bereite er sich auf einen Schönheitswettbewerb vor statt auf einen Kampf gegen den Teufel. Schließlich zog er das Buch mit dem Exorzismusritual aus der Tasche, schloss die Augen und betete still. Dann bekreuzigte er sich, forderte Audrey auf, es ihm gleichzutun, und sagte: »Im Namen des Vaters, des Sohnes und des Heiligen Geistes … Sie müssen ›Amen‹ antworten.«

»Amen.«

Der Exorzist breitete die Arme aus und fuhr fort: »Gott, der allmächtige Vater, der will, dass alle Menschen gerettet werden, sei mit euch allen.« An Audrey gewandt: »Und mit deinem Geiste.«

»Und mit deinem Geiste.«

»Daniel, ich bitte dich um deine Erlaubnis, die Dämonen auszutreiben, die dich quälen. Gewährst du sie mir?«

Daniel wusste nicht, was er antworten sollte. Er sah zu Audrey, die nickte und flüsterte: »Sag ja.«

»Ja … ja.«

Nun nahm der Exorzist eine Handvoll Salz und warf es in den Behälter mit dem Weihwasser.

»Wir bitten dich, allmächtiger Gott, segne in deiner Güte dieses Salz, das du geschaffen hast. Du hast dem Propheten Elischa aufgetragen, Salz in das ungesunde Wasser zu schütten, um es gesund zu machen. Gewähre uns, Herr, die Gnade, dass wir, wenn wir mit diesem mit Salz vermischten Wasser besprengt werden, von den Angriffen des Widersachers befreit werden und die Gegenwart des Heiligen Geistes uns stets schützen möge. Durch Jesus Christus, unseren Herrn …«

Pater Gómez sah wieder zu Audrey. Doch sie antwortete nicht »Amen«. Sie war in Gedanken versunken.

»Antworten Sie ›Amen‹!«, rief Pater Gómez.

»Amen.«

Aufgebracht begann der Exorzist mit der Fürbitte. Die Wut in seiner Stimme widersprach den sanften Worten des Gebets.

»Geliebte Brüder, lasst uns Gott inständig um Erbarmen anflehen, dass er durch die Fürsprache aller Heiligen das Gebet seiner Kirche für unseren Bruder Daniel, der schwer leidet, gütig erhören möge.«

Der alte Mann litt, o ja. Doch dem Teufel in seinem Inneren schien das Ritual nicht das Geringste auszumachen. Audrey hatte bisher nicht einmal seine verderbliche Präsenz gespürt.

»Wir wollen niederknien und mit den Litaneien beginnen«, sagte der Exorzist. »Du nicht, Daniel.«

Das hätte Daniel auch gar nicht gekonnt – er war ja ans Bett gefesselt. Der Gärtner schwitzte. Schweiß tropfte ihm von der Stirn in die Augen, doch mit seinen gefesselten Händen konnte er ihn nicht abwischen. Audrey sah seinen flehenden Blick und wäre beinahe aufgestanden, um ihm selbst den Schweiß zu trocknen. Doch sie tat es nicht, denn sie wusste, dass der Exorzist sie dann aus dem Zimmer werfen würde. Feige richtete sie den Blick zu Boden, unfähig, Daniels Qualen länger mit anzusehen.

»Herr, erbarme dich unser. Herr, erbarme dich unser.«

Mit diesen Worten begann Pater Gómez eine lange, monotone Litanei, in der er Gott, die Jungfrau, die Engel und sämtliche Heiligen anflehte, sich für Daniel einzusetzen. Das Gebet schloss mit den Worten: »Christus, erhöre uns.« In diesem Moment hob Audrey, deren bloße Knie bereits schmerzten, den Blick wieder zu Daniel. Er sah sie unverwandt an. Und Audrey hätte gar nicht erst die stummen Worte: »Hier bin ich« von seinen Lippen ablesen müssen, um zu wissen, dass der Teufel erneut Besitz von seinem Körper ergriffen hatte. Pater Gómez bemerkte weder dies, noch sah er, dass Audrey die Beine zitterten, als sie sich erhob. Er sagte: »Lasset uns beten. Gott, Dir ist es eigen, immer Barmherzigkeit und Nachsicht walten zu lassen. Nimm unser Flehen gnädig an, damit dieser Dein Diener Daniel, der durch seine Verfehlungen gefesselt ist, durch Deine erbarmende Liebe befreit werde. Durch Jesus Christus, unseren Herrn. Amen.«

»A-men«, stammelte Audrey.

Der unschuldige Gärtner war nicht mehr bei ihnen. Seinen Körper bewohnte nun das Wesen, das ihn seit dem Brand des Klosters quälte. Mit diesem Brand hatte der Strom unvorstellbarer Ereignisse eingesetzt, die zu diesem Exorzismus geführt hatten – nun maßen sich die Kräfte von Gut und Böse im Kampf. Denn die beiden Widersacher befanden sich bereits auf dem Schlachtfeld.

»Guten Tag, Pater Gómez«, sagte der veränderte Daniel spöttisch – eine Parodie der Höflichkeit.

Während er sprach, betrachtete er neugierig die Riemen, die ihn ans Bett fesselten.

»Endlich wagst du es, dich zu zeigen, feiger Satan!«

Audrey musste einräumen, dass der Exorzist die Anwesenheit des Teufels sofort bemerkt hatte und sich davon nicht einschüchtern ließ. Sie wünschte sich, diese Standhaftigkeit möge anhalten und er möge nicht an seinem übermäßigen Selbstvertrauen scheitern.

»Du ncnnst mich feige, Priester?«

Daniel sprach in scherzhaftem Ton, doch der Exorzist ignorierte seine Worte, wie man es ihm beigebracht hatte. Er packte das Büchlein noch fester und las: »Seht, ich habe euch die Vollmacht gegeben, auf Schlangen und Skorpione zu treten und die ganze Macht des Feindes zu überwinden.«

»Du antwortest mir nicht? Du weigerst dich, mir zuzuhören?«, fragte Daniel.

Pater Gómez wurde lauter: »Du, Herr, bist meine Zuflucht. Wer im Schutz des Höchsten wohnt und ruht im Schatten des Allmächtigen, der sagt zum Herrn: ›Du bist für mich Zuflucht und Burg, mein Gott, dem ich vertraue.‹ Du, Herr, bist meine Zuflucht.«

»Das hat dieses arme Mädchen in Guatemala auch gedacht … Dass der Herr ihre Zuflucht wäre. Arme Närrin …«

Der Exorzist zauderte. Er schwieg nicht einmal eine Sekunde, ehe er mit seinem Text fortfuhr, doch Audrey bemerkte es.

»Er rettet dich aus der Schlinge des Jägers und aus allem Verderben ...«

»Sie wohnte da in einer verseuchten Hütte«, fuhr Daniel in hinterhältigem Ton fort. »Sie war erst zwölf Jahre alt, nicht wahr?«

Audrey entfernte sich noch weiter von Daniel. Er saß nach wie vor mit ausgestreckten Armen auf der Bettkante. Doch nun wirkte die Ähnlichkeit mit dem gekreuzigten Christus blasphemisch. Daniel verströmte eine beinahe körperliche Bösartigkeit, an der Audrey sich anzustecken fürchtete. Pater Gómez hingegen gab sich weiter standhaft. Allerdings hätte Audrey geschworen, dass er sich die Ohren zugehalten hätte, um Daniels boshafte Worte nicht hören zu müssen, wenn er nicht das Ritualbüchlein in Händen gehalten hätte.

»... Er beschirmt dich mit seinen Flügeln«, sagte der Exorzist lauter, »unter seinen Schwingen findest du Zuflucht, Schild und Schutz ist dir seine Treue. Du brauchst dich vor dem Schrecken der Nacht nicht zu fürchten, noch vor dem Pfeil, der am Tag dahinfliegt, nicht vor der Pest, die im Finstern schleicht, vor der Seuche, die wütet am Mittag. Du, Herr, bist meine Zuflucht.«

»Das Mädchen war erst zwölf Jahre alt, ja. Und sie hütete ein kleines Geheimnis.«

Daniel sah Audrey an. Sie schauderte.

»Fallen auch tausend zu Deiner Seite, Dir zur Rechten zehnmal tausend, so wird es doch Dich nicht treffen ...«

»HÖR MIR ZU, PRIESTER!«

Mit einem kurzen, trockenen Geräusch zerrissen die Riemen. Ein übelriechender Windstoß bauschte ihre Kleidung. Audrey erstickte ihren Schrei in den Händen, die sie sich vor den Mund schlug.

»... Ja, Du wirst es sehen mit eigenen Augen, wirst zuschauen, wie den Frevlern vergolten wird«, fuhr Pater Gómez nervös fort. Doch Daniel unterbrach ihn erneut, während er zugleich in aller Ruhe die Überreste der Riemen von seinen Handgelenken löste.

»Ich habe gesagt … DU SOLLST MIR ZUHÖREN!«

Der Exorzist erstarrte und wich dann zurück, bis er mit dem Rücken gegen die Kommode stieß. Der Aufprall hätte beinahe die Digitalkamera zu Boden geworfen. Jemand, der die Aufnahme dieser Szene sähe, könnte glauben, der Priester sei aus eigenem Antrieb rückwärtsgegangen und zufällig gegen die Kommode gestoßen. Doch Audrey wusste es besser. Sie sah Pater Gómez' entsetzte Miene. Der Exorzist hatte sich nicht freiwillig bewegt. Daniel hatte ihn wie eine Marionette gesteuert.

Der alte Gärtner ergriff wieder das Wort. Und seine Stimme war furchterregend: »Du hast sie getötet.«

»Der Dämon, von dem sie besessen war, hat sie getötet«, verteidigte sich der Priester. Unter dem niederträchtigen Blick Daniels kroch er mit verzerrtem Gesicht über den Boden und stammelte: »Das Buch, wo ist das Buch?«

»Wusstest du, dass sie schwanger war?«

Pater Gómez verstummte und hielt in seiner Suche inne. Er hatte es nicht gewusst. Audrey hockte in einer Ecke und beschränkte sich aufs Beobachten. Das Buch, das der Exorzist suchte, war zwischen Daniels Füßen gelandet. Er warf es Pater Gómez zu.

»Da hast du dein Buch, Priester.«

Schwerfällig richtete Pater Gómez sich auf, das Buch mit der rechten Hand umklammernd. Schwer atmend suchte er die Stelle im Ritual, an der Daniel ihn unterbrochen hatte, doch er fand sie nicht. Verzweifelt ergriff er das Kruzifix, das auf dem Bett lag, hielt es wie einen Schild zwischen sich und Daniel und begann, den Text einer beliebigen Seite herauszuschreien: »Verlass diesen Diener Daniel, den Gott nach seinem Ebenbild erschaffen, mit seinen Gaben überhäuft und als Sohn seines Erbarmens angenommen hat. Ich beschwöre dich, Satan, Fürst dieser Welt: Erkenne die Macht und die Kraft Jesu Christi an, der dich in der Wüste besiegt hat …!«

Diese Worte lösten etwas aus, womit Audrey bereits nicht mehr gerechnet hatte. Daniel krümmte sich, als wären die schlichten Worte brennende Pfeile. Entsetzt beobachtete sie die schrecklichen Veränderungen im Körper des alten Mannes. Auf dem Video würden sie hinterher nicht richtig zu sehen sein. Unter Daniels Haut bewegte sich etwas. Etwas Schlüpfriges, das sein Gesicht verzerrte und ihn veranlasste, sich unter Schmerzensschreien das Hemd vom Leib zu reißen.

»O Gott! O mein Gott!«, stöhnte Audrey.

Daniels Rumpf war jetzt von einem Netz schwarzer Adern überzogen. Sie pulsierten. Sie lebten. Sie veränderten Form und Position unter seiner Haut.

Audrey wandte sich dem Exorzisten zu. In seinem Blick sah sie etwas, das dem Wahnsinn nahekam. Und dieser Wahnsinn übertrug sich auch auf die Worte, die er herausschrie: »… im Garten des Ölbergs deinen Nachstellungen widerstand, am Kreuz dich entmächtigt und nach seiner Auferstehung aus dem Grab deine Gefangenen im Triumph in das Reich des Lichtes geführt hat. Fahre aus aus diesem Geschöpf, aus Daniel, den Christus durch seine Geburt zu seinem Bruder gemacht und im Tod durch sein Blut erlöst hat. ICH BESCHWÖRE DICH, SATAN, DER DU DAS MENSCHENGESCHLECHT TÄUSCHST …!«

Aus Daniels Mund drang ein Gemisch aus tausend abscheulichen Stimmen, die ihre Qualen in tausend verschiedenen Sprachen herausschrien.

Das war der Augenblick.

Der Teufel, von dem Daniel besessen war, war beinahe besiegt. Audrey musste ihn nach Eugene fragen. Jetzt, da er so schwach war wie noch nie. Ehe der Exorzist ihn vollständig austrieb.

Audrey kniete sich vor das Bett, auf dem Daniel sich immer noch wand und grauenhaft heulte. Pater Gómez war so in seine Aufgabe vertieft, dass er sie nicht einmal rügte. Er fuhr einfach mit dem Ritual fort und brüllte, so laut er konnte, Worte heraus, die er für machtvoll hielt. Plötzlich trat aus Daniels rechtem Ohr eine schwarze Flüssigkeit aus, die Audrey ins Gesicht spritzte und nach Tod und Verfall roch. Sie verspürte einen Brechreiz, dann bekam sie schmerzhafte Magenkrämpfe und schmeckte Galle. Sie setzte an, Daniel zu fragen, was aus Eugene geworden war. Sein Gesicht war von ihr abgewandt. Nun wandte er sich ihr zu, und ihre sämtlichen Hoffnungen schwanden.

Der Teufel, von dem Daniel besessen war und den der Exorzist für beinahe besiegt hielt, hatte ihr zugezwinkert, wie zuvor schon einmal. Er hatte sie wieder hinters Licht geführt. Er hatte sie beide hinters Licht geführt. Dieses bösartige Wesen stieß ein grausames Lachen aus, das aus unendlicher Ferne zu kommen schien, und brüllte: »DIE HÖLLE IST ÜBERALL!«

Der Exorzist verstummte.

Und Audrey kapitulierte einfach.

»Komm näher«, forderten die dämonischen Stimmen sie auf, die wie eine einzige sprachen.

Sie flüsterten Audrey etwas ins Ohr. Die Wahrheit, die sie so sehnlich hatte erfahren wollen.

Zweiter Teil

Es tut nichts mehr not als Wahrheit.

Friedrich Nietzsche

15

Boston

Es war ein strahlend schöner Morgen. Nicht einmal der dichte Verkehr im Stadtzentrum konnte mit seinem Lärm einen so schönen Tag verderben. Pater Cloister steckte eine Münze in den Schlitz eines Zeitungsautomaten, hob den Deckel und nahm eine Zeitung heraus. Er warf einen kurzen Blick auf die Titelseite, dann faltete er die Zeitung und klemmte sie unter den rechten Arm. In der rechten Hand trug er einen dicken Handkoffer aus schwarzem Leder. Er rief ein Taxi herbei und stieg ein, nannte dem Fahrer sein Fahrtziel, schlug die Zeitung auf und las die Nachricht eines traurigen Vorfalls: der Tod einer jungen Nonne im Verlauf eines Exorzismus in Rumänien.

> Die rumänische Polizei hat den Tod einer dreiundzwanzigjährigen orthodoxen Nonne am vergangenen Donnerstag bekanntgegeben. Sie wurde von einem Priester und vier weiteren Nonnen gekreuzigt, die ihr vorwarfen, vom Teufel besessen zu sein. Das Opfer gehörte dem Kloster zur Heiligen Dreifaltigkeit bei Tanacu an. In den drei Tagen vor der Kreuzigung erhielt die junge Frau nichts zu essen und zu trinken. Die Polizei erklärte, der Pope und die vier Nonnen hätten ein Exorzismusritual durchgeführt, um den Teufel aus dem Körper der Frau auszutreiben. Der Beichtvater des Klosters erklärte, dies sei nach Maßgabe seiner Religion das korrekte

Vorgehen gewesen. Der Patriarch von Rumänien hat noch nicht offiziell zu dem Vorfall Stellung genommen.

Die Nachricht rief Pater Cloister den Grund seines Besuchs in Boston wieder ins Bewusstsein: den Exorzismus an einem geistig zurückgebliebenen alten Mann, in dessen Verlauf dieser den beunruhigenden, offenbar überall auftauchenden Satz »DIE HÖLLE IST ÜBERALL« geäußert hatte. Cloister war von jeher gegen die Praxis des Exorzismus gewesen, den er als überflüssiges Relikt aus der Vergangenheit betrachtete, obwohl die Kirche das Ritual 1990 an die heutige Zeit angepasst und sogar in die lebenden Sprachen übersetzt hatte. In den vorhergehenden vier Jahrhunderten war der Exorzismus stets auf Latein durchgeführt worden. Die einundzwanzig Richtlinien, die man befolgen muss, um einen vom Bösen Besessenen zu erlösen, hatte 1614 Papst Paul V. eingeführt.

Obwohl es sich eigentlich nicht mit seiner Haltung vereinbaren ließ, musste Pater Cloister einräumen, dass nicht alle Fälle von Besessenheit sich mit Hilfe von Psychiatrie und Psychologie erklären ließen. Auch in vielen anderen Punkten hatte er angesichts der Geschehnisse in letzter Zeit seine Meinung geändert.

Der Priester, der den Exorzismus an dem alten Gärtner durchgeführt hatte, war seither zutiefst verstört und sprach kaum noch. Außerdem war die Psychiaterin, die den Alten wegen einer Reihe von schlimmen Alpträumen behandelt hatte, verschwunden, nachdem sie während des Rituals eine Botschaft erhalten hatte, die der Priester jedoch nicht richtig verstanden hatte. Es hatte mit »gelben Luftballons« und einem Ort in der Nähe von New London im Bundesstaat Connecticut zu tun. Offenbar eine Insel. Der Besessene hatte ihr noch mehr ins Ohr geflüstert, doch so leise, dass der Priester davon gar nichts verstanden hatte.

Albert Cloister bemühte sich, seine wild durcheinanderwirbelnden Gedanken zu bändigen. Er musste einen kühlen Kopf bewahren, um die Situation und die Vorfälle korrekt analysieren zu können. Unkontrollierte Sinneseindrücke und wilde Zukunftsprognosen konnten einem üble Streiche spielen und auch das brillanteste Urteilsvermögen trüben. Cloister war Theologe, aber auch Wissenschaftler. Er hatte viel scheinbar Unerklärliches gesehen, hatte den bitteren Geschmack der Angst gekostet. Er hatte sich Ängsten wie Gefahren gestellt, für Gott wie auch für seine Kollegen in der Kongregation. Er wusste, dass er die Fakten so leidenschaftslos wie ein Computer analysieren musste. Doch das war nicht immer leicht, insbesondere nach den Enthüllungen des Präfekten der Wölfe Gottes sowie des alten Mönchs in Padua. Und der Kodex aus dem Geheimarchiv wirkte auf sein Gehirn wie ein Hammer, der unablässig auf den Amboss einschlägt. So vergaß er keinen Augenblick lang, was auf den brüchigen Papyrusseiten stand. Jene verblasste Tinte, jene wenigen erschütternden Zeilen konnten zu einem ganz neuen Verständnis vieler Punkte in der Geschichte der Christenheit führen.

Cloister sah aus dem Seitenfenster des Taxis. Er hob die Augenbrauen und dachte, wie schnell einem das Leben doch zwischen den Fingern verrann. Und er musste wieder daran denken, dass dem, der das Rätsel von Jesu letztem Satz am Kreuz löste, die Wahrheit verheißen wurde. An einer Ampel fiel sein Blick auf Jugendliche in schreiend bunter Kleidung, die ihnen zwei Nummern zu groß war. Sie schienen vor Gesundheit und Lebensfreude zu strotzen. Doch die Welt ist häufig nicht das, was sie zu sein scheint. Er selbst war ja kein normaler Priester. Er war ein Wolf Gottes.

Völlig in Gedanken versunken, hätte er beinahe nicht bemerkt, dass das Taxi sein Ziel erreicht hatte: ein Altenheim der

Vinzentinerinnen. Er bezahlte, sah dem Taxi hinterher und blieb einen Moment vor dem schmutzigen, vernachlässigten alten Backsteinbau mit den eisernen Schmiedearbeiten stehen, die schon seit Jahren einen neuen Anstrich benötigten. Eine kleine Treppe mit rissigen, ausgetretenen Stufen führte zur Eingangstür. Er klingelte und rückte instinktiv Jacke und Halsbinde zurecht. Kurz darauf öffnete ihm eine Nonne. Sie war von kleiner Statur, hatte ein runzliges Gesicht und trug eine Brille, hinter deren fingerdicken Gläsern ihre Augen sich in der Ferne zu verlieren schienen.

»Ja? Was wünschen Sie, Pater?«

»Ich bin Albert Cloister.«

»Ah, gut, kommen Sie bitte herein. Die Oberin erwartet Sie schon.«

Pater Cloister trat ein. »Danke, Schwester.«

Die einschläfernde Stille, in der Pater Cloister anschließend auf einem klebrigen Plastikstuhl wartete, wurde von einer sanften Stimme unterbrochen.

»Sie können jetzt zu Schwester Victoria«, verkündete eine sehr hübsche, zarte junge Nonne.

Pater Cloister nickte dankbar und folgte ihr ins Innere eines dunklen Büros. Ein billiger grüner Teppichboden kontrastierte mit der schönen Christusskulptur aus Holz an der Wand gegenüber der Tür, über der Nonne, die dieser Gemeinschaft vorstand. Ihre Gesichtszüge waren fein geschnitten, und in ihren Augen lag eine melancholische Sanftheit. Sie erinnerten ihn an die Augen seiner Mutter, die viele Jahre zuvor bei einem Autounfall ums Leben gekommen war.

»Mutter Victoria«, begrüßte er sie.

»Pater Cloister«, antwortete sie von ihrem Stuhl aus. »Bitte setzen Sie sich. Ich habe alles vorbereitet, worum Sie mich am Telefon gebeten haben.«

»Vielen Dank.«

»Aber bevor ich Ihnen das alles gebe, gestatten Sie mir eine Frage.«

»Selbstverständlich.«

»Sagen Sie mir, ist es der Glaube an Gott, der Sie in dieser Sache leitet?«

Die Frage der Nonne mochte seltsam anmuten, doch Pater Cloister verstand ihre Beweggründe sofort.

»Ja«, bestätigte er rundheraus, aber ohne jede Theatralik.

»Das beruhigt mich. Das beruhigt mich sehr.«

Das konnte er sich gut vorstellen. In den Vereinigten Staaten versuchte die Kirche häufig, heikle Angelegenheiten zu vertuschen, um Skandale zu vermeiden. Mit Pflichtbewusstsein und hingebungsvollem Dienst an Gott hatte das nichts zu tun.

»Wenn es um die Mächte der unsichtbaren Welt geht«, fuhr sie fort, »ist es gut, jemanden zu haben, an den man sich wenden kann. Ich meine den Allmächtigen. Was hier geschehen ist, übersteigt mein Begriffsvermögen. Hoffentlich erleuchtet ER Sie, damit Sie es verstehen. Sie können mit jeglicher Unterstützung durch mich und dieses Haus rechnen. Ich habe nur eine Bedingung, die ich auch bereits mit Seiner Exzellenz abgesprochen habe: Halten Sie Daniel aus Ihren Nachforschungen heraus. Ich hoffe, dass Sie meine Gründe nachvollziehen können. Er hat schon viel zu sehr gelitten. Er ist wie ein kleines Kind, eine unschuldige Seele. Ich lasse nicht zu, dass er noch mehr leiden muss. Meine Entscheidung ist unumstößlich.«

Dieser Punkt war tatsächlich zwischen der Nonne und dem Bischof von Boston besprochen worden. Um unnötigen Auseinandersetzungen aus dem Weg zu gehen, war Cloister einstweilen bereit, der Bitte der Nonne zu entsprechen. Vielleicht würde es ja auch überhaupt nicht nötig sein, mit dem Mann zu sprechen. Das würde die Zeit erweisen.

»Ich verstehe das, Mutter Victoria«, sagte Cloister. »Wenn es in meiner Hand liegt, ihm das zu ersparen, wird man ihn nicht belästigen. Darauf gebe ich Ihnen mein Wort.«

»Es tröstet mich, das zu hören.« Die Nonne hielt kurz inne und seufzte, als wäre sie bereit gewesen, für ihre Entscheidung zu kämpfen, und atmete nun auf, weil das nicht nötig war. »Hier sind die psychiatrischen Berichte von Dr. Barrett. Ich hoffe, sie sind Ihnen von Nutzen. Sie hat sie hier vergessen, und ich nehme an, da sie in diesem Fall für uns gearbeitet hat, kann ich über sie verfügen und sie Ihnen aushändigen. Hier sind böse Mächte am Werk, das darf man nicht auf die leichte Schulter nehmen. Ich weiß, dass Sie eine Zeitlang in der Kongregation für die Selig- und Heiligsprechungsprozesse gearbeitet haben, Pater. Und dass Sie Fälle untersuchen, die niemand erklären kann. All das wird Ihnen helfen, da bin ich sicher. Doch vor allem: Vergessen Sie Ihren Glauben nicht. Der Glaube ist das Einzige, worauf wir in dieser Welt bauen können.«

Sie deutete auf die Wand hinter ihrem Rücken, an der das Kruzifix mit einem Jesus hing, der immer stärker zu leiden schien.

Glaube. Darauf lief alles hinaus. Die Wahrheit war nichts wert ohne den Glauben an die Sinne, an die Intelligenz, an die Art und Weise, in der eine Wahrheit entdeckt oder beschrieben wurde, an ihre Bedeutung. Sonderbare Art, die Welt zu verstehen. Die Wahrheit an sich musste wahr sein; sie setzte eine Art zu denken voraus, die von vornherein anstrebte, wahrhaftig zu sein, auch wenn Cloister nicht hätte sagen können, was genau das bedeutete. Das Ganze war ein Kreislauf, der nicht durchbrochen werden konnte.

Der Exorzismus stellte manchmal eine Lösung dar – in den Augen mancher Priester die einzige Lösung. Aber selbst der

Exorzist der Diözese Rom und spirituelle Vorgesetzte aller katholischen Exorzisten, Gabriele Amorth, hatte gesagt, das neue, im Gefolge des Zweiten Vatikanischen Konzils entstandene Ritual sei untauglich. Die wirksamsten Gebete gegen Satan seien gestrichen worden. Okkulte und magische Praktiken galten nicht mehr als Grund für die Durchführung eines Exorzismus ... Es sei wie ein Ritual für Menschen, die eigentlich nicht mehr an den Teufel glauben.

Albert Cloister lächelte freudlos, als ihm ein Bonmot von Charles Baudelaire einfiel, demzufolge die höchste List des Teufels darin bestehe, uns glauben zu machen, dass es ihn nicht gibt. Pater Amorth zitierte dieses Bonmot häufig. Für viele ist das Böse nicht mehr als ein Teil der Welt. Sie glauben nicht, dass es ein durch und durch böses Wesen gibt, welches das Böse in der Welt steuert und stärkt. Jeder Genuss, den die Welt biete, müsse auch ausprobiert werden. So sah für Gabriele Amorth die Quintessenz einer von Grund auf hedonistischen und selbstgefälligen westlichen Gesellschaft aus, in der die einzig anerkannten Werte die jeweils eigenen waren und dem eigenen Geschmack entsprechen mussten.

Anscheinend hatte Baudelaire recht gehabt. Es stimmte, dass immer weniger Menschen an den Teufel glaubten, zugleich aber immer eifriger dessen ungeschriebene Lehre umsetzten: Krieg, Hunger, Egoismus, Verwüstung der Welt, Erbarmungslosigkeit. Sämtliche Übel.

Cloister erinnerte sich an jene Augen im Feuer, wie sie sich bewegt und nach ihm gesucht hatten. In seine Seele vorgedrungen waren. Erneut hörte er im Geiste wie ein Mantra den Satz: »DIE HÖLLE IST ÜBERALL.« Bedrückt und erschrocken blickte er aus dem Fenster und sah Menschen, Geistliche wie Laien, deren Gewissheiten größer waren als die seinen, die etwas hatten, woran sie sich festhalten konnten, und sei es auch noch so unzuverlässig. Er hingegen hatte an die sicherste, festeste aller Gewissheiten geglaubt: an den Erlöser, und nun verzagte er. Sein Glaube bekam Risse. Er konnte verstehen, wie Petrus Jesus so leicht hatte verleugnen können. Nicht aus Unglauben, sondern aus Schwäche, aus Unsicherheit, aus Angst. Er fühlte sich wie ein Seemann, der in einem Sturm den Halt verliert. Inwiefern mochte in Jesu letztem Satz »Mein Gott, mein Gott, warum hast du mich verlassen?« die Wahrheit verborgen sein? Welches war die Wahrheit, die der Kodex im Geheimarchiv des Vatikan ihm verhieß? Wer oder was hatte ihn bisher gelenkt, ihn jetzt sogar bis nach Boston geführt, damit er das Rätsel ergründete, mit dem er sich bereits so lange beschäftigte?

Kardinal Franzik hatte gesagt, er sei am besten befähigt, dieses unergründliche Rätsel zu lösen. Daran hegte Cloister allen Ängsten und Sorgen zum Trotz auch keinerlei Zweifel. Irgendwie wusste er, dass er dazu auserwählt worden war.

16

Boston

Nach seiner Unterredung mit Mutter Victoria hatte Pater Cloister lange nachgedacht. In seinem Aktenkoffer steckten die Hefte mit den Berichten über Dr. Barretts Therapiesitzungen mit dem alten Daniel Smith. Außerdem hatte das Bistum ihm eine Mini-DVD mit der Aufnahme des an Daniel vorgenommenen Exorzismus geschickt.

Cloister beabsichtigte zunächst nicht, sich mit Tomás Gómez, dem Priester, der das Ritual durchgeführt hatte, zu unterhalten. Vielleicht würde das überhaupt nicht nötig sein. Vielleicht genügten das Video und die ärztlichen Berichte, um den Vorfall zu verstehen. Einstweilen würde er sich auf das unmittelbar Anstehende beschränken. Er wollte unbedingt die Stelle des Videos sehen, an der der alte Daniel »DIE HÖLLE IST ÜBERALL« gesagt hatte, um zu begreifen, warum der Exorzist und die Psychiaterin sich derart erschreckt hatten, dass die Ärztin sogar verschwunden war. Es entbehrte nicht einer gewissen Ironie, dass ein Mensch, der sich der Heilung oder Linderung psychischer Leiden verschrieben hatte, durch einen seiner Patienten selbst in Mitleidenschaft gezogen wurde.

Wenn man ohnehin schon bezweifelte, dass es Zufälle gab, war dies ein guter Augenblick, um vollends zu der Überzeugung zu gelangen, dass sie nicht existierten. Nichts von dem, was seit der Exhumierung des spanischen Pfarrers vorgefallen war, schien Cloister ohne Grund, rein zufällig, einzig aus einer unmotivierten Laune des Schicksals heraus geschehen zu sein. Ganz im Gegenteil: Alles hing miteinander zusammen, eins fügte sich zum anderen – auch wenn das Muster noch nicht zu erkennen war – und bewegte sich auf die große Auflösung zu. Allein die Tatsache, dass er selbst es so empfand, überzeugte ihn davon.

Auf der Taxifahrt zurück zu seiner Unterkunft fiel Cloister etwas ein, was Schwester Victoria gesagt hatte, ehe sie sich voneinander verabschiedet hatten: »Hier sind Mächte am Werk, die wir zu kennen glauben, aber in Wirklichkeit kennen wir sie nicht. Ich hoffe, ich irre mich, aber ich fürchte, ich habe recht. Seien Sie vorsichtig. Gott schütze Sie.«

Unbewusst drückte der Priester seinen Aktenkoffer an sich. Das Taxi bog in die Beacon Street ein, in der sich der berühmte Pub Bull & Finch gleich gegenüber dem Public Garden befindet. Als sie an dem Lokal vorüberfuhren, sagte der Taxifahrer: »Schauen Sie, da ist das Cheers.«

Cloister schreckte aus seinen Gedanken hoch.

»Pardon, wie war das?«

»Das Cheers«, wiederholte der Mann.

»Ah, sicher.«

»Sie wissen doch, die Fernsehserie? Meine Frau und ich haben sie sehr gerne gesehen. Wir sehen uns auch alle Wiederholungen an.«

Das Lokal, auf das der Taxifahrer Cloister aufmerksam gemacht hatte, war der Ort in Boston, der in der übrigen Welt die größte Bekanntheit genoss. Nun kam eine angenehme, belanglose Unterhaltung in Gang. Der sympathische Taxifahrer stammte aus einer seit Generationen in Boston ansässigen Familie und war ein guter Kenner der Stadtgeschichte. Er erzählte von den englischen Stadtgründern, von Paul Revere, vom Unabhängigkeitskrieg, von der Kirche, in der die ersten Reden gegen die Sklaverei gehalten worden waren, sowie von den Schiffswerften und dem Hafen, aus dem angeblich die schnellsten, wendigsten Segelschiffe der letzten zweihundert Jahre ausgelaufen waren.

Als das Taxi sein Ziel erreichte, verspürte Cloister leises Bedauern. Die Erzählungen des Taxifahrers waren interessant gewesen und hatten ihn von seinen Sorgen abgelenkt. Als er die Tür des Wagens von außen zuschlug, blätterte er damit zugleich um zur ersten Seite seiner neuen Untersuchung – einer Untersuchung, die vielleicht das Ende seiner Ermittlungen bedeuten würde, sei es zum Guten oder zum Schlechten. Ein kalter Schauder lief ihm über den Rücken, als er dem Taxi nachsah, bis es um eine Ecke verschwand. Der Himmel hatte sich aufgehellt und war strahlend blau – ein Kontrast zu der Finsternis, die seine Seele einhüllte. Er hatte ein ganz seltsames Gefühl, als ginge etwas zu Ende und etwas Neues begänne; als wäre die Welt anders als noch kurz zuvor – einen Tag, eine Stunde, eine Minute zuvor – und doch gleich geblieben. Sein Blick verlor sich am Ende der Straße, die das Taxi genommen hatte. Dort herrschte der übliche bunte Tumult aus Autos und Menschen. Doch etwas hatte sich – kaum merklich – geändert. In ihm selbst.

Der Priester bewegte die Zunge und bemerkte einen metallischen Geschmack im Mund. Er hatte vor einem Monat das Rauchen aufgegeben. Genauer gesagt, dies war der dreißigste Tag. Er holte eine Schachtel Nikotinkaugummis aus der Innentasche seiner Jacke und steckte sich zwei in den Mund. Sogleich breitete sich deren intensiver, unangenehmer Geschmack in seinem Mund aus.

Die Energiesparlampe summte leise und vibrierte kaum wahrnehmbar. Albert Cloister lag in seinem Zimmer auf dem Bett, versunken in die Lektüre der psychiatrischen Berichte über

Daniel. Er wollte zunächst wissen, was in Daniels Kopf vorging, ehe er die Mini-DVD in das tragbare Abspielgerät einlegte. Besonders das Verschwinden der behandelnden Psychiaterin machte ihn neugierig. Im Verlauf des Exorzismus war irgendetwas geschehen, was Pater Gómez nicht verstanden hatte, für sie aber irgendeinen Sinn ergeben haben musste. Der Exorzist hatte verkündet, er wolle nie mehr Exorzismen durchführen, und hatte es nicht einmal gewagt, das Video anzuschauen. Der Bischof hingegen hatte das getan und dabei einige ungewöhnliche Details entdeckt. Insbesondere der furchterregende Schrei »DIE HÖLLE IST ÜBERALL« hatte ihn veranlasst, sich mit seinem alten Freund Franzik in Rom in Verbindung zu setzen: Dies war ein Fall für das Team des Kardinals.

Cloister hatte die Lektüre des ersten Hefts beendet, das von Daniels schrecklichen Träumen berichtete. Einige dieser Visionen waren für einen so stark geistig Behinderten wie Daniel Smith höchst ungewöhnlich. Irgendetwas passte da nicht zusammen, sprengte den Rahmen des Erwartbaren. Das hatte auch die Aufmerksamkeit der Psychiaterin erregt. Ihre ersten Erklärungsversuche waren allerdings ziemlich wirr. Offenbar war die Frau nicht darauf vorbereitet gewesen, das Problem des Gärtners in seinem ganzen Ausmaß zu erfassen. Nicht, dass er, Cloister, die Lösung parat gehabt hätte. Er stellte es lediglich fest. Ebenso wie Dr. Barrett fand auch er, dass die Beschreibungen dämonischer Welten viel zu präzise waren. Und manchmal hatte der Gärtner Ausdrücke oder Wörter verwendet, die weit über seinem sprachlichen Niveau lagen. Manchmal schien eine andere Person aus Daniels Mund gesprochen zu haben, wie es auf so dramatische Weise auch während des Exorzismus geschehen war. Die Psychiaterin hatte eine telepathische Verbindung Daniels zu einer oder mehreren anderen Personen in Betracht gezogen. Wie sie sich ganz richtig notiert hatte, hatte auch Albert Einstein an solche Phänomene geglaubt. Cloister musste lächeln. Eine so offene Geisteshaltung hatte er aufgrund seiner eigenen Erfahrungen mit Wissenschaftlern von der Frau gar nicht erwartet. Statistisch gesehen bestand die Welt größtenteils aus überzeugt Ungläubigen oder inbrünstig Gläubigen. Die mittlere Position, bei der die weisen alten Griechen die Tugend angesiedelt hatten, war am wenigsten verbreitet.

Das zweite Heft begann mit einer Weiterentwicklung der Ideen aus dem ersten und enthielt neue Träume von Daniel. Doch dann trat eine Veränderung ein. Die Ärztin schien sich allmählich auf obsessive Weise mit dem Fall zu identifizieren. Cloister kam es vor, als nähme sie aus irgendeinem Grund zunehmend aktiv an Daniels Träumen Anteil. Die Distanz zwischen Patient und Ärztin war immer geringer geworden, wenn nicht gar ganz aufgehoben. Ab einem gewissen Punkt bestanden die Aufzeichnungen nur noch aus einzelnen Sätzen, unzusammenhängenden Ideen. Ihre eigene geistige Gesundheit schien in Gefahr geraten zu sein. Allein die Tatsache, dass die Frau sich für einen Exorzismus ausgesprochen hatte, bewies doch, dass sie irgendetwas unbedingt hatte erfahren wollen oder müssen. Und dieses Gefühl kannte Cloister gut.

An einer Stelle fand er eine rätselhafte Anmerkung: »gelbe Luftballons«. Die Worte waren mit Tinte eingekreist, und sie hatte dabei so stark aufgedrückt, dass das Papier stellenweise eingerissen war. Cloister fiel ein, dass der Exorzist in seinem Bericht geschrieben hatte, Daniel habe gelbe Luftballons erwähnt, als er von New London in Connecticut und einem Ort in der Nähe, offenbar einer Insel, gesprochen habe, deren Namen der Exorzist nicht verstanden hatte.

Weiter hinten im zweiten Heft fand Cloister noch eine Anmerkung, die er ebenso wenig einordnen konnte. In einer früheren Vision war es um einen Wachmann an einer Universität gegangen, der bei einer studentischen Protestaktion zu Tode gekommen war. Die Geschichte war wirr und sagte Cloister für sich genommen ebenfalls nichts. Doch die Handschrift der Ärztin war interessant, wenn man sie unter graphologischen Gesichtspunkten betrachtete. Anfangs war sie sehr fest und rund wie im ersten Heft, doch allmählich wurde sie immer unsicherer, zittriger, unregelmäßiger. Das war nur durch eine emotionale Erschütterung zu erklären. Dieser Eindruck wurde durch die Tatsache gestützt, dass diese Stelle in den Aufzeichnungen der Startschuss für die übrigen Merkwürdigkeiten war. Von hier an änderte sich alles. Ausgewogenheit verwandelte sich in Verschwommenheit, konkrete, spezifische Aufzeichnungen wichen erratischen Notizen. Zudem durfte man nicht vergessen, dass sie nach dem Exorzismus verschwunden war und niemand sie bisher hatte ausfindig machen können. Ihr Handy blieb ausgestellt, und keiner ihrer Bekannten hatte seit dem Nachmittag des Exorzismusrituals irgendetwas von ihr gehört. Allerdings gab es auch nicht viele Personen, die man fragen konnte. Die Ärztin war ledig, lebte allein und hatte nur zu wenigen Menschen Kontakt. In ihrer Praxis unterhielt sie lediglich zu ihrer Sekretärin eine eher distanzierte Beziehung. In der Gemeinde, in der sie zur Kirche ging, und im Altenheim sprach sie lediglich mit einigen Priestern und verschiedenen Nonnen. Doch über Menschen, mit denen sie eine innigere Beziehung verbunden hätte, oder gar über einen Mann in ihrem Leben war nichts bekannt.

Cloister machte sich klar, dass dies schon für sich allein genommen ein Rätsel darstellte. Immer wieder wurde er deutlich darauf gestoßen, dass es keine Zufälle gab. Ein Gefühl, das er nicht rational begründen, nicht in einen kohärenten Gedankengang ummünzen konnte, sagte ihm, dass der geistig behinderte Gärtner, die Ärztin und die Stadt Boston die Schlüssel zum Geheimnis bargen.

Die Informationsfülle dieses Tages war zu viel gewesen. Noch mehr Daten konnte er nicht verarbeiten. Sein Kopf fühlte sich ganz dumpf an, und seine schweren Lider verlangten nach Erholung. Der Priester unterdrückte den Impuls, die Aufnahme des Exorzismus sofort anzusehen. Dafür musste er hellwach und alle seine Sinne mussten in Hochform sein. Möglicherweise würde er nicht schlafen können, doch zumindest konnte er das Licht ausschalten und ein wenig entspannen. Er war es gewöhnt, dass er sich zum Entspannen zwingen musste. Seine letzten Jahre als Wolf Gottes hatten ihn vieles gelehrt, und dies gehörte dazu.

Er verrichtete seine Gebete und schaltete die Nachttischlampe aus. Er schloss die Augen und versuchte, sich von den Bildern freizumachen, die die Visionen des alten Gärtners in ihm hervorgerufen hatten. In dem Maße, in dem er sich von der realen Welt löste, bildete sich vor seinem inneren Auge eine Spirale – eine düstere Spirale, die zu ihm zu sprechen, in seinem Kopf Sätze zu flüstern schien, die aus uralten Zeiten stammten.

17

Connecticut

»Rache.« Audrey war nicht sicher, ob sie das laut gesagt oder lediglich gedacht hatte. Es war schrecklich, dass ein Mensch, der sein Leben der geistigen Gesundung anderer gewidmet hatte, nicht mehr auf seinen eigenen Verstand vertrauen konnte.

Es war bereits dunkel. Dies war mit ein Grund dafür, dass sie falsch abgebogen war und sich unterwegs nach New London, Connecticut, verfahren hatte. Sie hatte am Rand einer schmalen holprigen Nebenstraße angehalten. Um sie herum erstreckte sich ein undurchdringlicher Wald; obendrein lagen überall Zweige, die wie gekrümmte Finger aussahen, auf der Fahrbahn.

Audrey kannte New London sehr gut. Sie hatte ihre Kindheit und einen Großteil ihrer Jugend dort verbracht, bis sie drei Jahre vor Beginn ihres Studiums mit ihrer Mutter nach Hartford gezogen war. Zu diesem Umzug hatte sie der Tod ihres Vaters gezwungen, der sich nie um Geld gekümmert und ihnen folglich auch nur wenige Dollar auf einem Bankkonto hinterlassen hatte. Audrey hatte nur dank eines hart erarbeiteten Stipendiums in Harvard studieren können. Ihr war in ihrem Leben nichts geschenkt worden.

Diese und andere Erinnerungen lenkten sie vorübergehend von dem ab, was ihre Gedanken beherrschte: Daniels Enthüllung während des Exorzismus. Vage erinnerte sie sich daran, dass sie aus dem Altenheim zu ihrem Auto geflüchtet und stundenlang ziellos durch die Stadt gefahren war. Erst als ihr das Benzin auszugehen drohte, hatte sie irgendwo in der Nähe des Hafens angehalten. Dann hatte sie so heftig geweint, dass ihr danach die Kehle wehgetan hatte. Die Tränen hatten ihr keine Erleichterung gebracht. Nicht diese Tränen. Es waren Tränen der Wut und des Hasses gewesen. Ihr Sohn Eugene hatte sich fünf Jahre zuvor auf Coney Island nicht verlaufen. Er hatte nicht versehentlich einen Schlag auf den Kopf erhalten, so dass er sich nicht mehr erinnern konnte, wer er war und wie er nach Hause zurückkäme. Er war weder ins Meer gestürzt, noch hatte seine Leiche irgendwo im Straßengraben gelegen, nachdem ein Auto ihn überfahren hatte.

Nichts davon war geschehen.

Die Wahrheit, die das teuflische Wesen, das von Daniel Besitz ergriffen hatte, ihr enthüllt hatte, war eine andere. Jemand hatte ihr auf Coney Island ihren Sohn geraubt. Und Audrey wusste jetzt auch, wer dafür verantwortlich war, dass ihr Leben sich in eine einzige bittere Qual verwandelt hatte. Er hieß Anthony Maxwell und war ebender Clown, der neben Eugene auf seinem letzten Foto posierte. Allein der Gedanke, dass sie das Bild dieses lächelnden, weiß-rot geschminkten Gesichts betrachtet hatte, ohne auch nur den geringsten Verdacht zu schöpfen … Das Gesicht dieses verdammten Mistkerls, der in der Nähe von New London lebte, wo sie und ihre Mutter einst gelebt hatten. So machte Gott sich über die Menschen lustig. Mit Zufällen wie diesem. Gott war grausam. Wer das Gegenteil behauptete, log oder war naiv.

Audrey wollte Rache. Sie wurde innerlich zerfressen von ihrem Zorn und dem Verlangen, diesen Mann leiden zu sehen. Maxwell war für sie kein Mensch mehr, schlicht deshalb, weil nur ein Tier fähig wäre zu tun, was er getan hatte. Auch Audrey selbst hatte sich in ein wildes Tier verwandelt, in ein Raubtier.

Der Sinn ihres Lebens bestand nunmehr einzig darin, Maxwell für sein Verbrechen bezahlen zu lassen und das letzte Puzzleteilchen zu finden, das Daniel ihr nicht offenbart hatte: ob ihr Sohn Eugene noch lebte oder nicht.

Es bereitete ihr Mühe auszusteigen. Ihr Körper war ganz steif. Die Kälte und die feuchte Luft drangen ihr trotz der warmen Kleidung bis in die Knochen. Von der Vorderseite ihres Wagens gingen zwei Lichtkegel aus und beleuchteten die dicke Schicht vermodernder Blätter, die alles bedeckte. Der Frühling war noch weit entfernt, und es schien ausgeschlossen, dass diese Fäulnis sich einmal in überschäumendes Leben verwandeln würde. Ebenso unmöglich erschien es Audrey, dass sie eines Tages wieder die sein könnte, die sie vor jenem Tag gewesen war.

Der Verlust Eugenes hatte ihre Seele vergiftet und sie zu einer traurigen, resignierten Frau gemacht, die vor allem Gott hasste. Doch in gewisser Weise hatte sie sich daran gewöhnt, mit ihrem Kummer zu leben. Sie war davon überzeugt gewesen, dass Eugene nicht tot war, hatte den Berichten der unermüdlich nach ihm suchenden Detektive erwartungsvoll entgegengesehen. Daniels Enthüllungen hatten dieses extrem zerbrechliche Gleichgewicht verändert. Es war die reine Ironie, dass der Teufel ihr das gegeben hatte, was ihr Glaube an Gott ihr nicht hatte geben können: neue Hoffnung. Auch wenn sie nicht sicher war, ob das gut für sie war. Sollte sie herausfinden, dass diese zarte Hoffnung vergeblich war, würde die Enttäuschung darüber ihr nicht erlauben, weiterzuleben.

Sie überquerte die Straße, ohne zu wissen, wieso. Immerhin vergewisserte sie sich zuvor, dass sie gefahrlos hinübergehen konnte, so, als wäre diese verlassene Landstraße die hektische Commonwealth Avenue. Alte Gewohnheiten sind manchmal das Einzige, was uns bleibt. Vergeblich versuchte Audrey, die

Dunkelheit zu durchdringen. Sie war allein und verloren. Doch in ihren Gedanken war kein Platz für Selbstmitleid. Sie war vollauf damit beschäftigt, etwas zu verdrängen, wovor ihr Verstand förmlich zurückzuckte. Schon die Vorstellung, darüber nur nachzudenken, war für Audrey fast so schmerzhaft wie der Gedanke, ihr Sohn könnte tot sein: Was mochte Eugene erlitten haben, falls er noch lebte? Welchen Demütigungen …?

»AAAAAHHHHH!«

Audrey schrie, so laut sie konnte, um den abscheulichen Gedanken zum Schweigen zu bringen. Ihr gequälter Schrei schreckte einen Nachtvogel auf. Sonst geschah nichts. Sie litt, und der Welt war es egal. Sie ging zum Auto zurück, aber diesmal sah sie vor dem Überqueren der Straße nicht nach links und rechts.

18

Boston

Der Wecker war auf sieben Uhr morgens eingestellt, doch er erhielt keine Gelegenheit zu klingeln, denn Pater Cloister stellte ihn einige Minuten zuvor aus. Er war bereits gegen halb sieben nach nicht mehr als drei Stunden Schlaf erwacht. Die übrige Zeit hatte er wachgelegen und wirren Gedanken nachgehangen, Erinnerungen an Erlebnisse, die sich in seinem Kopf vermischten. Er fühlte sich wie ein Kind angesichts eines zu komplizierten Problems. Die einzelnen Teile wollten sich nicht ineinanderfügen, und das machte ihm zu schaffen. Er war kein hochmütiger Mensch, sonst wäre sein Stolz jetzt schwer angeschlagen gewesen. Alle seine Kenntnisse, seine Sinne, seine Intelligenz reichten nicht aus, um zu verstehen, was da geschah.

Er war noch nicht aufgestanden, da verspürte er bereits das Verlangen nach einer Zigarette. Doch er ging ins Bad, trank einen Schluck Wasser und steckte sich ein Nikotinkaugummi in den Mund. Dann duschte er kurz, kleidete sich an und ging hinunter. Er frühstückte nicht in der Cafeteria des Kollegs, sondern ging dafür lieber in irgendeine Bar, wo er allein inmitten von Unbekannten war. Später würde er einen Spaziergang unternehmen und sich Zeit lassen, seine Gedanken zu ordnen. Keine neuen Informationen, ehe er nicht das verarbeitet hatte, was er bereits wusste. Sobald ihm dies gelungen wäre, sobald er die für ihn im Augenblick nützlichen oder verständlichen Daten herausgefiltert hätte, würde er in sein Zimmer zurückkehren und die Mini-DVD anschauen. Erst dann.

Nach dem Frühstück begab er sich auf einen langen einsamen Spaziergang. Er begann in der Devonshire Street und bog dann links in die Franklin Street ein, wo sich das Kolleg befand. Von dort aus lief er bis zum Bostoner Aquarium. Er beschloss, hineinzugehen, obwohl er sich eigentlich nicht besonders für Meerestiere interessierte, doch er nahm an, dass die friedlichen, stillen Unterwasserszenen ihm dabei helfen würden, in Ruhe nachzudenken. Die Wirklichkeit sah allerdings völlig anders aus: Das Aquarium war von lärmenden Kindern überschwemmt. Cloister suchte sich einen möglichst ruhigen Ort und versuchte, den Trubel zu ignorieren. Vor ihm schwammen die Robben in ihrem Becken. Durch eine Scheibe konnte er sie unterhalb der Wasseroberfläche beobachten. Sie wirkten ausgesprochen zufrieden.

Lächelnd beobachtete der Jesuit die Tiere. Als er schließlich beschloss, zurückzugehen, war sein Geist ein wenig ruhiger. Wie ein Soldat vor der Schlacht, dessen Nachtwache endlich durch den Sonnenaufgang beendet wird, blickte er entschlossen zur Front. Vielleicht würde er in der Videoaufnahme des Exorzismus das finden, was ihm zum Verständnis des Rätsels, in dem er in gewisser Weise der Protagonist war, noch fehlte. Nun hatte er es eilig. Er nahm ein Taxi zurück zum Kolleg und ging sogleich hinauf in sein Zimmer. Dort holte er die Digitalkamera aus ihrem Etui und schloss sie an den Fernseher an. Dann legte er die DVD ein und betätigte den Startknopf.

Zunächst war das Bild, das Cloister zu sehen bekam, schief, und die Linse schien teilweise verdeckt zu sein – der Exorzist stellte die Kamera wohl gerade erst auf. Seine Stimme war unangenehm, süßlich. Als er die Kamera zu seiner Zufriedenheit ausgerichtet hatte und sich von ihr entfernte, war zum ersten

Mal sein Gesicht zu sehen, dazu ein großer Teil des Zimmers. Es war eines der schlichten Zimmer des Altenheims. Das Fenster war nicht im Bild, doch es fiel Tageslicht ins Zimmer und auf die Wand, an der Daniels Bett stand. Auf einer Seite stand ein Nachttisch, auf den der Priester ein Bild der Jungfrau und die Gefäße mit Weihwasser und Salz gestellt hatte. Auf dem Bett lag ein schlichtes Kruzifix.

Was Cloister dann zu sehen bekam, war sehr beeindruckend und stellenweise sogar erschreckend: ein Kampf zwischen Gut und Böse, verkörpert von diesen drei so verschiedenen Menschen und auf diesem so absonderlichen Schlachtfeld. Daniel schien tatsächlich vom Teufel besessen zu sein. Seine Stimme wurde zu einem Stimmengewirr, das unmittelbar aus der Hölle zu dringen schien. Ab diesem Augenblick wirkte Pater Gómez ausgesprochen verstört. Man hätte meinen können, er wäre ebenso besessen wie der alte Mann, dessen Gesicht sich zunehmend verzerrte. Aufgrund der beschränkten Qualität der Kamera und der schlechten Lichtverhältnisse ließ die Bildqualität zu wünschen übrig. Dennoch konnte Cloister deutlich erkennen, dass da einiges tatsächlich nicht auf eine Geisteskrankheit zurückzuführen war. Als der Exorzist von einer unsichtbaren Kraft rückwärts gegen die Kommode gedrückt wurde, wirkte Daniel nicht wie ein einfacher Geisteskranker.

Noch deutlicher wurde das, als der arme Mann den Satz herausschrie, der Cloister hierher geführt hatte: »DIE HÖLLE IST ÜBERALL.«

Noch eine Stunde, nachdem er sich die Aufnahme angeschaut hatte, sah er die Bilder des Exorzismus vor sich, hallte in seinen Ohren der mittlerweile so vertraute Satz wider. Einen anderen Schrei hatte er sich weit über zehnmal angehört: Da brüllte der alte Gärtner einen unverständlichen Satz heraus, jedenfalls für Cloister unverständlich, auch wenn der Klang der fremdartigen Worte ihm nicht völlig fremd war. Natürlich könnte es sich um eine sinnlose Aneinanderreihung von Silben handeln, doch das glaubte er nicht. Er glaubte nicht mehr an Zufall. Er schloss die Kamera an seinen Laptop an und suchte die Stelle mit dem Schrei heraus. Dann speicherte er den Ton zu dieser Stelle als Audiodatei ab, da er sie per E-Mail verschicken wollte.

Als Nächstes nahm er sein Handy und rief Doriano Alfieri an. Pater Alfieri war der neue Linguist und Paläograph der Wölfe Gottes. Er hatte die Nachfolge eines Mannes angetreten, der beinahe eine Legende war: Giacomo Zanobi. Seine Geschichte war so erstaunlich wie traurig. Mit knapp siebzig Jahren beherrschte er über dreißig Sprachen fließend, konnte in weiteren fünfzig oder sechzig Sprachen lesen und hatte mehr oder weniger rudimentäre Kenntnisse in vielen weiteren Sprachen – das waren insgesamt rund dreihundert Sprachen. Er war ein besonnener, liebenswürdiger Mann, doch es war unmöglich, ein zusammenhängendes Gespräch mit ihm zu führen, und das lag nicht etwa an einem Charakterfehler. Durch das lange, intensive Sprachenstudium musste irgendein Mechanismus in seinem Gehirn beschädigt worden sein, so dass sich alle Sprachen, die er beherrschte, zu einer einzigen Sprache vermischten. Sozusagen das Äquivalent zur babylonischen Sprachenverwirrung in der Bibel, nur in einer einzigen Person vereint. Zanobi verstand alles, was man zu ihm sagte, doch er war nicht in der Lage, sich bei seiner Antwort auf eine einzige Sprache zu beschränken. Dadurch war er fast nie auf Anhieb zu verstehen, besonders wenn er einen Mischmasch aus extrem selten gesprochenen Sprachen wie Sanskrit, der Hopi-Sprache und Volapük verwendete. Seine Arbeit als renommierter Linguist begann darunter zu leiden. Daraufhin schied er bei den Wölfen Gottes aus, zu deren Vorteil wie auch aus freiem

Willen. Mittlerweile verfügte er über einen Gehilfen, der ihm in aufopferungsvoller Arbeit und vermittels ständiger Wiederholungen ermöglichte, seine Forschungen fortzusetzen. Cloister bedauerte Zanobis Ausscheiden bei den Wölfen, denn er schätzte ihn sehr.

»Pater Doriano Alfieri am Apparat.«

Dieser knappe Satz am anderen Ende der Telefonleitung riss Albert aus seinen Gedanken.

»Ich bin's, Cloister.«

»Albert!«, sagte der andere mit nunmehr deutlich liebenswürdigerer Stimme. »Wie geht es dir?«

»Gut, danke. Ich bin im Einsatz, wie immer … Entschuldige die Störung, aber ich habe hier eine Tonaufnahme, von der ich möchte, dass du sie dir einmal anhörst.«

»Selbstverständlich.«

»Ich weiß nicht, ob sie irgendeinen Sinn ergibt. Aber falls ja, muss ich wissen, was das, was da gesagt wird, bedeutet. Ich schicke dir die Datei jetzt gleich per E-Mail. Einverstanden?«

»In Ordnung. Ich warte.«

Cloister öffnete sein E-Mail-Programm und sandte Alfieri eine Nachricht mit der Audiodatei.

»Abgeschickt.«

»Gut … Mal sehen, ich schaue rasch die neuen Nachrichten durch. Warte mal, jetzt lädt sie herunter … Ich hab sie.«

Durchs Telefon lauschte Cloister schweigend, als sein Kollege sich die Audiodatei mehrmals anhörte.

»Tut mir leid«, sagte Pater Alfieri schließlich. »Ich erkenne die Sprache nicht. Es gibt da zweifellos ein sprachliches Muster, aber …«

»Aber?«

»Nichts. Gib mir ein bisschen Zeit, und ich versuche, die Bedeutung zu entschlüsseln. Ruf mich in einer halben Stunde noch einmal an. Übrigens, was für ein Klang! Ich habe eine richtige Gänsehaut bekommen. Wo hast du das her?«

»Es stammt aus einem Exorzismus. Ich ruf dich dann nachher wieder an.«

Cloister legte auf und hoffte, er sei nicht unhöflich zu seinem Kollegen gewesen. Die Wartezeit nutzte er, um seine Gedanken erneut zu ordnen. Er nahm sein Diktiergerät, übertrug seine Audionotizen auf den Computer und ging sie durch. Er öffnete eine neue Textdatei und fasste darin das Wichtigste zusammen. Außerdem fügte er einige neue Fragen hinzu, die ihm gekommen waren. Die Audiodateien speicherte er mit laufenden Nummern und aussagekräftigen Namen in einem neuen Ordner ab für den Fall, dass er sie nochmals brauchte. Kaum war er damit fertig, fiel ihm wieder Dr. Barrett beim Exorzismusritual ein. Besonders, wie sie sich Daniel genähert hatte, bis sie verstehen konnte, was er ihr in diesem veränderten geistigen Zustand – sei er nun teuflischer Natur oder nicht – ins Ohr flüsterte. Und was sie derart erschüttert hatte. Ein Teil der Lösung zum Rätsel musste in jener Frau liegen. Das sagte ihm sein Ermittlerinstinkt. Er nahm das Telefon und wählte die Nummer des Altenheims der Vinzentinerinnen.

»Mutter Victoria, bitte. Hier spricht Albert Cloister.«

Die Stimme am anderen Ende der Leitung erwiderte, die Nonne könne im Augenblick nicht ans Telefon kommen, da sie an einem Gottesdienst teilnehme.

»Danke«, sagte Cloister. »Ich möchte keine Nachricht hinterlassen. Ich rufe später wieder an.«

Nachdenklich legte der Priester auf. Er hatte noch einige Minuten Zeit. Er fühlte sich ein wenig benommen und beschloss, eine schnelle, entspannende Dusche zu nehmen. Er stellte die Temperatur sehr heiß und ließ dann den Wasserstrahl auf sich herabprasseln. Sofort war das ganze Badezimmer von Dampf erfüllt, und Cloister verlor jedes Zeitgefühl. Als er auf die Uhr sah, war seit seinem Telefonat mit Pater Alfieri beinahe eine Stunde vergangen.

Er drehte den Hahn zu und trocknete sich rasch ab. Dann ging er mit einem Handtuch um die Hüften zurück zum Nachttisch und rief erneut bei dem Linguisten an.

»Hallo noch mal, Doriano. Tut mir leid, das hat jetzt ein bisschen länger gedauert. Hast du etwas gefunden?«

»Nein, tut mir leid. Ich verstehe nicht ein einziges Wort. Ich denke, du solltest Zanobi anrufen. Wenn dieser Schrei irgendetwas zu bedeuten hat, dann ist er der Einzige, der dir weiterhelfen kann. Ich gebe mich geschlagen.«

»Ja, du hast recht. Ich setze mich mit Zanobi in Verbindung, mal sehen, ob er dem Ganzen einen Sinn entlocken kann.«

»Viel Glück.«

»Danke. Das werde ich brauchen, wenn ich mit Giacomo Zanobi reden will.«

»Jedenfalls«, sagte Alfieri anstelle einer Verabschiedung, »wenn ich doch noch etwas herausfinde, melde ich mich.«

Mit zusammengepressten Lippen nahm Cloister seinen PDA und suchte Pater Zanobis Telefonnummer heraus. Er hatte vermeiden wollen, sich an ihn zu wenden, doch nun musste er es zu guter Letzt doch tun. Nur Zanobi konnte diesen Schrei entweder entschlüsseln oder ausschließen, dass ihm eine Bedeutung innewohnte. Diese Information würde von entscheidender Bedeutung sein, gleichgültig, wie sie ausfiel.

»Palazzo del Sant'Uffizio, guten Tag?«

»Ich möchte bitte mit Pater Giacomo Zanobi sprechen. Ich heiße Albert Cloister.«

»Einen Moment, bitte.«

Seit seiner Trennung von den Wölfen Gottes lebte und arbeitete Pater Zanobi in einem der symbolträchtigsten Gebäude des Vatikans, dem Sitz der Kongregation für die Glaubenslehre, bekannter unter den früheren Namen Heiliges Offizium oder Heilige Inquisition. Heute residierten auch Kardinäle, Bischöfe und andere Geistliche des Vatikans in dem Gebäude.

»Hören Sie?«, meldete sich dieselbe Stimme wieder.

»Ja.«

»Ich verbinde Sie mit Pater Zanobi.«

Ein leises Knacken, gefolgt von Stille, dann erneut ein Freizeichen.

»Albert! *Comment are du?*«

Diesmal machte Zanobi es ihm leicht: Französisch, Englisch und Deutsch.

»Gut, gut. Danke, mein Freund. Entschuldige, wenn ich gleich zur Sache komme, und dass ich dich überhaupt damit belästige, aber ich muss dich um einen Gefallen bitten.«

»Covec.«

Dem Tonfall entnahm Cloister, dass es sich hierbei um ein Ja handeln musste.

»Gut. Ich schicke dir eine Audiodatei an deine E-Mail-Adresse. Dein Nachfolger bei den Wölfen hat sie sich schon angehört, aber er kann den Sinn nicht entschlüsseln, falls es denn einen gibt. Er meint aber, es gibt einen, und er hat mir geraten, dich um Hilfe zu bitten. Das hätte ich sowieso noch getan. Wenn es dir nichts ausmacht, benutzen wir unser altes Zeichensystem. Ich stelle dir Fragen, und du antwortest mir mit einer Silbe für ein Ja und mit zwei Silben hintereinander für ein Nein, einverstanden? Es ist wichtig.«

»Jai.«

»Fein … Ich habe dir die Datei schon geschickt. Sag Bescheid, wenn du sie bekommst.«

Das traurige Schweigen, das für die Unmöglichkeit einer

normalen Unterhaltung stand, dauerte rund eine Minute. Dann sagte Zanobi: *»Ow.«*

»Gut. Öffne die Datei bitte und höre sie dir an. Mal sehen, ob du etwas verstehst.«

Cloister wartete. Er hörte seinen alten Freund leise fremdartige Wörter flüstern. Manches klang guttural, es wirkte wie unzusammenhängendes Gemurmel.

»Albert, Albert!«

»Hier bin ich. Was ist los?«

»Omni sluder pragnam dot.«

»Warte mal, Giacomo. Antworte mir mit Einsilbern. Ergibt das, was du gehört hast, einen Sinn?«

»Asgh.«

Ein Ja. Daniels Schrei war nicht nur sinnloses Gestammel. Wie Cloister und Alfieri ja bereits vermutet hatten.

»Gut. Hast du es entschlüsseln können?«

»Po vul.«

Zwei Einsilber in Folge. Das hieß nein.

»Nein?«

»Hoi ge.«

»Glaubst du, du kannst es entschlüsseln?«

»Ma«, lautete die kategorische Antwort.

»Wunderbar. Wir machen es so: Wenn du es entschlüsselt hast, rufst du mich auf dem Handy an. Sonst rufe ich dich spätestens morgen früh an. Übrigens, glaubst du, dass es sich um eine alte Sprache handelt?«

Ein weiteres klares Ja ertönte in dem seltsamen Morsealphabet, das die beiden Männer vereinbart hatten. Die Frage war durchaus sinnvoll, denn viele Opfer von Besessenheit sprachen in alten oder toten Sprachen wie Sanskrit, Aramäisch oder Latein. Die Kirche nannte das Xenoglossie.

»Na gut, mein Freund«, sagte Albert. »Dann lasse ich dich

jetzt in Ruhe arbeiten. Danke für deine Zeit und dein Wissen. Mach's gut.«

Kaum hatte er das Gespräch beendet und das Handy hingelegt, da klingelte es schon wieder, und Cloister fuhr zusammen.

»Albert?«

Es war Zanobi. So schnell. Er musste wohl etwas vergessen haben.

»Brauchst du noch etwas, Giacomo?«, fragte Cloister.

»Fon ut.«

»Hm ... Also hast du es schon entschlüsselt?«

»Wee.«

Ein brillanter Kopf. Wie war ihm das nur so rasch gelungen? Die Worte mussten sich wie durch Zauberei aneinandergefügt haben.

»Fantastisch!«, rief Albert verblüfft und zugleich begeistert aus.

Er fühlte sich ein wenig überdreht, doch rasch überkam ihn eine heimliche Traurigkeit – Trauer um seinen armen Freund, der Opfer dieser Sprachenverwirrung geworden war, die ihn beinahe hätte verzweifeln lassen. Nur wenige Jahre zuvor war seine Redegewandtheit sprichwörtlich gewesen, und man hatte ihn als leuchtendes Beispiel für hervorragenden sprachlichen Ausdruck angeführt. Er hatte mit den Sprachen jongliert wie sonst niemand, bis der Bogen überspannt und die Sehne gerissen war.

»Pater Cloister?« Das war nicht Giacomo Zanobis Stimme, sondern die eines anderen Mannes, der ein wenig jünger klang. »Ich bin Pater Lorenzo Ponti, Pater Zanobis Gehilfe.«

»Freut mich, Sie kennenzulernen.«

»Es ist meinem Chef gelungen, den Inhalt der Datei zu entschlüsseln, die Sie ihm geschickt haben. Es ist etwas sehr

Merkwürdiges. Es handelt sich um Aramäisch, aber verkehrt herum ausgesprochen.«

Natürlich, Aramäisch!, dachte Cloister. Deshalb war es ihm so bekannt vorgekommen, auch wenn die Wörter von hinten nach vorn gesprochen waren. Cloister beherrschte die Sprache nicht, aber in seinem Jahr in Israel hatte er ein wenig Hebräisch aufgeschnappt. Die beiden Sprachen hatten die gleiche Wurzel und wiesen große morphologische Ähnlichkeiten auf. Das Aramäische war ja auch Jesu Christi Muttersprache gewesen.

Ponti fuhr fort: »Es ist wirklich seltsam. Ich weiß nicht, was derjenige damit sagen will, aber ich hoffe, Ihnen hilft es weiter. Er sagt: ›Ich will dich kennenlernen. Du weißt, dass ich dich meine. Ich erwarte dich in der Herberge Zur Weinlese.‹«

Cloister notierte die Sätze mit ruhiger Hand auf einem Blatt Papier, so langsam, als müsste er die Bedeutung der Worte beim Schreiben verarbeiten.

»Danke, Pater Ponti. Danken Sie bitte auch Pater Zanobi für seine Hilfe. Sagen Sie ihm bitte, ich denke an ihn.«

Cloister legte auf und blieb eine Weile reglos sitzen. Er wusste, an wen sich diese Botschaft richtete. Er wusste, dass sie sich an ihn selbst richtete. Sie *musste* sich an ihn richten. Wie jene Augen in dem Lagerfeuer in Brasilien. Wie der Satz im Sarg des spanischen Seligen.

In gewisser Weise hatte er damit gerechnet. Er hatte die ganze Zeit damit gerechnet. Und das machte ihm am meisten Angst. Er spürte, dass er jetzt da war, wo »etwas« ihn hinhaben wollte, und zwar zum gewünschten Zeitpunkt. Er hatte das Gefühl, er könne beinahe die Fäden berühren, an denen er hing und die ihn steuerten wie eine Marionette, die den Launen eines Unbekannten folgte.

Plötzlich meinte Cloister, einen fremdartigen Blumenduft wahrzunehmen, der sich sogleich wieder verflüchtigte – falls er ihn sich nicht ohnehin eingebildet hatte. Jetzt brauchte er ein Nikotinkaugummi. Sein Krieg gegen das Rauchen bescherte ihm allmählich den einen oder anderen Sieg, auch wenn er nun von den Kaugummis abhängig war. Er versuchte, sich von seinen Gefühlen und Sinneswahrnehmungen zu lösen und sich stattdessen auf seinen scharfen Verstand und seinen kühlen Kopf zu verlassen. Er schaltete den Computer ein und wartete ab, bis das System gestartet hatte. Dann stellte er eine drahtlose Verbindung zum Internet her – das Kolleg verfügte über eine Hochgeschwindigkeitsleitung. Er öffnete die Google-Suchmaske und schrieb ins Suchfeld: »VINTAGE INN« – eine englische Übersetzung von »Herberge Zur Weinlese«. In weniger als einer Zehntelsekunde warf die Datenbank der Suchmaschine das Ergebnis aus: beinahe neunzigtausend Treffer. Der erste gehörte zu einem Hotel im Napa Valley, in Yountville, Kalifornien.

Cloister klickte auf den Link, um zu der Website zu gelangen, woraufhin eine Flash-Animation mit einem Zitat aus dem *Sunset Magazine* startete, in dem das Hotel aufgrund seines Komforts und guten Geschmacks mit einem französischen Château verglichen wurde.

Das brachte ihn zwar kein Stück weiter, doch es half ihm, seine eigene Rolle in den Geschehnissen distanzierter zu betrachten. Er musste seine Nachforschungen anstellen, ohne gleich selbst in die Versuchsanordnung zu klettern. Das war von wesentlicher Bedeutung. So hatte man es ihm beigebracht, und er hatte es sich gut gemerkt. Er würde noch genügend Gelegenheit haben, sich selbst mit den Augen eines Gerichtsmediziners zu betrachten, der eine Leiche seziert. Zunächst musste er die übrigen, unzusammenhängenden Daten verstehen, sie zusammenfügen und ihnen, verflucht noch einmal, endlich ihren Sinn entlocken.

Er kehrte in die Realität zurück, sah auf den Bildschirm und sagte sich, dass er seine Suche eingrenzen müsse. Er befand sich in Boston, und der Exorzismus hatte in Boston stattgefunden. Von daher schien es logisch, den Namen der Stadt hinzuzufügen.

Er ging zurück zur Suchmaske und fügte »BOSTON« zu seiner Suche hinzu.

Kein Ergebnis.

Er löschte das Wort wieder und schrieb es vor »VINTAGE INN« statt dahinter. Dann startete er die Suche erneut.

Nur zwei Treffer für »BOSTON VINTAGE INN«, in etwas weniger als einer halben Sekunde. Der erste Link führte zu einer Pornografieseite, die sämtliche sexuellen Vorlieben der Männer bediente: Frauen, reife Frauen, Kinder, Analsex, Bisexuelle et cetera.

Er ging zurück zur Ergebnisseite und klickte auf den zweiten Link. Dieser führte auf die Seite eines Reiseveranstalters und gab Auskunft über ein Hotel in Kanada. So kam er nicht weiter, doch das beunruhigte ihn nicht. Komplizierte Nachforschungen brauchen ihre Zeit. Was ihn wirklich beunruhigte, war die Art und Weise, wie die Daten, die zu diesen Ermittlungen geführt hatten, zu ihm gelangt waren; insbesondere diese letzte Botschaft, überbracht durch den Schrei eines geistig behinderten alten Mannes, den man einem Exorzismus unterzogen hatte …

Cloister zog es vor, nicht weiter darüber nachzugrübeln. Er wollte nicht zulassen, dass seine analytischen Fähigkeiten dadurch beeinträchtigt wurden. Er klappte das Laptop zu, damit es auf Stand-by-Betrieb umschaltete, zog seine Jacke an und verließ das Zimmer. Er brauchte frische Luft. Die besten Gedanken kommen manchmal, wenn man nicht nach ihnen sucht. Sie sind wie scheue Vögel, die sich nur nähern, wenn keiner hinsieht. Und das ist dann der Augenblick, in dem man sie einfangen muss. Deshalb trug Cloister stets ein Diktiergerät bei sich; oft behielt er es sogar in der Hand, wenn er schlief.

Es war kalt, doch die Straße war in die warmen Orangetöne des Sonnenuntergangs getaucht. Längliche bauschige Wolken überzogen den tiefblauen Himmel und reflektierten das kupferfarbene Abendlicht. Aufs Geratewohl lief der Priester los. Er schlenderte zwei Stunden umher, blieb von Zeit zu Zeit stehen, um in ein Schaufenster zu sehen oder ein Veranstaltungs- oder Filmplakat zu betrachten. Allmählich fühlte er sich ruhiger. Er musste seine innere Anspannung abbauen. Seit Tagen war er viel zu angespannt, und unter Druck arbeitet es sich nicht gut. Er bog in die Dartmouth Street ein und schlenderte dann unbekümmert die Commonwealth Avenue entlang.

Plötzlich sah er es.

Ein großes altes Stuckgesims mit einem Schild, Teil der Fassade eines wunderschönen, in einer Mischung aus Neoklassizismus und viktorianischem Stil erbauten Gebäudes, hatte seine Aufmerksamkeit erregte.

Die Aufschrift auf dem Schild veranlasste seine Nebennieren, abrupt einen regelrechten Adrenalinschwall auszuschütten. Urplötzlich fühlte er sich berauscht. Was er dort sah, verblüffte und entsetzte ihn zugleich: VENDANGE HOTEL.

Französisch! Darauf wäre er nicht so ohne weiteres gekommen. Doch dieses Gebäude war ohne jeden Zweifel die »Herberge Zur Weinlese«.

19

Connecticut

In der Kneipe an der Landstraße stank es nach Schweiß und Bier. Die beinahe völlige Stille, die Audrey in der letzten Stunde begleitet hatte, wurde von ohrenbetäubendem Lärm abgelöst. Ungerührt ging sie an die Theke und ertrug klaglos die Bierspritzer und unfreiwilligen Rippenstöße derer, die um sie herum fröhlich tanzten.

»Wissen Sie, wie ich nach New London komme?«

Diese Frage stellte Audrey dem Inhaber der Kneipe, der auch bediente. Er war ein dicker Mann um die fünfzig, einer von denen, die immer guter Laune zu sein schienen. Doch nun fragte er besorgt: »Geht es Ihnen gut?«

Audreys bestürzte, wie geistesabwesende Miene hätte bei jedem Besorgnis ausgelöst. Sie warf ihm einen merkwürdigen Blick voll ungerechtfertigter Neugier zu, als ob ihr diese Frage noch nie jemand gestellt hätte oder sie sie nicht verstünde.

»Nein, es geht mir nicht gut.«

Da fielen dem Inhaber Audreys wirrer Blick und ihre geröteten Augen auf, und er dachte, sie sei womöglich drogensüchtig. Die Besorgnis des Mannes wich einer strengen Miene.

»Hören Sie, die Leute hier haben nichts übrig für diesen Drogenscheiß …«

Doch Audrey musterte ihn nur nochmals mit dieser seltsamen Neugier.

»Wissen Sie jetzt, wo New London ist oder nicht?«

Er benötigte einen Augenblick für die Entscheidung, ob er diese Frau nun aus seinem Lokal werfen oder ihr sagen sollte, was sie wissen wollte. Schließlich nahm er eine der Straßenkarten, die in einem Ständer zum Verkauf standen und faltete sie vor Audrey auf der Theke auseinander.

»Wir sind hier«, sagte er. Mit einem dicken Finger deutete er auf einen bewaldeten Bereich um mehrere Seen. »Sie müssen der Straße weiter folgen und dann hier abbiegen« – er zeigte es ihr mit dem Finger –, »dann kommen sie zur Interstate fünfundneunzig. Und auf der fahren Sie immer geradeaus bis nach New London.«

Audreys Dank ging im grölenden Gelächter eines Betrunkenen unter. Sie wiederholte ihn nicht. Stattdessen fragte sie: »Was kostet die Karte?«

»Fünf dreiundsiebzig.«

In Audreys Brieftasche befanden sich nur Kreditkarten, mit denen sie in dieser Kaschemme nicht würde bezahlen können. Daher wühlte sie in ihrer Tasche nach Münzen.

»Nehmen Sie sie«, sagte der Inhaber verdrießlich. Er war immer mehr davon überzeugt, dass diese Frau unter Drogen stand. »Ich schenke Ihnen die Karte. Aber gehen Sie jetzt.«

Erneut in sich gekehrt, wandte Audrey sich zum Gehen. Einen Meter vor der Tür wurde sie angesprochen.

»Möchtest du tanzen, Schätzchen? Ich habe extra für dich ein besonderes Lied aufgelegt.«

Es war ein junger Mann von bäurischem Aussehen. Sein Timing war perfekt, denn in genau diesem Augenblick spielte die Wurlitzermusikbox das von ihm ausgewählte Lied. Es war *The Rose* von Bette Middler. Als sie unschlüssig schwieg, ging der Mann ans andere Ende der Theke, zweifellos, um dort irgendeiner anderen Frau genau dasselbe zu sagen. Nur dass dieses Lied wirklich für Audrey war. Nur für sie allein. Denn Audrey kannte einen Gärtner, der eine tote Blume besaß, die er *seine Rose* nannte. Und es hatte eine Zeit gegeben, als sie dieses Lied oft gesungen hatte. Ihr gefielen vor allem die letzten Zeilen:

Just remember in the winter,
far beneath the bitter snow,
lies the seed that with the sun's love,
in the spring becomes the rose.

Mit diesem Lied hatte Audrey ihren Sohn Eugene jeden Abend in den Schlaf gesungen.

»... far beneath the bitter snow, lies the seed that with the sun's love, in the spring becomes the rose ...«, sang sie leise.

20

Boston

»BOSTON VENDANGE.« Neunundvierzig Treffer in null Komma siebzehn Sekunden.

Der erste Link, den Google präsentierte, führte zu einer Seite über das Denkmal zur Erinnerung an den Brand des Vendange Hotels, das einst eines der elegantesten Hotels der Vereinigten Staaten gewesen war. Heute beherbergte das Gebäude in seinen hundertjährigen Mauern verschiedene Unternehmen. Bei besagtem Brand waren 1972 neun tapfere Feuerwehrmänner umgekommen – es war der schlimmste Brand in der Geschichte der Stadt gewesen. Auf der Website sah man einige Fotos des Gebäudes und des Denkmals und konnte die Geschichte des Unglücks nachlesen.

> Am 17. Juni 1972 verwüstete ein Großbrand das zwischen Dartmouth Street und Commonwealth Avenue gelegene Vendange Hotel (siehe Register historischer Gebäude in Boston). Man benötigte drei Stunden, um das Feuer zu löschen. Bei den Löschaktionen folgte man der üblichen Vorgehensweise, doch ohne Vorwarnung stürzte plötzlich der südöstliche Teil des Gebäudes ein. Neun Bostoner Feuerwehrmänner starben, und acht weitere wurden verletzt. Der Heldenmut und die Hingabe dieser Männer dürfen nicht in Vergessenheit geraten.
>
> Das Denkmal wurde am 17. Juni 1997 eingeweiht, fünfund-

zwanzig Jahre nach dem Unglück. Es ist eine kleine schwarze Granitmauer, auf der Helm und Jacke einer Feuerwehruniform liegen. In die Mauer sind die Namen der verstorbenen Feuerwehrmänner eingraviert. Vom Denkmal aus kann man das heutige Vendange Building auf der anderen Straßenseite sehen. Die neun Feuerwehrmänner haben sich für die Gemeinschaft aufgeopfert. Sie hinterließen sieben Witwen und fünfundzwanzig Halbwaisen.
Das damalige Vendange Hotel galt zur Zeit seiner Errichtung als Luxuspalast. Die Originalkonstruktion geht auf das Jahr 1871 zurück. Später wurden verschiedene Erweiterungen vorgenommen. Im Laufe der Zeit sind viele bedeutende Persönlichkeiten dort abgestiegen, beispielsweise die Präsidenten der Vereinigten Staaten Benjamin Harrison und Glover Cleveland oder die bekannten Industriellen Andrew Carnegie und John Rockefeller.

Ein entsetzlicher Brand hatte das Gebäude verwüstet. Feuer – man brachte es traditionell mit der Hölle in Verbindung. Schmerz und Tod. Eine große Tragödie. Schon dies war bemerkenswert, doch vor allem anderen erregte das Datum des Brandes Cloisters Aufmerksamkeit: 17. Juni 1972. Der siebzehnte Tag des sechsten Monats des Jahres 1972 … Das brachte ihn auf eine Idee, die er sogleich überprüfen musste. Um wie viel Uhr war der Brand ausgebrochen? Er musste die genaue Uhrzeit in Erfahrung bringen. Er suchte bei Google danach, und nachdem er erfolglos zahlreiche Seiten durchgegangen war, fand er sie schließlich. Die spätere Untersuchung des Brandes hatte ergeben, dass dieser die Folge eines Schwelbrandes gewesen war, der in der Nacht zuvor begonnen hatte, vermutlich genau um Mitternacht.

Jene ersten Flammen waren folglich am 16. Juni emporgezüngelt, das heißt, am sechzehnten Tag des sechsten Monats. Wenn man das Datum nach angelsächsischer Konvention schrieb, ergab das die Ziffer 616, die Zahl des leibhaftigen Luzifer in der Johannes-Apokalypse.

> Hier braucht man Kenntnis. Wer Verstand hat, berechne den Zahlenwert des Tieres. Denn es ist die Zahl eines Menschennamens; seine Zahl ist sechshundertsechzehn.

Allerdings glauben die meisten Menschen, die Zahl des Tieres laute 666. Doch das stimmt nicht. Es handelt sich um einen Irrtum, der auf eine Änderung im Neuen Testament aus der Zeit des römischen Kaisers Nero zurückgeht, den man irrtümlich für den Brand Roms verantwortlich machte. Er war für seine blutigen Christenverfolgungen berüchtigt, deshalb führten die ersten Christen die Zahl, die sich aus seinem Namen ergibt – die 666 – anstelle der ursprünglich in der Apokalypse stehenden 616 ein. Mit der Zeit verfestigte sich diese Änderung, so dass sie uns bis heute überliefert ist. Literatur und Kino tun ein Übriges. Doch ein Theologe wie Cloister kannte natürlich die Wahrheit. Und das machte ihn im Augenblick alles andere als glücklich.

Allmählich fügten sich die einzelnen Teile des Puzzles ineinander: »DIE HÖLLE IST ÜBERALL«, die dämonischen Augen im Feuer, die Zahl 616 … Wären die Berichte jener Menschen von der Grenze zwischen Leben und Tod nicht gewesen, Cloister hätte bereits eine klar umrissene Theorie zu dem, was zurzeit geschah. Bis auf jenes »kleine Detail« ließe der Fall sich als Versuchung des Teufels erklären. Die bösen Geister führen die Menschen in Versuchung, damit sie verzweifeln, schlecht werden, unmoralische und perverse Handlungen begehen und der Teufel ihre Seelen ernten kann. Der

Teufel kämpft mit Gott um die Seelen der Männer und Frauen, welche die Erde bevölkern, denn er will sie zu Bewohnern der Hölle machen.

Cloister hatte nie an eine physisch reale Hölle in einer konkreten Raumzeit oder einer zwar unbekannten, aber realen Dimension geglaubt. Das Böse, so wie er es verstanden hatte, waren die Versuchung und der Sündenfall – eine weitere Prüfung des Schöpfers, um seine Kinder vorzubereiten. Die Menschheit war dazu bestimmt, sich nach dem weltlichen Leben, nach dem Durchlaufen dieses Jammertals mit Gott zu vereinen. Der Grund für die Existenz der Hölle im göttlichen Plan musste der Wunsch sein, die Menschen den Schmerz erfahren zu lassen, damit sie auch die Freude verstanden; sie der Verzweiflung anheimfallen zu lassen, damit sie die Seligkeit und die Erlösung zu schätzen wussten. Dies war das Schöpfungsmodell, an das Cloister glaubte.

Doch jene furchterregenden Berichte von den letzten Augenblicken der physischen Existenz, wenn der Geist sich vom Körper löst, vor allem aber die Fälle des spanischen Pfarrers und der alten Französin … Da passte etwas nicht zu Cloisters Deutung. Und er wusste auch, was.

Der Jesuit durchsuchte weiter die Treffer, die die Suchmaschine ihm anbot, bis er zu einem Link kam, der sofort seine Aufmerksamkeit auf sich zog. Er klickte darauf und wartete den Seitenaufbau ab. Es handelte sich um eine Aufstellung alter Kirchen in Boston. Einige existierten noch, andere nicht. In der zweiten Kategorie fand sich eine ursprünglich katholische Kirche, deren Standort entsakralisiert worden war, als man im neunzehnten Jahrhundert auf dem Gelände ein ziviles Gebäude errichtet hatte. Dieses Gebäude war das alte Vendange Hotel gewesen.

Alles wies immer deutlicher in eine bestimmte Richtung.

Sinn und Zweck dieses makabren Spiels lagen hingegen weiter im Dunkeln. Worum ging es dabei? Cloister sah sich selbst als Roboter, der nach einem voreingestellten Programm arbeitete. Und erneut überkam ihn Unruhe.

Am nächsten Morgen kam Cloister gerade aus der Dusche, als der unangenehme Klingelton des Zimmertelefons ertönte. Es war Punkt acht Uhr.

»Albert Cloister«, sagte der Jesuit.

»Guten Morgen, Pater«, erwiderte eine sanfte weibliche Stimme. »Ich verbinde Sie mit Mutter Victoria.«

»Danke.«

Der Priester setzte sich auf den Bettrand und wartete, bis die Nonne ans Telefon kam.

»Pater Cloister?«

»Am Apparat, Mutter Victoria.«

»Gott schenke uns einen guten Tag. Sie haben mich gestern anzurufen versucht, nicht wahr? Da Sie nicht noch einmal angerufen haben, dachte ich, ich rufe Sie zurück.«

»Ja, richtig, aber es war nicht so dringend. Ich wollte Sie nur fragen, ob Sie etwas Neues über Dr. Barrett und ihren Aufenthaltsort wissen.«

»Bisher nichts. Und Sie? Gibt es Neues in Ihren Ermittlungen?«

»Kaum«, log Cloister. »Ich wollte mich auch erkundigen, wie es Daniel geht.«

»Der Arzt war gestern bei ihm, und er hat gesagt, es gehe ihm sehr schlecht. Er ist ja schon älter, und seine Lunge hat bei dem Brand sehr unter dem Rauch gelitten. Man muss abwarten, aber er hat uns nicht viel Hoffnung gemacht. Daniel hat immer noch Alpträume. Gestern wieder. Aber er wollte uns nicht davon erzählen, das sage ich Ihnen gleich. Er hat sich völlig in sich zurückgezogen, der Ärmste. Ich bete zu Gott, er möge seine Qualen lindern.«

»Das wünsche ich ihm auch. Nun, ich hoffe, dass Daniel sich wieder erholt und alles gut wird. Ich will Ihnen nicht Ihre Zeit stehlen. Danke, dass Sie mich zurückgerufen haben. Wenn es irgendetwas Neues über Dr. Barrett gibt, lassen Sie es mich bitte wissen.«

»Sicher. Gott schütze und behüte Sie.«

Dieser letzte Satz schien mehr zu sein als eine Höflichkeitsformel.

»Das wünsche ich Ihnen auch, Mutter Victoria.«

Sobald er aufgelegt hatte, zog Cloister sich an und verließ das Zimmer. In der einen Jackentasche hatte er sein Diktiergerät, in der anderen eine Digitalkamera, und unter dem Arm trug er sein Notizheft. Das Frühstück ließ er ausfallen. Im Lauf der Nacht hatte in seinem Kopf eine Idee Gestalt angenommen. Er war zwar müde, doch zugleich hellwach. Er wollte zum Vendange Building gehen, um zu sehen, was er dort in Erfahrung bringen konnte. Wie das Wesen, das aus Daniels Mund gesprochen hatte, ihn dort »erwarten« könnte, vermochte er sich nicht zu erklären.

Unterwegs rief er von seinem Handy aus bei seinem Vorgesetzten in Rom an. Er berichtete ihm von den jüngsten Ereignissen und erläuterte sein Vorhaben. Kardinal Franzik gab ihm seinen Segen, ohne weitere Fragen zu stellen. Er wusste aus Erfahrung, dass es besser war, die Berichte abzuwarten, als seine Mitarbeiter zur Unzeit zu bedrängen. Cloister vertraute er mehr als jedem anderen der Wölfe Gottes, er liebte ihn wie einen Sohn. Hoffentlich würden diese Ermittlungen nicht sein Untergang sein.

Wie Cloister am vergangenen Nachmittag festgestellt hatte, stand das Vendange Building an der Ecke Dartmouth Street und Commonwealth Avenue. Der Priester blieb auf dem Mittelstreifen vor dem Denkmal für die neun Feuerwehrleute stehen. Erschüttert gedachte er der Toten und ihrer Angehörigen. Eine menschliche Tragödie. Dann sprach er ein stilles Gebet und ging über die Straße auf das Vendange Building zu. Hinter einem Rundbogen befand sich ein geräumiger Eingangsbereich mit einer vornehmen, wenn auch altmodischen Einrichtung vom Beginn des zwanzigsten Jahrhunderts. Dieser Raum verströmte aus allen Poren alte Eleganz.

»Guten Tag. Was kann ich für Sie tun?«, fragte lächelnd der junge Pförtner, der in dunkler Uniform an einem Tisch saß und Zeitung las.

Cloister war in Zivil. Wenn er einen Auftrag erledigte, war es häufig besser, nicht den schwarzen Anzug mit der Halsbinde zu tragen, der ihn automatisch als Priester auswies.

»Ich weiß ehrlich gesagt gar nicht, ob Sie mir weiterhelfen können.«

»Ich werde es versuchen.«

»Ich bin Journalist und schreibe einen Artikel über die Wahrzeichen Bostons und ihre Geschichte.«

Mit dieser Lüge wollte der Jesuit sich Erklärungen ersparen. Der Beruf des Journalisten hatte ihm schon bei anderen Aufträgen als Tarnung gedient.

»Dieses Gebäude ist eins der wichtigsten!«, rief der junge Mann. »Aber klar, das wissen Sie sicher schon. Es wurde vor fast einhundertfünfzig Jahren erbaut, und nach dem großen Brand 1971 musste man es wieder aufbauen. Haben Sie das Denkmal gegenüber auf dem Mittelstreifen gesehen?«

Man musste einräumen, dass der Junge hilfsbereit war, aber wenn er sich schon bezüglich des Brandjahrs irrte – nicht 1971, sondern 1972 –, dann würden seine Informationen wohl nicht von allzu großem Nutzen sein. Doch Cloister gab noch nicht auf.

»War hier nicht früher einmal eine Kirche?«

»Eine Kirche?« Der Pförtner blickte so verdutzt drein, als könnte er sich das nun überhaupt nicht vorstellen. »Von einer Kirche habe ich noch nie was gehört. Sie meinen nicht zufällig die Kapelle des früheren Hotels?«

»Nein, nein. Ich meine eine alte Kirche, die genau hier stand, bevor es dieses Gebäude gab.«

»Tja, tut mir leid, aber von dieser Kirche weiß ich nichts. Aber …«

»Ja?«

»Kann gut sein, dass mein Vater sie kennt. Warten Sie einen Augenblick, ich hole ihn. Bleiben Sie hier, bin gleich wieder da.«

Nach wenigen Minuten kehrte der junge Mann in Begleitung eines älteren, leicht gebeugten Mannes zurück. Er hatte das Gesicht eines Menschen, dem alle Lebensfreude fremd war. Cloister warf ihm einen liebenswürdigen Blick zu, der mit einem eisigen Blick erwidert wurde.

»Das ist der Journalist«, sagte der Junge. »Er möchte wissen, ob hier früher eine Kirche war.«

»Ja, hier war wirklich einmal eine Kirche. Aber das ist lange her. Wir haben immer hier gelebt. Ich habe früher im Hotel gearbeitet, wie mein Vater. Die Kirche, das war lange davor. Für welche Zeitung arbeiten Sie?«

»Es ist keine Zeitung, sondern eine Zeitschrift: *Limits*.«

»Kenne ich nicht«, sagte der Mann. Er warf seinem Sohn einen argwöhnischen Blick zu. »Du etwa?«

»Ich auch nicht.«

»Sie ist neu«, unterbrach sie Cloister. »Logisch, dass Sie sie nicht kennen. Wir haben gerade erst angefangen und sind voller Enthusiasmus. Wir haben ein kleines Budget für Leute, die uns zuarbeiten.«

Geld war fast immer der Hauptschlüssel, der die meisten Türen öffnete.

»Wenn das so ist …«, sagte der Mann und strich sich übers Kinn, »dann kann ich Ihnen etwas zeigen. Wie hoch ist denn Ihr ›Budget‹, wenn man fragen darf?«

»Dreihundert Dollar.«

Cloister nannte eine bewusst kleine Summe. Wenn man es mit Menschen zu tun hat, die für Geld kooperieren, steigen die Preise später ohnehin.

»Das ist ja nicht gerade viel, *Chef.*«

»Nun ja, wenn das, was Sie mir zeigen wollen, wirklich interessant ist, gibt es ein bisschen mehr.«

»Sehen Sie? Wir verstehen uns. Siehst du, Junge?«

Der junge Mann stand neben seinem Erzeuger und betrachtete ihn leicht beschämt, doch ohne ihn zu verurteilen. Sein Vater stammte noch aus einer Zeit, in der es viel schwieriger gewesen war, sich seinen Lebensunterhalt zu verdienen. Das Einzige, was ihn überraschte, war dieses »etwas«, das der Vater dem Journalisten zeigen wollte und das er selbst gar nicht kannte.

»Die werden wir brauchen«, sagte der Mann und nahm zwei Taschenlampen aus dem Schrank am Arbeitsplatz seines Sohnes. »Kommen Sie mit.«

Die drei Männer gingen hinaus auf die Straße und zum ehemaligen Kohlenschuppen. Von dort aus betraten sie einen kleinen Lichthof, den sie durchquerten und durch eine Metalltür wieder verließen, unter deren abblätternden Farbschichten der Rost durchschimmerte. Sie gelangten in einen dunklen Korridor, der zu einer schmalen, feuchten Treppe führte.

»Hier lang. Da müssen wir runter. Wir sind gleich da.«

Am Fuß der Treppe befand sich ein von Stützpfeilern gesäumter Raum. Ungefähr in der Mitte kehrte der Vater des

Pförtners den angesammelten Schmutz beiseite und legte eine Falltür frei.

»Heb die mal hoch, Junge. Ich hab den Rücken kaputt und darf mich nicht anstrengen.«

Der Sohn gehorchte sofort, ebenso neugierig wie Cloister. Er war nur wenige Male in diesem Raum gewesen, und den verborgenen Keller, zu dem die Falltür führte, die er mühevoll öffnete und die auf ihn wirkte wie der Rachen eines Fabeltiers, kannte er überhaupt nicht. Mit der Taschenlampe leuchtete er hinein. An der Seite hing eine Metallleiter.

»Vorsicht auf der Leiter«, sagte der Vater. »Die wird nicht mehr benutzt seit ... Ach, schon ewig nicht mehr.«

Cloister horchte auf. Ihm schien, als hätte der Vater noch etwas hinzufügen wollen, sich dann aber dagegen entschieden.

»Ich muss auf meinen Posten zurück«, sagte der Pförtner. »Ich darf mich da nicht ohne Grund entfernen.«

»Brauchst keine Angst zu haben, mein Sohn.«

»Ich habe keine Angst, Papa. Aber ich möchte da nicht runterklettern, und ich muss zurück an die Arbeit.«

Das Verhalten des jungen Mannes befremdete Cloister. Als er fort war, kletterte der Vater als Erster hinab und der Jesuit hinterher. Sie waren nun in der Krypta der ehemaligen Kirche. Der Raum hatte eine bedrückende, beengte Atmosphäre, und die Luft war schwül. Es roch nach Feuchtigkeit und Verwesung. Es gab immer noch einige steinerne Blindbögen, einen Altar und ein großes Kreuz, das am Boden lag. Außerdem lagen reichlich Schmutz, Trümmer und vermodertes Holz herum. Und da war noch etwas. Etwas nicht Greifbares.

Das Kreuz lag sozusagen auf dem Bauch. Das war Cloister sofort aufgefallen. Normalerweise würde nur ein Paranoiker diesem Detail Bedeutung beimessen. Doch die Koordinaten seines Denkens und seiner Logik hatten sich verschoben. Ein umgekehrtes Kreuz deutete man als Zeichen für Christi Widersacher. Und das passte ziemlich gut zu dem, was ihn in diese Stadt und in diesen Raum geführt hatte.

»Na, *Chef*, das ist mehr wert als dreihundert, was?«

»Ja, das gebe ich zu.«

Cloister holte seine Brieftasche hervor und entnahm ihr sechshundert Dollar.

»Hier. Vierhundert hierfür und noch mal zweihundert, wenn Sie mir erklären, warum Sie vorhin nicht sagen wollten, seit wann die Leiter nicht mehr benutzt wird.«

»Sie bringen mich da ziemlich in Verlegenheit … Das ist eine sehr alte Geschichte. Mein Vater kam mit mir hier runter, als ich noch klein war. Er hat auch im Hotel gearbeitet. Er war ein sehr gläubiger Mensch, römisch-apostolisch-katholisch, genau wie meine Mutter. Er hat die Falltür da oben repariert und die Leiter wieder angebracht … Als sie den Zugang zur Krypta zugemauert haben.«

»Sie haben den Zugang also zugemauert … Und warum bringt diese Antwort Sie in Verlegenheit?«

»Weil … Wie soll ich sagen? … Als ich so alt war wie mein Junge, mehr oder weniger, da hat der Chef meines Vaters, der Hoteldirektor … also der Direktor hat seine Frau umgebracht. Niemand weiß, was mit ihm los war. Er ist einfach verrückt geworden, und später hat er sich auch umgebracht. Mein Sohn ist gegangen, weil man etwas riechen konnte … Er war noch nie hier. Ich habe ihm die Geschichte vom früheren Hoteldirektor erzählt, aber ohne Einzelheiten. Ist eine ziemlich traurige Sache, und mein Sohn ist sehr sensibel, wissen Sie? Es ist so: Der Direktor und seine Frau kamen hier runter und … Das ist alles. Wie gesagt, niemand weiß genau, was passiert ist. Offenbar hatte der Mann sich schon seit einiger Zeit seltsam verhalten.«

»Und warum kamen sie in die Krypta?«, fragte Cloister.

»Das ist noch so ein Rätsel – zum Beten bestimmt nicht«, erwiderte der Mann, nachdem er dem Jesuiten einen seiner ein wenig verächtlichen Blicke zugeworfen hatte. »Ihr Journalisten seid immer auf Sensationen aus, was, *Chef?*«

»Das liegt uns im Blut«, entgegnete Cloister. »Na gut, danke, dass Sie mich hierhergebracht haben. So etwas habe ich gesucht für … für meinen Artikel. Ich werde noch ein paarmal hier runterkommen müssen, allein. Ist das ein Problem?«

Der Mann blickte ihn ausdruckslos an, dann zog er die Augenbrauen hoch und stieß einen Seufzer aus. Ehe er etwas sagen konnte, fügte Cloister hinzu: »Selbstverständlich kann ich Ihnen noch einmal sechshundert Dollar geben, wenn ich in den nächsten Tagen kommen und gehen darf, wie ich will.«

»Natürlich können Sie kommen und gehen, wann Sie wollen. Aber können wir nicht tausend Kröten draus machen? Sie wissen ja, wie klein die Renten heutzutage sind und wie teuer das Leben ist.«

»Tausend, einverstanden. Aber ich werde den Schlüssel zum Kohleschuppen brauchen, damit ich hereinkann, und den von der Metalltür im Lichthof.«

»Kein Problem. Der Kohleschuppen wird nicht mehr benutzt. Da kann sich niemand beschweren. Außerdem sind Sie ja Journalist … Keine Sorge.«

Der Mann reichte Cloister zwei Schlüssel und bat ihn, sie seinem Sohn zurückzugeben, wenn er mit seiner Arbeit und den Besuchen in der Krypta fertig sei. Dann bat der Jesuit den Vater des Pförtners, ihn allein zu lassen. Er selbst wolle noch eine Weile in der Krypta bleiben, um Notizen zu diktieren und einige Fotos zu machen. Dieser Bitte kam der Mann gern nach. Seine Neugier auf das, was der Journalist tat oder sagte, war nicht so groß wie sein Wunsch, sich an seinem Glück zu freuen. Schwerfällig stieg er die Leiter wieder hinauf und ging davon, nicht ohne zuvor abzuwägen, ob er diesem Journalisten mit der dicken Brieftasche noch etwas erzählen sollte. Er kannte nämlich die wahre Geschichte darüber, wie der Hoteldirektor seine Frau getötet hatte. Sein Vater hatte sie ihm oft in vertraulichem Tonfall erzählt.

Doch nein. Es war allzu schrecklich. Der Hoteldirektor und seine Frau hatten sich auf dem Altar geliebt. Er hatte unten gelegen. Plötzlich hatte er ein Jagdmesser hervorgeholt und es seiner Frau in die Vagina gestoßen. Dann hatte er das Heft hochgerissen und ihr den Bauch völlig zerfetzt. Die Frau war in einer riesigen Blutlache gestorben; das Blut war bis auf den ehemals heiligen Boden gespritzt ... Nein, das durfte man schlechterdings niemandem erzählen, nicht einmal für viel Geld. Die Toten sind tot. Man darf ihre Geheimnisse nicht entweihen.

Als Cloister allein in der Krypta zurückblieb, ging er zu dem am Boden liegenden Kreuz, hob es hoch und lehnte es richtig herum an eine Wand. Dann atmete er tief durch – die Luft war muffig, und er musste einen Brechreiz unterdrücken. Der Lichtstrahl der Taschenlampe beleuchtete die unzähligen Staubkörnchen in der Luft. In dieser Atmosphäre machte Cloister sich daran, den Aufzeichnungen über seine Nachforschungen diese neueste Entdeckung hinzuzufügen.

21

New London

Die Kirche St. Peter and Paul lag im Hafenviertel im Norden New Londons, an den Eisenbahnschienen, die hier parallel zur Interstate fünfundneunzig verliefen. Der polnischstämmige Gemeindepfarrer war ein frommer Mann. In dieser Nacht fand er keinen Schlaf. Als er sich nicht länger im Bett herumwälzen mochte, beschloss er, hinunter in die Kirche zu gehen. Und nun saß er zu später Stunde auf einer der Holzbänke vor dem Altar und wartete darauf, dass der Schlaf sich doch noch einstellte.

Es war ein kalter Tag gewesen, doch nichts hatte den Sturm angekündigt, der am frühen Abend ausgebrochen war. Es regnete erstaunlich heftig – der Pfarrer erinnerte sich nicht, schon einmal einen so heftigen Regen erlebt zu haben. Das gütige Herz des Pfarrers war von Mitleid mit den bedauernswerten Geschöpfen erfüllt, die draußen auf der Straße unterwegs waren. Es konnte keine trockene Stelle mehr in der Stadt geben. Doch in der Kirche war es trocken. Hier war das Trommeln des Regens nur gedämpft zu hören; der Rhythmus wirkte einschläfernd. Der Priester merkte, dass seine Lider sich endlich von selbst schlossen. Kurz darauf war er eingeschlafen.

Er träumte von einem idyllischen Tal, in dem eine Kapelle stand. Das makellose Weiß einer Herde Schafe, die in der Nähe weideten, vervollständigte die pastorale Szene. Die Glocken der Kapelle läuteten, doch die Schafe wurden nicht unruhig.

Der Pfarrer dachte, die Glocken müssten zur Abendmesse rufen, doch er sah, dass die Tür geschlossen blieb. Es war niemand in der Kapelle, aber die Glocken läuteten immer weiter mit einer Beharrlichkeit, die allmählich lästig wurde.

Langsam öffnete der Pfarrer die Augen. Zunächst war er desorientiert, begriff nicht, dass er in seiner Kirche eingeschlafen war. Die Erinnerung an den Traum verflüchtigte sich. Er wusste nur noch, dass unentwegt Glocken geläutet hatten. Immer noch ein wenig desorientiert, erkannte er nicht gleich, dass es an der Tür klingelte.

»Schon gut! Ich komme ja schon! Wenn Sie so weitermachen, brennt gleich die Klingel durch …«, rief der Priester gereizt, weil man ihn geweckt hatte.

Raschen Schrittes lief er durch den Gang. Vor der Holztür zog er nochmals den Gürtel des Morgenmantels über dem Pyjama fest und öffnete dann. Sogleich drangen eine Regenböe und ein eisiger Wind in die Kirche. Dem Pfarrer schoss der absurde Gedanke durch den Kopf, die Frau, deren Silhouette sich vor ihm abzeichnete, habe Regen und Wind erst mitgebracht. Er erkannte sie nicht, dabei war sie keine Fremde.

»Was wollen Sie?«, fragte der Priester unwirsch.

»Die Beichte, Vater. Ich muss beichten. Jetzt gleich.«

»Kann das nicht bis morgen warten? Wenn man sich um diese Uhrzeit die Beichte abnehmen lassen will, muss man schon in Todesgefahr sein, und das sind Sie ja wohl nicht.«

Die Frau lächelte bitter und wiederholte drängend: »Ich schwöre bei Gott, dass ich beichten muss. Jetzt.«

»Schon gut, kommen Sie herein. Sie sind ja völlig durchnässt«, erwiderte der Priester und trat zur Seite, um sie hinein zu lassen. »Aber sprechen Sie den Namen Gottes nicht leichtfertig aus.«

»Danke, Pater Litwa.«

Die Vertrautheit, mit der die Frau seinen Namen aussprach, wirkte wie Balsam für die Seele des Priesters. Schlechte Laune und Reserviertheit waren wie weggeblasen.

»Wer bist du, mein Kind? Kenne ich dich?«

»Audrey Barrett … Die kleine Audrey.«

»Die kleine … Ah, jetzt erinnere ich mich. Die Familie Barrett, sicher. Wo hab ich nur meinen Kopf gelassen? Du und deine Eltern, ihr habt sonntags nie beim Gottesdienst gefehlt und ihr habt jeden Feiertag eingehalten. Ich habe dich nicht erkannt, verzeih. Es ist so viel Zeit vergangen …«

»Ja. Ich war seit zwanzig Jahren nicht mehr in New London.«

»Na, da hast du dir aber eine Nacht ausgesucht für deine Rückkehr! Was für ein höllisches Wetter.«

»O ja, Sie wissen gar nicht, wie recht Sie haben«, lautete ihre rätselhafte Antwort.

»Gib mir deinen Mantel und deine Mütze. Ich hänge sie zum Trocknen auf.«

»Lassen Sie ruhig, Pater.«

»Aber sie sind völlig durchnässt …«

»Das macht nichts. Ich bleibe nicht lange.«

»Wie du willst.«

Der Priester führte sie ins Kirchenschiff.

»Setz dich und erzähl mir, warum du in einer solchen Nacht hierherkommst, um zu beichten. Sind deine Sünden so schwerwiegend?«

Die beiden nahmen auf einer der Holzbänke Platz. Audrey seufzte. Mehr brauchte es nicht, um dem Priester zu zeigen, in welcher Bedrängnis sie war. Audrey kamen erneut Zweifel. Sie war verwirrt und schwankte unentwegt von einem Extrem ins andere. Gerade eben hatte sie noch unbedingt beichten wollen, doch nun sagte sie sich, sie mache sich etwas vor, es habe sowieso keinen Sinn.

»Ob ich beichte oder nicht, meine Seele ist sowieso verdammt.«

»Das kann nicht sein. Gott versteht all unsere Fehler. Auch die schlimmsten.«

Was bei dem Exorzismus vorgefallen war, hatte Audreys geringe Kräftereserven aufgezehrt. Doch die Gegenwart dieses guten, liebenswürdigen Mannes, der stets freundlich zu ihr gewesen war, gab ihr einen Teil ihrer Energie zurück, und – vielleicht – auch ein wenig Hoffnung.

»Glauben Sie wirklich, dass Gott alles vergibt?«

»Selbstverständlich. Möchtest du jetzt deine Sünden beichten, Audrey?«

»Ja. Ja«, wiederholte sie, nun schon entschlossener. »Segnen Sie mich, Vater, denn ich habe gesündigt. Meine letzte Beichte war vor … fünf Jahren.«

Der Priester, ein scharfsinniger, sensibler und außerdem gütiger Mensch, fragte: »Was ist vor fünf Jahren passiert?«

»Mein Leben war zu Ende.«

Die schonungslose Offenheit dieser Antwort rührte ihn.

»Sag das nicht, mein Kind. Das Unglück, das dich in dieser Welt ereilt, macht die ewige Glückseligkeit, die unsere Seelen erwartet, nur um so süßer.«

»Gott versucht den Schwachen nicht über seine Kraft, was?«, fragte Audrey sarkastisch.

»Gott liebt uns über alles.«

Audrey schüttelte kaum merklich den Kopf, unglücklich über ihren Unglauben. Ihre Zweifel kehrten zurück.

»Hoffentlich kann ich das eines Tages wieder glauben.«

»Es steht uns allen frei, unseren Weg zu wählen, Audrey. Und ihn notfalls auch wieder zu ändern.«

Die Psychiaterin seufzte nochmals und sah dem Priester fest in die Augen. Mitleid und Hoffnung lagen darin. Draußen regnete es immer noch. Ein Wind, der wie ein wildes Tier brüllte, peitschte Regensalven gegen die Fenster und die Holztür der Kirche.

»Segnen Sie mich, Vater, denn ich habe gesündigt«, wiederholte Audrey. Diesmal kniete sie dabei.

Plötzlich schwang eines der Fenster auf – vielleicht war es nicht richtig verschlossen gewesen –, und Wasser und Wind drangen mit neuem Schwung ins Gotteshaus. Das Leinentuch, das den Altar bedeckte, flatterte verstörend im Wind. Das Licht vor dem Tabernakel erlosch.

Dieses jähe Eindringen der Elemente hatte den Zauber erneut gebrochen. Nachdem sie mehrere Tage umhergeirrt war, hatte Audrey beschlossen, in die Kirche ihrer Kindheit zu gehen, in der sie stets Trost gefunden hatte. Sie hatte das Bedürfnis verspürt, ihren Frieden mit Gott zu machen, ehe sie demjenigen gegenübertrat, der ihr den Sohn geraubt hatte. An diesem Abend hatte sie Pater Litwa bitten wollen, ihre gequälte Seele freizusprechen. Doch das war nichts als Selbstbetrug gewesen. Das wusste sie jetzt. Die Unschlüssigkeit war vorbei. Audrey erhob sich wieder.

»Ich muss gehen«, sagte sie.

»Aber deine Beichte?«

Audrey ignorierte die Frage des Priesters.

»Danke, Pater Litwa. Auf Wiedersehen.«

22

Boston

Die alte Krypta unter dem Vendange Building war der tristeste Ort, den man sich vorstellen konnte. Der Boden bestand aus gräulichen staubigen Fliesen und war übersät mit Gesteinsbröckchen, die aus den Mauern herausgebrochen waren. An der hinteren Wand stand ein wenig erhöht der Altar. Auf einer Seite hatte das Kreuz gelegen, das Cloister aufgehoben hatte – Sinnbild des Verfalls der Krypta. Es hätte eigentlich an der Wand hinter dem Altar hängen müssen. Andere religiöse Darstellungen gab es nicht, lediglich Gerümpel, das man hier abgeladen hatte, statt es in den Müll zu geben: eine Laterne aus dunklem Metall mit zerbrochener Scheibe, ein Kerzenhalter mit kegelstumpfförmigem Schirm, zwei Klubsessel mit abgewetzten Bezügen und ein runder Holztisch. Ein letztes Detail vervollständigte diese seltsame Inneneinrichtung: ein Ölgemälde des Bostoner Hafens mit diversen stattlichen Segelschiffen aus dem neunzehnten Jahrhundert.

Nach dieser flüchtigen Bestandsaufnahme bekreuzigte Pater Cloister sich, sprach ein stilles Gebet und begab sich an die Arbeit. Er legte sein Notizheft auf den Altartisch und holte die Digitalkamera und das Diktiergerät hervor. Das Diktiergerät schaltete er ein, prüfte, ob die automatische Stimmaktivierung eingeschaltet war, und hängte es sich um den Hals. Dann begann er, den Raum zu beschreiben.

Gründlich untersuchte er sämtliche Winkel, doch ihm fiel

nichts Besonderes auf. Der Raum war sicher bereits vom Vater des Pförtners, für den er ein unerwarteter Glücksfall war, gründlich erforscht worden. Andererseits – angesichts der Umstände war es vielleicht eher Pech gewesen …

Der Raum war das, wonach er aussah, und sah danach aus, was er war: eine völlig normale Krypta einer durchschnittlichen Kirche. Cloister wischte mit seinem Taschentuch ein kleines Stück der Altarstufe ab und setzte sich. Die Taschenlampe hielt er mit beiden Händen auf die andere Seite des Raums gerichtet. Da meinte er, zwischen den Trümmern etwas hell aufblitzen zu sehen. Er ging hin, um sich die Sache anzusehen. Die Ursache des Aufblitzens lag zwischen mehreren großen Trümmerteilen verborgen. Er musste das Diktiergerät abnehmen, damit es nicht auf dem Boden aufschlug, legte es zur Seite und tastete mit den Händen umher, bis er auf einen spitzen Gegenstand stieß. Als er ihn aufnahm, schnitt er sich in den Finger, und ein dicker Blutstropfen fiel zu Boden. Es war eine Glasscherbe. Cloister holte erneut sein Taschentuch hervor, faltete es, um zu vermeiden, dass die schmutzige Seite mit der Wunde in Berührung kam, und wickelte es sich um den Finger.

Es schien hier nichts zu geben, was man hätte relevant nennen können. Cloister ging zum Altar zurück, um sein Notizheft wieder an sich zu nehmen, da entdeckte er etwas auf der Altarplatte. Mit der unverletzten Hand wischte er den Staub ab und erblickte drei Ziffern: 109. Die Zahl bedeutete ihm nichts, doch sie war mit etwas geschrieben worden, das wie … aber das war absurd – es sah aus wie Blut, der Saft des Lebens. Vielleicht das Blut derer, die hier unter solch traurigen Umständen gestorben waren? Der Jesuit schob diesen Gedanken beiseite und hatte erneut ein Gefühl, das er schon beim Betreten des Raums gehabt hatte, ein Gefühl von Beklemmung, dem er keine Bedeutung beimessen wollte, weil er es sich mit Sicherheit nur einbildete.

Doch er irrte sich. In dieser desakralisierten Krypta war sehr wohl etwas Relevantes geschehen, und zwar in dem Moment, als er sich an der Glasscherbe geschnitten hatte. Sein Diktiergerät hatte sich von selbst eingeschaltet, ohne Einwirkung seiner Stimme oder der irgendeiner anderen *Person*. Das Gerät zeichnete nur auf, wenn es Laute wahrnahm. Irgendetwas hatte auf den Speicher des Gerätes eingewirkt. Es war etwas aufgenommen worden; etwas, das nicht einmal zwanzig Sekunden dauerte.

Cloister fotografierte den Altar und stemmte die Arme in die Seiten, während er sich ein letztes Mal in der Krypta umsah: Er stand in der Raummitte und drehte sich um sich selbst, bis er den gesamten Raum einmal ausgeleuchtet hatte. Wonach er suchte, wusste er nicht. Und dennoch hatte er es gefunden.

Der Pförtner lehnte an der Eingangstür. »Sie gehen schon?«, fragte er Cloister, als er ihn aus dem Kohlenschuppen kommen sah.

»Ja. Ich komme später wieder. Mit einer stärkeren Lampe, damit ich Fotos machen kann.«

»In Ordnung. Und danke, dass Sie meinem Vater das Geld gegeben haben. Bitte entschuldigen Sie, dass er so … selbstsüchtig war.«

Der arglose Blick des jungen Mannes überraschte den Priester kaum. Er lächelte ihn an.

»Keine Sorge. Seine Hilfe war sehr wertvoll für mich. Ich danke Ihnen beiden für ihre Freundlichkeit und Hilfsbereitschaft. Danke für alles.«

Cloister ging die Commonwealth Avenue entlang. Er hätte die Erfahrung seines Besuchs in der alten Krypta unmöglich in

Worte fassen können. Im Jesuitenkolleg schaltete er seinen Laptop ein und öffnete das Textdokument, in dem er alle seine Anmerkungen zu den Ermittlungen sowie seine Ideen und geplanten Aktionen zusammentrug. Er schrieb einige neue Gedanken nieder, schaltete dann das Diktiergerät ein und drückte den Wiedergabeknopf. Seine Worte wurden ohne die Sprechpausen wiedergegeben. Cloister übertrug seine Beschreibung der Krypta und seine Wahrnehmungen in das Textdokument. Er erinnerte sich noch an seinen letzten Satz, der sich auf jenes Gefühl der Beklemmung bezog. Doch nach dieser Notiz war die Audiodatei nicht zu Ende. Das Gerät hatte noch etwas aufgenommen. Eine andere Stimme, kaum mehr als ein Flüstern.

Zunächst wäre Cloister beinahe darüber hinweggegangen, weil er nicht damit gerechnet hatte. Es traf ihn völlig unvorbereitet, senkte sich wie ein Alptraum auf ihn herab. Das Flüstern hallte ohrenbetäubend laut in seinem Kopf wider. Die Stimme sprach englisch, sie war männlich, leise, aber gut zu verstehen. Der Priester rieb sich die Stirn und bemerkte, dass er am ganzen Körper zitterte, so dass er sich kaum auf dem Stuhl halten konnte.

Du bist schon hier? Ich habe dich erwartet. Ich freue mich sehr, dass du gekommen bist. Wirst du mein Freund sein? Ich weiß, dass du mich kennenlernen willst. Du kannst gar nicht anders. Du willst die Wahrheit erfahren, und ich kenne sie.

Cloister war erschüttert wie nie zuvor. Angst kroch ihm in die Glieder wie eine zähe schwarze Flüssigkeit. Nun wusste er ohne jeden Zweifel – falls er denn je daran gezweifelt hatte: All dies galt ihm. Er steckte ganz tief drin in dieser Sache. Diese Erkenntnis ließ ihn schwindeln. Ab jetzt würde er keinen kühlen Kopf mehr bewahren können. So war es sicherlich auch

Dr. Barrett in ihren Sitzungen mit Daniel ergangen. Auch wenn die von dem seelenlosen Diktiergerät aufgenommene Stimme anders klang, so war es doch dieselbe, die während des Exorzismusrituals immer wieder aus dem alten Daniel gesprochen hatte. Nun rief diese Stimme nach ihm. Kein Zweifel.

Er musste sofort zurück zum Vendange Building. Musste seine Angst überwinden und sich mitten hinein in das Rätsel stürzen wie in den Rachen eines Ungeheuers. Tonbandstimmen nannte man dieses Phänomen, allerdings gab es in diesem Fall einige ungewöhnliche Aspekte. Die Qualität der Aufnahme war zu gut. Bestürzend gut, ausgezeichnet zu verstehen. Sie war weit mehr als ein Hörereignis, das für den Menschen unhörbar ist, wenn es sich ereignet, von einem Tonaufnahmegerät aber aufgezeichnet werden kann. Das Phänomen als solches war 1959 von dem schwedischen Maler und Filmproduzenten Friedrich Jürgenson offiziell entdeckt worden. Und zwar zufällig. Jürgenson nahm mit einem Tonbandgerät Naturgeräusche und Vogelzwitschern für eine Reportage auf. Als er die Aufnahme später abhörte, stellte er fest, dass sich auf dem Band eine Stimme »eingeschlichen« hatte – eine Stimme, die er während der Aufnahme nicht gehört hatte. Jürgenson erkannte sie als die Stimme seiner verstorbenen Mutter. Sie rief ihn, wie nur sie es getan hatte: »Friedel, Friedel, kannst du mich hören?«

Diese Entdeckung war unter Parapsychologen allgemein anerkannt. Möglicherweise waren jedoch bereits zu Beginn der 1920er Jahre in der gerade gegründeten Sowjetunion Tonbandstimmen aufgezeichnet worden. Zur selben Zeit, im Oktober 1920, gab der genialste Erfinder der Moderne, Thomas Alva Edison, der angesehenen Zeitschrift *Scientific American* ein Interview, in dem er bestätigte, er arbeite an keinem geringeren Projekt als der Entwicklung eines Apparats, der die

Kommunikation mit den Seelen der Verstorbenen ermöglichen sollte. Er hielt dieses Projekt für wissenschaftlich und vernünftig. Er glaubte daran, dass die Persönlichkeit eines Menschen nach dem Tode weiterbestand. Er glaubte sogar, dass die Seelen der Verstorbenen fähig seien, aus dem Jenseits heraus mit Materie zu interagieren.

Wie auch immer, Tonbandstimmen waren eine Tatsache, auch wenn es keine unbestreitbar plausible Theorie über ihren Ursprung gab. Für die einen handelte es sich um Stimmen von »der anderen Seite«; manche glaubten, sie seien Echos der Vergangenheit, die an einem konkreten Ort gefangen waren; wieder andere erklärten sie zu mentalen Projektionen der Forscher. Doch bisher gab es keine befriedigende wissenschaftliche Erklärung.

Albert Cloister kannte das Phänomen gut. Er hatte einmal mit seinen Kollegen von den Wölfen Gottes Nachforschungen dazu angestellt. Insbesondere erinnerte er sich an ein großes, düsteres Haus in Südengland, in dem übersinnliche Phänomene den Bewohnern das Leben zur Hölle gemacht hatten. Es war ein altes Haus, das die Besitzer von entfernten Verwandten geerbt hatten. Die neuen Mieter, die Taylors, waren zu viert: ein Ehepaar mittleren Alters mit zwei Kindern – einem vierzehnjährigen Mädchen und einem neunjährigen Jungen. Sie waren zutiefst katholisch und hatten sich in ihrer Verzweiflung um Hilfe an die Kirche gewandt. Im Keller fand man menschliche Überreste. Das junge Mädchen, Claire, verursachte Poltergeistphänomene, wenn sie ihre Menstruation hatte. Insgesamt ereigneten sich in dem Haus verschiedene Merkwürdigkeiten, unter anderem hatte man mehrfach Tonbandstimmen aufgenommen. Eine Aufnahme würde Cloister nie vergessen; sie hatte sich ihm ins Gedächtnis eingebrannt. Es war der herzzerreißende, untröstliche Schrei eines Kindes, schrecklich anzuhören. Als er ihn zum ersten Mal hörte, erweckt er tiefste Trauer in ihm. Das Kind weinte, und dann sagte es: »Mama, Mama! Warum begräbst du mich lebendig?«

Viele von denen, die über die Tonbandstimmen lachten oder sie für Betrug hielten, hätten wohl nicht den Mut, in ihrem eigenen Haus ein Aufnahmegerät aufzustellen, es allein zu lassen und sich später die Aufzeichnungen anzuhören. Mit Humor und Verachtung kann man Gespenster vertreiben, aber nur scheinbar. Nein, die Tonbandstimmen waren kein Scherz eines Schwindlers. Sie waren eine beunruhigende, manchmal auch erschütternde Tatsache, mit der sich selbst die NASA und der Vatikan ernsthaft befassten. Deshalb war Cloister nicht über die Tatsache an sich überrascht, dass sein Diktiergerät in der Krypta etwas aufgezeichnet hatte, sondern über den Inhalt. Es hatte sich ein Weg der Kommunikation mit einem fremden Wesen aufgetan. Das konnte kein Echo aus vergangenen Zeiten sein. Es war eine intelligente Stimme, und sie sprach aus einer anderen Dimension zu ihm.

Nachdem er die anfängliche Erschütterung überwunden hatte, bestand der logische nächste Schritt in dem Versuch, das Ereignis zu wiederholen, wobei er es diesmal jedoch aktiv steuern wollte. Es hatte viele Fälle von Tonbandstimmen gegeben, die Antworten auf konkrete Fragen der Forscher darstellten. Sein Laptop war noch immer eingeschaltet, allerdings hatte er auf Stand-by-Betrieb gewechselt. Cloister aktivierte ihn wieder und öffnete ein neues Dokument, das er mit »GESPRÄCHE« betitelte. Darin schrieb er die Fragen auf, die ihm für einen Testversuch einfielen. Diese Fragen würde er später in der Krypta laut aussprechen, wenn das Diktiergerät lief. Falls er richtig lag – und daran hegte er keinen Zweifel –, würde das Wesen darauf antworten. Die Unterhaltung war eröffnet. Er wusste nicht, wohin ihn dies führen würde, doch wie das Wesen selbst gesagt hatte, er wollte die Wahrheit erfahren. Er musste die Wahrheit erfahren.

Erneut hörte er sich an, was die Stimme ihm vermittels des Geräts zuflüsterte. Der Tonfall war gelassen, vielleicht eine Spur ironisch. Allein die Stimme flößte ihm Entsetzen ein.

Du bist schon hier? Ich habe dich erwartet. Ich freue mich sehr, dass du gekommen bist. Wirst du mein Freund sein? Ich weiß, dass du mich kennenlernen willst. Du kannst gar nicht anders. Du willst die Wahrheit erfahren, und ich kenne sie.

23

Fishers Island

Audrey sah nochmals nach, ob jemand aus dem Haus kam. Seit dem Morgengrauen versteckte sie sich zwischen den Bäumen. Sie hatte im Auto geschlafen, nicht weit von hier, halb verborgen von der dichten Vegetation. Sie hatte nicht gewagt, die Heizung die Nacht über eingeschaltet zu lassen, und entsetzlich gefroren. Daher hatte sie immer nur kurze Zeit geschlafen und war stets abrupt aufgewacht. Einmal – um fünf Uhr morgens – war Audrey einem unwiderstehlichen Impuls gefolgt, den sie hinterher bereut hatte. Sie hatte zum ersten Mal seit ihrer Abfahrt aus Boston ihr Handy eingeschaltet und Joseph Nolan angerufen, den freundlichen, tapferen Feuerwehrmann, der ihr Stütze und Trost gewesen war. Er war neben Mutter Victoria das Beste, was ihr seit Eugenes Verschwinden widerfahren war. Joseph hatte erst nach einer geraumen Weile abgenommen. Kein Wunder. Um diese Uhrzeit musste Audreys Anruf ihn geweckt haben. Schließlich hatte sie ein verschlafenes »Ja, bitte?« am anderen Ende der Leitung gehört. Beim Klang seiner Stimme war Audrey von Sehnsucht und Zärtlichkeit ergriffen worden. Sehnsucht nach dem, was nie geschehen würde. »Es hätte funktionieren können, Joseph«, hatte Audrey zu ihm gesagt. »Ich hätte dich lieben können.« Sie liebte ihn bereits. Das war die Wahrheit. Doch Audrey hatte sich nicht überwinden können, ihm das zu sagen. Sie hatte ihm auch keine Zeit gelassen, zu antworten. Abrupt hatte sie aufgelegt und ihr Telefon wieder ausgeschaltet.

Das Leben auf der Insel Fishers Island kam erst allmählich wieder in Gang. Das galt auch für Anthony Maxwell, den Mann, der Daniel zufolge Audrey im Vergnügungspark auf Coney Island ihren Sohn geraubt hatte. Maxwell war der Besitzer des Hauses, das sie überwachte, eines hübschen Gebäudes aus unbearbeitetem Holz mit Klinkern, das am Treasure Pond – dem Schatzteich – lag. Trotz des Namens hatte Maxwell das Geld für den Kauf dieses Hauses sicher nicht in diesem Gewässer gefunden …

»Was du tun sollst und was nicht, lernst du rasch mit Bobby Bop«, murmelte Audrey zerstreut.

Der Satz ging einem nicht mehr aus dem Kopf, das musste man sagen. Das ärgerte Audrey, denn der Satz stammte von Maxwell. Zu ihrem Entsetzen hatte sie herausgefunden, dass er ein berühmter Kinderbuchautor war. Seine im Lauf der letzten drei Jahre geschriebenen Geschichten für Kinder hatten ihn berühmt und außerdem ziemlich reich gemacht. Das hatte Audrey der diensthabende Beamte der Küstenwache von Fishers Island erzählt, als sie ihn nach dem Haus von Anthony Maxwell gefragt hatte. Die Wache war der einzige Ort gewesen, der zu der nachtschlafenden Zeit, als Audrey mit der Fähre angekommen war, offen gewesen war, und der gelangweilte Beamte hatte ihr die gesamte Lebensgeschichte des Schriftstellers erzählt. Er hatte ihr auch den Satz gezeigt, der am Ende jeder Geschichte von Maxwell stand: »Was du tun sollst und was nicht, lernst du rasch mit Bobby Bop.« Es war wie ein Lockruf für die Kinder. »Ja, es ist ein Lockruf. Ein Köder, mit dem er sie anlockt«, dachte Audrey halb unbewusst. Sie bekam eine Gänsehaut.

Audrey hasste Maxwell. Sie hasste ihn. Sie würde ihn bezahlen lassen. Deshalb war sie nach Fishers Island gekommen. Sie selbst würde dafür sorgen, dass er bestraft wurde. Das hatte sie schon beschlossen, ehe sie Boston verlassen hatte. Sie wollte nicht, dass die Polizei sich da einmischte, denn das würde nur zu endlosen Ermittlungen führen, bei denen man vielleicht nicht genügend Belastungsmaterial fände. Das konnte Audrey nicht riskieren. Nur ihr stand es zu, für Gerechtigkeit zu sorgen. Aber noch war sie nicht sicher, wie sie das bewerkstelligen sollte. Besser gesagt, sie wusste noch nicht, ob sie den Mut aufbringen würde, dem Schriftsteller das anzutun, was er verdiente. Deshalb beschränkte sie sich einstweilen darauf, ihn zu beobachten. Maxwell hatte sich von einem Raubtier in Audreys Beute verwandelt.

Und da war er endlich. Als Audrey sah, dass der Schriftsteller sein Haus verließ, zog sie sich noch tiefer in ihr Versteck zurück. Seine Gesichtszüge konnte sie aus dieser Entfernung nicht erkennen, dennoch ging ein Adrenalinstoß durch ihren Körper. Möglicherweise war das ein Warnzeichen, vielleicht aber auch nur das Jagdfieber.

Maxwell trug eine saloppe, braun-grün karierte Flanelljacke. Sich räkelnd ging er zu einem Schuppen, der ans Haus angebaut war, und kam mit einem Korb voller Holz für den Kamin zurück. Das waren die alltäglichen Verrichtungen eines ganz normalen Mannes. »Logisch«, sagte sich Audrey. »Was hast du erwartet?« Auf diese Frage wusste sie keine Antwort, denn was sie – völlig naiv – nicht erwartet hatte, war ein Mann, der nicht auf den ersten Blick abstoßend und hassenswert wirkte, dem nicht »Mörder«, »Entführer« oder – am verabscheuungswürdigsten – »Päderast« auf die Stirn gestempelt war.

Vermutlich würde Maxwell jetzt frühstücken. Wenn sie nur auch etwas hätte, das sie sich in den Mund stecken könnte. Seit dem Vormittag des Vortages hatte sie nichts mehr gegessen. Audrey schämte sich beinahe für ihren Hunger, doch ihre Eingeweide hatten keine Scheu, sich zu beschweren.

Der Schriftsteller ließ sich Zeit mit dem Frühstück. Er kam erst eine Stunde später wieder aus dem Haus. Audrey vergewisserte sich, dass er mit seinem Auto fahren wollte, dann rannte sie zu ihrem eigenen Wagen zurück. Nur eine einzige Straße führte zu Maxwells Haus, daher wusste sie genau, welchen Weg der Schriftsteller nehmen würde. Sie folgte ihm Richtung Osten zur zentralen Ortschaft der Insel und versuchte dabei, immer einen gewissen Abstand einzuhalten, mehr aufgrund ihrer Kinoerfahrung, als weil das wirklich nötig gewesen wäre. Sie waren allein auf dieser Privatstraße, die zu bestimmten Zeiten im Jahr sogar von privaten Wachleuten kontrolliert wurde, im Augenblick allerdings nicht – Glück für Audrey. Sonst wäre es nicht so leicht für sie gewesen, so nahe ans Haus des Schriftstellers heranzukommen.

Ohne Zwischenfälle erreichten sie den Ort. Audrey folgte Maxwell auch dort durch die Straßen, bis er das Auto abstellte. Sie parkte ein Stück weiter an einer Ecke. Der Schriftsteller betrat den einzigen Supermarkt am Platz, den Village Market. Audrey hielt es zunächst für besser zu warten, bis er wieder herauskam, doch dann kam ihr in den Sinn, dass es vielleicht noch einen zweiten Eingang gab, durch den der Schriftsteller unbemerkt hinauskönnte. Daher betrat sie das Geschäft ebenfalls. Maxwell unterhielt sich mit einer Kundin. Audrey stellte sich an eine Gemüseauslage und gab vor, etwas zu suchen, doch sie achtete nur auf den Schriftsteller. Sie verspürte den dringenden, beinahe manischen Wunsch, seine Stimme zu hören, zu belauschen, was er gerade sagte.

»Danke, Mrs Holter. Ich hoffe, ich sehe Sie bei der Signierstunde.«

»Natürlich komme ich, Mr Maxwell. Jeden Abend lese ich meinen Enkeln eine Ihrer Geschichten vor.«

Audrey wurde übel. Es war, als spielten zwei gute Schauspieler eine Szene durch. Perfekt und idyllisch. Die Handlung könnte lauten: »Er ist ein Schriftsteller, der seinen Beruf liebt und sich durch harte Arbeit eine gewisse Berühmtheit erworben hat; sie ist eine angesehene Großmutter, die ihre Enkel liebt und das Talent des Schriftstellers bewundert.« Erneut überkam sie das Gefühl, dass hier irgendetwas nicht passte. Maxwell war kein Ungeheuer. Jedenfalls wirkte er nicht so. Und das verwirrte sie. Eigentlich dürfte sie das nicht verwirren, schließlich war sie Psychiaterin und wusste, dass die Menschen fast nie das sind, was sie zu sein scheinen.

»Kann ich Ihnen helfen?«

»Was?«

Es fiel Audrey schwer, ihre Aufmerksamkeit von Maxwell abzuwenden und auf den Angestellten des Supermarkts zu richten, der sie gerade angesprochen hatte.

»Ich habe gefragt, ob ich Ihnen helfen kann.«

»Nein, danke. Ich glaube eigentlich, ich werde heute gar kein Gemüse kaufen.«

Der Angestellte nickte freundlich.

»Wenn Sie irgendetwas brauchen, sagen Sie es mir.«

»Das mache ich. Danke.«

Während sie aus dem Augenwinkel beobachtete, wie der Angestellte wieder an seinen Platz ging, ertönte hinter ihr eine Stimme.

»Dieser Porree ist hervorragend. Sie bauen ihn hier an.«

Es war Maxwell. Die alte Dame war gegangen, und nun sprach der Schriftsteller mit ihr. Audrey wünschte, sie wäre nicht aus dem Auto gestiegen. Sie wollte nicht, dass Maxwell ihr erzählte, wie hervorragend der Porree auf Fishers Island war. Sie wollte nichts weiter von ihm wissen. Sie wollte ihn nicht als menschliches Wesen sehen.

»Ich hasse Porree«, sagte Audrey in eisigem Ton, ohne sich zu Maxwell umzudrehen.

Sie hatte ihm nicht ins Gesicht sehen wollen, doch er ging um die Gemüseauslage herum und stellte sich vor sie.

»Und wie wäre es mit einem Stück Kürbis? Damit können Sie ein köstliches Püree machen.«

Ja. Das war zweifellos der Clown mit den gelben Luftballons. Er war fünf Jahre älter und ein wenig dicker geworden, hatte ein beachtliches Doppelkinn und diverse neue Falten im Gesicht. Aber er war es. Maxwell war der Clown, der neben Eugene auf dessen letztem Foto posierte.

»Ich heiße Anthony Maxwell.«

»Ich weiß … ähm … ich meine …«

»Sie wissen also, wer ich bin. Ich hingegen weiß nicht, wer Sie sind. Das ist unfair.«

Er klang nicht, als ob er ihr ernsthaft grollte, doch nun war Audrey gezwungen, sich vorzustellen.

»Ich heiße Audrey Ba- … Baker.«

Sie wollte ihm ihren richtigen Nachnamen nicht nennen, obwohl es ihr schwergefallen wäre, das zu begründen.

»Ist mir ein Vergnügen, Audrey. Aber jetzt habe ich kein Gesprächsthema mehr, weil ich vermute, dass Sie außer meinem Namen auch meinen Beruf kennen.«

»Sie schreiben Geschichten für Kinder.«

»Ja. Unter dem Pseudonym Bobby Bop. Sagen Sie bloß, das wussten Sie nicht?«

»Nein«, log Audrey.

»Kinder sind meine Leidenschaft. Es gibt auf der Welt nichts Wunderbareres. Haben Sie Kinder, Audrey?«

Noch nie war ihr die Antwort auf eine Frage so schwergefallen.

»Nein, ich habe keine Kinder.«

»Wie schade. Kinder bereichern unser Leben, das versichere ich Ihnen.«

Während er dies sagte, wog er in der Hand eine glänzende, in der Mitte durchgeschnittene Wassermelone. Audrey fand die Vorstellung, der Mann, an dem sie sich rächen wollte, könnte Kinder haben, entsetzlich.

»Und Sie? Haben Sie Kinder?«

Der Schriftsteller legte die Wassermelone zurück und sah Audrey fest in die Augen.

»Ich habe keine eigenen Kinder, aber ich *liebe* die Kinder der anderen.«

»Entschuldigen Sie mich«, sagte Audrey plötzlich.

Unter dem Kragen ihrer Bluse wurde ihr glühend heiß. Wenn er noch eine Sekunde weiterredete, würde ihr das Herz zerspringen. Erstaunlich ungerührt beobachtete Maxwell, wie sie überstürzt das Geschäft verließ.

»Was hat die denn gestochen?«, fragte der Angestellte, der die Unterhaltung mit angehört hatte.

»Ich habe keine Ahnung«, sagte Maxwell. »Ich nehme die beiden da«, fügte er hinzu und meinte die beiden Wassermelonenhälften.

24

Boston

Als Cloister zurück zum Vendange Building ging, war er nicht sicher, ob er das wirklich wollte, doch zugleich fühlte er sich unwiderstehlich dorthingezogen. Er war verstört, sein Kopf voller miteinander unvereinbarer Ideen. Als Ermittler durfte er sich nicht vom Kern des Rätsels entfernen, und als Mensch – als der Mensch, der er war, mit seinen Zweifeln und seinem Wissensdurst – musste er dies zu Ende bringen und seine Ängste überwinden. Doch er schritt nicht so zuversichtlich aus, wie er es sich gewünscht hätte. Dafür war sein Selbsterhaltungstrieb verantwortlich. Der primitivste Teil seines Gehirns widersetzte sich der Vernunft.

Unten in der Krypta fiel Cloister erneut die bedrückende Atmosphäre auf. Doch nun würde er das nicht mehr als Einbildung abtun. Es war real. Sehr stark spürbar. Man konnte es geradezu mit Händen greifen. Der Grund dafür lag, wie seine Kollegen von den Wölfen gesagt hätten, in einer starken Konzentration übersinnlicher Energie.

Der Priester beschloss, die üblichen Regeln zu befolgen. Die erste lautete: nichts überstürzen. Er hatte eine Batterielampe bei sich, die er nun etwa in der Mitte des Raums aufstellte. Dann stellte er das mit neuen Batterien versehene Diktiergerät auf den Altar und holte sein Notizheft aus der Tasche. Er las noch einmal die Fragen durch, die er sich notiert hatte. Dann stieß er einen langen Seufzer aus, atmete tief durch und aktivierte das Diktiergerät. Mit lauter Stimme stellte er seine Fragen, wobei er nach jeder Frage auf die Uhr sah und sechzig Sekunden wartete. Er ging davon aus, dass eine Minute je Antwort genügen würde, denn die Fragen waren einfach und direkt. Am Ende fügte er noch eine Frage hinzu, die ihm just in diesem Augenblick einfiel.

»Ich heiße Albert Cloister. Bist du sicher, dass ich derjenige bin, mit dem du reden willst?«

»Warum willst du mit mir reden?«

»Wer bist du?«

»Was willst du von mir?«

»Kannst du auch anders in Erscheinung treten?«

»Bist du die Seele eines verstorbenen Menschen?«

»Was bist du?«

»Woher kommst du?«

»Wo bist du?«

»Bist du ein wohlmeinendes oder ein böses Wesen?«

»Bist du der, der durch den Mund des Gärtners gesprochen hat?«

Da er mit seinen späteren Fragen nicht auf etwaige Antworten eingehen konnte, überschnitten sich die Fragen teilweise. Einige Fragen waren bereits in anderen enthalten, doch das war keine schlechte Idee, ganz im Gegenteil. Es ist immer gut, Fragen in anderen Worten zu wiederholen, um die Zuverlässigkeit einer Aussage zu überprüfen. Es kam schließlich nicht auf die Eleganz der Befragung an, sondern auf deren Wirksamkeit.

Nach Beendigung dieses Gesprächs ohne hörbaren Gesprächspartner, beendete Cloister die Aufnahme, um sich anzuhören, was das Gerät aufgezeichnet hatte.

»Ich heiße Albert Cloister. Bist du sicher, dass ich derjenige bin, mit dem du reden willst?«

»Ja.«

Eine knappe, eindeutige Bestätigung. Das Wesen antwortete ihm.

»Warum willst du mit mir reden?«

»Weil du mit mir wirst reden wollen.«

»Wer bist du?«

»Dein unsichtbarer Freund … Besser gesagt, dein unsichtbarer Feind.«

In dieser Antwort lag ein Anflug der Ironie, die Cloister auch an der ersten Tonbandstimmenaufnahme bemerkt hatte.

»Was willst du von mir?«

»Deine Seele.«

»Kannst du auch anders in Erscheinung treten?«

»Ja.«

Es war ein sehr gedehntes Ja, als wollte das Wesen sich mit seiner Macht brüsten.

»Bist du die Seele eines verstorbenen Menschen?«

»Nein.«

»Was bist du?«

»Das, was ich bin.«

»Woher kommst du?«

»Aus dem Immerdar, vom Beginn der Zeiten, aus der Ewigkeit.«

»Wo bist du?«

»Überall.«

»Bist du ein wohlmeinendes oder ein böses Wesen?«

»Ich stehe über Gut und Böse.«

»Bist du der, der durch den Mund des Gärtners gesprochen hat?«

»Ja.«

Mit jeder Antwort wuchs Cloisters Beunruhigung. Die Antworten kamen ohne Zögern und klangen sehr bestimmt. Zum ersten Mal seit seiner Kindheit verspürte Cloister nicht nur Angst, sondern Panik. Das Diktiergerät umklammernd, verließ er eilig die Krypta und wäre beinahe auf der Leiter ausgerutscht, die nach draußen führte. Ihm wurde bewusst, dass er völlig verkrampft war und zitterte. Er verließ das Gebäude und streifte ziellos durch die Straßen. Es war bereits dunkel und sehr kalt, denn es war eine wolkenlose, klare Nacht. Die Sterne standen majestätisch am Himmel, trotz der vielen Lichter der Stadt deutlich sichtbar. Boston war nicht so groß wie New York. Dort sah man die Sterne nie. Die Stadt, die nie schläft, ist auch die Stadt, in der der Nachthimmel nie zu sehen ist, schlicht und ergreifend deshalb, weil die vom Erdboden abgestrahlten Millionen Watt eine Glocke aus diffusem Licht erzeugen. Doch in Boston konnte man in wolkenlosen Nächten noch einige Sterne sehen – diese Lichter, die unseren Geist in Bann schlagen und an ferne, unbekannte Orte entführen, die unsere Fantasie ebenso stimulieren wie der Anblick der leuchtenden Himmelskörper selbst.

Nach einer Weile setzte Cloister sich neben der Statue des Abolitionisten William Lloyd Garrison auf eine Bank auf dem Mittelstreifen der Commonwealth Avenue. Seine Hand schmerzte, so fest hielt er das Diktiergerät umklammert. Er legte es neben sich auf die Bank, als schaffte er so auch Abstand zu dem, was er soeben gehört hatte, und lehnte sich zurück, um den Himmel zu betrachten. Sein dampfender Atem trübte seinen Blick wie eine flüchtige Wolke. Der Verkehrslärm war beinahe verstummt. Er nahm das Diktiergerät und lauschte erneut der Stimme, die sich ihm unauslöschlich eingeprägt hatte. Die Stille der alten Krypta barg eine ohrenbetäubende Präsenz.

»Na, mein Freund?«, sprach ihn eine dunkle Gestalt an, die unversehens neben ihm aufgetaucht war.

»Was …?«

»Haben Sie mal ’ne Zigarette, Mann?«

»Tut mir leid«, erwiderte der Priester und musterte seinen Gesprächspartner, einen alten Bettler mit schütterem, ungewaschenem Haar, abgetragenem Mantel und blauer Wollmütze. »Ich rauche seit einem Monat nicht mehr.«

»So ein Pech.«

»Das können Sie laut sagen.«

Im Augenblick hätte Cloister eine ganze Schachtel rauchen können.

»Warten Sie mal … mal sehen.« Der Bettler steckte die Hand in die schmuddeligen Falten seines Mantels. »Na, so was, da hab ich doch wirklich ’ne Schachtel Kippen! Sogar Lucky Strike.«

»So ein Glück«, sagte Cloister und nahm eine zerknitterte Zigarette aus der Schachtel, die der Bettler ihm hinhielt.

»Irgendwo müsste ich auch noch Streichhölzer haben …«

Cloister merkte, dass er gar nicht rauchen wollte. Er war es satt, Opfer des giftigen Tabaks zu sein. Doch es erschien ihm unhöflich, dem Bettler die Zigarette zurückzugeben. Der gab ihm Feuer und setzte sich neben ihn auf die Bank, nachdem er mit einer Geste um Erlaubnis gebeten hatte.

»Sie sind wunderschön, was?«, meinte der Alte, den Blick zum Himmel gerichtet.

»Ja, das sind sie.«

»Was macht eigentlich so ’n eleganter Herr wie Sie um diese Uhrzeit allein hier, wenn ich fragen darf? … Hat Ihre Frau Sie rausgeworfen?«

»Ich bin nicht verheiratet. Ich wollte einfach spazieren gehen.«

»Um diese Uhrzeit! Bei der Kälte frieren einem ja die Gedanken im Kopf ein.«

Cloister rauchte, ohne zu inhalieren, doch das tat er beinahe unbewusst. In Gedanken war er ganz weit weg. Die Unterhaltung mit dem alten Bettler beanspruchte sozusagen nur die äußerste Schicht seiner Aufmerksamkeit; das, was er mit seinem Diktiergerät aufgenommen hatte, beschäftigte hingegen seinen innersten Kern.

»Wollen Sie 'n Schluck, Mann?«, fragte der Bettler und wedelte mit einem Flachmann mit irischem Whiskey.

Bei diesem Angebot lächelte der Priester zum ersten Mal. Nun wurde er sich der Situation erst richtig bewusst. Ein armer Mann ohne Dach überm Kopf, gekleidet in Lumpen, spendierte ihm eine Zigarette und etwas zu trinken. Ein freigebiger Mann, trotz seiner Armut. Das war bewunderswert.

»Nein, danke, eigentlich …«

»Eigentlich was?«

»Ich meine, ich trinke normalerweise nicht … Obwohl – was soll's. Geben Sie her. Ehrlich gesagt, kann ich einen Schluck jetzt gut vertragen.«

Die beiden Männer teilten sich den Whiskey auf ihrer Bank auf der Commonwealth Avenue, rauchten und betrachteten die Sterne am Firmament. Der Priester schwieg und versuchte, eine Erklärung für das Geschehene zu finden oder, besser gesagt, einen Spalt, durch den er einen Lichtschimmer sehen würde. Er verspürte eine gewisse Ruhe, wie sie für die Verzweiflung typisch ist, die Ruhe vor dem Sturm.

»Wussten Sie, dass Kennedy oft den Himmel beobachtet hat?«

Die Stimme des Alten klang verändert, nicht so barsch wie zuvor. Seine Augen waren feucht.

»Kennedy«, fuhr er fort, »hat den Leuten versprochen, dass der Mensch zum Mond fliegen würde. Und so ist es ja auch gekommen. Wenn die heutigen Politiker bloß öfter in den Himmel gucken würden …«

Er brach ab. Tränen fielen in seinen schütteren Bart. Jeder Mensch trägt eine Geschichte mit sich herum, doch die Geschichte eines Obdachlosen ist immer traurig.

»Ich muss jetzt ins Asyl«, sagte der Obdachlose und stand auf.

»Danke für die Zigarette und den Whiskey«, entgegnete Cloister und stand ebenfalls auf. »Erlauben Sie mir, dass ich Ihnen ein paar Dollar gebe.«

»Da sage ich nicht nein, mein Freund, ganz und gar nicht.«

Der Priester zog einen Zwanzigdollarschein aus der Brieftasche und reichte ihn dem Mann. Der warf einen Blick darauf und zerknüllte ihn dann in seinen geschwollenen Fingern, die in einem Wollhandschuh ohne Finger steckten.

»Ein *Andrew Jackson!* Vielen Dank. Das ist wirklich großzügig von Ihnen.«

Der Alte verwahrte das Geld in einer Tasche, deutete eine höfliche Verbeugung an und ging langsam davon. Er musste um die siebzig Jahre alt sein, allerdings war das bei seinem Aussehen mit dem langen schütteren Haar und Bart schwer zu schätzen. Cloister sah ihm nach. An diesem Abend hatte er eine Lektion gelernt. Er sagte sich wieder einmal, dass nichts zufällig geschieht. Die beiden Ereignisse des heutigen Abends mussten irgendwie miteinander zusammenhängen. Die Begegnung mit einem Bettler, der großzügiger war als viele wohlhabende Menschen, unmittelbar nachdem er unten in der Krypta diese Stimme aufgezeichnet hatte, schien ihm zu bedeuten, dass es sich lohnte, für die Menschheit zu kämpfen, trotz all ihrer Probleme, Widersprüche und Fehler. Selbst wenn das nicht stimmte, war es doch ein schöner Gedanke.

Im flackernden Licht der Sterne, die in der fernen kosmischen Schwärze wie Lebewesen pulsierten, hörte Cloister sich die Aufnahme noch mehrmals an. Allmählich beruhigte er sich und fasste wieder Mut. Er war nicht bereit, kampflos zum Rückzug zu blasen. Er musste in die Krypta zurückkehren und dem Wesen, das zu ihm gesprochen hatte, gegenübertreten. Der Wahrheit gegenübertreten.

Still sprach er ein Gebet, während er zurückging. In dieser Nacht würde er mit dem Wesen nicht nochmals Kontakt aufnehmen. Mit dem unsichtbaren Feind, der ihn hierhergelockt hatte. Mit jenem unbekannten Wesen, das behauptete, seine Seele zu wollen und wie Gott überall zu sein. Mit diesem Wesen aus einer anderen Dimension, das nach eigener Aussage über Gut und Böse stand. Im Augenblick wollte Cloister lediglich in die Krypta zurückkehren, um Stärke zu demonstrieren.

Vor dem Vendange Building blieb er einen Augenblick stehen. Über ihm hing an einem Pfahl das Straßenschild der Straße, die in rechtem Winkel von der Commonwealth Avenue abging. »Dartmouth« stand darauf, der Name eines Orts in England, der ihn an Dartmoor und damit an *Der Hund von Baskerville* erinnerte, einen der Fälle von Sherlock Holmes, dem weltberühmten Detektiv, bei dem es irgendwo hieß, Leben und Tod bergen Dinge, die wir nicht verstehen können. Die Bedeutung des Wortes »Dartmouth« war voller Ironie: Pfeilmund. Der Pfeil des Wortes, der Mund, der damit verletzt.

Cloister schritt erneut durch den Kohlenschuppen und den Lichthof, stieg nochmals in den Raum mit den tragenden Pfeilern hinab und ging von dort in die Krypta. Komme, was da wolle, morgen war ein neuer Tag.

25

Boston

Audreys Anruf hatte Joseph zu nachtschlafender Zeit geweckt. Seitdem machte er sich zunehmend Sorgen um sie. Ihre Stimme hatte nach Abschied geklungen, und das hatte ihn sehr beunruhigt. Er hatte versuchte, sie zurückzurufen, doch Audrey hatte ihr Handy abgeschaltet. Joseph befürchtete, dass sie irgendeine Dummheit begehen könnte. Sie war eine gequälte Frau, und vielleicht war der Tod der Ehefrau ihres Freundes, dieses Professors an der Universität Harvard, der Tropfen gewesen, der das Fass ihrer Verzweiflung zum Überlaufen gebracht hatte. Er musste sie finden. Doch bisher war keiner seiner Versuche, ihr auf die Spur zu kommen, von Erfolg gekrönt gewesen.

Audrey hatte sich in Luft aufgelöst. Dies waren die Worte ihrer Sekretärin, die Joseph am frühen Morgen anrief. Bei der Oberin des Altenheims, die er persönlich aufsuchte, hatte er auch nicht mehr Glück. Sie hatte ebenfalls keine Nachricht von Audrey und machte sich größte Sorgen um sie. »Sie hat ihre Aktentasche hier vergessen und ist nicht gekommen, um sie zu holen, sie hat nicht einmal angerufen und sich nach ihr erkundigt«, sagte Mutter Victoria. »Das ist gar nicht typisch für Audrey. Sie ist normalerweise so professionell, so sorgfältig …«

Die Besorgnis der Nonne war echt, doch Joseph hatte ganz deutlich den Eindruck, dass sie nicht völlig aufrichtig zu ihm war und etwas zurückhielt, das sie ihm nicht erzählen wollte.

Damit hatte er recht, doch er konnte natürlich nicht wissen, was die Oberin vor ihm geheim hielt: das Exorzismusritual, das Audrey so erschüttert hatte. Mutter Victoria fürchtete um Audreys körperliche Unversehrtheit, doch was sie wirklich quälte, war die Sorge um die Unversehrtheit ihrer Seele. Sie hätte diese Bürde gerne mit dem Feuerwehrmann geteilt, doch sie gestattete es sich nicht. Die Vorsicht gebot, dass er nichts von alldem erfuhr.

Joseph hatte sonst niemanden, an den er sich wenden konnte, doch er würde nicht aufgeben. Er hatte Daniel beim Brand des Klosters nicht im Stich gelassen, und er würde auch für Audrey alles tun, was ihm möglich war.

26

Boston

In der Tiefe der vergessenen, von einer unbekannten Energie erfüllten Krypta versank Albert Cloister in Gedanken, die sich seiner bewussten Kontrolle immer weiter entzogen. Ohne zu wissen, wie oder warum, wurde ihm plötzlich schwindelig, und er musste sich setzen. Beinahe sofort und ohne etwas dagegen tun zu können, fiel er in einen tiefen Schlaf und betrat das Universum des Unterbewussten. Die Traumbilder schufen eine trügerische Realität, in der die Dimensionen von Raum und Zeit aufgehoben waren.

Ein wolkenloser, unbeschreiblich blau-transparenter Himmel überspannte eine grenzenlos weite Landschaft. Unbekannte friedliche Tiere weideten an einem still dahinfließenden Bach. Blumenduft erfüllte die Luft. Cloister flog über Felder dahin. Im Hintergrund rückten Berge näher. Sie waren schön, ihre Gipfel schneebedeckt. Jenseits der Berge lag ein türkisfarbenes Meer mit weiß gekrönten Wellen. Tausende von Fischen durchbrachen die Wasseroberfläche und sprangen durch die Luft. In dieser irrealen Welt war die Glückseligkeit so real wie in der realen Welt ein Fels.

Die Sonne versank am Horizont. Majestätisch ging der Mond auf und schien fast ein Gesicht zu haben. Er war herrlich, hell leuchtend, ein Beschützer. Nun schwebte Cloister über einer Stadt mit Schiefer- und Ziegeldächern, Dachterrassen und Straßen. Die Lichter der Stadt leuchteten vielfarbig.

Plötzlich tauchte das Vendange Building vor ihm auf, und er flog hinein. Er war allein. Frieden und Heiterkeit wichen einem Gefühl der Verlassenheit. Er verspürte eine große Leere in der Brust, ein Gefühl, das sich immer mehr verstärkte, je näher er in seinem Traum der Krypta unter dem Gebäude kam. Alles war wie immer, und zugleich irgendwie ganz anders.

Immer noch schwerelos schwebte er hinein. Auf dem Altar lag eine Frau. Sie war nackt und sehr schön, mehr noch: Sie war berückend schön. Sie besaß üppige Brüste und einen flachen Bauch, und darunter lag ihr Geschlecht hinter schwarzem Schamhaar wie hinter einem Schleier verborgen. Ihre Haut war tiefbraun, und selbst aus der Entfernung sah er ihr Herz vor Verlangen wild klopfen. Sie blickte den Priester an und drehte sich dabei um. Cloister begehrte diese Frau und verspürte zugleich den Impuls zu fliehen. Doch er konnte sich nicht abwenden. Da war eine Anziehungskraft, der sein immer schwächerer Widerstand kaum etwas entgegenzusetzen hatte. Die Frau stand auf, und ihr üppiger Körper bot sich dem Blick des Priesters in all seiner Herrlichkeit dar. Sie steckte die Finger in den Mund und leckte lüstern daran. Dann führte sie die Hand hinab zu ihrem Geschlecht und streichelte sich, bis sie sichtbar feucht wurde.

Cloister befand sich direkt vor ihr. Er umarmte sie und spürte ihre Brüste an seiner Brust. Ihre Münder trafen sich, und ihre Zungen verflochten sich ineinander. Die Frau begann, Cloister zu entkleiden. Sie zog ihm die Jacke aus, dann das Hemd, öffnete seinen Gürtel und ließ seine Hose herab. Dann versetzte sie ihm einen Schubs, so dass er auf den Altar fiel. Der Priester lag auf dem Rücken, sein Glied voll erigiert. Die Frau setzte sich auf ihn, und er drang heftig in sie ein. In diesem Augenblick gab es keine Gewissensbisse; die waren an einen fernen Ort geflüchtet. Er und die Frau bewegten sich mit immer größerer Heftigkeit, fieberhaft. Die Frau ritt ihn in wilder Ekstase. Dann verwandelte ihr lustvolles Stöhnen sich in Schmerzensschreie.

»HÖR AUF, HÖR AUF!«, schrie Cloister und versuchte, sie zu bremsen.

Da sah er, dass heißes Blut über ihn strömte, wie vulkanische Lava lief es über seinen ganzen Körper. Als er die Augen der Frau sah, musste er einen zweiten Schrei ersticken. Ihr Gesicht war völlig verändert. Ihre Augen glänzten, und ihr Mund schnappte nach Luft wie ein Fisch auf dem Trockenen. Ihr ganzer Körper war mit Schweißperlen bedeckt. Plötzlich hielt sie inne, und ihr Gesicht erschlaffte ruckartig. Ihre Augen erloschen, und ihr Mund schloss sich. Ein letztes klägliches Stöhnen, und sie sank vornüber auf dem Priester zusammen.

Cloister schrak hoch und war zurück in der Wirklichkeit. Er hatte einen grauenvollen Alptraum gehabt und war völlig verwirrt, sein Herz schlug wie wild. Er bemerkte, dass er schweißgebadet war. Er verspürte die gleiche Angst wie ein Kind, wenn das Licht ohne Vorwarnung ausgeht und alles finster wird … Der Traum war so lebhaft, so real gewesen. Er vergewisserte sich sogar, dass er nicht blutüberströmt war. Das war er zwar nicht, doch beschämt bemerkte er einen feuchten Fleck auf seiner Hose.

Was der Jesuit selbstverständlich nicht wissen konnte, war, dass Daniel nicht weit von hier im Altenheim der Vinzentinerinnen ebenso schweißgebadet und mit Tränen in den Augen erwacht war und das Federbett umklammerte. Er schrie nicht, er stöhnte nur kaum hörbar vor Entsetzen. Auch er hatte einen grauenvollen Alptraum gehabt.

Allmählich beruhigte Cloister sich ein wenig. Sein Mund war ausgetrocknet und seine Zunge belegt, zudem verspürte er eine tiefe seelische Unruhe. Er empfand einen unwiderstehlichen Drang, mit dem Wesen zu kommunizieren. Dieser Alptraum konnte kein Zufall sein. Es gab keine Zufälle, nur die Unwissenheit desjenigen, der den Grund eines Vorfalls nicht kennt.

»Hat dir mein Geschenk gefallen? Du kannst es gar nicht leugnen. Ich weiß, dass es dir gefallen hat.«

Dies waren die ersten Worte, die sein Diktiergerät diesmal aufgezeichnet hatte. Als Cloister das Gerät in der beklemmenden Atmosphäre der Krypta einschaltete, ertönten sie aus dem kleinen Lautsprecher. Wer oder was auch immer da mit ihm kommunizieren mochte, er machte nicht viel Federlesens.

Angewidert stieß Cloister die Luft aus. Er war dem Wesen, das seine Seele wollte, in die Falle gegangen. Konnte es der Teufel sein? Das schien die einfachste Lösung. Und vielleicht sogar die richtige. Es war ihm gelungen, Cloisters Herz mit Schuld zu erfüllen, mit der Schuld, lustvoll gesündigt zu haben. Der Frau, die ihn in seinem Traum aufgesucht hatte, war es gelungen, die niedersten Instinkte in ihm anzusprechen, die sexuelle Leidenschaft, die Fleischeslust. Als Priester hatte er ein Keuschheitsgelübde abgelegt. Seither war er nie mehr mit einer Frau zusammen gewesen.

Die Aufzeichnung endete mit einem Lied, das Albert Cloister aus seiner Jugend kannte, als er zum ersten und einzigen Mal verliebt gewesen war. Er hatte das Gefühl, sein Herz werde mit einer Säge geöffnet und etwas sehr Kostbares, das er dort aufbewahrt hatte, werde herausgerissen. Das Lied war *She's A Mystery To Me*. Er bewahrte es zusammen mit der Erinnerung an sein Mädchen in einer goldenen Urne der Glückseligkeit auf. Es gehörte der Vergangenheit an, dennoch war es ein Teil von ihm, und es war rein.

Night falls, I'm cast beneath her spell
Daylight comes, our heaven's torn to hell
Am I left to burn and burn eternally
Eternally
Fallen angel cries
Eternally … hahaha!

Bei den letzten Zeilen klang die Stimme spöttisch, auf beleidigende Weise spöttisch. Und dieses Lachen am Ende … Warum lachte dieses Wesen? *Worüber* lachte es?

»Suchst du die Wahrheit?«, fragte die Stimme als Nächstes, nun wieder in eisigem Ton, zischend. *»Ja, du willst die Wahrheit wissen. Die echte Wahrheit, die weder Glauben noch Gläubige benötigt.«*

Ein kalter Schauder überlief Cloister. Das Wesen zitierte ihn beinahe wörtlich, zitierte die Schlusspassage seiner Doktorarbeit: »Der Glaube führt uns zur Wahrheit, aber die Wahrheit braucht keine Gläubigen; denn die Wahrheit bedarf nicht des Glaubens, doch der Glaube bedarf der Wahrheit sehr wohl.«

Die Wahrheit. Der Jesuit wollte tatsächlich die Wahrheit erfahren. Auch wenn er der vermeintlichen Wahrheit jenes Wesens misstraute, das ihn manipulierte und nach Lust und Laune steuerte, ihm die Seelenruhe raubte, ihm Angst einflößte, seine Urteilsfähigkeit trübte. Doch er war mutig genug, hierzubleiben und herauszufinden, was es herauszufinden gab. Jedes Wissen, sei es auch unangenehm oder schmerzlich, war der Unwissenheit vorzuziehen.

»Was ist die Wahrheit? Dass ›die Hölle überall ist‹ – dass diese schlechte Welt uns alle in die Verdammung reißt?«, brüllte Cloister in die staubige Luft der Krypta.

Er erwartete keine Antwort. Er hatte das deutliche Gefühl, einem vorherbestimmten Plan zu folgen. Voller Argwohn gegenüber dem Fürsten der Lügen, doch zugleich voller Begierde, die Wahrheit zu entdecken – dieser Wind, der seit seiner Kindheit die Segel seiner Seele blähte –, war Cloister bereit: Die Wahrheit war das Einzige, was alle Opfer lohnte.

»Ich werde jedes Spiel mit dir spielen«, brüllte er erneut die einsamen Wände an. »Ich will diese Wahrheit erfahren, von der du sprichst. Ich muss sie erfahren.«

In diesem Augenblick überlief ihn erneut ein eisiger Schauder. Er war an den Altar getreten, auf dem er in seinem Traum gesündigt hatte. Was ihm bei seinem ersten Besuch in der Krypta als blutige Schrift erschienen war – die Zahl 109 –, war nun frisch und glänzte im schwachen Licht der Lampe leuchtend rot. Die Flüssigkeit schien beinahe zu kochen.

Cloister war ans Ende der Aufzeichnungen gelangt. Er stellte das Gerät erneut an. Er benötigte Antworten. Nach kurzer Zeit leuchtete das Lämpchen, das eine Aufzeichnung meldete, auf.

»Was muss ich tun?«, hatte der Priester gefragt. »Wer bist du?«

Wenig später hörte er sich an, was das Diktiergerät aufgezeichnet hatte. Nach seinen Fragen erklang wieder ganz deutlich die feste Stimme jenes Wesens.

»Du vermutest ja schon, wer ich bin … aber du musst es glauben, und man glaubt nur das, was man selbst entdeckt. Du darfst in deinem Herzen keinen Zweifel zurückbehalten. Wenn du die Wahrheit kennst, wirst du auch nicht mehr zweifeln. Du musst ein Buch finden, aus dem du erfährst, was du wissen musst. Es befindet sich an einem Ort, den du gut kennst. Weit fort von hier, doch in der Nähe deiner geistigen Heimat. In der Nähe des Ortes, an dem du zum ersten Mal Kenntnis von mir erhalten hast … Seine Nummer lautet 4-45022-4. Es gibt nur eine Wahrheit, doch der Wege, die zu ihr führen, sind viele. Die Wahrheit – die Wahrheit, die du entdecken wirst – wird dich nicht befreien.«

27

Fishers Island

Audrey hatte eine Stunde Zeit. Im Rahmen einer lokalen Festivität würde der Schriftsteller Anthony Maxwell Bücher signieren und an einem Kinderfest in den Einrichtungen der Amerikanischen Legion von Fishers Island teilnehmen. Die Veranstaltung sollte zwei Stunden dauern, doch Audrey erschien es besser, den Zeitrahmen nicht ganz auszureizen. Deshalb hatte sie sich ein Zeitlimit von sechzig Minuten gesetzt, um ins Haus des Schriftstellers zu gelangen und es zu durchsuchen. Sie wusste nicht einmal, wonach sie suchen sollte, und sie fürchtete sich vor dem, was sie finden könnte.

Auf der Suche nach einem Weg hinein umrundete sie das ganze Haus – es war alles abgeschlossen. Maxwell hatte nicht einmal aus Versehen ein Fenster im Obergeschoss offen gelassen – was bei einem allein lebenden Mann völlig normal gewesen wäre. Zu Audreys Pech war der Mann genauso penibel, wie er wirkte. Sie fühlte sich machtlos. Und ihr lief die Zeit davon. Ihr blieben nur noch fünfundvierzig Minuten.

Die Idee für die Lösung kam aus völlig einer unerwarteten Richtung – nämlich von einem Spatzen.

»Das ist ja völlig verrückt …«

Zweifellos war es das. Doch sie sah keine Alternative. Sie würde durch den Schornstein einsteigen. Um aufs Dach zu gelangen, musste sie auf einen Baum klettern, der dicht am Haus stand. Seit zehn Jahren war Audrey auf keinen Baum mehr geklettert, doch zu ihrem Glück stellte dieser Baum keine große Herausforderung dar: Der Stamm war voller Äste und Vertiefungen, wo sie Halt finden konnte. Vom Baum aufs Dach zu gelangen, dürfte auch nicht allzu schwierig sein, denn ein kräftiger Ast reichte bis einen halben Meter vors Dach.

Audrey führte ihren Plan mit militärischer Präzision aus. Nach weniger als zehn Minuten war sie auf dem Dach und hatte lediglich ein paar harmlose Kratzer davongetragen.

Der Schornstein war nur wenige Meter entfernt, doch sie musste vorsichtig sein. Der Regen der vergangenen Nacht hatte die Dachziegel schlüpfrig gemacht. Eine kleine Unachtsamkeit, und sie würde sechs Meter tief fallen. Audrey hielt den Atem an, bis sie den gemauerten Schornstein erreicht hatte.

»Dann mal los«, feuerte sie sich selbst an.

Als sie auf dem Schornstein hockte, hatte sie die gute Idee, die Schuhe auszuziehen und in ihrem Mantel zu verstauen. Die Handschuhe zog sie nicht aus. So würde sie in Maxwells Wohnzimmer und im übrigen Haus nicht überall schwarze Fingerabdrücke und Fußspuren hinterlassen – vorausgesetzt, dass sie tatsächlich hineingelangte. Sie tastete mit dem Fuß nach der ersten Stufe der eisernen Kaminleiter und stieg in die undurchdringliche Dunkelheit des Schornsteins hinab. Sie bewegte sich sehr langsam und achtete auf jeden Tritt. Nach der Hälfte der Strecke spürte sie ein unerträgliches Kitzeln in der Nase, ausgelöst vom Ruß, der ihr auch in den Augen brannte und ihr die ausgetrocknete Kehle verklebte. Die Schornsteinfeger hatten jeden Cent verdient, den sie berechneten, um Schornsteine wie diesen zu reinigen. Sie verkniff sich das Niesen und betete, dass sie nicht irgendwo auf ein Vogelnest oder Fledermäuse treffen würde. Falls aus der Dunkelheit unversehens ein geflügeltes Wesen auftauchte, würde sie laut losschreien.

Schließlich war es unter ihren Füßen heller als über ihrem Kopf. Ihr fehlten noch vier Trittstufen bis zum Ende des Schornsteins, doch sie ließ sich Zeit. Im Geiste zählte sie die letzten Stufen: vier, drei, zwei, eins …

Die Asche am Boden des Kamins war kalt. An einer Seite stapelten sich die Scheite, die Maxwell am Morgen aus dem Schuppen geholt hatte. Audrey zog die Handschuhe aus, stülpte sie um und steckte sie in die Tasche. Trotz aller Vorsicht war ihr Mantel voller Ruß. Sie zog ihn aus und drapierte ihn über das Holz, um keine Spuren im Haus zu hinterlassen. Sie würde ihn holen, ehe sie ging. Unter dem Mantel war ihre Kleidung beinahe frei von Ruß geblieben. Sie klopfte ihre Füße ab, zog die Schuhe an und war bereit zur Durchsuchung von Maxwells Haus.

Kaum zu fassen, dass sie es geschafft hatte! Sie musste lächeln, und in ihrem rußverschmierten Gesicht blitzten die Zähne auf. Doch das Lächeln verschwand sofort, als sie sich vergegenwärtigte, wo sie sich befand und was sie hergeführt hatte. Besorgt sah sie auf die Uhr. Ihr blieben nicht einmal zwanzig Minuten bis zum Erreichen ihres Zeitlimits.

Das Wohnzimmer bot nichts Außergewöhnliches. Es sah aus wie das Refugium eines beliebigen alleinstehenden Erwachsenen mit Geschmack, der keine finanziellen Probleme hatte. Es gab zwei Sofas, einen alten Ledersessel vor dem Kamin – teure Möbel –, Stehlampen, viele Holzregale voller Bücher. Ein paar auffällige Einrichtungsgegenstände gab es auch: einen großen Plasmafernseher, eine Playstation und eine teure Stereoanlage der Marke Marantz. Audrey erschauerte, als ihr klar wurde, dass dieses Wohnzimmer auch ihr gehören könnte.

Sie beschloss, ins Obergeschoss zu gehen, wo sich vermutlich die Schlafzimmer befanden. Wenn es etwas zu entdecken gab, dann war der privateste Teil des Hauses der beste Ort für den Beginn ihrer Suche.

Noch eine Viertelstunde.

Der erste Raum, den Audrey betrat, war Maxwells Arbeitszimmer. Auf einem Tisch stand ein Computer, daneben lagen lose Blätter mit handschriftlichen Notizen, und an der Wand standen zwei Regale mit sämtlichen veröffentlichten Geschichten von Bobby Bop, Maxwells literarischem Pseudonym. Audrey nahm ein Buch aus dem Regal. Die Zeit lief ihr davon, doch sie musste ihre Neugier befriedigen. Sie schlug die erste Seite auf. Die Zeichnungen waren rundlich und einfach, wie bei Geschichten für die Kleinsten üblich. Eine lächelnde Lok spuckte Rauch aus dem Schornstein, und daneben stand auf einer Blumenwiese der Held der Geschichte, Bobby Bop.

»Er hat sein Gesicht«, sagte Audrey erstaunt und abgestoßen.

Bobby Bops Gesicht war grob und sehr vereinfacht gezeichnet, doch es gab eine unleugbare Ähnlichkeit zwischen ihm und seinem Schöpfer Anthony Maxwell.

Gedankenverloren begann Audrey, den in großen Buchstaben gedruckten Text zu lesen.

Guten Tag, Herr Zug!
Guten Tag, Bobby Bop! Was willst du den Kindern heute zeigen?

Audrey las auf der rechten Seite weiter. Dort befand sich ein weiteres Bild vom Herrn Zug und Bobby Bop. Die beiden wirkten nun sehr ernst.

Ich werde ihnen den Unterschied zwischen einem Menschen, den sie kennen, und einem fremden Menschen erklären.

Als Audrey dies las, musste sie schlucken. Sie wusste sofort, wie die Moral dieser Geschichte lauten würde. Sie blätterte so lange um, bis sie zur letzten Seite gelangte. Dort stand der gute Rat des weisen Bobby Bop:

Niemals, niemals, niemals darfst du mit fremden Leuten mitgehen.

Darauf folgte die unvermeidliche Abschiedsformel:

Was du tun sollst und was nicht, lernst du rasch mit Bobby Bop.

Mit zitternden Händen stellte Audrey das Buch zurück an seinen Platz und wandte sich dem nächsten Raum zu. Er war leer, ebenso wie die beiden folgenden Räume. Nun blieb ihr nur der Raum am Ende des Flurs: Maxwells Zimmer. Ein nervöser Blick auf die Uhr sagte Audrey, dass sie noch knapp zehn Minuten Zeit hatte. Sie ging schneller, doch dann stand sie unerwartet vor einer verschlossenen Tür. Sie hatte sich so darauf konzentriert, ins Haus zu gelangen, dass sie gar nicht mit der Möglichkeit abgeschlossener Räume im Haus gerechnet hatte. In dem verzweifelten Versuch, ins Zimmer zu spähen, kniete Audrey sich vor die Tür und sah durchs Schlüsselloch. Doch in ihrem beschränkten Blickfeld befand sich nur ein Fenster. Sie packte den Türknauf und drückte kraftvoll mit der Schulter gegen die Tür. Sie hoffte, das Schloss schließe nicht richtig und werde aufgehen, ohne dass sie die Tür aufbrechen müsse. Doch das geschah nicht.

»Verdammt!«

Nervös ging sie zurück ins Erdgeschoss und machte sich daran, die übrigen Räume zu durchsuchen: die Küche, das Esszimmer, eine kleine Vorratskammer und einen Raum, der als Waschküche diente. Sie entdeckte nichts Verdächtiges. Nun blieb noch der Keller, doch auch den konnte sie nicht betreten, weil er wie Maxwells Zimmer abgeschlossen war.

Audrey war wütend und enttäuscht. Die vergebliche Durchsuchung des Erdgeschosses hatte ihre Zeit aufgebraucht. Schlimmer noch: Sie hatte ihr Zeitlimit bereits um zwanzig Minuten überschritten. Sie musste sofort gehen. Mit vor Wut brennenden Augen ging sie ins Wohnzimmer, um ihren Mantel zu holen. Erst nachdem sie die Eingangstür geöffnet hatte, fiel ihr ein, dass sie überhaupt nicht überprüft hatte, ob es eine Alarmanlage gab. Es gab keine – Glück für Audrey. Sie trat auf die Veranda hinaus. Alles sah aus wie eineinhalb Stunden zuvor, bloß dass es nicht mehr so hell war. Bald würde die Sonne untergehen. Tief atmete Audrey die klare, eisige Luft ein. In ihrem Rücken fiel die Tür langsam ins Schloss. Doch im letzten Augenblick drehte Audrey sich um und packte den Knauf.

»Niemals!«, rief sie.

Wie der Blitz schoss sie durch den Eingangsbereich in die Küche. Mit einem riesigen Messer kam sie wieder heraus. Das Messer in der Hand, rannte sie die Treppe hinauf und blieb keuchend vor Maxwells Zimmertür stehen.

»Niemals!«, wiederholte sie.

Lautes Knirschen mischte sich in ihren Schrei, denn nun rückte sie der Holztür mit dem Messer zu Leibe.

»NIEMALS!«

Ein ums andere Mal hieb sie auf das Holz um das Schloss herum ein. Schließlich fiel das Schloss klirrend zu Boden, doch Audrey hackte weiter auf die Tür ein.

»DARFST DU MIT FREMDEN LEUTEN MITGEHEN!«

Es war der Satz aus der Geschichte von Bobby Bop, die Audrey gelesen hatte: »Niemals, niemals, niemals darfst du mit fremden Leuten mitgehen.«

Die nunmehr schlossfreie Tür ging von selbst auf – so mühelos, als wäre sie nie abgeschlossen gewesen. Endlich konnte Audrey in Anthony Maxwells Zimmer sehen.

Es war das Zimmer eines Perversen. Es sei denn, es gehörte wirklich einem Kind … Das Kopfende des für Maxwells Größe viel zu kleinen Bettes zierten Mickymausohren. Die Seiten des Bettes waren schwarz wie die Arme des Disneyschen Nagetiers und endeten in zwei wie weiß behandschuhte Hände gestalteten Holzstücken. Unter dem Bett lag ein bunter Teppich voller fröhlicher Zeichentrickfiguren: Donald Duck und seine Neffen, Minnimaus, Daisy Duck. Von der Decke hing ein Mobile von der Sorte, wie man sie über das Bett eines Säuglings hängt. Nach einigen Fehlversuchen gelang es Audrey, ein Vorführgerät in Gang zu setzen, das auf dem ebenfalls winzigen Nachttisch mit Motiven von Pooh, dem Bären, stand. Die Melodie eines Kinderlieds erklang, und im Takt der Musik drehten sich an der Decke Bilder von Hunden und Katzen, vom Mond und den Sternen, von lächelnden Kühen und Schafen. Die Vorstellung, dass ein fünfzigjähriger Mann im Dunkeln in diesem winzigen Bett lag und verzückt die leuchtenden Bilder an der Decke betrachtete, bis er einschlief, war erschreckend. Noch erschreckender war das, was an den Zimmerwänden zu sehen war. Audrey erinnerte sich noch an die Symbole, die Daniel mit blutroter Tinte an die Wand des Therapieraums im Altenheim gemalt hatte. Jetzt wusste sie, dass das kein Zufall gewesen war. Es musste sich um einen makabren Scherz des Teufels handeln, denn auch hier waren die Wände bemalt. Nicht mit den Symbolen der Zener-Karten, sondern mit etwas unvergleichlich Schlimmerem. Es waren Bilder, die Maxwell selbst gemalt hatte, aber sie hätten auch von einem Kind stammen können. Es gab viele verschiedene Szenen, alle mit dem unregelmäßigen Pinselstrich und den falschen Proportionen gemalt, wie sie für Kinderzeichnungen typisch sind. Es dauerte ein Weilchen, bis Audrey erkannte, dass es ein Muster in dem gab, was ihr zunächst als Chaos erschien, dass es möglich war, aus den unzähligen Bildern eine *Geschichte* herauszulesen.

Audrey entdeckte die Zeichnung eines Clowns mit Luftballons in den Händen (die Luftballons waren nicht ausgemalt, doch Audrey wusste auch so, dass sie gelb waren). Eine der Geschichten an der Wand war die ihres Sohnes Eugene … Die Beine gaben unter ihr nach, und sie sank zu Boden. Das Vorführgerät spielte weiter seine liebliche Melodie, die fröhlichen Figuren drehten über ihr an der Decke ihre Runden.

Eine andere Zeichnung zeigte eine Frau und einen kleinen Jungen neben einem Riesenrad. Auf der nächsten Zeichnung hatte sich der Clown mit den Luftballons neben sie gestellt. Auf der dritten Zeichnung erschien die Frau, Audrey, nicht mehr (sie hatte ihren Sohn eine halbe Minute lang aus den Augen gelassen – so lange hatte sie gebraucht, um Eugene Zuckerwatte zu kaufen).

Audrey weinte. Warum nur hatte sie jene verfluchte Zuckerwatte kaufen müssen? Eugene wäre noch bei ihr, wenn sie ihn nicht aus den Augen gelassen hätte. Er hätte keine Gelegenheit gehabt, mit einem Fremden – dem Clown mit den gelben Luftballons – mitzugehen. Audrey betrachtete die vierte Zeichnung. Der kleine Junge und der Clown saßen in einem Auto. Beide lächelten. Die fünfte Zeichnung war die vorletzte. Ein zu einem Viertel zunehmender Mond und fünf Sterne beleuchteten eine ländliche Gegend mit einem Fluss und mehreren Bäumen. Man sah weder den kleinen Jungen noch den Clown, doch die gelben Luftballons waren an einem Zaun angebunden. Audrey zwang sich, die letzte Zeichnung genau zu betrachten. Durch den Tränenschleier erkannte sie sie nur undeutlich. Erneut war das Innere eines Autos abgebildet.

Diesmal war der Clown allein.

28

Boston

Albert Cloister setzte sich auf eine Bank in der protestantischen Trinity Church in der Saint James Avenue. Er wollte nicht ins Jesuitenkolleg zurück. Er wollte an einem Ort des Gebets bleiben und die Lebensenergie anderer Menschen spüren, die wie er selbst ihre Bitten an den Herrn richteten. So sehr er sich auch bemüht hatte, die Bedeutung der Zahl 4-45022-4 aufzudecken, es war ihm bisher nicht gelungen. Das Buch, zu dem diese Nummer gehörte, sollte sich ja weit weg von Boston in der Nähe seiner spirituellen Heimat befinden, an einem Ort, den er gut kannte. An einem Ort, an dem er zum ersten Mal Kenntnis von dem Wesen erhalten hatte.

Seine spirituelle Heimat, das könnte Rom sein, oder vielleicht auch Chicago. In Chicago war er einst zu Hause gewesen, dort hatte er sich auch entschieden, den Weg Gottes einzuschlagen. In Rom hingegen saßen der Papst und die Wölfe Gottes, dort befand sich die Einsatzzentrale für seine Arbeit als Priester wie auch für seine Tätigkeit als Ermittler bei paranormalen Vorfällen. Im Augenblick allerdings saß dieser spezielle Wolf im Dienste des Allmächtigen im Mittelschiff einer protestantischen Kirche mitten in Boston und grübelte über einem Rätsel, das er nicht verstand. Oder könnte es sein, dass …?

Plötzlich schoss ihm eine Idee durch den Kopf. Die Nummer musste die Signatur eines Buches sein. Eine Signatur, aber … aus welcher Bibliothek? Wo hatte er solche Nummern schon gesehen, in der Nähe seiner geistigen Heimat? Gleich würde er darauf kommen, er spürte die Lösung bereits wie ein elektrisches Summen.

Natürlich! Solche Signaturen verwendete man in der spanischen Nationalbibliothek in Madrid.

Das passte zu dem, was das Wesen gesagt hatte. Madrid befand sich in der Nähe seiner spirituellen Heimat, dem Vatikan; in der Provinz Ávila, die an die Provinz Madrid angrenzte, lag das kleine Dorf Horcajo de las Torres, wo er den Satz »DIE HÖLLE IST ÜBERALL« zum ersten Mal erblickt hatte. Und die spanische Nationalbibliothek war dem Priester wohlvertraut, denn in diesem Gebäude aus dem neunzehnten Jahrhundert hatte er als registrierter Wissenschaftler viele Stunden mit der Durchsicht von Aktenbündeln und Manuskripten, Kodizes und alten Urkunden verbracht. Er hatte Freundschaft mit dem Leiter der Pressestelle, Cecilio Gracia, geschlossen, einem gebildeten, scharfsinnigen Mann mit großem Herzen und rascher Auffassungsgabe. Ihn würde er anrufen, um sich seine Vermutung bestätigen zu lassen.

Cloister sah auf die Uhr. Es war halb zwei. In Madrid wäre es jetzt früher Abend – halb sieben oder halb acht, er wusste nicht mehr, ob es in Spanien fünf oder sechs Stunden später war als in Boston. Jedenfalls konnte er im Büro seines Freundes anrufen und darauf hoffen, dass er noch arbeitete.

»Könnte ich bitte mit Señor Cecilio Gracia sprechen?«

»Wer möchte ihn denn sprechen?«, fragte eine Frauenstimme.

»Sein Freund Albert Cloister.«

Der Jesuit sprach perfekt spanisch, allerdings mit einem ganz leichten Akzent, wie er noch beim besten angelsächsischen Spanischsprecher kaum auszumerzen war.

»Albert! Was für eine Überraschung!«

»Schön, dass du noch im Büro bist, Cecilio.«

»Na ja, ich bin im Restaurierungsraum und beaufsichtige die Restaurierung eines sehr wertvollen *Beato*, aber man hat mir deinen Anruf durchgestellt. Was kann ich für dich tun?«

Gracia bestätigte Cloisters Vermutung. Die Nummernfolge 4-45022-4 konnte tatsächlich eine Signatur der Nationalbibliothek sein.

»Wenn du einen Augenblick Zeit hast oder in ein paar Minuten noch einmal anrufst, Albert, sehe ich schnell in der Datenbank Ariadne nach. Dann kann ich dir sagen, zu welchem Buch die Nummer gehört.«

»Ich warte gern, wenn es dir nichts ausmacht.«

»Ganz und gar nicht … Mal sehen … Ich öffne die Datenbank auf einem Computer hier im Raum … Gleich haben wir's, 4-45022-4 … Da: *Bericht über den Empfang, welchen Seine Heiligkeit Papst Paul V. und die übrigen Kardinäle dem Botschafter der japanischen Lande in Rom bereitet haben.*«

»Danke, Cecilio«, sagte Cloister, während er sich den Titel des Buches notierte. »Das ist mir eine große Hilfe. Ich muss leider gleich wieder Schluss machen. Bitte halte mich nicht für unhöflich. Ich rufe dich ein andermal an, dann reden wir.«

»Bis bald, mein Freund. Ich habe natürlich Verständnis dafür, wenn du viel zu tun hast. Pass auf dich auf. Ruf an, wann immer dir danach ist, ich würde mich freuen, wenn wir uns wieder einmal unterhalten können.«

Nun wusste Cloister, was die 4-45022-4 bedeutete, er kannte den Titel des dazugehörigen Buches und seinen Standort. Gut und schön, aber … was sagte ihm dieser Titel? Nichts. Rein gar nichts. Offensichtlich würde er herausfinden müssen, was er zu bedeuten hatte. Das würde sicherlich nicht ganz einfach sein. Er sollte sich dieses Buch besorgen. Nach Spanien fahren. Er war bereit, alles Nötige zu tun, wenn es dazu diente, die versprochene Wahrheit ans Licht zu bringen. Die größten Entdeckungen verbergen sich stets im Unbekannten.

Cloister mit der Wahrheit zu locken bedeutete, ihn bei seinem Ehrgeiz zu packen. Schon immer war er bereit gewesen, sich für die Wahrheit zu opfern oder Risiken dafür einzugehen. Einmal hatte ihm seine Wahrheitsliebe mehrere Ohrfeigen von einem gewalttätigen Lehrer eingetragen, den die Schule später entlassen hatte. Der Mann hatte ihn dazu bringen wollen, etwas zu gestehen, was er gar nicht getan hatte. Ironischerweise hieß dieser Lehrer ausgerechnet Goodman. Wenn Cloister damals schon wegen einer letztlich unbedeutenden Angelegenheit ohne zu zögern Schläge eingesteckt hatte, so würde er jetzt gewiss nicht auf die verheißene Wahrheit verzichten, wegen der so viele merkwürdige Dinge geschehen waren, auch wenn sie sich hinterher als Fata Morgana oder Täuschung eines Spötters herausstellen mochte. Er wusste, er würde sich kopfüber in dieses Rätsel mit ungewissem Ausgang stürzen. Er konnte nicht anders. Vielleicht hatte ihn das Wesen aus der alten Krypta deshalb – gerade deshalb – ausgewählt.

Er würde nach Spanien reisen, selbst auf die Gefahr hin, dass das, was dieses Wesen die Wahrheit nannte, sich als dreiste Lüge entpuppen sollte. Er würde es tun, auch wenn die Ungewissheit, die dieses Rätsel umgab, ihm wie ein ungeheurer Ozean erschien.

29

Fishers Island

Joseph trat die Bremse bis zum Anschlag durch. Das Auto geriet ins Schleudern, doch er bekam es wieder unter Kontrolle. Diese verdammte Landstraße war keine Autobahn, und er fuhr hier mit Höchstgeschwindigkeit! Er musste die Zeit aufholen, die er in New London auf die Fähre gewartet hatte – er hatte die letzte Vormittagsfähre um zehn Minuten verpasst, und die nächste Fähre war erst Stunden später abgefahren, als es schon beinahe dunkel wurde. Die ganze Überfahrt hindurch war er mit einer unheilvollen Vorahnung an Deck hin und her gelaufen, unfähig, sich ruhig hinzusetzen.

Je später es geworden war, desto dringender war auch das Bedürfnis geworden, Audrey zu finden. Er hatte bereits gegen das Gesetz verstoßen und bei einem alten Freund, der bei der Polizei war, einen Gefallen eingefordert: Joseph hatte ihn genötigt, seine Amtsgewalt und seine Kontakte zu missbrauchen, um herauszufinden, von wo aus Audrey ihn per Handy angerufen hatte. Bis zu diesem Tag hatte Joseph nicht einmal von Fishers Island gehört. Dennoch hatte er es noch nie so eilig gehabt, irgendwohin zu kommen. Er war gerast wie ein Wahnsinniger, ohne auf der ganzen Strecke von Boston auch nur einmal den Fuß vom Gas zu nehmen. Er hatte Glück gehabt, dass er unterwegs nicht der Polizei oder einer Radarfalle begegnet war.

Die Stunden zerrannen ihm zwischen den Fingern. Zu der Verzögerung durch die verpasste Fähre kam noch die Zeit hinzu, die er mit der Suche nach Audreys möglichem Aufenthaltsort verbracht hatte. Joseph wusste nur, dass sie ihn von Fishers Island aus angerufen hatte, nicht aber, wo genau sie sich nun auf der Insel befinden mochte, falls sie überhaupt noch hier war.

»Sie ist immer noch hier«, sagte Joseph laut, die Zähne zusammengebissen, den Blick fest auf die kurvenreiche Landstraße geheftet.

Er war davon ausgegangen, dass es im Winter nicht viele Touristen auf Fishers Island gab. Deshalb hatte er gehofft, irgendein Ladenbesitzer oder der Inhaber eines Lokals würde sich an Audrey erinnern und könne ihm einen Tipp geben, was ihren Aufenthaltsort anging. In einem der Geschäfte, in denen er gefragt hatte – einem kleinen Supermarkt namens Village Market, dem einzigen auf der ganzen Insel – hatte ein Angestellter Audrey nach Josephs Beschreibung tatsächlich erkannt. »Hier kommt nicht jeden Tag so eine gutaussehende Fremde vorbei«, hatte der Mann gesagt. Er konnte Joseph aber nicht sagen, wo sie zu finden war, und riet ihm, bei der Küstenwache nachzufragen. »Die wissen, wer auf die Insel kommt und wer abfährt.«

So fand Joseph also heraus, dass Audrey tags zuvor in aller Herrgottsfrühe angekommen war und sich nach dem Haus des bekannten Kinderbuchautors Anthony Maxwell erkundigt hatte. In Ermangelung anderer Hinweise konnte Joseph nichts anderes tun, als zu Maxwells Haus zu fahren und zu hoffen, dass er Audrey dort fände.

Ihm blieb nicht viel Zeit, alle seine Sinne sagten ihm das. Sie riefen ihm zu, er solle sich beeilen. Joseph beschleunigte.

30

Madrid

Die spanische Nationalbibliothek hat ihren Sitz im Herzen Madrids und verfügt über einen der größten Buchbestände der Welt. Ihre Bedeutung ist vergleichbar mit der der berühmten spanischen Gemäldesammlung im Prado – und dies in einem Land mit einem der größten UNESCO-Weltkulturerbe-Bestände neben Italien, Griechenland, Frankreich, Mexiko oder China. Die Nationalbibliothek birgt echte bibliographische Schätze, darunter zwei Manuskripte von Leonardo da Vinci über Mechanik und Baukunst, das Manuskript des *Cantar del Mío Cid* und die Erstausgabe des *Don Quijote de la Mancha*. Auf den vielen hundert Regalkilometern lagern Bücher, die oftmals schon seit mehreren hundert Jahren nicht mehr aufgeschlagen worden sind. Es ist ein Universum des Wissens, dessen schiere Größe es möglich macht, auch auf Dinge zu stoßen, die verloren, vergessen, verborgen und zugleich für alle sichtbar sind, die Zugang zu den Beständen haben.

Albert Cloister war spät dran. Er hatte nicht mehr an die bereits sprichwörtlichen Staus der spanischen Hauptstadt gedacht. Sein Taxi rückte im Schneckentempo über den Paseo del Prado vor. Auf Höhe der Plaza de Cibeles bat Cloister den Taxifahrer anzuhalten, bezahlte seine Fahrt – die diese Bezeichnung eigentlich nicht verdiente – und ging zu Fuß weiter. Es war ihm gleich, ob er auf diese Art schneller oder langsamer als mit dem Taxi sein würde. Er musste einfach der bedrückenden

Enge dieser Sardinenbüchse inmitten des gigantischen Staus entfliehen.

Es war nicht ganz so kalt wie in Boston. In seinem dicken Mantel lief er mit seiner Aktenmappe zu einem der Seiteneingänge der Bibliothek. Von dort aus rief er per Handy seinen alten Weggenossen aus zahlreichen Nachforschungen an, der ihn drinnen bereits erwartete. Während das Freizeichen ertönte, ging er weiter.

»Cecilio?«

Am anderen Ende der Leitung meldete sich Gracia.

»Bist du auch schon da?«

»Ja. Entschuldige die Verspätung.«

»Der Verkehr, nehme ich an.«

»So ist es. Ich komme durch die Glastür rechts herein.«

»Okay. Warte dort auf mich. Ich bin gleich bei dir.«

Cecilio war nach fünfundvierzig Sekunden in der Eingangshalle. Mit fröhlicher Miene streckte er Cloister seine rechte Hand entgegen. Sein Händedruck war ehrlich und fest. Seit über einem Jahr waren sie einander nicht mehr begegnet.

»Schön, dich zu sehen, Albert.«

»Gleichfalls. Allerdings würden wir uns heute nicht treffen, wenn es das Problem nicht gäbe, wegen dem ich dich gestern angerufen habe. Mein Rückflug nach Boston geht noch heute.«

Cloister wirkte im Gegensatz zu seinem Freund erschöpft, obwohl er eigentlich nicht körperlich müde, sondern eher geistig zermürbt war. Der Bibliothekar bemerkte es, wusste jedoch, dass es besser war, heiter darüber hinwegzugehen, als nach dem Grund zu fragen.

»Tja, ich muss sagen, unter diesen Umständen freue ich mich über dein Problem. Komm mit, ich bringe dich hin.«

Sie gingen durch die Sicherheitsschleuse. Gracia öffnete mit seiner Chipkarte eine Tür, und von dort aus liefen sie durch holzgetäfelte Korridore bis zu den Aufzügen.

»Eine Abkürzung.«

Sie fuhren in den vierten Stock. Die aktuelle Anordnung der Räume unterschied sich von der im ursprünglichen Palast. Sie waren niedriger, um den verfügbaren Platz besser auszunutzen. Gerade, als die Aufzugtür sich öffnete und sie in den Gang hinaustraten, schob ein junger Bibliothekar einen Wagen mit ordentlich gestapelten Büchern vor sich her. Er war ein wenig nachlässig gekleidet und wirkte wie einer dieser politisch alternativen Intellektuellen. Er trug ein T-Shirt mit der Aufschrift: »Rette die Literatur – sag NEIN zu Bestsellern.«

»Ein unangepasster, streitlustiger junger Mann«, sagte Gracia und lachte in sich hinein.

Unter anderen Umständen hätte Cloister in sein Lachen eingestimmt. Doch ihm war nicht nach Scherzen zumute. Und das tat ihm aufrichtig leid, denn der Humor ist das Letzte, was man verlieren darf. Dann schon eher die Hoffnung.

»Weißt du was? Im Augenblick arbeite ich an einem Artikel über eines der heikelsten Themen in der Geschichte der Nationalbibliothek«, fuhr Cecilio Gracia fort, der um jeden Preis die schwarze Stimmung seines Freundes aufheitern wollte. »Es ist ein Thema, das bei den Älteren hier immer noch für Wirbel sorgt. Ein amerikanischer Forscher hat dafür gesorgt, dass das ganze System hier in Verruf geriet – Jules Piccus heißt er. Irgendwann erzähle ich dir einmal ausführlicher davon.«

»Jules Piccus? Der Name sagt mir nichts.«

»Es war in den Sechzigern auf der Titelseite der *New York Times*. Jules Piccus war der Wissenschaftler, der die verlorenen Manuskripte von Leonardo da Vinci entdeckte.«

»Sie waren verlorengegangen? Wo denn?«

»Zwischen den Millionen von Büchern hier in der Bibliothek. In irgendeinem Regal, zwischen lauter Büchern, deren einziger Wert ihr Inhalt ist, und das ist nicht wenig … Aber die Bücher, die ich meine, waren Originalmanuskripte des Genies der Genies … Und sie steckten irgendwo zwischen den anderen Büchern, wie eine Nadel im Heuhaufen.«

»Und wie hat er sie dann gefunden?«

»Jules Piccus stellte fest, dass seine Signatur nicht stimmte, und so konnte er die Bücher bei einem Bibliothekar bestellen. Was seit Hunderten von Jahren niemandem mehr gelungen war, gelang ihm dank eines Glücksfalls!«

»Aber woher wusste er die richtigen Signaturen?«

Gracia hatte sein Ziel fast erreicht. Wenn ein Thema nur interessant genug war, wollte Cloister garantiert mehr darüber erfahren. Unfehlbar. Es funktionierte perfekt.

»Ah, natürlich, das war ja das Merkwürdige daran.« Gracia machte eine dramatische Pause, die Cloister bemerkte und mit einem schwachen Lächeln quittierte. »Die beiden Kodizes waren frei zugänglich, ohne dass irgendjemandem klar war, worum es sich in Wirklichkeit handelte. Na gut, Piccus schon. Die Geschichte ist eines Rocambole würdig. Wenn ich den Artikel fertig habe, schicke ich ihn dir. Die ganze Geschichte dieser Kodizes ist unglaublich.«

Sie hatten ihr Ziel erreicht – deckenhohe Regale mit Büchern, so weit das Auge reichte. Die beiden Männer liefen durch den Hauptgang, Gracia voran. Irgendwann bog er nach rechts ab, ging noch einige Schritte, wobei sein Blick über die Signaturen der Bücher glitt, und schließlich wandte er sich wieder nach links. Er streckte die Hand aus und deutete auf das Buch, nach dessen Signatur Pater Cloister am Tag zuvor gefragt hatte.

»Ist es das?«

»Ja. Das heißt, das ist das Buch, aber es ist nicht das, wonach ich gesucht habe.«

»Lass mal sehen …«, sagte Gracia rein rhetorisch. »*Bericht über den Empfang, welchen Seine Heiligkeit Papst Paul V. und die übrigen Kardinäle dem Botschafter der japanischen Lande in Rom bereitet haben.* Ja, das ist es. Alles völlig korrekt – der Standort und die Signatur somit ebenfalls. Es ist das Buch, das ich dir vor ein paar Tagen am Telefon genannt habe.«

Gracia glaubte selbstverständlich, das Buch, das Cloister bestellt hatte, sei auch, wonach er gesucht hatte. Doch irgendetwas stimmte hier offensichtlich nicht.

»Ehrlich gesagt verstehe ich nicht, was du damit meinst, wenn du sagst, es ist nicht das, wonach du gesucht hast. Was willst du denn finden? Es ist hoffentlich nichts *streng Geheimes* aus deinen Ermittlungen, was du mir nicht sagen darfst?«

»Ehrlich gesagt doch. Dieses Buch«, sagte Cloister, nahm es aus dem Regal und blätterte es durch, »hilft mir nicht weiter. Ich bin verwirrt.«

»Ich kann mir auch schlecht vorstellen, dass deine Ermittlungen einem diplomatischen Empfang von vor vierhundert Jahren gelten. Aber wenn du mir nicht mehr erzählst, kann ich dir wahrscheinlich nicht helfen.«

Cloister hatte das Buch ins Regal zurückgestellt. Ein Datum hatte sich ihm eingeprägt, wenn auch noch unbewusst. Es war das Jahr, in dem das Buch gedruckt worden war: 1616.

»Diesmal möchte ich dich da nicht hineinziehen, mein Freund. Ich hatte gedacht, das Buch könnte mir weiterhelfen.«

»Na gut. Ich werde dich nicht bedrängen. Aber kann ich sonst irgendetwas für dich tun?«

Der Priester antwortete nicht. Sein Blick war soeben auf den Titel des Werkes direkt neben dem von ihm bestellten gefallen, und der hatte ihm die Sprache verschlagen. Das Buch war ganz ähnlich, beinahe identisch ausgestattet. Tatsächlich waren die Bücher nicht nach Epochen oder inhaltlichen Gesichtspunkten sortiert – außer bei Bänden von großem historischen oder künstlerischem Wert –, sondern nach Größe. Das Buch rechts von dem von Cloister bestellten trug einen Titel, der jedwede Illusion, bei seinen Erlebnissen könne es sich um eine Art schlechten Traum handeln, zerstörte: *Codex Gigas*.

Trotz seines Namens – er bedeutete »riesige Handschrift« – war diese Ausgabe eher klein. Dick aber nicht sehr groß, bei weitem nicht so groß wie das Original. Dem Uneingeweihten musste der Titel nichts sagen. Es handelte sich um eine böhmische Bibel aus dem achten Jahrhundert. Außerdem enthielt der Kodex noch verschiedene andere Texte. Berühmt wurde er zur Zeit seiner Niederschrift seiner Größe wegen – es ist der größte mittelalterliche Kodex der Welt –, vor allem aber aufgrund der mit ihm verbundenen düsteren Legende. Es heißt, ein Benediktinermönch, der seine Seele dem Teufel verkauft habe, habe ihn in einer einzigen Nacht niedergeschrieben. Die Schweden hatten das Buch im Dreißigjährigen Krieg auf Befehl der berühmten Königin Christine geraubt und nach Stockholm gebracht. Dort kopierte es ein spanischer Priester im Gefolge des Botschafters, in den die Königin sich verliebte. Und diese unvollständige, mit gravierenden Fehlern behaftete Ausgabe gelangte dann nach Spanien, von wo aus sie in wenigen Exemplaren im übrigen Europa Verbreitung fand.

»Der *Codex Gigas!*«, sagte Cloister schließlich mit brüchiger Stimme. Er fügte hinzu: »Die *Teufelsbibel.*«

»Was …?«

»Ich muss mir dieses Buch ansehen.«

Cloister sprach, ohne sich Gracia zuzuwenden. Er zog den Band aus dem Regal und lief damit zu einem der Tische, die zu beiden Seiten der Tür standen. Er ging zu einem Stuhl, wäre beinahe darüber gestürzt. Dann setzte er sich und begann, das Buch gründlich zu studieren.

»Die Teufelsbibel von Podlažice …«

»Wovon redest du? Du machst mir ja richtig Angst.«

Cecilio Gracia sprach in scherzhaftem Ton, doch innerlich war er tatsächlich erschrocken.

Mit einem Ruck schien der Jesuit aus einer anderen Zeit und von einem anderen Ort zurückzukehren. Er wandte sich seinem Freund zu und sagte, vielleicht um nicht unhöflich gegenüber demjenigen zu erscheinen, der ihm direkten Zugang zu den Bibliotheksbeständen gewährte: »Kennst du den *Codex Gigas* nicht? Hast du noch nie davon gehört?«

»Nein, nicht dass ich wüsste.«

»Das Buch galt als Teufelswerk. Es wurde von einem böhmischen Mönch geschrieben, der eingemauert starb. Es heißt, er habe es in einer einzigen Nacht niedergeschrieben, und Satan habe ihm dabei geholfen. Es ist eine lateinische Bibel mit einer tschechischen Chronik sowie Büchern von Galen, Flavius Josephus und dem heiligen Isidor von Sevilla. Das Original ist fast einen Meter hoch und prachtvoll illustriert. In Schweden, wo der größte Katalog verbotener Bücher in Europa zusammengetragen wurde, galt es als geheimnisumwobenes Werk.«

»Böhmen, Sevilla, Schweden … Ich verstehe nur Bahnhof!«

»Entschuldige, ich bin so aufgeregt, dass meine Gedanken kreuz und quer schießen. Das Buch kam im siebzehnten Jahrhundert nach Schweden, und da ist es immer noch. Es enthält nicht nur die Bibel, sondern ist ein Kompendium des Wissens seiner Zeit. Vorher befand es sich im Besitz von Rudolf II., der als Liebhaber des Okkulten bekannt war und es in seinem Prager Schloss aufbewahrte. Das Beunruhigendste an dem Buch ist, dass darin der Legende zufolge das Abbild des Teufels selbst erschien …«

Cloister unterbrach sich. Genau in diesem Augenblick begriff er, was seine Entdeckung bedeutete. Der *Codex Gigas* war nicht irgendein Buch, sondern eine vom Teufel inspirierte, verfluchte Bibel. Nun sprang ihm auch das Erscheinungsdatum des Buches, dessen Signatur das Wesen ihm genannt hatte, ins Auge: 1616. Die 616 war die Zahl Luzifers, die Zahl, die dem Fürsten der Finsternis in der Apokalypse ursprünglich zugeordnet worden war. Und das war noch nicht alles: Papst Paul V. war derjenige gewesen, der 1614 im *Rituale Romanum* das Exorzismusritual, das Handbuch für den Krieg gegen Satan, eingeführt hatte. In die Praxis umgesetzt wurde es allerdings erst zwei Jahre später, nämlich 1616.

Die zwangsläufige Schlussfolgerung aus alldem war zugleich faszinierend und furchterregend. Vermutungen wurden nun zu Tatsachen: Das Wesen, das mittels seines Diktiergeräts mit ihm gesprochen hatte, musste Satan selbst sein. Und Cloister begriff, dass Satan ihn erneut getäuscht hatte, aber indem er ihn getäuscht und auf die andere Seite des Atlantiks geschickt hatte, hatte er ihm auch den dringend benötigten Tipp gegeben. Auf verschlungenen Wegen gelangte er zur Wahrheit.

Dies schienen die Puzzleteilchen, die er soeben zusammengesetzt hatte, ihm zu sagen. Nicht nur die Teilchen, die er hier in der spanischen Nationalbibliothek entdeckt hatte, sondern auch verschiedene andere: Die Straße, in der sich das Vendange Building befand, hieß *Dartmouth* Street – »*dartmouth* – der, der mit dem Mund verletzt«; die Hausnummer war die 160; dort hatte sich der schlimmste Brand in der Geschichte Bostons ereignet, bei dem neun Feuerwehrmänner gestorben waren und der im sechsten Monat am sechzehnten Tag ausgebrochen war, also in angelsächsischer Schreibung 6-16 … Das Einzige, was nicht dazuzupassen schien, war die mit Blut geschriebene Zahl auf dem Altar der Krypta. Zwischen der 109 und dem Teufel gab es keine Verbindung.

Oder vielleicht doch …

Cloister kam eine Idee. Er holte sein Notizbüchlein hervor und schrieb die Zahl 109 in hebräischen, griechischen und römischen Ziffern hinein. Dann betrachtete er sie eine Weile. Keine der drei Schreibweisen sagte ihm irgendetwas. Bis ihm etwas auffiel, das er zunächst nicht glauben konnte. Sein Freund Cecilio Gracia beobachtete ihn schweigend, reglos, denn er wollte ihn nicht in seinen Überlegungen stören.

»Mein Gott!«, flüsterte Cloister.

»Was ist?«, fragte Cecilio besorgt. Er wusste, dass Albert Cloister paranormale Ereignisse, Geheimnisse und ungelöste Rätsel erforschte. Sein Verhalten verhieß nichts Gutes.

In lateinischen Ziffern wurde die 109 als CIX geschrieben. Wenn man die Anordnung der drei Zeichen umkehrte, ergab sich XIC, was lateinisch keinen Sinn ergab, aber griechisch schon …

»*Chi, Iota, Stigma:* XIC. Das ist 616 in griechischen Zahlen!«

Der boshafte Fürst der Lügen hatte ihm ein Rätsel gestellt, das er gerade gelöst hatte. Er hatte sich an den verkehrt herum gesprochenen aramäischen Satz erinnert, den Daniel während des Exorzismusrituals herausgeschrien hatte. Dies war der gleiche Trick. Eine finstere Wolke erfüllte seinen Geist. Er fühlte sich benommen, war konsterniert, ihm war schwindelig. Er ließ den Kopf auf den Tisch sinken.

»Was hast du gesagt, Albert? Um Himmels willen, sag mir, was los ist!«

»Nein, ich darf dir nichts erzählen«, sagte Cloister düster. »Es ist besser für dich, wenn du nichts weißt, glaub mir. Darin musst du mir vertrauen. Ich hoffe, du nimmst es mir nicht übel. Es tut mir leid. Wirklich. Ich muss jetzt gehen.«

Ehe Gracia darauf etwas erwidern konnte, nahm Cloister seine Sachen und ging. Er wartete nicht einmal den Aufzug ab, sondern lief die Treppe hinunter. Seinen Freund im Gefolge, der beinahe nicht mit ihm Schritt halten konnte, ging er durch die Sicherheitstür – für die man beim Verlassen der Bibliothek keine Chipkarte und keinen Code benötigte – und dann durch die von einem Wachmann bediente Sicherheitsschleuse. Nur ganz kurz drehte er sich um und sagte: »Es tut mir leid.«

»Mir auch«, erwiderte Gracia. Und an sich selbst gewandt – denn Cloister war bereits durch die dreieckige Glastür entschwunden –, fügte er hinzu: »Hoffentlich findest du, was du suchst. Egal, worum es geht.«

31

Fishers Island

Der Himmel war wolkenlos, der Abend mild. Nur der Motor von Maxwells Geländewagen störte die Stille, bis Maxwell ihn abstellte. Er stieg aus und ging im Dunkeln von der Garage zum Haus. Der Schriftsteller war bester Laune. Er pfiff eine eingängige Kindermelodie, die bei der Veranstaltung, deren Star er gewesen war, als Erkennungsmelodie gedient hatte. Er hatte ziemlich viele Bücher signiert. Die Eltern von Fishers Island liebten ihn. Und er liebte ihre Kinder. Maxwell liebte alle Kinder der Welt. Oh, und wie er sie liebte … Eine beginnende Erektion zeichnete sich deutlich sichtbar unter seiner Wollhose ab. Er brannte darauf, ins Haus zu gehen und sich mit den Spielzeugen in seinem Keller zu vergnügen. Die Dringlichkeit dieses Wunsches beschleunigte seine Schritte. Er pfiff noch immer das Lied, als er die Haustür öffnete. Doch was er dann sah, ließ ihn abrupt verstummen. Die Tür zum Keller war aufgebrochen. Irgendjemand hatte das Schloss förmlich abgerissen. Wo es sich befunden hatte, klaffte nun ein Loch im zersplitterten Holz. Er spürte, wie Zorn ihn von innen her versengte.

»Wer? Wer?«

Er erhielt keine Antwort. Seine zuvor heitere Miene hatte sich völlig gewandelt. Mit wütendem Blick sah er sich um. Auf seiner Stirn pochte deutlich sichtbar eine Ader, und in seinen Mundwinkeln sammelten sich Speichelbläschen. Ohne das Licht einzuschalten, stürzte er die Kellertreppe hinunter.

Beinahe hätte er das Gleichgewicht verloren, ehe er vom letzten Treppenabsatz aus hinuntersprang. Unten schaltete er eine Stehlampe ein.

»NEEEIIIN!«, brüllte er. Man hatte seinen Tempel entweiht. Man hatte ihm eins seiner Spielzeuge geraubt. Sein Lieblingsspielzeug.

Maxwell ging wieder nach oben. Er schäumte vor Wut. Dann bemerkte er einen fremdartigen Geruch in der Luft: das Parfum einer Frau. Maxwell sah durch den Treppenschacht in den ersten Stock, als hätte er dort eine fremde Präsenz wahrgenommen, und brüllte: »SCHLAMPE!«

Er rannte wieder los, durch die Küche und dann nach oben. Diesmal konnte er den Sturz nicht vermeiden. Mit einem grässlichen Knirschen prallte Maxwells Nase gegen das eiserne Treppengeländer. Als er wieder aufstand, war sein Gesicht blutverschmiert und seine Nase saß seltsam schief.

Er achtete nicht auf die Schmerzen, sondern ging weiter auf sein Zimmer zu. Auch bei dieser Tür war das Schloss herausgebrochen worden. Sie stand ebenso offen wie die Kellertür.

Auf der Schwelle blieb Maxwell stehen; in einer Hand blitzte eine Messerklinge auf. Mit jeder Faser seines Seins verströmte er Hass. Er spuckte zur Seite aus, eine Mischung aus Blut und Speichel, und wiederholte, diesmal näselnd: »Schlampe …«

Auf seinem Bett saß eine Frau. Es war die Fremde, mit der er im Supermarkt gesprochen hatte. Sie wirkte völlig ruhig. Sie summte ein Lied, *The Rose* von Bette Middler, und hatte die Arme um den abgemagerten Körper eines Jugendlichen gelegt, der wie ein kleines Kind gekleidet war.

»Wir haben dich erwartet«, sagte Audrey.

Mit einem wilden Schrei warf Maxwell sich auf sie. Beide rammten einander im selben Augenblick das Messer in den Leib. Mit einem grauenvollen Geräusch bahnten die scharfen

Klingen sich einen Weg zwischen Fleisch und Knochen hindurch. Der Junge, den Audrey umarmt hatte, blieb auf dem Bett sitzen und betrachtete schweigend das blutige Bild. Er blieb stumm. Kein Wort drang aus seinem Mund. Kein Angstgeheul, keine Klage. Er konnte keinen Ton hervorbringen. Dafür hatte Anthony Maxwell gesorgt.

32

Boston

»Bist du das, Luzifer? Und wenn ja, kannst du mir die Wahrheit enthüllen?«

Mit diesen direkten Fragen nahm Pater Cloister nach seiner Rückkehr nach Boston die Kommunikation per Diktiergerät mit dem Wesen in der Krypta unter dem Vendange Building wieder auf.

»Du hast es selbst gesagt. Ich bin Luzifer. Du weißt es ja schon, du weißt, dass es stimmt«, erwiderte die Stimme vom Diktiergerät und fuhr fort: *»Dir die Wahrheit enthüllen? Nein. Ich schreibe auch auf geraden Zeilen krumm. Du Ärmster, die Zeilen sind immer gerade – das Schiefe ist das, was darin geschrieben wird! Meine Schrift ist verschlungen, holprig, kraus. Wer Ohren hat, zu hören, der höre. Wer … Mut hat, der höre. Ich gebe dir die Buchstaben, aber du musst sie zu Sätzen zusammensetzen! Meine Buchstaben sind düstere Buchstaben. Buchstaben des Schmerzes und der Verzweiflung. Vor allem Verzweiflung. Ist die Hölle überall?, fragst du dich. Aber du verstehst den eigentlichen Sinn dieses Satzes nicht, und ich werde ihn dir nicht verraten. Du würdest mir nicht glauben, weil du mir nicht glauben könntest. Nicht einmal der Tod kann diese große Wahrheit auslöschen. Du wirst die Wahrheit selbst entdecken müssen. Die Wahrheit mit den feurigen Buchstaben.«*

Als der Priester diese Aufzeichnung abhörte, lief ihm ein eisiger Schauder über den Rücken, und er bekam eine Gänsehaut.

Er biss die Zähne zusammen. Schon vor einiger Zeit hatte der solide Marmorblock, in den er sich bei seinen Ermittlungen stets verwandelte, erste Risse bekommen. Aber er konnte nicht einfach davonlaufen und alles vergessen. Er wollte es auch gar nicht. Nun, davonlaufen vielleicht schon, wenn er denn könnte, aber nicht vergessen. Vergessen, das nie.

Cloister hatte das Gefühl, sein Kopf werde gleich platzen. Seine Augen schienen kaum noch in die Höhlen zu passen, und seine Lider fühlten sich an, als wären sie aus Metall. Sein Gesicht war heiß, doch sein übriger Körper kalt. Die Adern an seinem Hals pochten im Takt seines wild schlagenden Herzens. Unfähig, seine Beklemmung abzuschütteln, packte er das Diktiergerät, schaltete es ein und schrie ins Mikrofon: »Ich spiele dein verdammtes Spiel mit! Egal, wohin es führt!«

Keuchend wartete er, bis das rote Lämpchen, das eine Aufnahme anzeigte, erlosch. Dann hörte er die Aufzeichnung ab. Cloister hatte die Bedingungen des Wesens akzeptiert. Und das Wesen hatte geantwortet.

»Das bereitet mir Genugtuung. Allerdings ist es kein Spiel. Du hast wie immer die richtige Wahl getroffen. Und wie immer wird diese Wahl dir Qualen bereiten. Lies die Genesis, das erste Kapitel. Studiere es sorgfältig und aufmerksam. Ändere deine Sichtweise. Bisher warst du nicht in der Lage, das Offensichtliche zu verstehen, obwohl es eigentlich auf der Hand liegt. Du musst noch andere Texte lesen. Die, die deine Kirche die apokryphen Evangelien nennt. Sie will sie nicht anerkennen, weil sie Angst vor ihnen hat. Und darin tut sie gut, auch wenn sie nie begreifen wird, warum, noch wie groß ihre Angst sein sollte. Du jedoch wirst dieses Privileg haben. Es genügt, wenn du das Nikodemusevangelium und das Kindheitsevangelium des Thomas liest. Lies zwischen den Zeilen dieser Texte. Zwischen den geraden Zeilen. Dir wird einiges Krumme auffallen. Und dann kehr zu mir zurück.«

Nachdem Cloister diese letzte Aufnahme abgehört hatte, gab es in der Krypta zunächst nichts mehr für ihn zu tun. Allmählich spürte der Jesuit die akkumulierte Anspannung als körperlichen Schmerz. Er hatte sogar das Gefühl, eine unsichtbare Hand berühre ihn. In der Stille der Krypta nahm er sein Diktiergerät und sein Notizheft, schaltete die Taschenlampe ein und die andere Lampe aus und stieg die Leiter hinauf. Er kehrte ins Kolleg zurück, ging auf sein Zimmer und betete lange. Ein wenig entspannter nahm er dann die Bibel zur Hand und legte sich aufs Bett. Das Gebet hatte seine Sorgen ein wenig gelindert, doch er spürte, dass seine Seele noch immer von Finsternis umgeben war. Er schlug das Buch, das ihm als heilig galt, auf der ersten Seite auf und las: »Im Anfang schuf Gott Himmel und Erde; ...«

Beinahe ohne es zu merken las er Zeile um Zeile, Absatz auf Absatz. Er las, wie Gott die Welt aus dem Nichts erschuf. Wie das Licht entstand ... Wie Gott danach das irdische Paradies und die beiden ersten Menschen, Adam und Eva, erschuf, sie segnete und aufforderte, fruchtbar zu sein und sich zu mehren. Gott gab ihnen Macht über alle anderen Geschöpfe, doch eins verbot er ihnen: die Frucht vom Baum der Erkenntnis im Garten Eden zu essen. Er wollte nicht, dass ihnen die Augen geöffnet würden, weil sie dann wissen würden, was Gut und Böse ist. Die Schlange – der Teufel – führte sie in Versuchung und sagte, Gott habe sie betrogen, als er ihnen gesagt hatte, sie würden sterben, wenn sie von dem Baum äßen; die Schlange sagte ihnen, sie würden nicht sterben. Und sie starben nicht. Die Schlange hatte sie in Versuchung geführt, aber Gott hatte sie belogen. Da gingen Adam und Eva die Augen auf. Der Schleier, der sie zu sehen hinderte, fiel. Sie verspürten Angst und Scham. Sie verloren ihren Halt. Und Gott sprach die rätselhaften Worte: »Seht, der Mensch ist geworden wie wir.« Aber wen meinte er damit?

Gott hatte gelogen …

Abrupt hielt Cloister inne.

»Gott hat gelogen?«, fragte er sich forschend, und sein Tonfall spiegelte seine Verblüffung und seine Ungläubigkeit wider. Die Verblüffung und die Ungläubigkeit eines Menschen, der sich gerne irren würde, aber sich nicht dazu imstande sieht.

Die Genesis war eine symbolhafte Geschichte. Jeder Theologe wusste das. Nur Menschen mit einem schlichten Gemüt hielten sie für *historische* Realität. Das Wichtigste lag in der Bedeutung. Und die Bedeutung war just … dass Gott gelogen hatte.

Der Priester atmete tief durch. Er spürte eine Beklemmung in der Brust, und seine Miene drückte einen Abscheu aus, wie er ihn bei sich nicht für möglich gehalten hätte. Das Wesen hatte recht. Cloister war zutiefst erschrocken. Heiß wie eine Flamme loderte die Angst in seinem Kopf auf. Ein Summen ließ seine Trommelfelle von innen her vibrieren. Die Texte, von denen das Wesen gesprochen hatte, lagen ihm in Boston nicht vor, daher ging er ins Internet und tippte die Adresse einer Seite ein, auf der sämtliche bisher bekannten apokryphen Texte versammelt waren, darunter auch die Schriftrollen vom Toten Meer und die Nag-Hammadi-Schriften. Ein bitteres Lächeln huschte über sein Gesicht, als ihm etwas einfiel, was kaum ein Christ wusste: Auch das Johannesevangelium wäre beinahe als Apokryph eingeordnet worden. Die Grenze zwischen apokryph und nicht apokryph verlief fließend. Selbst die Bibeln der verschiedenen christlichen Kirchen unterschieden sich in einigen ihrer Bücher, und von manchen hieß es, sie stünden dem Apokryphen sehr nahe. Was das Neue Testament betraf, so waren das Leben Jesu und die spätere Herausbildung der ursprünglichen christlichen Kirche alles andere als exakte Berichte. Über Jesus selbst wusste man sehr wenig mit absoluter Sicherheit. Es war bereits behauptet worden, er sei nicht in Bethlehem geboren, er sei reich gewesen, sei ägyptischer Abstammung gewesen, sei nach Persien, Indien und Tibet gereist, sei ein Rivale Johannes' des Täufers gewesen und habe ihn aus dem Felde geschlagen, er sei mit Maria von Magdala verheiratet gewesen, und man hatte sogar schon behauptet, er sei gar nicht am Kreuz gestorben und somit auch nicht wiederauferstanden. Tatsächlich wollte man sein vermeintliches Grab schon an den unwahrscheinlichsten Orten ausfindig gemacht haben, von Jerusalem über Rozabal in Kaschmir bis zum japanischen Shingo.

Während Cloister diesen Gedanken nachhing, lud er die apokryphen Evangelien des Nikodemus und des Thomas als PDF-Dokumente auf seinen Laptop herunter. Er kannte sie flüchtig, doch er hatte keins von beiden je sorgfältig studiert. Nun las er das Nikodemusevangelium auf der Suche nach »Schlüsseln« durch. Bald fand er eine Stelle, die sehr wohl ein solcher Schlüssel sein mochte. Es waren Sätze Satans in der Hölle. Da hieß es:

> Da gibt es einen aus dem Judenvolk, der Jesus heißt und sich Gottes Sohn nennt. Er ist aber nur ein Mensch, und auf mein Betreiben hin haben ihn die Juden gekreuzigt. Und da er jetzt tot ist, so sei in Bereitschaft, damit wir ihn hier einsperren. Denn ich weiß, dass er nur ein Mensch ist, und ich habe ihn klagen hören: Meine Seele ist betrübt bis an den Tod.

Hatte Jesus etwa Angst vor dem Tod gehabt? Hatte er dem Vater etwa nicht vertraut? Vielleicht hatte er nicht *gewusst*, dass er Gottes Sohn war? Cloister verstand die Passage so, dass Jesus nicht etwa Angst vor dem Tod, sondern nur vor der Todesart gehabt hatte. Die Kreuzigung war eine schreckliche Hinrichtungsmethode gewesen. Die alten Römer hatten gewusst, wie man Verbrecher abschreckt. Es hatte durchschnittlich länger als einen Tag gedauert, bis ein Verurteilter tot war. Bis dahin litt er unvorstellbare Todesqualen, versuchte, sich mit den Füßen abzustützen und aufzurichten, seine Arme zu belasten, um ein wenig Luft zu bekommen und nicht zu ersticken, wissend, dass das Ende unausweichlich war. Eine sehr grausame Art zu töten, typisch für jene grausame Welt und Zeit.

Der Priester las weiter, beendete das Nikodemusevangelium und begann mit dem Kindheitsevangelium des Thomas. Dies war wirklich ein verblüffender Text. Der kleine Jesus darin war von wilder Grausamkeit, hatte ein loses Mundwerk und kannte seinen Mitmenschen und den übrigen Einwohnern von Nazareth gegenüber keine Gnade. Sein »Lieblingsspiel« bestand darin, alle, die sich mit ihm angelegt hatten, kurz darauf sterben zu lassen. Es wirkte eher wie die Kindheit Satans als wie die ersten Jahre Jesu.

> Der Sohn des Schriftgelehrten Annas aber stand dort bei Joseph; er nahm einen Weidenzweig und brachte damit das Wasser, das Jesus zusammengeleitet hatte, zum Abfließen. Als Jesus sah, was geschah, wurde er aufgebracht und sprach zu ihm: Du Frecher, du Gottloser, du Dummkopf, was haben dir die Gruben und das Wasser zuleide getan? Siehe, jetzt sollst auch du wie ein Baum verdorren und weder Blätter noch Wurzel, noch Frucht tragen. Und alsbald verdorrte jener Knabe ganz und gar. Da machte Jesus sich davon und ging in das Haus Josephs. Die Eltern des Verdorrten aber trugen diesen, sein Jugendalter beklagend, weg, brachten ihn zu Joseph und machten ihm Vorwürfe: Solch einen Knaben hast du, der so etwas tut.

Hernach ging er abermals durch das Dorf; da stieß ein heranlaufender Knabe an seine Schulter. Jesus wurde erbittert und sprach zu ihm: Du sollst auf deinem Weg nicht weitergehen! Sogleich fiel der Knabe hin und starb. Einige aber, die sahen, was geschah, sagten: Woher stammt dieser Knabe, dass jedes Wort von ihm gerade fertige Tat ist? Da kamen die Eltern des Verstorbenen zu Joseph, schalten ihn und sagten: Da du so einen Knaben hast, kannst du nicht mit uns im Dorfe wohnen; oder dann lehre ihn, zu segnen und nicht zu fluchen. Denn er tötet unsere Kinder.

Da rief Joseph den Knaben beiseite und wies ihn mit den Worten zurecht: Warum tust du solche Dinge, dass diese Leute leiden müssen, uns hassen und verfolgen? Jesus aber antwortete: Ich weiß, dass diese Worte nicht die deinen sind, trotzdem will ich deinetwegen schweigen. Jene aber sollen ihre Strafe tragen. Und alsbald erblindeten die, welche ihn angeklagt hatten.

Der Jesuit verstand die Welt nicht mehr … Ein Jesus, der Angst vor dem Tod hatte und als Kind ausgesprochen grausam gewesen war. Was hatte das eine mit dem anderen zu tun? War Jesus die Inkarnation des Bösen? Cloister hätte mittlerweile fast alles geglaubt. Vielleicht begann er ja allmählich, Zusammenhänge zu verstehen, die ihn zu der ersehnten Wahrheit führen würden? Doch nein, Jesus konnte nicht das genaue Gegenteil dessen sein, was er immer geglaubt hatte … Wenn er wahrhaft verstehen wollte, musste er wagen, zu denken, seinen Geist zu öffnen. Musste ihn wirklich sperrangelweit öffnen. Manchmal verknüpfen die Fäden der Wahrheit sich von selbst. Allerdings würde es sein, als träte er an den Rand einer Steilküste und blickte in die Tiefe. Doch der Schwindel hebt den Reiz der

Gefahr nicht auf. Cloister wusste, kein Abgrund konnte tief genug sein, um ihn zu bremsen.

Der mythische gordische Knoten konnte nicht verworrener und schwieriger zu lösen gewesen sein als das Rätsel, das Albert Cloister hier lösen musste. Doch jeder Knoten kann zerschlagen werden – Alexander der Große hatte es vorgemacht.

»Ihn zerschlagen! Ihn zerschlagen! Aber wie …?«

Die bisher stumme Verwirrung des Priesters hatte sich in diesem Schrei einen Weg an die Oberfläche gebahnt. Er war nervös und schwitzte stark. Seine Hände zitterten. Erneut überflog er die beiden Texte … Jesus hatte Angst davor gehabt, am Kreuz zu sterben, und war in seiner Kindheit grausam und böse gewesen. Angst, immer wieder Angst. Das Böse ist ein Kind der Angst. Der Hochmut, der Neid, die Eitelkeit … All das, was Luzifer veranlasst hatte, sich gegen Gott zu erheben.

Sich gegen Gott zu erheben.

Dieser Gedanke führte unmittelbar zum nächsten. Bei mehreren aufeinanderfolgenden Tonaufnahmen hatte Cloister Antworten auf einige seiner Fragen erhalten; doch nur auf solche, die das Wesen beantworten wollte. Und diese Antworten bildeten nicht gerade eine solide Wissensbasis.

Unvermittelt erinnerte er sich an Audrey Barrett. Was mochte das Wesen ihr bei dem Exorzismus ins Ohr geflüstert haben? Das hatte es ihm nicht offenbaren wollen.

Der Schlüssel lag im Verschwinden von Dr. Barrett. Das war nun klar. Er musste sie finden, gleichgültig, wo sie war. Sie hatte bei Daniels Exorzismus die Puzzleteilchen erhalten, die zur Auflösung des Rätsels vonnöten waren. Die schrecklichsten Wahrheiten werden einem immer ins Ohr geflüstert. Doch Dr. Barrett kannte ihre wahre Rolle in diesem so realen wie furchterregenden Theaterstück nicht.

Bald würden Cloisters letzte Ungewissheiten beseitigt sein. Das Böse, das wie ein Spiel daherkam, trat nun in die Schlussphase ein. Das Wesen hatte ihm vorausgesagt, er werde sich dafür verfluchen, dass er die Wahrheit herausfinden wollte, zu der es ihn mit seinen Enthüllungen führte. Nun war er so weit, dass er es verstehen konnte.

Nun war er so weit, dass er es glauben konnte.

33

Fishers Island

Joseph erspähte eine Lichtquelle zwischen den Bäumen. Es war das Haus des Schriftstellers Anthony Maxwell. Als er näher kam, sah er, dass die Haustür sperrangelweit offen stand, und seine Sorge nahm weiter zu. Niemand ließ seine Haustür so offen stehen. Nicht einmal in einer so sicheren, ruhigen Gegend wie Fishers Island. Er parkte vor dem Haus, wobei er mit der Stoßstange die Blumentöpfe umriss, die den Fuß der Treppe schmückten. Hastig stieg er aus und eilte zur Haustür.

»Mein Gott!«

Damit hatte er nicht gerechnet. Er hatte den ganzen Tag mit der quälenden Sorge zugebracht, dass Audrey etwas zustoßen könnte. Doch selbst in seinen schlimmsten Befürchtungen hätte er nicht mit so etwas gerechnet … Überall war Blut. Betroffen betrachtete Joseph die roten Spuren, die sich über den weißen Steinboden zogen. Einige stammten von Damenschuhen, die anderen waren ebenso klein, doch stammten sie von nackten Füßen; alle verliefen kreuz und quer durcheinander.

»Was zum Teufel ist hier bloß passiert?«, murmelte er entsetzt, während er den Spuren ins Haus folgte.

Drinnen fiel ihm auf, dass das Schloss der Kellertür vollständig herausgebrochen worden war. Vorsichtig näherte er sich dem Keller, und das Herz schlug ihm bis zum Hals. In der eisigen Luft, die von draußen hereindrang, kondensierte sein erregter Atem zu Wölkchen. Er meinte, im Keller ein Geräusch wahrgenommen zu haben. Eine Art Jammern … Nein, nein, das stimmte nicht ganz. Es klang eher, als versuchte da jemand, mit geschlossenem Mund zu reden, so absurd das schien. Das Geräusch verstummte, als Joseph den Fuß auf die oberste Stufe der Kellertreppe setzte.

Je weiter er hinunterging, desto stärker wurde der Geruch nach Moder und Feuchtigkeit. Und das war beinahe ein Segen, denn dahinter lauerte ein viel unangenehmerer, unvergleichlich unheilvollerer Gestank.

Als Joseph die Ursache dieses Gestanks entdeckte, wollte er schreien. Doch es kam kein Ton heraus. Sein Mund bewegte sich lautlos wie bei einem Fisch auf dem Trockenen. Wenn Joseph dem Grauen – echtem Grauen – ein Gesicht hätte zuordnen sollen, dann hätte er das Gesicht eines der blassen, völlig benommenen Wesen genommen, die er nun vor sich sah. Es waren Kinder.

Besser gesagt, das waren sie einst gewesen.

Jetzt hätte Joseph nicht einmal zu beschwören gewagt, dass es sich um menschliche Wesen handelte. Sie hätten eigentlich jeden menschlichen Zug verloren haben müssen – anders hätten sie diese unvorstellbaren Qualen doch nicht durchstehen können.

»O mein Gott, mein Gott …«, stöhnte Joseph entsetzt.

Aber Gott war in diesem Keller nicht anwesend. Gott konnte nicht existieren, wenn dieser Keller existierte. Die Münder der fünf Kinder waren grob mit einem dicken Faden zugenäht worden. Man hatte sie ihnen zugenäht, damit sie nicht schreien oder um Hilfe rufen konnten. Joseph wollten die Beine versagen. Er musste sich abstützen, bis er das Gleichgewicht zurückerlangt hatte. Versehentlich schaltete er dabei einen Radioapparat ein, und eine fröhliche Kindermelodie erfüllte den alptraumhaften Raum. Fünf Paar Augen näherten sich den

Gittertüren ihrer Zellen, um Joseph aus größerer Nähe zu betrachten, vielleicht in mechanischer Reaktion auf die Musik. Die Augen waren tot, ihre Besitzer nur noch leere Hüllen: ohne Wünsche, ohne eigenen Willen, ohne Hoffnung.

Joseph wollte die Musik abstellen, doch seine Hände zitterten derart, dass er den richtigen Schalter nicht traf. Und die Melodie lief weiter. Eines der Kinder versuchte, das Lied mitzusummen. Dieser Anblick war zu viel für Joseph. Er nahm das Radio und warf es gegen die Wand. Dann übergab er sich und rannte aus dem Keller. Er floh. Er hatte nicht den Mut, zu bleiben und den Kindern zu helfen. Vom Erdgeschoss aus rief er die Polizei an. Als er beschreiben musste, was er vorgefunden hatte, zitterte seine Stimme.

Doch ehe Joseph die Kinder entdeckt hatte, war eine dunkle Gestalt aus Maxwells Haus geschlüpft. Sie war extrem dünn und ging gebeugt, sehr langsam und unter großen Schwierigkeiten. Die Jahre der Gefangenschaft in einer kleinen Zelle hatten einen hohen Tribut von seinem Körper gefordert. Jeder Schritt war eine Qual. Doch er wollte sein Tagebuch holen. Er war sehr stolz auf sein Tagebuch und wollte es ihr zeigen. Auf der letzten Stufe vom Haus in den Garten stöhnte er vor Schmerzen. Das Stöhnen war kaum zu hören, denn sein Mund war zugenäht wie der der übrigen Kinder. Er ging weiter und entfernte sich in seiner mitleiderregenden Gangart vom Haus. Zum Glück war die Frau, die ihn aus dem Keller befreit hatte, nicht weit.

Es war Eugene, der sich nun neben seine Mutter setzte. Sie lag auf dem Boden, auf dem Rasen. Die Wunde in ihrer Brust blutete stark. Ihr Atem ging rasselnd und verursachte ein brodelndes Geräusch. Doch sie spürte keine Schmerzen mehr. Alles war gut. Ihr geliebter Sohn Eugene war wieder an ihrer Seite.

Audreys Glück war nicht ungetrübt. Es zerriss ihr das Herz, als sie erneut den Mund ihres Sohnes sah, der mit einem groben Faden zugenäht war, den sie nicht einfach herausreißen durfte, so gerne sie es gewollt hätte. Die Schlechtigkeit des Menschen kennt keine Grenzen. Niemand wusste das besser als Eugene.

Audrey sah, dass er ihr ein Heft hinhielt. Sie begriff, dass ihr Sohn ins Haus zurückgekehrt war, um es zu holen und es ihr zu zeigen. Die Seiten waren mit Zeichnungen gefüllt. Im Licht des beinahe vollen Mondes konnte sie einige davon erkennen.

»Sie sind … wunderschön … Eugene«, sagte Audrey mit übermenschlicher Anstrengung.

Der Junge sah sie an, und Audrey hätte schwören können, dass sie in seinen abwesenden Augen ein Lächeln aufkeimen sah. Alles würde gut werden. Eugene würde sich erholen. Eines Tages würde er wieder sprechen können. Und lachen.

Audrey fiel etwas ein, und nun war sie diejenige, die lächelte und dabei blutbeschmierte Zähne zeigte.

»Sch- Schrank«, sagte sie. »Deine … Gesch- Geschenke … sind … im … Schrank.«

Eugene wusste nicht, was seine Mutter meinte. Er konnte nicht wissen, dass zu Hause ein Schrank voller Geschenke auf ihn wartete – die Geschenke sämtlicher Geburtstage und Weihnachtsfeste, die Maxwell ihm geraubt hatte. Eugene gab ihr das Heft mit seinen Zeichnungen. Dies war das Geschenk, das er all die Jahre des Leids hindurch für sie aufbewahrt hatte.

Ein Geräusch, von dem Audrey nichts mitbekam, erregte Eugenes Aufmerksamkeit. Sein schmaler Körper erstarrte, und schon brüllte eine Stimme: »Audrey! Audrey, bist du das?«

Der Feuerwehrmann sah nur ein dunkles Bündel, einen Schatten inmitten von anderen Schatten. Dennoch wusste er, dass dies die Frau war, die er gesucht hatte. Als er bei ihr ankam, erkannte er im silbrigen Licht des Mondes, dass sie nicht allein war. Ein Junge kniete neben ihr. Wie bei den Gefangenen im Keller war auch sein Mund zugenäht. Doch bei seinem Anblick verspürte Joseph kein Grauen, nur eine tiefe Zärtlichkeit.

»Das … ist … mein … Sohn … Eugene«, flüsterte Audrey.

Joseph kniete sich neben sie. Die Nacht verbarg den unheilvollen scharlachroten Flecken auf Audreys Schulter und Brust. Sie war schwerverletzt. Doch den Mann, den Joseph gefunden hatte, nachdem er die Polizei angerufen hatte, hatte es noch schlimmer erwischt. Das musste Maxwell sein. Er lag tot in einer Blutlache in einem Zimmer im Obergeschoss, das Joseph eisige Schauder über den Rücken jagte, weil es wie ein Kinderzimmer wirkte, aber keines war. Da begriff Joseph, was die Ursache von Audreys Leid gewesen war, der Grund für die undurchdringliche Wand, die die Psychiaterin um sich herum errichtet hatte.

»Alles wird gut, Audrey, du wirst sehen.«

»Versprich mir …« – ein ungesundes, feuchtes Husten unterbrach sie. »Versprich mir … dass du … dich um ihn kümmerst … an meiner Stelle.«

»Wir kümmern uns beide um ihn«, erwiderte Joseph mit einem Knoten in der Kehle. »Du und ich, Audrey. Gib jetzt bitte nicht auf.«

»Versprich … es mir.«

Joseph sah sie zärtlich und besorgt an. Erste Tränen liefen ihm über die Wangen. Er merkte es erst, als Eugene den Arm ausstreckte und ihm mit seinen langen knochigen Fingern die Tränen abwischte. Ein Kind, das Unaussprechliches erlitten hatte, dem man den Mund zugenäht hatte und das aussah wie ein Gespenst, versuchte, ihn zu trösten. Ihn. Einen abgehärteten Bostoner Feuerwehrmann.

Nun weinte er richtig. Er hätte Eugene gerne umarmt und ihn ein wenig von der Zuneigung spüren lassen, die man ihm nie hätte vorenthalten dürfen. Doch er wagte es nicht aus Angst, ihn zu verschrecken. Da legte Eugene seinen Kopf an Josephs Brust und umarmte ihn mit einem Arm. Mit der anderen Hand ergriff er die seiner Mutter, die neben ihm lag.

»Ich verspreche dir, dass ich mich um ihn kümmere«, sagte Joseph und strich Eugene übers Haar.

Audrey nickte. Sie wollte noch etwas sagen, schaffte es jedoch nicht mehr. Die Kräfte verließen sie. Gleich würde sie die Besinnung verlieren. In der Ferne erblickte sie ein Licht. Sie dachte, ihr erschöpfter Kopf spiele ihr einen Streich, doch dann sah sie es erneut. Es stammte von einem Leuchtturm. In der vorhergehenden Nacht hatte sie ihn nicht bemerkt. Seltsam, wie wir manche Dinge übersehen. Mit den Augen folgte Audrey dem Lichtstrahl, der sich unermüdlich um den Leuchtturm drehte. Jetzt erhellte er die Nacht. Jetzt durften die Schatten zurückkehren. Licht. Dunkelheit. Licht. Dunkelheit.

34

Boston

Der Monitor summte leise, dann erschien das Bild. Nach seiner letzten Unterhaltung mit dem Wesen hatte Cloister beschlossen, die apokryphen Texte, die ihn derart verstört hatten, nochmals zu lesen für den Fall, dass er etwas übersehen hatte. Im Hintergrund lief leise der Nachrichtensender CNN. Eine Reporterin berichtete aus Illinois über den Mord am Inhaber eines Lebensmittelgeschäfts. Die Täter hatten dabei nicht mehr als vierzig Dollar erbeutet – ein geringer Gegenwert für ein ausgelöschtes Leben. Es folgten die amerikanischen Sportergebnisse und das Neueste vom internationalen Sport. Dann kamen der Wetterbericht und sonstige Nachrichten, je grotesker oder schmerzlicher, desto besser.

Cloister dachte über die von der Kirche verurteilten Texte nach. Allerdings waren seine Gedanken ein wenig wirr. Das Klingeln seines Handys holte ihn in die Wirklichkeit zurück. Die Nummer des Anrufers kannte er nicht. Er nahm das Gespräch an, doch es hatte sich nur jemand verwählt. Solche Anrufe kamen immer in den unpassendsten Momenten. Andererseits war vielleicht jeder Moment unpassend, wenn jemand einer so ungewöhnlichen Arbeit nachging wie Cloister.

Da wurde ein Bericht über irgendetwas, was mit Erdnüssen zu tun hatte, abrupt unterbrochen, und der Sender schaltete zum Nachrichtensprecher zurück:

»Soeben erreicht uns eine Nachricht von Fishers Island im Bundesstaat Connecticut. Nach Polizeiquellen hat man dort den Kinderbuchautor Anthony Maxwell, besser bekannt als Bobby Bop, tot aufgefunden. Anscheinend hielt er im Keller seines Hauses mehrere Kinder gefangen. In der Nähe des Hauses hat man außerdem eine schwerverletzte Frau gefunden, die als die Psychiaterin Audrey Barrett identifiziert werden konnte.«

Diese Nachricht schlug wie eine Bombe bei Cloister ein. Als er den Namen Audrey Barrett hörte, sprang er wie von der Tarantel gestochen aus seinem bequemen Sessel auf. Irgendetwas schien sein Herz zu umkrampfen und seinen Herzschlag bis ins Unendliche zu beschleunigen. Er hatte das Gefühl, keine Luft mehr zu bekommen.

»In diesem Augenblick macht sich ein Reporterteam nach Fishers Island auf. Sobald wir Näheres wissen, schalten wir dorthin.«

Cloister stellte fest, dass er auf dem Boden kniete, das Gesicht nur wenige Zentimeter vom Fernsehschirm entfernt. Das Handy hatte er noch in der Hand. Er wählte die Nummer des Altenheims.

»Hier spricht Pater Cloister. Bitte geben Sie mir Schwester Victoria. Es ist dringend.«

»Mutter Victoria hat sich schon zurückgezogen … Sie ist in ihrem Zimmer.«

»Bitte sagen Sie ihr trotzdem Bescheid. Es ist sehr wichtig, dass ich mit ihr spreche. Jetzt.«

Die Nonne, die das Gespräch angenommen hatte, erwiderte nichts. Cloister hörte nur ein leises Klacken, als sie den Hörer auf den Tisch legte. Gewiss hatte sein beunruhigter, dringlicher Tonfall ihr verdeutlicht, dass es sich nicht um einen Scherz handelte.

»Guten Abend, Pater. Hier ist Mutter Victoria. Was ist geschehen?«

»Schwester, haben Sie die Nachrichten gesehen?«

»Nein, ich war in meinem Zimmer und habe gebetet.«

»Dann schalten Sie sie ein. CNN. Man hat gerade Dr. Barrett gefunden.«

»Man hat sie gefunden?«

Nun klang die Stimme der Nonne besorgt. Sie befürchtete das Schlimmste.

»Offenbar ist sie schwerverletzt, aber am Leben.«

»Gott im Himmel! Und wie ist das passiert?«

»Man weiß noch nicht sehr viel. Sie wollen später darüber berichten.«

»Danke, dass Sie mich angerufen haben, Pater.«

Erschüttert von dieser Neuigkeit, legte die Oberin auf, ohne sich zu verabschieden.

Cloister hatte die ganze Zeit über den Blick nicht vom Fernseher abgewandt. Nun drehte er den Ton lauter. Er konnte nicht wissen, wie lange es dauern würde, bis der Sender neue Einzelheiten zu dem Vorfall bekannt gab, doch er wollte nichts verpassen. Es war von entscheidender Bedeutung, dass er nichts verpasste. Dr. Barrett war lebendig, wenn auch schwerverletzt, aufgefunden worden. Sie durfte nicht sterben. In ihrer Person lag der Schlüssel zu alldem.

»Das kann nicht sein!«

Mit einem Satz war Cloister am Schrank, in dem er die Hefte der Ärztin und seine eigenen Aufzeichnungen über seine Nachforschungen verwahrte. Er ergriff das erste Heft und überflog die Seiten. Da stand es: Der Exorzist hatte ausgesagt,

Daniel habe im Verlauf des Rituals den Ort New London in Connecticut sowie eine Insel in der Nähe erwähnt. Man hatte Dr. Barrett auf einer Insel gefunden, auf Fishers Island, und die lag im Bundesstaat Connecticut.

Nun wurde Cloister einiges klar, das er vorher nicht einmal hatte vermuten können. Die »gelben Luftballons«, der tote Mann und die gefangenen Kinder in seinem Keller … Der Mann musste ein Päderast sein. Kinder lieben Luftballons. Dr. Barrett musste irgendwie eines seiner Opfer sein. Oder ihr Kind …

»Wir schalten jetzt direkt nach Fishers Island in Connecticut und berichten über das Neueste im Fall des toten Bobby Bop.«

Nun sah man im Hintergrund ein Landhaus, umgeben von Polizeiwagen mit laufenden Sirenen. Im Vordergrund stand ein Reporter mit Regenschirm, denn es regnete heftig. Er schilderte die Ereignisse, jedenfalls soweit man sie bisher kannte.

»Wir stehen hier vor dem Heim des alleinstehenden Schriftstellers Anthony Maxwell, der unter dem Pseudonym Bobby Bop zahlreiche Kindergeschichten geschrieben hat. Er wurde heute Abend tot hier aufgefunden. In seinem Keller hat die Polizei sechs Kinder in bedauernswertem Zustand entdeckt. Sie wurden in kleinen Zellen gefangen gehalten. Man hatte ihnen den Mund zugenäht, und ernährt wurden sie offenbar mit einem flüssigen Brei, den sie mit Strohhalmen zu sich nahmen. Sie wurden in verschiedene medizinische Einrichtungen hier in der Gegend eingeliefert. Außerdem fand man in dem Haus die Leichen von mindestens zehn weiteren Kindern. Wir wissen noch nicht, wie die Polizei diese makaberen Funde erklärt. Aber Beamte der State Police haben in der Nähe des Hauses eine weitere Person gefunden. Sie wurde als die Psychiaterin Dr. Audrey Barrett identifiziert und ist schwerverletzt. Möglicherweise hatte sie versucht, ihr auf der anderen Seite des Treasure Pond versteckte Auto zu erreichen. Die Ärztin wurde ins Krankenhaus von New London eingeliefert, wo die Ärzte um ihr Leben kämpfen. Noch ein letztes Detail, dann schalten wir zurück ins Studio: In diesem Augenblick vernimmt die Polizei den Lebensgefährten von Dr. Barrett, Joseph Nolan. Möglicherweise kann er zur Aufklärung dieser traurigen Vorfälle beitragen.«

New London. Ein Lebensgefährte. Möglicherweise ein Sohn.

Cloister kam aus dem Staunen nicht mehr heraus. Allmählich ergab das alles einen Sinn, und außerdem gab es eine neue Spielfigur in diesem Spiel. Sein Handy klingelte. Es war Mutter Victoria, völlig erschüttert über die neuesten Nachrichten.

»Wussten Sie, dass Dr. Barrett einen Lebensgefährten hat?«, fragte der Priester.

»Nein … Sie war eine solche Einzelgängerin … Aber es stimmt, in den letzten Wochen hatte sie sich mit dem Feuerwehrmann angefreundet, der Daniel aus dem Brand gerettet hat.«

»Ist das dieser Joseph Nolan, den sie in den Nachrichten erwähnt haben?«

»Ja. Ich weiß, dass er versucht hat, Audrey zu finden. Er war sehr betroffen. Aber ich wusste nicht, dass zwischen den beiden noch mehr war …«

»Warum haben Sie mir nicht von ihm erzählt?«

»Ich hätte nicht gedacht, dass es für Ihre Ermittlungen von Bedeutung sein könnte.«

Cloister merkte, dass er ungerecht war. Er war in seinen Nachforschungen sehr viel weitergekommen, seit er in Boston angekommen war. Schwester Victoria hatte wirklich nicht wissen können, welche Richtung seine Ermittlungen genommen hatten. Für sie hatte Dr. Barrett nichts mit dem Ausgang des Exorzismusrituals und den Visionen des alten Daniel zu tun. Für sie war Dr. Barrett nur eine Person, die den Nonnen geholfen hatte und unter dem Eindruck der Situation wegen etwas geflohen war, das Daniel gesagt hatte.

»Verzeihen Sie mir, Schwester, Sie haben recht. Ich habe die Beherrschung verloren. Falls Nolan Sie anruft, sagen Sie ihm bitte, dass ich mit ihm reden muss.«

»Das mache ich.«

»Darf ich Ihnen noch eine Frage stellen, Schwester? Wissen Sie, ob Dr. Barrett Kinder hat?«

»Nein, nicht das ich wüsste. Sie hat mir gesagt, sie sei nie verheiratet gewesen, und ich habe daraus geschlossen, dass sie auch keine Kinder hat. Aber natürlich … O mein Gott! Sie fragen wegen dieser armen Kinder …«

»Genau.«

»Ich weiß nur – und das könnte Sie vielleicht interessieren –, dass Audrey ihre ganze Kindheit mit ihren Eltern in New London verbracht hat. Als ihr Vater starb, zogen sie und ihre Mutter nach Hartford, um die Lebenshaltungskosten zu senken, in ein altes Haus, das ihre Mutter besaß.«

»Vielen Dank, Mutter Victoria.«

Die Nonne verabschiedete sich von Cloister. Doch ehe sie auflegte, sagte sie etwas, das sie ihm bei ihrer ersten Begegnung bereits so ähnlich gesagt hatte: Es seien schreckliche, finstere Kräfte am Werk. Das habe sie immer schon vermutet. Cloister erwiderte nichts darauf, doch er wusste, dass sie mit ihren Worten ins Schwarze traf. Mehr als sie ahnte.

35

Boston

Jeder Psychologe, jeder Parapsychologe, jeder, der sich mit paranormalen Vorfällen beschäftigt, weiß, dass geistig Behinderte einen sechsten Sinne besitzen, der sie empfänglich macht für Okkultes, für Visionen und anderes, das nicht für jeden sichtbar ist. Es ist, als hätte ihr Gehirn eine besondere Antenne, die nicht so mit Eindrücken »bombardiert« wird wie die Sinnesorgane der sogenannten normalen Menschen. Das Gehirn ist ein großes Rätsel. Musikalische Genies wie Mozart können in gewisser Hinsicht behindert sein. Dasselbe gilt auch für Maler und Bildhauer von außergewöhnlicher Schöpfungskraft.

Der schlichte Geist des alten Daniel hingegen war auf jenes bösartige Wesen eingestellt gewesen wie ein Radio auf einen Sender. Im Rahmen von dessen makabrem Plan hatte er lediglich ein weiteres Kettenglied dargestellt.

In der Krypta unter dem Vendange Building versuchte Cloister erneut, Verbindung mit jenem Wesen aufzunehmen, doch es antwortete ihm nicht mehr. Nun blieb ihm nur ein etwas abwegiger, wenn nicht gar aussichtsloser Versuch, eine Idee, auf die er gerade erst gekommen war: Er wollte die Tonaufnahme des Exorzismusrituals, und zwar die Stelle, an der Daniel Dr. Barrett etwas ins Ohr geflüstert hatte, durch einen Filter laufen lassen, der die akustische Qualität verbessern sollte. So hoffte er, mehr zu verstehen. Daniels Lippen waren auf dem Bild nicht zu sehen, sonst hätte Cloister die Aufnahme einfach jemandem, der von den Lippen ablesen konnte, zeigen können. Unglücklicherweise verdeckte die Psychiaterin jedoch Daniels Lippen, als sie sich vorbeugte, um den alten Mann zu verstehen.

Jedenfalls isolierte Cloister den Ton dieser Stelle und speicherte ihn auf dem Laptop. Dann öffnete er die Audiodatei mit einem Programm zur Audiobearbeitung und stellte auf volle Lautstärke. Geduldig probierte er die verschiedenen Filter durch. Er setzte Kopfhörer auf, um besser hören zu können. Aber von Daniels Stimme war nichts zu hören. Nicht einmal ein Flüstern.

Da hatte er eine Eingebung. Er erinnerte sich an einen alten Freund, den er während seines Studiums an der Universität Chicago kennengelernt hatte: den *exzentrischen* Harrington Durand. Manchmal übersieht man das Naheliegende. Warum hatte er nicht schon früher an ihn gedacht? Zum Glück lebte er ganz in der Nähe, im eleganten Viertel Brookline. Er hatte ihm bereits bei anderen Gelegenheiten geholfen. Cloister sah auf die Uhr. Zwei Uhr nachmittags. Jeder normale Mensch wäre jetzt wach, doch Harrington Durand war kein normaler Mensch. Wie auch immer, diese Sache war viel zu wichtig, um lange zu zögern. Cloister wählte die Nummer des Brookliner Anschlusses und wartete.

»Ja, bitte?«

Erstaunlicherweise war Harrington sofort ans Telefon gegangen. Und er klang vergnügt.

»Harrington, hier ist Albert Cloister …«

»Mach dir keine Umstände! Ich bin nicht zu Hause. Ruf ein andermal an.«

Der Schuft hatte eine Scherzansage auf dem Anrufbeantworter aufgenommen, um seine Anrufer zu täuschen. Geschickt hatte er zwischen dem »Ja, bitte?« und der kalten Dusche am Ende eine Pause gelassen. Doch so leicht gab Cloister sich nicht geschlagen. Er drückte auf die Wahlwiederholungstaste und wartete, bis die Ansage erneut begann. Das tat er sechs- oder siebenmal, doch vergeblich. Entweder war Harrington wirklich nicht zu Hause, oder er hatte sich Watte in die Ohren gestopft.

Harrington trug sein Handy normalerweise nicht bei sich, doch in Ermangelung einer Alternative suchte Cloister die Nummer aus seinem Adressbuch heraus und rief sie an. Er ließ es lange klingeln, mindestens zehnmal. Als er schon dachte, auch hier werde sich ein Anrufbeantworter einschalten oder das Gespräch werde abgewiesen, vernahm er sehr leise Harringtons Stimme.

»Ja, bitte?«

»Hallo Harrington, hier ist Albert Cloister. Ich brauche deine Hilfe.«

»Tut mir leid, aber ich kann jetzt nicht sprechen ...«

»Es ist sehr wichtig, Harrington. Ich muss dich um einen sehr dringenden Gefallen bitten.«

»Jetzt geht es nicht. Ich bin in einer ... ähm ... denkwürdigen Besprechung. Mehr kann ich dir nicht sagen. Ich bin von farbigen Herren umgeben, alle sehr reserviert.«

»Farbige Herren?«

»Ja: blau, grün und schwarz. Militärs und Regierungsmitglieder.«

»Dann ruf mich bitte zurück, sobald du kannst.«

Harrington beendete das Gespräch. Nun hieß es warten und in anderen Richtungen weiterforschen. Eigentlich glaubte Cloister ohnehin nicht, dass ihm sein unkonventioneller, genialer Freund diesmal würde helfen können. Da Dr. Barrett im Koma lag, konnte er in dieser Richtung erst einmal nicht weiterarbeiten. Doch ihm standen zwei andere Wege offen. Zum einen wollte er mit dem Exorzisten, Pater Gómez, sprechen. Bei seiner Ankunft in Boston war ihm dies nicht vordringlich erschienen. Nun war es an der Zeit, es nachzuholen. Den Berichten des Bistums zufolge hatte das Exorzismusritual ihn stark mitgenommen; er sei sehr niedergeschlagen. Er war ein ziemlich dünkelhafter junger Mann, der die Mächte, mit denen er sich angelegt hatte, unterschätzt hatte.

Außerdem musste Cloister sich trotz des ausdrücklichen Verbots von Mutter Victoria einmal mit Daniel unterhalten. Dr. Barrett barg in ihrer Person den Schlüssel zu allem, doch dieser Schlüssel stammte aus dem Mund des Gärtners. Auch wenn er selbst sich dessen nicht bewusst war.

36

Boston

Der kleine Raum im Sitz der Erzdiözese Boston war relativ schmucklos, aber geschmackvoll eingerichtet. An einer Wand standen Regale voller Bücher, in der Mitte ein länglicher Tisch, und an der gegenüberliegenden Wand befand sich ein großes Fenster. Hier wartete Pater Cloister auf den Priester, der auf Wunsch der Vinzentinerinnen des Altenheims und mit Einwilligung von Dr. Audrey Barrett den Exorzismus an Daniel vorgenommen hatte.

Cloister dachte an den Schriftsteller Anthony Maxwell, was ihn zwangsläufig auch an die schwerwiegenden Vorwürfe wegen sexuellen Missbrauchs an Minderjährigen erinnerte, die gegen diese Erzdiözese erhoben worden waren. Tatsächlich waren erst vier Jahre vergangen, seit Kardinal Bernard Law sich aufgrund der Skandale gezwungen gesehen hatte, zurückzutreten. Dieser Makel blieb an der katholischen Kirche der Vereinigten Staaten haften. Kirchen bestehen aus Menschen, und Menschen sind unvollkommen. Cloister war keineswegs und unter keinen Umständen dafür, den Mantel des Schweigens über einen Fehler oder ein Vergehen zu decken. Im Gegenteil. Die Männer und Frauen Gottes – jedweden Glaubens – mussten den übrigen Menschen stets ein Vorbild sein, auch in der Buße für ihre eigenen Sünden.

»Guten Tag«, sagte der hochgewachsene schlanke Priester, der unversehens ins Zimmer trat. »Ich bin Tomás Gómez.«

Cloister erkannte ihn sofort vom Video wieder. Dieser Typ Mensch war ihm nicht fremd: ritualversessen und selbstgefällig. Im Bericht hieß es über ihn, er sei trotz seiner Jugend ein Exorzismusexperte, der das Ritual schon Dutzende Male in Südamerika – er stammte aus Puerto Rico – durchgeführt hatte. Doch seine Reaktion auf Daniels Verwandlung und sein psychischer Zustand seit dem Ritual ließen vermuten, dass er es wohl noch nie zuvor mit einem Fall von echter Besessenheit zu tun gehabt hatte.

»Guten Tag«, erwiderte Cloister die Begrüßung und erhob sich dabei. »Ich muss Ihnen einige Fragen stellen.«

»Selbstverständlich. Ich stehe Ihnen zur Verfügung.«

Der junge Priester nahm Cloister gegenüber Platz und brachte so instinktiv den Tisch zwischen sich und den anderen. Er wirkte nervös und bedrückt.

»Danke. Es wird nicht lange dauern. Die Frage, die ich Ihnen stellen muss, ist sehr einfach. Ich muss Sie bitten, sorgfältig darüber nachzudenken. Nehmen Sie sich ruhig Zeit. Sicher erinnern Sie sich an den Augenblick, als Dr. Barrett sich Daniel näherte, ehe sie den Raum verließ.«

»Ja, sie wirkte wie gebannt, wie verhext …«

»Ich möchte wissen, ob Sie gehört haben, was Daniel ihr ins Ohr geflüstert hat. Konnten Sie irgendetwas davon verstehen – einzelne Worte vielleicht?«

»Ich habe doch im Bericht schon geschrieben …«

»Das weiß ich. Der Bericht liegt mir vor. Er war ja für mich bestimmt. Ich weiß, dass Sie etwas von ›gelben Luftballons‹ und von einer Insel in der Nähe von New London gehört haben. Ich muss wissen, ob Sie sich noch an etwas anderes erinnern. Was auch immer.«

»Es ist jetzt schon eine Weile her, und mein Gedächtnis ist wie eine dichte Wolke, in der es hin und wieder aufblitzt …

Nein, ich glaube nicht, dass ich mich noch an etwas anderes erinnere außer an das, was ich bereits berichtet habe. Es tut mir wirklich leid.«

»Bitte geben Sie sich Mühe. Es ist von entscheidender Bedeutung für mich und meine Ermittlungen.«

Doch der junge Mann war so demoralisiert, dass Cloister erkannte, wie sinnlos es war, die Daumenschrauben anzuziehen. Das würde zu nichts führen. Wenn Pater Gómez nichts weiter gehört hatte, konnte Cloister ihm auch, wenn er Druck ausübte, keine echten Informationen mehr entlocken. Was sich ihm ins Gedächtnis eingegraben hatte, war der Schrei »DIE HÖLLE IST ÜBERALL«, und das war nur zu verständlich. Auch ihm selbst hatte sich dieser Satz unauslöschlich eingeprägt.

»In Ordnung. Vielen Dank. Sie haben getan, was Sie konnten. Falls Ihnen noch etwas einfällt, auch wenn es Ihnen noch so unwichtig erscheint, rufen Sie mich bitte auf jeden Fall an.«

Sobald Cloister auf der Straße sein Handy wieder eingeschaltet hatte, erhielt er eine Kurzmitteilung, die ihm einen entgangenen Anruf meldete, und zwar von seinem Freund Harrington. Das riss Cloister aus seinen düsteren Gedanken. Harrington bedeutete Hoffnung – nur einen Hoffnungsschimmer am Horizont, aber immerhin. Wenn Hoffnungsschimmer nicht als Hoffnung zählten, gäbe es kaum Hoffnung auf der Welt.

»Harrington?«, fragte Cloister, als sein Freund das Gespräch annahm.

»Ich nehme an, du hast gesehen, dass ich angerufen habe.«

»Gerade eben. Ich war in einer … Besprechung.«

»Dein Zögern verrät dich. Aber du brauchst mir nichts zu erzählen. Dein Gewissen ist deine Sache. Was wolltest du heute Mittag – ich nehme an, du willst es jetzt immer noch?«

»Tut mir leid, dass ich dich gestört habe, aber ich brauche einen guten Geräuschfilter. Und bevor du nachfragst: Ich will etwas hören, das jemand jemandem anderen ins Ohr geflüstert hat, während andere Geräusche lauter waren, aber nicht sehr viel lauter.«

»Du meinst, es handelt sich nicht um ein Konzert oder etwas in der Art.«

»Nein. Da sind einfach lautere Geräusche, und das Flüstern ist sehr leise. Das Mikrofon, mit dem die Aufnahme gemacht wurde, stand ein gutes Stück weg, circa drei Meter.«

»Gut … Lass mich nachdenken … Das ist wahrscheinlich nicht einfach, aber du weißt ja, für mich ist nichts unmöglich.«

»Ja, ich weiß. Ich bin übrigens in Boston. Was hältst du davon, wenn ich dich besuchen komme?«

»Wie nett, dass du meine Selbstbeweihräucherung bestätigst, aber das ist völlig unnötig. Gib mir eine oder eineinhalb Stunden. Ich verlasse gerade das Flughafengebäude.«

Das klang vernünftig. Cloister unternahm einen Spaziergang, der ihn in keiner Weise beruhigte, und versuchte dann, etwas zu essen. Sein Magen war völlig zusammengeschrumpft. Daraufhin kehrte er in sein Zimmer im Kolleg zurück, um seinen Laptop mit der Audiodatei des Exorzismusrituals zu holen. Hoffentlich konnte Harrington ihm helfen. Denn allmählich gingen ihm die Ideen aus.

37

Brookline

Harrington Durand war ein überaus kultivierter Mann und ein genialer Informatikingenieur. Er hatte mehr als die Hälfte seines wachen Lebens mit beinahe zwanghaftem Lesen verbracht. Die übrigen, dem Schlaf geraubten Stunden – nach Abzug der für Essen, Körperhygiene und die übrigen Verrichtungen des täglichen Lebens unverzichtbaren Zeit – verwendete er darauf, die erstaunlichste Software für zivile wie militärische Zwecke zu entwickeln, daneben klassische Musik zu hören und zugleich selbst Musikunterricht zu nehmen, Ausstellungen zu besuchen oder Filme anzusehen. Er ging so selten wie möglich aus – höchstens in die Bibliothek oder in Buchhandlungen, in die Videothek oder ins Museum. Durand war Epileptiker und litt außerdem an einer psychischen Krankheit namens »Sozialphobie«, die ihm das Leben zur Hölle machte, wann immer ihm eine Veranstaltung oder eine Besprechung bevorstand, an der ihm unbekannte Personen teilnahmen oder solche, mit denen er sich nicht völlig wohlfühlte. Diese Einschränkung konnte er nur überwinden, wenn das zu erwartende Vergnügen größer als seine Qualen war – so, wenn er eine käufliche Studentin namens Rachel besuchte, von der er emotional abhängig war.

Zu diesen psychischen Problemen gesellten sich ein fundamentaler Unglaube – sein Atheismus – und seine in höchstem Maße negative Einstellung zum Leben. Cloister nannte ihn daher einen »Mönch des Nihilismusordens«. So war Harrington Durand tatsächlich: ein Nihilist, der an nichts glaubte und nichts einen Wert beimaß, was jenseits des Materiellen oder der Zeit lag, die jedem von uns zugemessen ist. Wenn zwei Männer mit solch unterschiedlichen Lebensentwürfen eine Freundschaft unterhielten, dann genau deshalb, weil sie die entgegengesetzten Pole eines Spektrums repräsentierten. Doch sie respektierten einander in intellektueller Hinsicht und suchten beide auf ihre Art nach der Wahrheit.

Cloister hatte eine Stunde gewartet, dann ein Taxi genommen und dem Fahrer Harringtons Anschrift in Brookline, eine halbe Stunde vom Bostoner Stadtzentrum entfernt, genannt. Der Jesuit saß auf der Rückbank des Taxis und grübelte über Leben und Tod, über die Schöpfung und die Güte Gottes. Nichts und niemand war stärker als der Schutz Gottes. Die Kräfte des Bösen waren null und nichtig im Angesichts des höchsten Guten.

Cloister klingelte beharrlich, bis Harrington ihm höchst persönlich die Tür öffnete. Er wirkte ausgesprochen munter, trug einen Morgenmantel aus Atlas über seiner Kleidung und hielt ein Buch in der Hand. Für ihn gab es keinen Jetlag. Sein Tagesrhythmus mit den durchwachten Nächten hatte sich dem Mondverlauf angepasst, so dass er alle achtundzwanzig Tage einen kompletten Tag weniger schlief als andere Sterbliche, die sich nach der Sonne richteten. Wenn man ihn treffen wollte, musste man sich nach seinem exzentrischen Zeitplan richten. Manchmal musste man ihn um fünf Uhr morgens aufsuchen, wenn er gerade aufstand; manchmal um elf Uhr abends.

»Komm herein«, sagte Harrington. »Du hast Glück. Diese rücksichtslosen Scheißkerle haben mich völlig aus dem Rhythmus gebracht …«

»Du meinst die Leute von der Regierung?«

»Wen denn sonst? Habe ich dir nicht gesagt, das sind Scheißkerle? Aber ich will mich nicht weiter beklagen. Hast du *Ecce homo* von Nietzsche gelesen?«

Harrington zeigte Albert das Titelbild des Buches, während sie ins Wohnzimmer gingen.

»Nein, habe ich nicht.«

»Dann empfehle ich es dir. Es hilft mir zu vergessen, dass diese … Es ist einfach geil. Die ersten Kapitel heißen ›Warum ich so weise bin‹ und ›Warum ich so gute Bücher schreibe‹. Nietzsche ist ein verdammtes Genie. Fast von der ganzen Welt missverstanden, natürlich.«

»Natürlich«, pflichtete Albert seinem Freund mit dem losen Mundwerk bei, in so scherzhaftem Ton, wie es ihm in seiner derzeitigen Stimmung möglich war.

Trotz seiner Gebete und des Versuchs, sich zu beruhigen, hatte sich weder seine Stimmung gebessert, noch hatte er neue Kraft schöpfen können. Die Aussichten waren wenig erfreulich. So sehr er es sich auch wünschte, er fühlte sich nicht mehr erleuchtet. Er war auf der Seite des Guten, doch das half ihm im Augenblick wenig.

»Ich bestehe darauf, dass du Nietzsche liest. Bildung ist wichtig, unter anderem, damit man dich nicht mit so etwas wie moderner Kunst hinters Licht führt.«

Albert lachte nicht über diesen Witz, wie er das sonst getan hätte.

»Warum sagst du das?«

»Weil es die Wahrheit ist, weil es die verdammte Wahrheit ist … Wenn die Leute nur wüssten, wie der Kunsthandel funktioniert … Ach, wie schön ist es in der Höhe, wo kein Gesindel hinkommt! Wie erfrischend ist das Wasser eines Brunnens ohne Gesindel!«

»Du wirst von Tag zu Tag schlimmer, Harrington.«

»Ich weiß. Das hat mein Therapeut mir auch schon gesagt. Ach, der Überdruss … Vielleicht begehe ich ja Selbstmord.«

»Das meinst du nicht ernst!«

»Nun, das kann sein, ich werde darüber nachdenken. Aber zuvor würde ich meine Putzfrau umbringen. Ich bin es leid. Sie bringt meine Ordnung durcheinander. Sie verlegt meine Sachen. Das tut sie absichtlich, um mich zu ärgern. Da Träumen nichts kostet, träume ich davon, sie auf einen Kaffee im Wohnzimmer einzuladen, am besten zusammen mit ihrem Ehemann, sie mit Benzin zu übergießen und bei lebendigem Leibe zu verbrennen. Auch wenn ich dabei meine eigene Wohnung verwüste …«

»In Wirklichkeit bist du gar nicht so verrückt, stimmt's?«

»Nein, selbstverständlich nicht. Aber manchmal wünschte ich, ich wäre es. Der Kontakt mit der Realität ist schlecht. Ich würde lieber in einer Fantasiewelt leben, die ich mir selbst ausgedacht habe. Wie in *Matrix*, nur ohne dass man mir Energie abzapft … Na gut, reden wir nicht mehr von mir! Du hast mir doch am Telefon gesagt, du brauchst einen Geräuschfilter, oder?«

»Genau.«

»Erkläre das bitte genauer. Während du darüber nachdenkst, hole ich rasch eine Tablette, die ich einnehmen muss.«

Kurz darauf kam Harrington mit einem Glas Wasser und einer enormen rot-weißen Kapsel zurück. Er schluckte sie wie eine Schlange ihr Opfer und setzte sich.

»Die ist gegen die Kopfschmerzen«, sagte er und tippte sich dabei an den Kopf. »Du ahnst ja nicht, wie ich leide. Sie bringen mich noch um. Weißt du, was Schopenhauer über den Genuss und den Schmerz gesagt hat?«

»Nein, weiß ich nicht. Bestimmt irgendetwas Fürchterliches.«

»Aber gewiss doch: Er meinte, wenn man wissen wolle, was stärker ist, der Genuss oder der Schmerz, solle man den Genuss, den ein Tier verspürt, wenn es ein anderes frisst, mit dem Schmerz des Tieres vergleichen, das gefressen wird.«

Albert blickte missbilligend drein. Dann fragte er: »Was war denn mit diesem Mann los, dass er solche Sachen gesagt hat?«

»Ganz einfach«, erwiderte Harrington. »Versetz dich mal in seine Lage. Der Ärmste hat nie gevögelt ... Aber gut, wenden wir uns deinem Problem zu.«

»Ich habe hier die Tonaufnahme aus einer Digitalkamera. Darauf sind Schreie und anderer Lärm zu hören, aber ich brauche eine ganz bestimmte Stelle. Zwischen das Mikrofon und denjenigen, der da geflüstert hat, hat sich jemand anders geschoben. Glaubst du, du kannst da etwas machen?«

»Wenn ich dich richtig verstanden habe – und das tue ich eigentlich immer –, muss ich die lauten Geräusche im Vordergrund eliminieren und das Flüstern verstärken. Handelt es sich wieder um eine deiner *sonderbaren* Ermittlungen, mein jesuitischer Freund? Geht es wieder um diese *andere Seite*, an die ich nicht glaube, obwohl es so viel Unerklärliches gibt? Und es wird sich doch nicht obendrein um die Aufzeichnung eines Exorzismus handeln, oder?«

Harrington Durand hatte wieder einmal ins Schwarze getroffen. Trotz seiner Zügellosigkeit und seiner psychischen Störungen war er scharfsinnig wie sonst kaum jemand.

»Ja. Es ist ein Exorzismus. Woher wusstest du das?«

»Weibliche Intuition. Obwohl, wenn man es recht bedenkt, bin ich natürlich ein Mann ... Belassen wir es bei Intuition, Punkt. Du siehst nicht ganz taufrisch aus – darf ich dir etwas anbieten, was deine Batterien wieder auflädt? Whiskey, Gin ...?«

»Nein, danke. Ich möchte keinen Drink.«

»Dann vielleicht Cola, Limonade, Saft?«

»Nichts, danke.«

»Nun, ich selbst werde einen Schluck zu mir nehmen. Verstärkt die Wirkung der Tablette, die ich gerade genommen habe.«

Er schenkte sich einen Whiskey mit Eis ein und wandte sich wieder dem Thema Geräuschfilter zu.

»Man muss die verschiedenen Tonfrequenzen herausarbeiten und voneinander trennen. Kein Problem. Jetzt erinnere ich mich an einen Film, den ich vor ein paar Jahren gesehen habe, in dem …«

»Harrington, bitte, ich habe nicht viel Zeit.«

»Entschuldige. Du kennst mich ja. Ich bin ein Multitasker, wie ein Computer. Nur dass Computer dumm sind, und ich nicht.«

»Bitte!«

»Der Filter, der Filter, der Filter. Ja, ja, kein Problem. Wenn du die Audiodatei mitgebracht hast, kann ich den Anwendungscode für den Filter jetzt gleich schreiben, dauert fünf Minuten. Komm mit.«

Cloister nahm den Laptop aus der Tasche und folgte Harrington. Aus einem klassisch eingerichteten Wohnzimmer mit Chestersesseln, Holz und edlen Möbeln, mit Gemälden der flämischen Schule – womöglich Originalen –, einem herrlichen Perserteppich und obendrein einer Pendeluhr von Erwin Sattler gingen die beiden Männer in einen Raum, der mit dem Wohnzimmer so wenig gemein hatte wie die Sixtinische Kapelle mit einer Raumfähre. Nun waren sie von Plasmabildschirmen, Computern, TFT-Monitoren und einer Unzahl weiterer Elektrogeräte umgeben.

»Mein Thronsaal«, sagte Harrington feierlich und breitete die Arme aus. »Setz dich irgendwohin, nur nicht auf den schwarzen Bürostuhl.«

Neben dem schwarzen stand ein Bürostuhl aus dunkelgrünem Leder, der ansonsten genauso aussah. Cloister deutete auf diesen Stuhl, und als sein Freund nickte, setzte er sich. Harrington setzte sich auf seinen Stuhl, stellte den Laptop des Jesuiten auf den Tisch und schaltete ihn ein. Als das System hochgefahren war, schnippte er mit den Fingern und stürzte sich auf die Tastatur wie jemand, der ein *presto agitato* auf dem Klavier spielt.

Cloister schwieg zunächst, um ihn nicht abzulenken, doch Harrington sagte, ohne den Blick vom Monitor abzuwenden: »Du kannst ruhig reden, wenn du willst. Ich sagte doch, ich bin ein Multitasker. Es lenkt mich nicht ab, wenn jemand redet. Nie. So etwas kenne ich gar nicht. Genauso wie religiöse Inbrunst. Ich weiß gar nicht, was das ist.«

Wieder schweifte er ab und gab Kostproben seines seltsamen Humors. Doch dann kehrte er zum eigentlichen Problem zurück, um auf eine Schwierigkeit hinzuweisen.

»Wir brauchen einen Filter, der nicht nur die Nebengeräusche eliminiert, sondern alles, was das Flüstern, das du hören willst, verfälschen könnte. Sonst bekommen wir einen einzigen Mischmasch. Und das wäre wirklich scheiße, nicht wahr? Besser, wir bestimmen mehrere Filterebenen.«

»Wie willst du das machen? Ich bin ja kein Experte, aber ganz ahnungslos bin ich auch nicht. Kann man gleichartige Geräusche unterscheiden? Kannst du es?«

»Deine Zweifel kränken mich. Sie verletzen mich sogar. Denn selbstverständlich kann ich das, du skeptischer Priester. Selbstverständlich kann ich das. Es ist ein militärisches Geheimnis, aber das interessiert mich einen feuchten Kehricht … Mit dieser Art Filter kann die Armee in, sagen wir, *geräuschvollen* Umgebungen so einwandfreie Gespräche führen, als befänden sich die Soldaten in einem schalltoten Raum. Das ist Grundwissen.«

»Ja, für dich«, meinte Albert.

»Keineswegs. Es gibt mindestens zehn Ingenieure außer mir, die darüber Bescheid wissen. Mit der gleichen Eleganz im Code vielleicht fünf. Siehst du? So schwer ist das gar nicht. Und nun lenk dich bitte mit irgendetwas ab, anstatt mich abzulenken. Ich fange jetzt nämlich mit dem Programmieren an.«

Diese Arbeit hatte das verrückte Genie bereits nach wenigen Minuten beendet. Mit feierlicher Geste führte Harrington den Mauszeiger vor den Augen seines verdutzten Freundes zum Speicherknopf und klickte darauf. Er wandte sich Albert zu, deutete einen unbeholfenen militärischen Gruß an und verkündete: »Geschafft. Fertig. Erledigt. Jetzt schalte ich deinen Laptop aus, denn da ist jetzt das, was du brauchst, gespeichert, und du kannst damit machen, was du willst.«

»Wollen wir es denn nicht ausprobieren?«, fragte Cloister, irritiert, dass Durand seine Filteranwendung nicht einmal testen wollte.

»Ich teste meine Codes nie. Wozu? Das ist für die Furchtsamen unter den Informatikern. Ich hoffe, das hast du nicht gefragt, weil du denkst, das, was ich gerade geschrieben habe, könnte nicht funktionieren … Außerdem geht es doch um einen Exorzismus, und ich habe schon genug mit mir selbst zu tun, da kann ich also gut drauf verzichten … Ich möchte lieber weiter so gut schlafen wie bisher! Ich habe getan, worum du mich gebeten hast. Jetzt möchte ich damit nichts mehr zu schaffen haben.«

Dieser seltsame Mensch war immer noch so einzigartig und genial wie damals, als Albert ihn vor nunmehr fünfzehn Jahren in einem Physikhörsaal der Universität Chicago kennengelernt hatte. Alle übrigen Kommilitonen hatten ihn argwöhnisch beäugt, hinter seinem Rücken über ihn gelacht und ihn ausgesondert, als wäre er ein Ungeheuer. Doch Albert hatte sogleich erkannt, dass er etwas Besonderes war. Trotz aller Schwierigkeiten, die Harringtons Persönlichkeit mit sich brachte, hatten sie Freundschaft geschlossen und sich gegenseitig mit ihren Ideen und ihren Vorstellungen von der Welt befruchtet. Das waren gute Zeiten gewesen.

Nachdem er seinem Freund für dessen großzügige Hilfe gedankt hatte, drückte er ihm fest die Hand, bat ihn, sich zu mäßigen – wenigstens ein bisschen –, und ging. Für einige Stunden war er von seinen Problemen abgelenkt worden. Nun schlug die Realität erneut zu. Doch jetzt verfügte er über eine Geheimwaffe.

Sobald Cloister wieder im Kolleg in Boston war, schaltete er seinen Laptop ein und führte Durands Programm aus. Dann öffnete er damit die Audiodatei mit der Stelle im Exorzismus, als Dr. Barrett zu Daniel gegangen und daraufhin unvermittelt geflüchtet war.

Die Anwendung begann zu arbeiten. Ein Balken zeigte den Fortschritt an. Es dauerte nicht lange. Nun konnte er die gefilterte Audiodatei abhören. Cloister setzte den Kopfhörer auf und lauschte.

Niemals hätte er für möglich gehalten, wozu Durands Programm fähig war. Die lautesten Geräusche waren eliminiert worden, gelöscht, als hätte es sie nie gegeben. Das Flüstern hingegen war verstärkt worden. Cloister hörte eine gequälte Atmung, die vermutlich zu Daniel mit seiner geschädigten Lunge gehörte; ein Pfeifton ging dem erschreckenden Schrei voraus, in dem sich zahllose unterschiedliche Stimmen vermischt hatten, ehe das Programm sie eliminierte. Dann hörte Cloister die Worte Daniels, an die sich auch der Exorzist erinnerte: »gelbe Luftballons«. Doch nun konnte er mehr verstehen: »Der Clown mit den gelben Luftballons«, vernahm

Cloister. Und dann: »Fishers Island«, »New London«, »kennst du gut«.

Diese Angaben passten zu den ihm bekannten Fakten. Dr. Barrett kannte New London, weil sie dort jahrelang mit ihrer Mutter gelebt hatte. Das ergab einen Sinn.

Dann folgte Geflüster, das Cloister nicht verstand. Dies war der Moment, in dem Dr. Barrett sich zwischen Daniels Lippen und das Mikrofon geschoben hatte. Es waren seltsame Laute, konfus, als betonte da jemand jede Silbe einzeln, und dann folgte etwas, das so klang wie »judschiem« oder »judscheim«. Völlig unverständlich. Schließlich hörte Cloister noch etwas, das wie »Haus« und »See« klang. Unzusammenhängende, wenn auch gewiss aufschlussreiche Worte.

Als die Datei zu Ende war, stellte Cloister auf maximale Lautstärke und hörte das Fragment nochmals ab, wobei er an den entscheidenden Stellen anhielt. Er konnte keine weiteren Wörter verstehen, aber dem seltsamen Wort, das ihm wie absurdes Gestammel vorgekommen war, konnte er jetzt einen Sinn abgewinnen. Nun glaubte er, dass Daniel in Wirklichkeit einen Namen gesagt hatte: »EUGENE.«

Der Name sagte ihm nichts. Die griechische Wurzel des Namens hieß übersetzt »der Wohlgeborene«. Was mochte das zu bedeuten haben? Ob vielleicht Dr. Barretts Sohn so hieß?

Die Ermittlungen des Priesters waren auf sämtlichen Ebenen zum Stillstand gekommen. Von Abwarten und Teetrinken einmal abgesehen, blieben ihm nur zwei Möglichkeiten. Die erste bestand darin, dass Dr. Barrett ihm persönlich den Schlüssel überreichte, falls sie sich wieder erholte. Und die zweite, vielleicht sogar die nächstliegende Möglichkeit war, Daniel zu besuchen, um vielleicht doch etwas aus ihm herauszubekommen, auch wenn Cloister keine große Hoffnung darauf setzte.

38

Boston

Cloister schlug sein Notizbuch auf, rief die Telefonauskunft an und erkundigte sich nach der Nummer des Krankenhauses von New London. Was er als Nächstes vorhatte, war nicht sehr erfolgversprechend, doch er wollte es wenigstens versuchen. Als man ihm die Nummer gab, rief er im Krankenhaus an und fragte die Telefonistin nach Dr. Audrey Barrett. Nach kurzem Zögern erwiderte sie, sie bedauere, doch sie dürfe ihm keine Auskunft erteilen. Die Polizei habe es untersagt. Irgendwann werde es aber einen ärztlichen Bericht geben.

Cloister dankte ihr und legte auf. Er suchte eine andere Telefonnummer aus seinem Adressbuch heraus, eine Nummer in Rom. Diesmal meldete sich ein Mann, den Cloister gut kannte, auch wenn er ihn nicht besonders schätzte. Er gehörte zum *Sodalitium Pianum*, kurz SP, dem vatikanischen Geheimdienst.

»Ich muss dich um einen Gefallen bitten«, sagte Cloister und erläuterte, was er wissen wollte.

Der andere bat um ein wenig Geduld und legte auf. Nach einer halben Stunde rief er zurück. Er hatte die Information: Dr. Barrett ging es besser, als in den Nachrichten behauptet worden war. Sie lag nicht im Koma, hatte allerdings wohl einen akuten Schock erlitten und war sehr benommen. Ihr Zimmer mit der Nummer 517 wurde rund um die Uhr von der Polizei überwacht, denn man hatte Dr. Barrett verhaftet, da sie verdächtigt wurde, den Schriftsteller Anthony Maxwell getötet zu haben.

»Ich frage dich gar nicht erst, wie du das alles so schnell herausgefunden hast.«

»Ja, das ist besser.«

Nun wusste Cloister, dass es wohl noch schwieriger sein würde, ein Gespräch mit der Psychiaterin zu führen, als er befürchtet hatte. Im Augenblick blieb ihm nur, direkt auf den alten Daniel zurückzugreifen. Mutter Victoria zum Trotz. Der Priester überlegte, ob er gleich eine Genehmigung beim Vatikan einholen oder lieber zuerst mit der Nonne sprechen sollte. Auf keinen Fall wollte er ihr Unannehmlichkeiten bereiten oder Daniel unnötig Leid zufügen. Wenn er doch nur darauf verzichten könnte. Aber das konnte er nun nicht mehr. Man hatte ihn beauftragt, zu ermitteln und dabei nach eigenem Gutdünken zu verfahren, bis er sein Ziel erreichte oder in einer Sackgasse landete. Zwar hatte er zwischendurch mehrfach das Gefühl gehabt, in einer Sackgasse gelandet zu sein, doch nun war er sicher, dass das Ziel nahe war.

Cloister hielt das Adressbuch in der Hand, es war beim Buchstaben V aufgeschlagen. Er sagte sich, es sei besser, die Nonne offen von seinem Vorhaben in Kenntnis zu setzen. Wenn er sich über ihre Wünsche hinwegsetzte, dann wenigstens mit Anstand und ohne damit hinter dem Berg zu halten. Das hatte diese bewundernswerte, mutige Frau verdient. Es machte ihm nichts, wenn er die Verantwortung für den Konflikt, der sich sicherlich ergeben würde, übernehmen musste.

»Schwester Victoria?«, fragte Cloister, als man ihn durchgestellt hatte.

»Freut mich, Ihre Stimme zu hören. Wissen Sie etwas Neues?«

»Ich fürchte nein ...« Dann überlegte er es sich anders. »Ehrlich gesagt, doch. Bitte sagen Sie es niemandem weiter. Dr. Barrett ist bei Bewusstsein.«

»Außer Gefahr?«

»Nein. Aber sie liegt nicht im Koma. Ich dachte, das würden Sie gerne wissen.«

»Aber natürlich. Das ist wirklich eine erfreuliche Nachricht bei all dem Schlimmen, was passiert ist.«

»Ja. Ja, das ist es. Aber ich fürchte, was ich Ihnen jetzt zu sagen habe, wird Ihnen gar nicht gefallen, Schwester.«

Die Nonne schwieg. Cloister hätte schwören können, dass sie eine Art Seufzer, vielleicht in gespannter Erwartung, ausgestoßen hatte.

»Schwester Victoria«, fuhr Cloister fort, »Sie müssen mir erlauben, mit Daniel zu sprechen.«

»Nein!«, entgegnete sie kategorisch. »Ich habe schon damit gerechnet, dass Sie mich darum bitten, aber ich kann es Ihnen nicht erlauben. Daniel hat genug gelitten. Reicht das nicht?«

»Doch, und ich weiß, wie sehr er gelitten hat. Glauben Sie mir, Schwester, wenn es nicht absolut notwendig wäre, würde ich Sie nicht darum bitten.«

»So wichtig sind Ihre Ermittlungen?«

»Ja. Das versichere ich Ihnen.«

»Ich kann es Ihnen trotzdem nicht gestatten. Daniel ist wichtiger als jede Untersuchung. Ich werde es Ihnen nicht erlauben. Sie haben mir versprochen, dass Sie ihn außen vor lassen. Sie haben mir Ihr Wort gegeben.«

»Ich habe Ihnen versprochen, dass ich alles tue, was in meiner Macht steht. Dann muss ich mich eben an den Vatikan wenden, und das tut mir aufrichtig leid.«

Mutter Victoria schwieg. Sie wirkte nicht verärgert, jedenfalls ließ sie sich nichts anmerken. Gelassen sagte sie: »Wenn das so ist, dann tun Sie das, und ich werde gehorchen. Ich bitte Sie allerdings, davon abzusehen.«

»Ich muss es tun. Über meine Beweggründe darf ich Ihnen nichts verraten, aber ich muss es tun. Ich gebe Ihnen mein Wort, dass ich keine andere Wahl habe.«

»Nun denn, Pater. Ich muss zu meinen Gebeten zurück. Danke, dass Sie mir mitgeteilt haben, wie es der armen Audrey geht.«

Cloister hatte ein schlechtes Gewissen, und dies nicht zum ersten Mal. Wenn man für die Wölfe Gottes arbeitet, bewegt man sich häufig dort, wo die Wege des Herrn am unergründlichsten sind. Doch so unerfreulich diese Sache sein mochte, so notwendig war sie zugleich. Deshalb zögerte der Priester nicht, Kardinal Franzik persönlich zu bitten, Mutter Victorias Verbot für ihn aufzuheben.

Daniel lag im Bett und erschrak zu Tode, als Pater Cloister in Begleitung der Oberin ins Zimmer trat. Die Nonne hatte dem Wunsch des Paters aufgrund ihrer Gehorsamspflicht stattgeben müssen. Doch sie war keineswegs einverstanden mit dieser Begegnung. Der Gesundheitszustand des alten Gärtners wurde immer prekärer, und sein schlichter Geist hatte mehr erlitten, als er begreifen konnte.

»Danke, Schwester«, sagte Cloister demütig und zugleich traurig darüber, dass er sie hierzu hatte zwingen müssen.

»Denken Sie daran, Pater: eine Stunde. Wenn Sie mehr Zeit wollen, werden Sie den Heiligen Vater selbst bitten müssen, es mir zu befehlen. Und ich bezweifle, dass Ihre Beziehungen so weit nach oben reichen.«

Mutter Victoria irrte. Die Wölfe Gottes hatten sehr wohl Beziehungen, die *so weit nach oben* reichten. Doch Cloister nickte nur schweigend.

»Schwester Katherine wartet an der Tür. Wenn Sie etwas brauchen, können Sie sich an sie wenden. Wenn Ihre Zeit um ist, werde ich Ihnen Bescheid geben.« Die Nonne warf Daniel einen liebevollen Blick zu. »Mach dir keine Sorgen, mein Sohn, der Pater ist ein Freund von uns und wird dir nichts tun. Er möchte dir nur ein paar Fragen stellen, einverstanden?«

Der alte Mann gab einen schwer zu interpretierenden Laut von sich, doch Schwester Victoria nahm ihn als Ja und fuhr fort: »So ist es gut. Nachher bringe ich dir deine Lieblingsplätzchen.«

Daniel fuhr zusammen, als die Tür ins Schloss fiel, obwohl die Oberin sie ganz sanft geschlossen hatte. Cloister setzte sich auf den einzigen Stuhl im Zimmer.

»Hallo, Daniel.«

»Hal-lo.«

»Was Schwester Victoria gesagt hat, stimmt«, sagte der Priester. Angesichts von Daniels fragendem Blick fuhr er fort: »Ich will dir nichts Böses. Ich möchte dir nur ein paar Fragen stellen, und dann gehe ich wieder. Was meinst du?«

Der Alte nickte mit zusammengepressten Lippen.

»Na gut.«

»Du musst versuchen, dich an etwas zu erinnern. Es ist unangenehm, aber es ist ja schon vorbei. Verstehst du mich?«

»Ja.«

»Fein. Erinnerst du dich an deine Unterhaltungen mit Dr. Barrett?«

»Audrey ist … meine Freundin. Sie ist … schon lange … nicht mehr … gekommen. Ich ver-misse sie.«

Offenbar hatte man dem Ärmsten nicht erklärt, dass sie verschwunden war, und alles andere natürlich auch nicht.

»Sie hat mir gesagt«, log Cloister, um Daniels Vertrauen zu gewinnen, »dass du manchmal wie jemand anderes sprichst.«

»Wie … jemand anderes?«, fragte der Alte erschrocken.

»Ja. Anders als du sonst sprichst.«

»Ich hab nicht …«

Der arme Mann begriff gar nicht, was mit ihm geschehen war. Er begriff gar nichts, und er hatte Angst. Der Priester erkannte, dass er so nicht weiterkommen würde. Er beschloss, einen letzten Versuch zu unternehmen, Kontakt zu dem Wesen aufzunehmen, das durch den alten Mann gesprochen hatte.

»Kannst du es jetzt tun? Bist du das Wesen aus der Krypta unter dem Vendange Building? Bist du hier?«

»Nein … Ich …«

Daniel begann zu schluchzen, erschrocken über das unbegreifliche Verhalten seines Gesprächspartners, den er nicht kannte, der ihn aber an Pater Gómez erinnerte, den Exorzisten, der ihn so gequält hatte. Unvermittelt ging sein Schluchzen in einen rauhen Husten mit einem pfeifenden Atemgeräusch über.

»Ganz ruhig, Daniel, ganz ruhig. Vergiss einfach, was ich gesagt habe, ja? Nur noch eins, und dann lasse ich dich in Ruhe. Ich sage dir ein paar Wörter, und du musst mir sagen, ob sie dich an irgendetwas erinnern oder was sie bedeuten. Ich sage dir jetzt das erste: der Clown mit den gelben Luftballons.«

Nichts.

»Fishers Island.«

Nichts.

»New London.«

Nichts.

»Kennst du gut.«

Nichts.

»Eugene.«

»Das ist … der … Audreys kleiner Junge!«

»Der Name des Sohns von Dr. Barrett? Von Audrey?«

»Ja. Das hat … er mir gesagt.«

»Weißt du noch etwas darüber?«

»Nein. Nur … das. Das ist … ihr kleiner Junge.«

»Hat *er* dir sonst noch etwas gesagt?«

»Nein …«

Der Jesuit schnaubte beinahe unhörbar.

»Danke, Daniel. Verzeih mir, dass ich dich damit belästigt habe. Es tut mir leid, aber es musste sein.«

Ehe Cloister ging, fiel sein Blick auf den Blumentopf mit dem einen trockenen Stengel, der bei Daniel auf der Fensterbank stand. Das musste die Rose sein, von der er sich laut Dr. Barretts Notizen niemals trennte. Seine tote Rose.

»Sind Sie schon fertig?«, fragte die junge Schwester Katherine, als sie Cloister aus dem Zimmer kommen sah.

Cloister antwortete nicht. Er lächelte sie lediglich so freundlich an, wie es ihm im Augenblick möglich war, und ging, ohne sich umzublicken. Daniel hatte ihm nur eine Information gegeben: Eugene war Dr. Barretts Sohn. Wie erwartet blieb ihm nun nichts mehr übrig, als Dr. Barrett selbst im Krankenhaus von New London aufzusuchen.

Als Schwester Victoria nach genau einer Stunde erschien, konnte ihr die junge Nonne lediglich sagen, dass Pater Cloister bereits über eine halbe Stunde zuvor gegangen war. Ihre Miene umwölkte sich, obwohl sie nicht wusste, warum.

39

New London

Der Haupteingang des Krankenhauses befand sich in einem Gebäude, das ein wenig an orientalische Architektur erinnerte, mit einem großen Dach, das an den Seiten überstand und von einer Laterne gekrönt wurde. Cloister bat den Taxifahrer, ihn in einiger Entfernung des Eingangs abzusetzen. Er wollte keine Aufmerksamkeit erregen. Notfalls war er bereit, etwas zu tun, das sich für einen Diener des Herrn eigentlich nicht gehörte, selbst wenn es im Dienste des Herrn geschah. Doch ihm war bewusst, dass sein eigener Wille und sein Wunsch, das Rätsel zu lösen, sich so sehr mit seiner Pflicht vermischt hatten, dass beides nicht mehr zu trennen war.

Er wusste, dass Audrey Barrett in Zimmer 517 lag, doch dank des Polizisten vor ihrer Tür würde sie ohnehin leicht zu finden sein. Allerdings wusste er nicht, auf welcher Station sie lag. Er betrat die Haupteingangshalle und las die Tafel, auf der die einzelnen medizinischen Bereiche in alphabetischer Reihenfolge aufgeführt waren. Die Zimmer der Kranken, die keine Intensivpflege benötigten, befanden sich in einem anderen Gebäude.

Ein Wachmann beschrieb Cloister, wie er dorthin kam. Er hasste Krankenhäuser. Sogar ihre Gärten. Während er über einen Weg mit großen Steinfliesen ging, hörte er die rauhe Stimme eines Reporters, der über den Mord am berühmten Bobby Bop berichtete, dem Kinderbuchautor, der sich als Päderast erwiesen hatte. Er lehnte an einer Mauer, hatte ein Notizbuch aufgeschlagen, und gab jemandem in seiner Redaktion per Telefon einen kurzen Lagebericht durch: »Der letzte ärztliche Bericht über den Gesundheitszustand der Psychiaterin Dr. Audrey Barrett, die unter dem Verdacht des Totschlags an dem Schriftsteller Anthony Maxwell, besser bekannt als Bobby Bop, steht, ist günstig. Erste Informationen des Inhalts, sie liege im Koma, werden dementiert. Dr. Barrett ist bei Bewusstsein und außer Lebensgefahr, aber offenbar ein wenig verwirrt. Anscheinend kann sie sich an das Geschehene nicht erinnern ... Nein, nein, nein, das steht nicht im ärztlichen Bericht! Schreib einfach alles auf und denk nicht drüber nach, du Anfänger. Ich sage dir hinterher schon, wie es läuft, okay? ... Gut. Weiter. Punkt nach ›nicht erinnern‹. Dr. Barrett liegt im Krankenhaus von New London, Connecticut, ganz in der Nähe von Fishers Island, wo sie sich erholen soll. Sie steht unter Arrest ... Jetzt bin ich fertig. Hast du alles?«

Als Cloister diesen Maulhelden hörte, musste er einräumen, dass der vatikanische Geheimdienst wieder einmal gute Arbeit geleistet hatte. Er war einer der besten Geheimdienste der Welt, und sogar die CIA ahmte seine Arbeitsweise nach.

»Denen entgeht wirklich nichts«, murmelte er.

Cloister setzte seinen Weg fort. Er betrat das Gebäude mit den Krankenzimmern und ging zu den Aufzügen, die sich gleich gegenüber dem Eingang befanden. Einer kam gerade im Erdgeschoss an. Cloister fuhr in den fünften Stock hinauf und trat dort bewusst langsam und mit absichtlich verwirrter Miene hinaus auf den Korridor. Der Korridor erstreckte sich in beide Richtungen und vollführte nach jeweils etwa zwanzig Metern eine Fünfundvierziggradkurve. Gegenüber den Aufzügen befand sich ein großes Fenster, durch das Cloister sehen konnte, wie die Dämmerung hereinbrach. Davor stand eine Empfangstheke mit zwei Krankenschwestern.

Er wusste nicht, in welche Richtung er sich wenden sollte, und entschied sich einfach für eine. Dem Instinkt seines männlichen Gehirns folgend, wandte er sich nach links. Eine Frau hätte sich wahrscheinlich für die andere Seite entschieden. Er war erst wenige Schritte weit gekommen, da erschreckte ihn eine Lautsprecherdurchsage: »Dr. Moennig, bitte in die Kardiologie.«

Genau über ihm hing unter der Decke ein Lautsprecher an der Wand. Er ging weiter und bog noch mehrfach nach links ab, während er dem von Krankenzimmern gesäumten Korridor folgte. Am Ende traf er auf den Korridor, der von den Aufzügen aus rechtsherum führte, so dass sich ein Rundgang ergab. Die Warteräume befanden sich in der Nähe der Aufzüge, hinter den feindlichen Linien der Krankenschwestern.

An einer Zimmertür stand ein Mann mit dem Rücken zu Cloister. Neben ihm lehnte ein zusammengeklappter Stuhl an der Wand. Der Mann trug die Uniform der örtlichen Polizei. Auf dem Gang befanden sich diverse Personen: ein ältlicher Kranker, der in Begleitung eines jungen Mädchens mit seiner Transfusionsflasche spazieren ging, einige Krankenschwestern, die Krankenzimmer betraten und wieder verließen, und mehrere weitere Besucher. Routinemäßig drehte der Polizist sich um. Er war groß und kräftig, etwa fünfzig Jahre alt und trug einen buschigen Schnurrbart unter der wulstigen Nase. Ein zäher Typ.

Es würde nicht leicht sein, diesen Polizisten zu überreden, dass er ihn zu Dr. Barrett ließ. Die Psychiaterin hatte schließlich einen Menschen getötet. Doch Cloister musste unbedingt mit ihr reden, koste es, was es wolle. Diese Frau war der Schlüssel. Sie musste es sein, denn die verschlungenen Wege, denen der Jesuit gefolgt war, liefen in ihrer Person zusammen. Und das Ende seiner Suche war nahe. Das spürte er.

Er sagte sich, es sei am besten, wenn er sich gleich als Priester auswies, auch wenn er so seine Zweifel hatte, ob ihm das hier helfen würde. Er trug Zivilkleidung, das könnte den Polizisten misstrauisch machen. Es wäre nicht das erste Mal, dass ein skrupelloser Journalist sich als etwas ausgibt, was er nicht war, bloß um einen Exklusivbericht zu bekommen. Der Jesuit hatte ein Dokument bei sich, das ihn als Priester auswies. Doch es war auf Italienisch abgefasst, es war unwahrscheinlich, dass es ihm bei diesem Polizisten, der nicht besonders gebildet wirkte, weiterhelfen würde.

Dennoch musste er es versuchen.

»Entschuldigen Sie bitte.«

Der große Mann warf ihm einen teilnahmslosen Blick zu, der jedoch rasch feindselig wurde.

»Was wollen Sie?«

Cloister beschloss, gleich zur Sache zu kommen.

»Ich bin Priester. Ich muss mit Dr. Barrett sprechen. Es ist eine Frage von Leben und Tod.«

»Es tut mir leid, aber das geht nicht. Ich habe Anweisungen.«

»Sehen Sie, ich kann beweisen, dass ich Priester bin«, sagte Cloister und zeigte dem Polizisten seinen italienischen Ausweis.

Mit dümmlicher Miene warf der Polizist einen flüchtigen, desinteressierten Blick auf das Dokument. Dann sah er wieder Cloister an. »Nehmen Sie's mir nicht übel, Mann. Auch wenn Sie der Papst selbst wären, dürfte ich Sie da nicht reinlassen.«

Jemand war bei Dr. Barrett im Zimmer. Cloister hörte eine Bewegung auf der anderen Seite der Tür. Kurz bevor der Türknauf sich drehte, wandten Cloister und der Polizist sich um. Ein großer braunhaariger Mann erschien mit besorgter Miene im Türrahmen. Es war wohl auch für ihn ein sehr langer Tag gewesen.

»Ist etwas passiert?«, fragte er den Polizisten.

»Nein, Mr Nolan.«

Nolan?, dachte Cloister.

»Sie sind Joseph Nolan?«, fragte er. »Der Feuerwehrmann, der Daniel gerettet hat?«

»Ja. Wer sind Sie, und woher wissen Sie das?«

»Ich heiße Cloister, Albert Cloister. Ich bin Jesuit. Der Vatikan hat mich entsandt, um Daniels Fall zu untersuchen. Mutter Victoria hat mir von Ihnen erzählt und von dem, was Sie für Daniel getan haben.«

»Sie kennen Mutter Victoria?«

»Sie macht sich große Sorgen um Dr. Barrett«, sagte Cloister. »Wie wir alle. Ich kann Ihnen meine Gründe jetzt nicht im Einzelnen erklären, weil die Ereignisse sich in den letzten Tagen überschlagen haben, aber ich schwöre Ihnen, dass ich unbedingt jetzt mit Dr. Barrett sprechen muss.«

An den Augen des Priesters sah Joseph, dass dieser die Wahrheit sagte. Und er sah noch mehr darin. Cloisters Blick war dem Feuerwehrmann vertraut. Er hatte diesen Blick oftmals bei Menschen gesehen, die gerade dem Tod durch Verbrennen ins Auge sahen: eine Mischung aus Entsetzen und Dringlichkeit. Es war seltsam, diesen Blick einmal unter anderen Umständen zu sehen. Joseph fragte sich, wer der Priester wirklich war und was er von Audrey wollte.

»Sie ist noch sehr schwach«, erwiderte er. »Und außerdem schläft sie gerade. Ich glaube, das ist jetzt keine gute Idee …«

»Ich kann nicht gehen, ohne mit ihr gesprochen zu haben«, fiel Cloister ihm ins Wort, wieder mit diesem beunruhigenden Ausdruck in den Augen. »Ich versichere Ihnen, es dauert nur einen Augenblick. Ich muss unbedingt mit ihr sprechen, verstehen Sie?«

»Sagen Sie mir, was Sie wissen wollen, und dann frage ich sie.«

Cloister erwog diese Möglichkeit. Doch dann verwarf er sie sofort wieder. Er konnte dem Feuerwehrmann unmöglich hier zwischen Tür und Angel all das vermitteln, was er wissen musste. Nicht einmal, wenn er ihm jetzt einen längeren Vortrag hielte. Damit würde er nur erreichen, dass man ihn für verrückt erachtete.

»Wenn ich das nur könnte, Mr Nolan, aber es geht nicht. Rufen Sie Mutter Victoria an. Überprüfen Sie meine Identität, wenn Sie wollen. Aber lassen Sie mich bitte zu ihr.«

»Hey, hey, Moment mal«, mischte der Polizist sich verärgert ein. »Ich bin hier derjenige, der das zu entscheiden hat. Und ich habe Ihnen schon gesagt, dass Sie nicht reinkönnen, Priester hin, Priester her.«

Nach diesen Worten entstand ein Schweigen. Cloister fühlte sich ohnmächtig. Er würde nicht von hier fortgehen, ohne mit Dr. Barrett gesprochen zu haben. Das hatte er dem Feuerwehrmann gesagt, und er war finster entschlossen, alles zu tun, um sein Ziel zu erreichen. Sein Hirn suchte fieberhaft nach Alternativen. In seiner Verzweiflung schoss ihm sogar der Gedanke durch den Kopf, auf der Station einen Feueralarm auszulösen, damit er sich die nachfolgende Verwirrung zunutze machen und sich ins Krankenzimmer der Psychiaterin schleichen könnte. Er war zu weit gekommen, um jetzt aufzugeben.

»Ich …«, begann der Jesuit, ohne recht zu wissen, wie er fortfahren wollte.

Doch zu seinem Glück war die Dringlichkeit seiner Worte schließlich doch zu Joseph Nolan durchgedrungen. Bewusst kameradschaftlich wandte er sich an den Polizisten: »Lassen Sie ihn rein, Officer Connors. Ich übernehme die Verantwortung.«

»Aber … Ich habe meine Anweisungen …«

»Es dauert doch nur einen Augenblick. Sie und ich, wir sind doch praktisch Kollegen. Können Sie einem Kollegen nicht mal einen Gefallen tun? Davon muss doch niemand erfahren. Außerdem können Sie immer noch sagen, dass Dr. Barrett nach einem Priester gefragt hat.«

Der Polizist dachte kurz nach, dann gab er Cloister ein Fingerzeichen.

»Ich gehe einen Kaffee trinken. Wenn ich aus der Cafeteria zurückkomme, sind Sie weg.«

»Vielen Dank, Officer«, sagte der Jesuit erleichtert.

Das Krankenzimmer lag im Halbdunkel. Nur eine Neonröhre über dem Bett gab ein schwaches, kaltes weißes Licht. Seltsam, dass Cloister sich in der ganzen Zeit nicht einmal gefragt hatte, wie Audrey Barrett aussehen könnte. Nun erblickte er zum ersten Mal ihr Gesicht. Es wirkte unendlich erschöpft, doch Audrey Barrett war eine schöne Frau. Von ihrem Körper gingen diverse Kabel ab, mit denen sie an verschiedene Maschinen angeschlossen war. Auf den Monitoren leuchteten verschiedenfarbige Anzeigen auf. Dr. Barrett schlief, wie Joseph Nolan gesagt hatte.

»Wie geht es ihr?«, fragte Cloister.

»Die Ärzte haben gesagt, ihr Zustand sei stabil. Die Verletzung ist nicht so schlimm, wie man zuerst dachte, aber sie hat viel Blut verloren«, erwiderte Nolan und betrachtete sie zärtlich.

Cloister bemerkte, dass etwas auf der Brust der Psychiaterin lag. Es war ein Heft, das sie mit den Händen umklammerte. Nolan erklärte ungefragt: »Sie lässt es nicht einen Augenblick los. Es ist ein Geschenk von Eugene.«

Cloisters Herz machte einen Satz, als er diesen Namen hörte.

»So heißt ihr Sohn, nicht wahr?«

»Ja …«, erwiderte Nolan abwesend. »All die armen Kinder … Er hatte ihm den Mund zugenäht. Den anderen auch.« Der Feuerwehrmann blickte den Priester fest an und fügte hinzu: »Was für eine Bestie ist zu so etwas fähig? Wie kann Gott so etwas zulassen?«

Automatisch fielen dem Priester einige der konventionellen Antworten auf diese Frage ein. Er hätte erwidern können, dass die Schuld daran nicht Gott treffe; dass der freie Wille den Menschen die Möglichkeit gebe, sich frei zu entscheiden, welchen Weg sie einschlagen wollten; dass dies zu den großzügigsten Handlungen, aber eben auch zu den schlimmsten Greueltaten der Menschen führe. Doch ihm war bewusst, dass dies nicht genügte. Nach allem, was geschehen war, konnte er nur erwidern: »Ich weiß es nicht, Joseph. Ich weiß wirklich nicht, warum Gott so etwas zulässt.«

»Wenn das alles vorbei ist, möchte ich diese Frau glücklich machen. Und Eugene auch. Die Ärzte sagen, in solchen Fällen steht es fünfzig zu fünfzig, dass er eines Tages relativ normal sein wird. Kopf oder Zahl. Aber ich bin davon überzeugt, dass Eugene Fortschritte machen wird. Er scheint ein sehr starkes Kind zu sein.«

In diesem Augenblick erwachte Audrey. Sie war sehr schwach, und es kostete sie Mühe, die Benommenheit abzuschütteln. Deshalb sagte Cloister: »Dr. Barrett? Audrey? Hören Sie mich?«

»Wer … sind Sie?«, fragte sie mit schwacher Stimme, nachdem sie sich vergewissert hatte, dass Eugenes Heft immer noch auf ihrer Brust lag.

»Ich bin Priester. Pater Albert Cloister. Man hat mich nach Boston gerufen, nachdem Sie verschwunden waren – nach dem Exorzismus an Daniel.«

»Ein Exorzismus?«, rief Joseph verdattert. Von einem Exorzismus hatte er nichts gewusst.

»Ich … konnte es dir … nicht erzählen«, sagte sie. »Verzeih mir, Joseph. Es war … Wir haben später … Zeit dafür … Was … wollen Sie, Pater … Cloister?«

»Ich muss wissen, was Daniel Ihnen gesagt hat. Was hat er Ihnen am Ende des Rituals gesagt? Was hat Ihnen dieser *andere* Daniel ins Ohr geflüstert, Audrey?«

Der Feuerwehrmann beobachtete die beiden anderen perplex.

»Er hat mir gesagt, dass … man mir … meinen Sohn … geraubt hatte.«

»Sonst nichts? Nur das?«

»Nein. Ich … bin … so müde …«

Joseph legte dem Priester die Hand auf die Schulter.

»Sie sehen ja, dass Sie Ihnen nicht helfen kann, Pater. Und jetzt lassen Sie Audrey ausruhen. Bitte.«

Der Feuerwehrmann wirkte gekränkt. Mutter Victoria hatte ihm bei ihrem letzten Gespräch im Altenheim nicht die ganze Wahrheit gesagt. Es mochte absurd sein, doch nun wusste er, dass der Exorzismus der Grund für Audreys Verschwinden gewesen war. Er konnte nicht gegen den Gedanken an, dass vielleicht alles anders ausgegangen wäre, wenn die Oberin ihm von diesem Exorzismus erzählt hätte.

Cloister brauchte immer noch Antworten. Es spielte keine Rolle, was der Feuerwehrmann dachte. Doch ehe er den Mund öffnen konnte, bohrte sich ihnen ein schrilles Piepsen ins Ohr. Die Sinuskurve, die Audreys Herzrhythmus darstellte, überschlug sich, ihr Herzschlag beschleunigte sich fatal – Herzflimmern.

»EINEN ARZT!«, schrie Joseph, der wie gelähmt mitten im Zimmer stand.

Sein Schrei vermischte sich mit weiteren lauten Pieptönen. Die Anzeigen auf den diversen Monitoren spielten verrückt. Sämtliche Vitalfunktionen schienen zu versagen.

Die Zimmertür wurde aufgestoßen, und zwei Ärzte sowie drei Krankenschwestern stürzten herein.

»Raus hier!«, ordnete eine Schwester an.

Doch Joseph Nolan und Albert Cloister achteten nicht auf sie. Geistesabwesend beobachteten sie, wie das Ärzteteam hektisch versuchte, Audrey zu reanimieren. Gnadenlos ließen sie ihren Körper krampfartig zucken. Eugenes Heft war zu Boden gerutscht. Eine Krankenschwester trat auf die verknickten Seiten, ohne es zu merken. Der Arzt, der den Defibrillator bediente, trat ebenso unbewusst gegen das Heft, so dass es zu Füßen des Priesters landete, gerade als ein neuer Piepton die Luft zerriss.

Der Herzmonitor zeigte nun eine gerade Linie.

»Völliger Stillstand! Defibrillator. Auf 250!«

Mehrere Minuten lang kämpften die Ärzte darum, Audrey zu reanimieren. Kämpften um ihr Leben. Doch vergeblich. Mit einem leisen Seufzer verließ ihre Seele den Körper. Und in einer letzten Geste öffneten sich ihre Hände wie die Blütenblätter einer Rose.

In diesem Moment trampelte Officer Connors ins Zimmer, die Waffe in der Hand. Er hatte den Aufruhr schon am anderen Ende des Gangs gehört, als er aus der Cafeteria zurückkehrte. Nun sah er, wie eine Krankenschwester die Monitore ausschaltete, während ihre Kolleginnen schweigend den Raum verließen.

»Sie ist tot«, sagte einer der Ärzte dem Polizisten. »Stecken Sie die Pistole weg. Das hier ist ein Krankenhaus.«

Joseph klammerte sich an Audrey und fragte schluchzend: »Warum? Warum? Sie haben gesagt, du bist außer Gefahr!« Es war ein herzzerreißender Anblick.

Cloister wollte zu ihm gehen und versuchen, ihn zu trösten, doch eine Hand packte ihn am Arm.

»Verschwinden Sie sofort von hier!«, sagte der Polizist.

»Es tut mir sehr leid«, murmelte der Priester.

»Raus!«

Als Cloister den ersten Schritt in Richtung Tür tat, stieß er mit dem Fuß gegen irgendetwas. Er blickte zu Boden und sah, dass es Eugenes Heft war, das Audrey zuvor an ihre Brust gedrückt hatte. Das Heft ihres Sohnes. Es musste während der Reanimationsversuche heruntergefallen sein. Der Jesuit bückte sich und hob es auf. Das trug ihm einen neuerlichen wütenden Blick des Polizisten ein.

»Geben Sie mir nur einen Moment, um das hier zurück…«

»Wenn Sie nicht gleich verschwunden sind, dann verbringen Sie die Nacht auf der Polizeiwache.«

Es hatte keinen Sinn, ihm zu widersprechen. Der Priester verwahrte das Heft in seiner Manteltasche. Er würde es Nolan später zukommen lassen, wenn die Aufregung sich ein wenig gelegt hatte. Cloister verließ das Krankenzimmer, dicht gefolgt von dem Polizisten. Ehe die Tür zufiel, hörte er hinter sich den Feuerwehrmann flüstern: »Ich kümmere mich um Eugene. Ich verspreche es dir.«

Officer Connors eskortierte den Priester bis zum Aufzug. Cloister fuhr in die Eingangshalle hinunter und verließ das Gebäude. Draußen hatte es zu regnen begonnen, und es war kalt. Er ging zum Haupteingang und nahm dort ein Taxi. Nun würde er nach Boston zurückkehren. Hier gab es nichts mehr für ihn zu tun.

Er konnte nicht glauben, dass alles so enden sollte. Damit, dass seine Suche ohne Ergebnis bleiben könnte, hatte er einfach nicht gerechnet. Doch nun durfte er nicht mehr hoffen, sein Ziel zu erreichen. Die Wahrheit herauszufinden. Dr. Barrett war tot. Cloister fragte sich, wie das möglich war. Doch er hatte keine Antwort darauf.

Das Taxi musste einige Straßen weiter anhalten. Eine schier unendliche Autoschlange verstopfte die Straße. Doch den Jesuiten kümmerte das nicht. Er hatte jetzt alle Zeit der Welt. Allerdings würde er von nun an nicht wissen, was er damit anfangen sollte. Die Wahrheit, nach der er so eifrig geforscht hatte und der er so nahegekommen war, war ihm zwischen den Fingern zerronnen.

»Hätten Sie vielleicht eine Zigarette für mich?«, fragte er den Taxifahrer.

»Sie haben Glück«, erwiderte der Mann und reichte ihm eine zerknautschte Marlboroschachtel. »Bedienen Sie sich. Das kann dauern.«

Cloister suchten in seinen Taschen nach einem Feuerzeug. In einer der Taschen stieß er auf etwas Steifes, Zerknittertes. Es war Eugenes Heft. Er hatte es völlig vergessen.

Die Zigarette unangezündet im Mund, schlug Cloister das Heft auf der ersten Seite auf und blätterte es durch, zunächst nur zerstreut, während er zugleich noch seine Kleidung weiter nach seinem Feuerzeug abtastete. Doch das hatte er rasch vergessen. Eugenes Zeichnungen waren … Diese Zeichnungen waren *erstaunlich*. Die Technik des Jungen war perfekt, bewundernswert. Die Zeichnungen waren überraschend detailliert. Sie waren sehr … realistisch.

Es gab ein durchgängiges Muster in diesen Zeichnungen. Im ganzen Heft. Das wurde immer deutlicher, je mehr Seiten Cloister betrachtete.

Verschiedene Zeichnungen wiederholten sich. Eigentlich war es *immer wieder dieselbe* Zeichnung. Verschiedene Ansichten ein und desselben Sachverhalts. Eugene hatte immer wieder dasselbe dargestellt. Geradezu obsessiv. Es handelte sich um ein Kloster. Ein Kloster, das Pater Cloister wiedererkannte. Da war er sicher.

Der Berg Nebo!

Die ganze Zeit war er in einem Irrtum befangen gewesen.

Diese Erkenntnis traf ihn wie ein Hammerschlag. Der Schlüssel hatte nie in der Person Audrey Barretts gelegen. Sie, Joseph Nolan, Mutter Victoria, Daniel, er selbst und vielleicht sogar die Wölfe Gottes waren alle bloß Rädchen in einem Getriebe gewesen. Es kam ihm vor, als wären seit seiner Unterhaltung mit dem Wesen in der Krypta Monate vergangen. Dennoch hielt er nun das in der Hand, worauf das Wesen ihn angesetzt hatte. In Wirklichkeit war es die Gesamtheit seiner Berufsjahre, seiner Erfahrungen überall auf der Welt, was ihn in just diesem Augenblick an just diesen Ort geführt hatte. Nichts geschieht aus Zufall. Auch Eugenes Heft war ihm nicht durch Zufall in die Hände gefallen.

Erst auf der letzten Seite des Heftes fand Cloister etwas, das sich von allem Übrigen unterschied: Es war die Zeichnung eines Bergrückens mit einem Höhleneingang. Darunter hatte Eugene in großen runden Kinderbuchstaben geschrieben:

Die Wahrheit befindet sich im Fels, in dem Boden, der Moses sterben sah.

Und darunter standen sechs Zahlen, in zwei Dreiergruppen angeordnet:

31-46-24   35-45-17

Die Wahrheit im Fels … der Boden, der Moses sterben sah … Diese sechs Zahlen …

Der Fels. Moses. Die Zahlen.

Der Fels steht immer für Stärke und Zuverlässigkeit. Sein Inneres, eine Höhle oder Grotte, symbolisiert das Universum und die Initiation. Die größten Weisen wie Pythagoras wurden in einer Höhle erleuchtet. In einer Höhle im Berg Karmel wurden die Tempelritter in den Orden aufgenommen. Für die Alchemisten befand sich das okkulte Wissen in der Mutter Erde. Es war sogar sehr wahrscheinlich, dass Jesus nicht in einem Stall, sondern in einer Höhle zur Welt gekommen war, wie in einigen apokryphen Texten behauptet wurde. Ignatius von Loyola, der Gründer der Gesellschaft Jesu, der Albert Cloister angehörte, war selbst in einer Höhle erleuchtet worden, in die er sich zurückgezogen hatte, nachdem er in einer Schlacht verletzt worden war.

Moses war in Ägypten Fürst gewesen und hatte die Israeliten in die Freiheit und ins gelobte Land geführt. Jeder kannte diese legendäre Geschichte aus der Bibel. Moses war von seiner Mutter in einem Weidenkorb auf dem Nil ausgesetzt worden, damit er nicht getötet wurde, und die Tochter des Pharaos hatte ihn gefunden. Einigen Historikern zufolge war Moses jedoch ägyptischer Abstammung gewesen; ein Ägypter, der sich von seinem Volk lossagte und sich dem jüdischen Volk anschloss, das er aus der Sklaverei und vom Joch seiner Landsleute befreite. Jedenfalls gestattete ihm Gott der Bibel zufolge nicht, ins Gelobte Land zu gelangen; er durfte es nur vom Berg Nebo im heutigen Jordanien aus schauen.

Eine Höhle im Berg Nebo.

Die Zahlen schienen die endgültige Lösung des Rätsels darzustellen. Zwei Serien zu je drei Zahlen. Wie bei geographischen Koordinaten: Grad, Minuten, Sekunden.

40

Jordanien

Der Staub, den die Räder des Wagens aufwirbelten, stieg in die Luft. Die Temperatur war mild, und die Gegend extrem trocken. Es war beinahe Mittag. Vor über einer Stunde hatte Cloister in Madaba das einzige verfügbare Fahrzeug gemietet, einen beinahe schrottreifen englischen Landrover, und war nach Nordwesten aufgebrochen. Nun sah er auf seinem GPS, dass er bereits ganz in der Nähe seines Ziels war, und dies in mehr als einer Hinsicht: Dort erwartete ihn sein wahres Schicksal …

Der altersschwache Motor des Landrovers lief noch beinahe eine Sekunde weiter, nachdem Cloister den Zündschlüssel herumgedreht hatte, und erstarb dann spuckend und knatternd. Es hatte den Priester in Madaba große Mühe gekostet, ihn überhaupt in Gang zu bekommen, doch immerhin hatte der Wagen ihn hierhergebracht, und nur das zählte. Mit einer Flasche Wasser in der Hand stieg Cloister aus. Er trank einen großen Schluck, blickte sich um und konsultierte das GPS. Ein unbefestigter Weg verlief durch eine Talsohle und mündete in eine enge Schlucht. Von dort, wo er stand, sah man nichts als kahle Bergkuppen. An einem Hang entdeckte Cloister eine dunklere Stelle. Es sah so aus, als würde das Licht dort von einer Öffnung verschluckt, vermutlich dem Eingang zu einer Höhle. Dieses Bild erinnerte ihn an – nein, es *war* eine von Eugenes Zeichnungen.

Der Priester stieg den Hang hinauf bis zu der Öffnung. Die

Koordinaten dieser Stelle waren die von ihm gesuchten. Ehe er die Höhle betrat, sah er auf die Karte. Er befand sich fünfundzwanzig Kilometer von Qumran wie auch von Jericho sowie fünfzig Kilometer von Jerusalem und von Bethlehem entfernt. Das *Heilige Land*.

Er musste sich bücken, um die Höhle betreten zu können. Zunächst sah er gar nichts, doch dann gewöhnten seine Augen sich an die Lichtverhältnisse. Durch die Höhlenöffnung drang die Sonne beinahe bis in die hintersten Ecken. Erst als Cloister in den einzigen Gang einbog, war er auf das Licht seiner Taschenlampe angewiesen. Er ging weiter bis ans Ende des Gangs. Dort fiel der Boden leicht ab. Cloister untersuchte sorgfältig die Steine und jeden Winkel der Höhle. Er fand nichts.

Eigentlich wusste er nicht einmal, wonach er suchte. Vielleicht hatte er ja den Verstand verloren. Wahrscheinlich sogar, sagte er sich. Reif für die Zwangsjacke. Nach seinem Gespräch mit Daniel und seiner kurzen Begegnung mit Audrey Barrett vor deren Tod fühlte er sich abgestumpft. Er musste ja verrückt sein, wenn er allein an diesen Ort reiste, mitten in die Wüste, zu einem Hang des mythischen Berges Nebo, nur mit einem GPS und einem Auto ausgerüstet, das so alt war wie der Araber, der es ihm vermietet hatte. Doch nun war er hier und musste beenden, was er begonnen hatte.

Wenigstens hatte er die richtigen Schlussfolgerungen gezogen. Die Zahlen im Heft mit den Zeichnungen von Dr. Barretts Sohn waren tatsächlich geographische Koordinaten: Längen- und Breitengrad eines ganz bestimmten Punktes, der auch in der Botschaft genannt wurde, die Cloister in Eugenes Heft gelesen hatte: der Ort, der Moses sterben sah. Mit Hilfe der Satellitenbilder von Google Earth hatte Cloister die acht Standorte überprüft, welche die Koordinaten bezeichnen konnten. Einer war der Berg Nebo (bei nördlicher Breite und östlicher

Länge). Die übrigen sieben ergaben keinen Sinn. Vier fielen mitten in den Atlantik, südlich der Azoren und gegenüber der Küste Südamerikas, zwei weitere fielen in den Indischen Ozean zwischen Südafrika und Madagaskar; und der letzte Ort lag im östlichen Mittelmeer in der Nähe von Zypern.

Beim Anblick dieser öden, wie ein Schweizer Käse durchlöcherten Landschaft zwischen dem Tal des Jordan und dem Toten Meer musste Cloister an die uralten Geschichten von Moses und der Bundeslade denken. Der Überlieferung zufolge durfte der Mann, der das jüdische Volk aus Ägypten geführt hatte, von hier aus das Gelobte Land schauen, ehe er starb und die Herrschaft an Josua übergab. Angeblich hatte man Moses auch hier begraben. Viel erstaunlicher war jedoch der Mythos, demzufolge der Prophet Jeremia in einer Höhle den heiligsten Gegenstand der alten Israeliten – die Bundeslade – versteckt hatte, zusammen mit dem Rauchopferaltar und dem Tabernakel, welches Moses zum Gedenken an die Durchquerung des Roten Meeres angefertigt hatte.

Bezüglich dessen, was Jeremia im Berg Nebo versteckt hatte, gab es in der Bibel verschiedene Prophezeiungen: »Die Stelle soll unbekannt bleiben, bis Gott sein Volk wieder sammelt und ihm wieder gnädig ist.« Und am Ende der Zeiten, wenn Gott sein Volk versammelt und ihm den Ort enthüllt, an dem diese Gegenstände sich befinden, wird »die Herrlichkeit des Herrn … erscheinen und auch die Wolke, genauso wie sie sich in den Tagen des Mose gezeigt hat und in der Zeit, als Salomo betete, dass der Ort hochheilig werden möge«.

Göttliche Offenbarungen, dachte Cloister bei sich. Doch er war auf der Suche nach den Offenbarungen des Teufels.

Vor Erregung keuchend, lief er die Höhle mehrfach ab und untersuchte jeden Winkel. Ein großer Fels an der hinteren Wand, in dem Bereich, wo der Boden sich absenkte, zog seine

Aufmerksamkeit auf sich. Er war von kleineren Steinen umgeben – die Formation sah aus wie Menschenwerk. Cloister kauerte sich davor und entfernte an der Seite einige Steine. Im Licht der Taschenlampe entdeckte er an einer Seite einen Spalt. Er versuchte, den Fels zu bewegen, doch es gelang ihm nicht. Er richtete sich auf und stemmte sich mit dem gesamten Körper gegen den Fels, die Füße in den Boden gerammt. Auch diese Anstrengung blieb vergeblich.

Er benötigte irgendein Werkzeug. Cloister kehrte zum Landrover zurück und durchsuchte das Gerümpel im völlig verdreckten Kofferraum. Zu seinem Glück fand er jedoch zwischen all dem Unrat eine etwa vierzig Zentimeter lange Brechstange. Außerdem steckte er zwei große Schlüssel ein. Dann kehrte er zur Höhle zurück. Der Spalt schien tief zu gehen. Cloister steckte die Brechstange beinahe bis zur Hälfte hinein. Daraufhin legte er einen der Schlüssel quer über das wie ein Haken gebogene obere Ende der Stange und zog, so fest er konnte, bis er das Gleichgewicht verlor und rückwärts zu Boden stürzte. Vorübergehend fühlte er sich benommen, doch als er sah, dass der Fels sich beinahe um eine Handbreit bewegt hatte, brachte das Adrenalin ihn rasch wieder zu sich.

Er richtete die Taschenlampe auf den Spalt – man konnte etwas erkennen. Da war eine Art großer Tonkrug. Noch bekam er ihn nicht durch die Öffnung, so dass er zunächst den Vorgang mit der Brechstange wiederholte und dann, am Boden liegend, mit den Füßen gegen den Fels drücktc, bis dic Öffnung praktisch frei lag.

Völlig außer sich vor Erregung, stürzte er sich regelrecht auf den Tonkrug. Der steckte unten immer noch fest, doch Cloister zog ihn mit einem Ruck heraus. Der Krug war rundlich: unten schmal, in der Mitte bauchig, und nach oben hin wieder schmaler werdend; allerdings war er oben breiter als unten.

Verschlossen war der Krug mit einem wulstigen Stopfen, der mit Teer oder einem ähnlichen Material festgeklebt worden war. Der Priester versuchte, den Stopfen zu entfernen, doch es gelang ihm nicht. Seine Erregung glich mittlerweile einem Alkoholrausch. Cloister konnte sich nicht mehr beherrschen. Er nahm die Brechstange und versetzte dem Hals des Tonkrugs einen gezielten Schlag. Mit einem trockenen Geräusch brach der Hals ab.

Cloister sah in den Krug und erblickte so etwas wie eine kleine Pergamentrolle, eingewickelt in klebriges Leder. Er holte sie aus dem Krug, vergewisserte sich, dass sich nichts weiter in dem Gefäß befand, stand auf und ging mit der Rolle vor die Höhle. Der Sonnenschein traf ihn wie ein Schlag. Es war beinahe Mittag, die Zeit, in der die Schatten am kürzesten sind. Er zog die Lederhülle von der Rolle ab und legte sie zur Seite. Dann rollte er das Pergament ohne weitere Umstände auf der Motorhaube des Landrovers auseinander. Es war verschmutzt, roch nach Öl und wirkte sehr fragil. Wenn ihn jetzt einer der Restauratoren des Geheimarchivs hätte sehen können, er wäre entsetzt gewesen: Durch seine sorglose, unsachgemäße Handhabung fügte Cloister der Pergamentrolle irreversiblen Schaden zu. Doch dies war nicht der rechte Moment, um an die Erhaltung von Kunstgegenständen oder die Bewahrung von geschichtlichen Dokumenten zu denken. In diesem Spiel ging es um viel mehr als um den Wunsch der Menschen nach Schutz ihrer Reliquien.

Cloister kniff die Augen zusammen, damit er in dem gleißenden Licht die zarte Handschrift auf dem Pergament erkennen konnte. Es war Griechisch, die Sprache, die man zu Jesu Zeiten in der gesamten Region gesprochen hatte. Bei den ersten Worten, die er las, während die Sonne an ihrem höchsten Punkt am Himmel stand, verfinsterte sich seine Seele. Emerson hatte recht gehabt, »dass unter jeder Tiefe sich noch eine tiefere Tiefe auftut«.

Die letzten Tage des Rabbi Jesus von Nazareth, von seinem Jünger Judas Ischariot

Judas Ischariot! Der Verräter, die Person, die aus Sicht der modernen Theologie die meisten Fragen aufwarf und am umstrittensten war. Die geopferte Figur in der Schachpartie, die Jesus um die Erlösung der Menschen gespielt hatte, für die er am Kreuz gestorben war. Derjenige, der verdammt worden war im Gegenzug für die Erlösung der Menschheit. Eine Person, über die das Päpstliche Komitee für Geschichtswissenschaft unter Leitung von Walter Brandmüller befunden hatte, sie habe ihre Aufgabe in Gottes Plan erfüllt.

Aber … Judas hatte sich erhängt. Jedenfalls dem Matthäusevangelium zufolge, dem einzigen der kanonischen Bücher, in dem der Selbstmord des treulosen Apostels erwähnt wird. Allerdings existierte ein apokrypher Text namens *Judasevangelium*, den der Bischof und heilige Irenäus von Lyon, ein Kirchenvater, Ende des zweiten Jahrhunderts erwähnt hatte, und von dem eine Abschrift, die nur sehr wenigen bekannt war, im Geheimarchiv des Vatikans lag. Fragmente davon enthielt auch eine der Öffentlichkeit zugängliche Handschrift, die sich ebenfalls in Rom befand: der *Codex Bezae* aus dem fünften Jahrhundert. Dieses Werk wurde von einem anderen Kirchenvater, dem heiligen Epiphanios, und von Bischof Theodoret von Kyrrhos zitiert. Die National Geographic Society besaß eine weitere Abschrift aus dem vierten Jahrhundert, die man in Ägypten entdeckt hatte. Es war ein gnostischer Text der frühkirchlichen Sekte der Kainiten, ursprünglich auf Griechisch verfasst und später ins Koptische übersetzt. Dort wird die Figur des Judas als für die Entwicklung des göttlichen Plans positive Figur beschrieben. Doch dieses Evangelium wurde weder vom echten Judas Ischariot noch zu seinen Lebzeiten verfasst, sondern mindestens ein Jahrhundert nach seinem vermeintlichen Selbstmord. In diesem Text ist Judas ein heldenhafter Verteidiger Jesu, sein bester Freund und derjenige unter den Jüngern, den Jesus am meisten liebte und der Jesus auf dessen eigenen Wunsch dem Hohen Rat auslieferte. Und – am wichtigsten – der Einzige, der die Wahrheit kannte …

Die Wahrheit.

Doch wenn diese Pergamentrolle tatsächlich eine Schrift von Judas Ischariot war, dann würde sich daran ein weiterer der vielen Fehler des Neuen Testaments zeigen. Wenn der Text echt war und aus der Feder des Judas stammte, dann würden sich viele Überzeugungen als so dauerhaft wie ein Koloss auf tönernen Füßen entpuppen. Vielleicht *zu viele.* Cloister rollte das Pergament weiter auf, wobei er zu vermeiden suchte, dass es ihm zwischen den Fingern zerbröselte. Die Schrift war schwer zu lesen, denn die Tinte war beinahe völlig verblasst. Er ging mit den Augen ganz dicht an das Pergament heran und begann zu lesen:

> Ich habe Jesus nie schaden wollen. Und ich habe auch nie wissen wollen, was ich weiß, noch tun wollen, was ich getan habe. Ich habe Jesus geliebt als den gütigsten der Brüder, als den nobelsten der Freunde. Ich bewunderte ihn als Lehrer, denn das war er. Seine Lehren waren tiefsinnig. Ob er Gottes Sohn war oder nicht, weiß ich nicht. Bei seiner Wiederauferstehung war ich nicht zugegen, bei seinen Wundern sehr wohl. Jesus hatte machtvolle Hände und ein machtvolles Herz. Er war ein Erlöser des Volkes und ein heiliger Mann.

Deshalb litt ich mehr als sonst jemand, als der Hohe Rat uns verriet. Die übrigen Freunde Jesu glaubten, der Verräter sei ich gewesen. Doch sie kannten die Wahrheit nicht. Ich wollte Jesus nur aus der Gefahr erretten. Der Hohe Rat hat auch mich getäuscht. Man gab mir Geld, um Lasttiere zu kaufen, eine Karawane zusammenzustellen und Jerusalem noch vor dem Passahfest zu verlassen. Wie konnte ich nur so dumm sein! Kaiphas, der Hohepriester, gab mir mehrere Soldaten mit, doch nicht, um Jesus zu ergreifen, sondern um ihn zu verteidigen und zu eskortieren … Ich wusste nicht, dass er das Gegenteil beabsichtigte. Ich verfing mich in seinen betrügerischen Schlingen wie die Fische im See Genezareth in den Netzen der Fischer. Petrus wollte mich töten. Ich musste fliehen. Ich sagte, ich würde mir das Leben nehmen, würde mich am ersten einsamen Baum, auf den ich träfe, erhängen; doch ich tat es nicht. Ich entkam in die Wüste, um einsam wie ein Einsiedler zu leben, meine Tage in Kontemplation und Armut zu verbringen. Ich hatte zu viel Schaden angerichtet und musste Buße tun.

Jeden Tag und jede Nacht bat ich Gott um Vergebung. Durch meine Schuld fiel Jesus seinen Feinden in die Hände. Die Prophezeiungen hatten es vorausgesagt, doch alles war anders, als es geschrieben steht. Die anderen wussten nicht, was Jesus nur mir allein erzählt hatte. Die Prophezeiungen enthielten Irrtümer. Jesus versuchte, sie zu korrigieren. Er wollte, dass sie in Erfüllung gehen, und bat mich, ihm dabei zu helfen. Es schien, als hätte Jesus den Verstand verloren. Er sagte unverständliche Dinge, als er aus der Abgeschiedenheit der Wüste zurückkehrte. Seither war Jesu Verzweiflung für mich unergründlich. So viele Jahre – ich kann sie nicht mehr zählen – denke ich nun schon über das nach, was er sagte. Ich glaubte und glaube immer noch, dass seine Mission in dieser Welt zu schwer auf ihm lastete. Ich kannte ja nicht alle Einzelheiten. Der Vater schwieg, anstatt ihm Kraft zu geben. Er verlangte das höchste Opfer von ihm und überließ ihn dann seinem Schicksal ... So, wie Jesus auch mir ein ungeheures Opfer abverlangte. Mein Name würde von da an für immer entehrt sein. Mein Name würde gleichbedeutend sein mit Verrat. »Wirst du es dir gefallen lassen, dass man dich bis zum Ende der Zeiten verachtet? Wirst du hinnehmen, dass du der am meisten verachtete unter den Menschen sein wirst?«, fragte mich Jesus. Mich, seinen meistgeliebten, treuesten Freund und Jünger. »Deinetwegen nehme ich es hin.«

Wir schlossen einen geheimen Pakt, den ich brach. Und durch diesen Bruch führte ich ihn dem Tod zu, den er wünschte. Noch nach all diesen Jahren begreife ich nicht, wie das alles geschehen konnte. Vielleicht stand das alles so geschrieben, und die Buchstaben waren mit unzerreißbaren Schicksalsfäden aneinandergebunden. Im Winter meines Lebens, in dieser sengend heißen, schrecklichen Wüste jenseits meines geliebten Landes Israel, in der Wüste, welche die Vorfahren meines Volkes durchquerten und in der Moses das Gelobte Land sah, schreibe ich diese Geschichte auf: meine Geschichte mit Jesus von Nazareth. Ich hatte nie vor, das zu tun, in all den Jahren, die ich nun zurückgezogen und verborgen hier lebe. Auch glaube ich nicht, dass zukünftige Generationen von dieser Schrift einen Nutzen haben werden.

Gewiss werden die Menschen Jesus dann bereits vergessen haben, falls sie sich überhaupt länger an ihn erinnern sollten. Ein junger Ägypter namens Sennefer, der auf einer ziellosen Flucht zu mir fand, verloren unter der schrecklichen Sonne dieses Landes, an der Schwelle des Todes, wusste nichts von Jesus. Dennoch hat er mich zum Nachdenken angeregt. Seine lebendige Jugend, die über die Melancholie siegt, sein mutiges Herz, das die Traurigkeit überwindet, sie haben in meinem Geist gewirkt wie das rotglühende Metall eines Schwertes, das in kaltes Wasser getaucht wird. Er verfolgte einen Traum, wie auch ich. Er musste fliehen, um nicht das Leben zu verlieren. Ich musste fliehen, um nicht meine Seele zu verlieren. Nichts geschieht ohne Grund.

Sennefer hat mir seine Geschichte erzählt. Sie ist schlicht und anrührend wie alles, was man tief drinnen im Herzen fühlt. Als Kind wurde er gefangen genommen und in die nabatäische Stadt Petra gebracht. Dort verliebte er sich Jahre später in die schöne Nofret, ebenfalls Ägypterin und Sklavin wie er selbst. Es war eine unmögliche Liebe. Das Mädchen war von unermesslicher Schönheit, wie sie nur die Augen eines Verliebten wahrnehmen kann, und sie war die Favoritin des Herrn der beiden. Als der die beiden zusammen entdeckte, ließ er sie in Fesseln legen. Sennefer verurteilte er zum Tode. Der Herr war ein reicher und mächtiger Kaufmann, und Sennefer konnte nur fliehen, indem er seine Geliebte zurückließ. Er wollte sterben deswegen, zurückkehren und sich dem Henker stellen. Doch er begriff, dass dies nichts ändern würde, während er lebendig vielleicht ein gutes Werk vollbringen könnte.

Und er hat die richtige Wahl getroffen. Vielleicht ist es ein gutes Werk, dass er mich zu diesen Aufzeichnungen bewegt hat.

Ich war eingeschlafen, nun bin ich erwacht. Hoffentlich ist das, was hier entsteht, irgendjemandem von Nutzen. Wenn sich eines Tages jemand an den Rabbi Jesus von Nazareth erinnert, kann nur ich erzählen, was ich mit ihm erlebt habe. Die anderen wissen nicht, was ich weiß. Nicht einmal seine

Mutter Maria. Auch nicht die andere Maria, seine Gefährtin. Mit dreißig Silberlingen ist ein Leben nicht bezahlt, wie Petrus meinte. Ich habe ja schon gesagt, dass es das Geld für die Flucht aus Jerusalem in einer Karawane war. Der Hohe Rat hat gelogen. Als ich das Geld zum Hohen Rat zurückbrachte, lachten Kaiphas und Anas mich aus. Sie fragten mich, ob ich wirklich geglaubt habe, dass sie Jesus einfach ziehen lassen würden, ohne ihn für seine Gotteslästerungen zu strafen. Ich weiß, sie hassten ihn, weil er den Schleier ihrer Macht zerrissen hatte, und nicht irgendeiner Gotteslästerung wegen. Ich warf ihnen das Geld hin und ging fort. Ich war untröstlich. Was hatte ich nur getan? Wie hatte so etwas nur geschehen können?

Als ich Jesus kennenlernte, war ich ein Mann ohne Überzeugungen, ohne Ziel. Er half mir; er glaubte an mich und machte mich zu seinem Freund. Ich war der einzige Jünger aus Judäa; die übrigen kamen aus Galiläa. Jesus selbst wurde in Bethlehem in Judäa geboren. Deshalb fasste er auch eine größere Zuneigung zu mir, glaube ich. Und vielleicht auch, weil einer seiner Brüder wie ich Judas hieß. Die anderen trauten mir anfangs nicht. Und manche trauten mir nie. Jesus bat uns alle, die verlorenen Schafe aus dem Hause Israel zu suchen. Wir sollten überall in seinem Namen predigen und wirken. Wir sollten keinen Unterschied machen zwischen den einen und den anderen. Wer unsere Rede hören wolle, würde sie hören; wer sie nicht hören wolle, würde sie nicht hören. Wenn wir dann wieder davongingen, genügte es uns, einfach den Staub von den Füßen zu schütteln.

Mehr als einmal verspürte ich Lust, mir den Staub von den Füßen zu schütteln, wenn Petrus oder die anderen da waren. Er glaubte, ich hätte Jesus an den Hohen Rat verkauft. Für dreißig Silberlinge, glaubte er, hätte ich den heiligsten der Menschen verkaufen können. Eine lächerliche Summe, die kaum ausgereicht hätte, einen Sklaven oder ein kleines Stück unfruchtbares Land zu kaufen. Beim Abendmahl des Passahfestes, ehe Jesus im Garten Gethsemane gefangen genommen wurde, sagte der Meister, seine Zeit sei nahe. Einer unter uns werde sein Ende einleiten. Er sagte es voller Liebe. Ich war der, der für diese Aufgabe auserwählt war, wie nur er und ich wussten. Doch ich hatte anderes vor. Ich wollte verhindern, dass geschah, was geschrieben stand. Jesus sagte, dass über den, der bewirken werde, dass er, Jesus, sein Schicksal vollende, Schande und Leid kommen würden und es besser für ihn gewesen wäre, er wäre nie geboren worden angesichts der Aussicht auf so großes Leid.

Meine Lider bebten. Ich musste das Abendmahl verlassen, um nicht zu weinen. Ich wollte nicht, dass die anderen von Jesu Plänen noch von den meinigen erfuhren. Als ich zu den Priestern in den Tempel ging, um die Erfüllung ihrer Versprechen zu verlangen, boten sie an, Jesus in Verwahrung zu nehmen. Das erschien mir gut, denn so konnte Jesus sich nicht weigern, Jerusalem zu verlassen. Sein Zorn auf mich kümmerte mich nicht, wenn ich ihn so retten konnte. Doch alles ging ganz anders aus. Kaiphas und Anas betrogen mich. Sie seien verflucht bis in alle Ewigkeit! Und auch mein Name sei verflucht, da ich ihre wahren Absichten nicht erkannte.

Als die Wachen Jesus gefangen nahmen, versuchte Petrus, mich zu töten. Er verletzte eine der Wachen und hätte mich beinahe mit seinem Schwert erreicht. Dann flohen sie alle und ließen Jesus allein. So traurig war seine Lage, dass mein Herz in tausend Stücke zersprang. Die behauptet hatten, treu zu ihm zu stehen, flohen furchtsam. Ich, der ich treu war, schien ein schmutziger Verräter zu sein.

Dennoch, alles geschah nach Jesu Willen. Es ist mir nicht gelungen, dieses Schicksal zu ändern. Vielleicht hatte der Meister dies alles vorausgesehen. Ich weiß es nicht. Jesu Weisheit war so groß …
Dann kam Jesus vor den Richterstuhl und wurde der Gotteslästerung angeklagt. Vergeblich erflehte ich seine Freilassung, schrie, sein Blut sei unschuldig, und dabei liefen mir bittere Tränen übers Gesicht. Doch die, die behaupteten, sie seien fromm und gerechte, aufrechte Männer, ließen keine Gnade walten. Die Römer wollten sich dem Urteil des Hohen Rats nicht widersetzen. Ihre Gesetze mussten hinter der politischen Vernunft zurücktreten. Sie zogen die Ordnung der Gerechtigkeit vor. Sie billigten eine unangemessene Bestrafung, geißelten Jesus und ließen sich von den begeisterten Schreien des von Kaiphas und Anas gedungenen Gesindels mitreißen. Das Römische Reich machte sich so klein wie das Herz des Statthalters Pilatus.
Sie kreuzigten Jesus. Obwohl er ohne Schuld war. Aus Hass und schamlosem Groll.
Der Himmel ließ die Erde erzittern, als Jesus seinen letzten Atemzug tat. Der Vorhang im Tempel zerriss von oben bis unten bei seinem letzten Schrei: »Mein Gott, mein Gott, warum hast du mich verlassen?«
Ich erschrak im Innersten. Nun hatte Jesus wirklich den Verstand verloren. Wie konnte der Vater ihn verlassen haben, wenn er doch das schreckliche Schicksal erfüllte, dessentwegen er in die Welt geworfen war? Und doch erfüllte ein Zweifel, so furchterregend wie die römischen Legionen, meinen Geist, so schwarz und klebrig wie ein Teerfleck. Ich erinnerte mich an Jesu Worte bei seiner Rückkehr aus der Wüste. Luzifer, der Teufel, hatte ihn dreimal versucht; es waren lächerliche, aussichtslose Versuchungen gewesen. Lu-

zifer hatte behauptet, er herrsche über die Schöpfung, er habe den Krieg im Himmel gewonnen, Gott sei sein Sklave. Er zeigte sich in seiner ganzen Schlechtigkeit, seinem Neid, seinem Groll. Das Schwert der Wahrheit des Erzengels Michael sei vor seinem schrecklichen Metall zersprungen. Luzifer wollte Gott ebenbürtig sein, und so vergaß er die Güte, die auch in seiner Natur lag. Er verwandelte sich ins Gegenteil: ins Böse. Das schönste aller Geschöpfe wurde durch seine Verderbtheit hässlich und furchteinflößend. Luzifer hatte gesagt, er wolle die Welt vom Joch Gottes befreien. Er selbst habe alle Geschöpfe versklavt. Er habe alle Wesen der Schöpfung bis in alle Ewigkeit in unzerreißbare Ketten gelegt. Sogar die, die nicht davon wussten, die Menschen. Bis zu ihrem Tod, denn der Tod kommt immer.

Als Jesus am Kreuz sprach, an dieser trockenen, toten Stange, versenkt in die von den Tränen der Sünder getränkte Erde; als Jesus da schrie und seinen Vater nach dem Grund für seine Verlassenheit in diesem schrecklichsten Augenblick seines Martyriums fragte, da siegte Luzifer erneut, und Gott verlor. Jesus war Gottes letzte Hoffnung gewesen, und auch die seiner Schöpfung mit ihren zahllosen Kreaturen. Sein Opfer war vergeblich. Sein gesamter Glaube wurde ausgelöscht, der Wind trug ihn hinfort.

Jesus verleugnete seinen Glauben. Er zweifelte an seinem Vater. Das Böse herrscht auf der Welt. Es ist das Wesen aller Schöpfung. Satan regiert über Gott. Die Klinge des Erzengels Michael konnte ihn nicht besiegen. Der Neid überwand die Güte, und das Böse das Gute. So schrecklich ist die Wahrheit.

Jedenfalls wenn mein plumper alter Kopf die Erinnerung nicht verfälscht oder ich nicht den Verstand verloren habe. Hoffentlich irre ich mich, hoffentlich bin ich verrückt, töricht. Hoffentlich bin ich nur ein elendes Insekt, das nichts weiß und versteht.

Der Aufprall eines Kometen hätte keine größere Verheerung in Cloisters Kopf anrichten können als der Text, den er gerade gelesen hatte. Sein gesamtes Denken stürzte in einem rasenden Strudel auf einen bodenlosen Abgrund zu. Sein Kopf wurde ganz leer, und zugleich verknüpften die Fäden sich wie von selbst. Das Resultat würde sein wie glühende Lava, die alles verzehrt, was sich ihr in den Weg stellt.

Einst gab es Menschen, die glaubten, die Welt sei die Schöpfung eines bösartigen Wesens, ein peinigendes Gefängnis für die Menschheit. Ein Ort, an dem die Männer und Frauen, welche die Erde bevölkern, leiden müssen. Nicht alle frühen Christen waren Monotheisten. Einige Gemeinden glaubten an mehrere Götter, manche an mehrere Dutzend, andere hatten sogar dreihundertfünfundsechzig Götter – so viele wie das Jahr Tage hat. Cloister fand seit seiner Zeit im Jesuitenkolleg in Chicago, dass sie einen Gott vergessen hatten: den für die Schaltjahre. Er war selbst ein *leaper*, ein Springer, wie diejenigen heißen, die am 29. Februar geboren sind, und er wusste nur zu gut, was es bedeutet, wenn der eigene Geburtstag immer vergessen wird. Dieser Gott, den jene frühen Anhänger Christi vergessen hatten, konnte just das Wesen sein, das der griechische Philosoph Platon den Demiurgen genannt hatte und den später die Gnostiker aufgriffen und in den Bösen verwandelten. Den Gnostikern zufolge hatte der Demiurg die Menschen zu Sklaven der Materie und ihrer Leidenschaften gemacht. Sie glaubten, Seele und Körper befänden sich in einem harten, ewig währenden Kampf. Die Hölle bestehe in der Ferne zum Himmel. Und durch ihre Ferne zur Herrlichkeit sei die Erde eben diese Hölle. Nur durch die Liebe könne der Mensch erlöst werden, indem er sich von den Ketten des Materiellen befreie.

Viele Katholiken beklagen sich bitterlich darüber, dass sie von der Bibel nicht mehr als das Neue Testament lesen. Oft beneiden sie die Protestanten, welche sich nach Maßgabe ihrer eigenen Deutung von der Heiligen Schrift führen lassen. Doch die Katholiken, die diesen Mangel verspüren, ignorieren im Allgemeinen, dass der Gott des Alten Testaments ein strenger, rachsüchtiger, sexistischer und unversöhnlicher Gott ist, der die Menschen täuscht, bestraft, verflucht und auslöscht. Ein Gott, der wie im Falle Hiobs, den er erbarmungslos Schicksalsschlägen aussetzt, um seinen Glauben zu prüfen, mit dem Teufel auf Kosten der Menschen wettet …

Der Wetten mit dem Teufel abschließt.

Judas Ischariot hatte am Ende die Wahrheit erkannt. Sie stand zwischen den Zeilen seines Berichts. Mit Jesus hatte Gott sein letztes Pulver verschossen – er war der letzte Wetteinsatz eines besiegten Gottes im himmlischen Kampf gegen Luzifer gewesen. Die Legionen des Erzengels Michael hatten nicht genügt, der Wucht der Aufständischen Einhalt zu gebieten. Luzifers Engel hatten die letzten Getreuen Gottes vernichtend geschlagen. Zorn und Hass verleihen Kraft. So wurde der Engel, der einst der perfekteste, der lichteste und gütigste, doch zugleich auch der stolzeste gewesen war, böse und brachte Gott selbst zu Fall. Er nahm ihm seine Macht. Er machte ihn zum Sklaven. Seither herrscht das Böse in der Schöpfung. Jesus war im letzten Augenblick schwach geworden. »Mein Gott, mein Gott, warum hast du mich verlassen?« So hatte er die Menschen nicht erlöst, und dadurch konnte er auch Luzifer nicht erlösen.

Die Menschen erwarten die Herrlichkeit oder gar nichts, je nachdem, ob sie an Gott glauben oder Atheisten sind. Doch die Hoffnung ist eine Illusion. Die Hoffnung existiert nicht. DIE HÖLLE IST ÜBERALL: die Hölle für jeden Menschen, der auf die Welt kommt. Für immer, rettungslos, ohne Hoffnung auf Erlösung. Grenzenloser Schmerz, ewig währende Betrübnis. Die Bestrafung der Unschuldigen. Das Schlimmste, was man sich vorstellen kann. Viel schlimmer als die Nichtexistenz oder das Ende des Lebens. Körperlicher Schmerz hat Grenzen. Es kommt der Augenblick, in dem der Körper nichts mehr ertragen kann und aufhört, etwas zu spüren. Es endet mit Bewusstlosigkeit oder Tod. Doch die Seele kann unendlich und grenzenlos leiden: Dieser Schmerz ist unermesslich und hört niemals auf. Er dauert fort bis in alle Ewigkeit, ohne Ende. Es ist unmöglich, diesem Schmerz zu entfliehen. Er ist das Grauenvollste, was der menschliche Geist zu fassen in der Lage ist. Das kann der Teufel den Seelen antun. Jesus sah und erkannte das.

Als Gipfel der Grausamkeit täuscht Luzifer, der Fürst der Lügen, die Menschen und macht sie glauben, dass er den Krieg gegen Gott verloren hat. Er macht sie glauben, dass es Hoffnung gibt. Aber es gibt keine Hoffnung. Das Böse beherrscht alles. Das absolute Böse. Die Hölle und der Schmerz, ohne Erlösung, jetzt und immerdar.

Cloister hob den Blick. Tränen verschleierten ihm die Sicht auf den Horizont, doch nun wusste er, dass die Welt, die er vor sich hatte, verdammt war. Der Mensch lebte in der Hölle und würde nie daraus entkommen.

Dies war die Wahrheit. Die einzige Wahrheit.

Epilog: Ein Jahr später

In diesem Jahr folgten die Tage und die Nächte aufeinander wie immer, und die Welt drehte sich weiter, ohne etwas von der Wahrheit zu ahnen. Die Menschen lebten weiter wie bisher, mit all ihren Leidenschaften, Ängsten, Träumen und Hoffnungen. Das Leben bahnt sich noch stets einen Weg, auch wenn es nicht weiß, wohin. Albert Cloister streifte ziel- und hoffnungslos umher. Er hatte Gott und die Wahrheit gesucht, doch nur Luzifer gefunden. Er, Albert, war der Einzige, der die Wahrheit kannte. Außer ihm kannte sie niemand auf der Welt. Er wollte laut schreien und die Menschen vor der Gefahr warnen, doch dann dachte er nochmals nach: Die Gefahr war unausweichlich, das Schicksal gewiss und unerbittlich. Vielleicht hatten andere vor ihm ebenfalls die Wahrheit gekannt. Vielleicht waren sie deshalb verschwunden oder verrückt geworden. Verschwinden und fliehen … Doch niemand kann vor sich selbst fliehen.

Albert Cloister saß schon seit Stunden auf einem Barhocker aus Metall und Plastik an der Theke eines Bordells außerhalb von Istanbul. In seinen Adern vermischte sich Kokain mit Alkohol und hatte bereits das Gehirn erreicht. Eine drogenabhängige Prostituierte von etwa dreißig Jahren, die jedoch wirkte wie sechzig, streichelte ihm im Gegenzug für einen schottischen Whisky den Schritt. Tiefer konnte man nicht sinken.

Doch Albert Cloister wusste, dass es kein »oben« gab. Der Rinnstein, der Boden des Abgrunds war nicht jener Ort, an dem wir uns Oscar Wilde zufolge alle wälzen, von dem aus jedoch einige von uns zu den Sternen aufblicken. Nein. Wir alle wälzen uns im Rinnstein. Punkt. Es gab nichts als Schwärze, Einsamkeit, Verzweiflung.

Zwei Lastwagenfahrer betraten das Lokal. »He, du da, Bedienung!«, brüllte einer der beiden die Kellnerin an.

Die beiden Männer wirkten derbe, und der Tonfall des einen war beleidigend. Albert bemerkte ihre Anwesenheit erst, als der, der bisher geschwiegen hatte, sich der Prostituierten bei ihm näherte.

»Was machst du mit der Niete da?«, fragte er sie. Er meinte Albert, der den Blick kurz von der Theke hob und sofort wieder senkte.

»Hahaha«, lachte der Lastwagenfahrer. »Guck ihn dir doch an, der ist ja schon hinüber.«

»Ich bin nur müde, du Arschloch.«

»Was hast du gesagt?«

Albert antwortete nicht. Er wusste nicht einmal, warum er überhaupt reagiert hatte. Es interessierte ihn einen feuchten Kehricht, ob der Lastwagenfahrer ihm die Frau entführte.

»Na los, komm mit mir«, beharrte der Lastwagenfahrer und packte sie dabei am Arm.

»Lass mich in Ruhe!«, kreischte sie.

Sie sah Albert mit einer seltsamen Mischung aus Verachtung und Mitleid an. Sie war eine Nutte. Sie erwartete keineswegs, dass er sich hier wie ein fahrender Ritter aufführte, aber etwas in seinen Augen, in seinem Blick, hatte sie denken lassen, dass Albert anders sei als die anderen Kerle in dieser schäbigen Pinte. Offenbar hatte sie sich getäuscht.

In dem Gezerre, das nun folgte, zog der Lastwagenfahrer so

fest an der Frau, dass sie gegen Alberts Hocker stieß. Der Hocker schwankte, und Albert fiel zu Boden wie ein nasser Sack. Die beiden Lastwagenfahrer brüllten vor Lachen. Albert äffte ihr Lachen leise nach. Erniedrigung war etwas, was sein Herz nicht mehr spürte. Nicht einmal der körperliche Schmerz machte ihm etwas aus. Er erhob sich lächelnd. Rein zufällig sah er einen Billardstock an der Wand lehnen. Er nahm ihn und zog ihn dem Lastwagenfahrer über den Schädel. Der duckte sich instinktiv, erlitt jedoch eine Platzwunde am Kopf, die sofort heftig blutete.

Nachdem der andere sich von seiner Überraschung erholt hatte, stürzte er sich auf Albert und versetzte ihm einen kräftigen Fausthieb mitten ins Gesicht. Albert stürzte erneut zu Boden und rollte bis zur Wand.

Im selben Augenblick erwachte der alte Daniel in Boston in seinem Zimmer im Altenheim der Vinzentinerinnen abrupt aus seinem Nachmittagsschlaf. Er war allein, die Tür war geschlossen. Er atmete beschwerlicher als sonst ohnehin schon. Dicker Schleim blockierte seine entzündeten Atemwege beinahe vollständig. Selbst wenn er gewollt hätte, hätte er nicht schreien können.

Doch er wollte weder schreien noch Widerstand leisten.

Die Lastwagenfahrer verprügelten Albert derart, dass sogar die Kellnerin und die Prostituierte ihn verteidigten, auf die Gefahr hin, selbst etwas abzubekommen. Es sah beinahe so aus, als wollten die beiden Männer Albert umbringen. Am Ende begnügten sie sich damit, ihn mit blutüberströmtem Gesicht und zahlreichen Prellungen auf die Straße zu werfen.

Es hatte geregnet. Albert lag zusammengekrümmt auf dem Asphalt des kleinen Parkplatzes, halb in einer Pfütze, drehte den Kopf und blickte zum Himmel auf, der am Nachmittag voller dunkler Wolken gewesen, doch nun wolkenlos war. Der beinahe volle Mond schien weit oben, weiß, kalt, rein.

Cloister machte keinerlei Anstalten, sich zu erheben. Er war nass, blutverschmiert, und das Gesicht und die Rippen schmerzten fürchterlich. Er würde hier liegen bleiben, bis er starb. Es war besser, sich gehen zu lassen. Was kümmerte ihn das alles noch? Sogar die Verdammnis. Welchen Sinn hatte es, den Untergang hinauszuzögern? Ein Jahr mehr, zehn, zwanzig ... Und wenn es auch hundert oder tausend wären. Danach ... Danach die Verdammnis. Ewig. Wozu also länger warten?

Da sah er sie.

Sie war ein kleines Mädchen mit krausen schmutzigen Haaren und einem abgetragenen Kleidchen. Sie wollte gerade die Straße überqueren. Von dort aus, wo er lag, sah Albert die Scheinwerfer eines Lastwagens näher kommen. Das Mädchen konnte sie nicht sehen. Sie sah nicht einmal hin. Sie war viel zu klein.

Was machte sie da um diese Uhrzeit, ganz allein ...?

Und wen kümmerte das? Sollte der Lastwagen sie doch überfahren. So würde auch sie diese Welt verlassen und in den Strudel des Bösen gesogen werden. Irgendwann würde das ohnehin geschehen. Dieses Ende war so gut wie jedes andere. So *böse* wie jedes andere.

Albert senkte kurz den Blick. Der Mond spiegelte sich in der Oberfläche der schmutzigen Pfütze. Doch die Spiegelung war so rein und unbeschmutzt wie der echte Mond oben am Himmel. Und da regte sich die einzige seelische Triebkraft, die Albert noch geblieben war, etwas, was seiner Seele von Geburt an innewohnte, etwas, was man besitzt und weder erwerben noch verlieren oder opfern kann; sein innerstes Wesen – das Holz, aus dem er geschnitzt war –, das im Unglück unverhofft und unversehrt aufschien – dies und allein dies ließ Albert aufstehen, ohne sich um sein eigenes Leid zu kümmern. Für einen Augenblick vergaß er die Verletzungen an Körper und Seele und stürzte sich genau in dem Moment auf die Straße, als der Lastwagen vor den entsetzten Augen des kleinen Mädchens ein vergebliches Bremsmanöver einleitete.

Albert schubste sie mit aller Kraft von der Straße. Sie wurde auf den Randstreifen geschleudert, in Sicherheit. Doch Albert selbst wurde vom Lastwagen erfasst und viel weiter fortgeschleudert. Er landete rücklings mitten auf der Fahrbahn und blieb mit geschlossenen Augen liegen. Nun konnte er den Mond, der ihn zu seiner Rettungstat angetrieben hatte, konnte er dessen Licht nicht mehr sehen.

Auch sein eigenes inneres Licht, sein Lebenslicht, begann zu erlöschen.

Daniel bekam beinahe keine Luft mehr. Dennoch spielte ein Lächeln um seine Lippen. Er lag im Bett, den Kopf leicht gedreht, und hatte den Blick unbeirrt aufs Fenster gerichtet, wo sein Blumentopf stand. Ein goldener Sonnenstrahl beleuchtete ihn. Dahinter zeichneten sich weiße Wolken vor einem tiefblauen Himmel ab.

Daniel starb mit Blick auf seinen Blumentopf, und in diesem Blick lag tiefes Glück. Er war weder traurig, noch hatte er Angst. Er verspürte nur tiefen Frieden und Freude: Die tote Pflanze hatte sich verwandelt. Sie war kein trockener Stengel mehr, sondern eine üppige rote Rose von unvergleichlicher Schönheit.

Als der Rettungsdienst am Unfallort ankam, war Alberts Herz bereits stehengeblieben. In seinem Geist war die absolute Schwärze schon dem dunklen Tunnel gewichen, an dessen

Ende das strahlende Licht wartete, das die Seelen anzog. Er kannte diese letzte Reise sehr gut. Und er wusste auch, was sich hinter diesem wohltätigen Licht verbarg: das absolute, ewige Böse. Tapfer machte er sich bereit, seine Seele Luzifer zu übergeben.

Vor den Augen seines vom Körper getrennten Geistes zogen Tausende von Bildern aus seinem Leben vorüber. So erregend wie damals, als sie geschehen waren, lebhaft, real, erstanden Szenen aus seiner Kindheit und Jugend wieder: die Erinnerung an seinen armen Bruder, die Zuneigung und die Lehren seiner liebevollen Eltern, Freundschaften, die ersten Prüfungen des Lebens, seine Jugendliebe, die Berufung, Gott zu dienen, all die Schwierigkeiten, aber auch alle Belohnungen, die Freude und der Schmerz. Und schließlich der Schmerz. Der Schmerz und das Böse …

Doch das Böse erschien nicht. Die Schwelle aus weißem Licht wich einem strahlenden Raum, in dem die Seelen sich an einer Herrlichkeit erfreuten, die mit den Mitteln der Sprache nicht zu beschreiben ist. Freude ergriff ihn. Er wusste, dass dies keine weitere List Luzifers war. Er verstand nicht, wieso, doch der Tod hatte ihn nicht in die erwartete Verdammnis geführt.

Da trat ein alter Mann neben ihn, dessen Gesicht ihm vertraut vorkam. Es war Daniel. Er gab ihm die Hand. In der anderen Hand trug er eine Rose. Gemeinsam gingen sie weiter dem Licht entgegen. Daniel wirkte völlig verändert. Er lächelte und sagte zu Albert: »Wenn ein Mensch den Egoismus und das Böse hinter sich ließe, wenn ein Mensch fähig wäre zu einem aufrichtigen Akt selbstloser Güte, ohne im Gegenzug etwas dafür zu erwarten, nicht einmal die Befriedigung, gut zu sein, oder die Erlösung; wenn jemand, der die Wahrheit kennt, dennoch Gutes täte, dann würde Luzifer, das leiderfüllteste aller Geschöpfe, erschüttert vom Anblick dessen, der die unendliche

Verzweiflung besiegt, eine Träne vergießen, die dort, wo sie auf den Boden fiele, die allerschönste Blume wachsen ließe: eine rote Rose in der Farbe des Blutes. Und alles würde wieder sein wie am Anbeginn der Zeit. Gott würde an seinen angestammten Platz zurückkehren, und Luzifer, von neuem gütig, würde sich neben ihn setzen. Und nach dem Tod würde es weder eine Hölle geben noch Leid. Weder eine Hölle noch Leid.«

»Warum?«, brachte Albert erstaunt hervor. Das war die grundlegende Frage, diejenige Frage, die von größter Bedeutung war.

»Er, Luzifer, wollte immer schon erlöst werden und wieder gut sein. Doch sein Herz war zu Stein geworden. Hass und Hochmut machten es ihm unmöglich. Du hast den Panzer dieses Herzens durchbrochen, so dass es wieder atmen kann. Nun schlägt es wieder. Endlich fließt wieder Lebensflüssigkeit durch die Adern der Schöpfung. Nun gibt es wieder Hoffnung, denn es gibt wieder Gutes.«

Der laute Schrei einer jungen Ärztin des Roten Halbmonds, die sich geweigert hatte, Albert aufzugeben, als ihre Kollegen ihn für tot erklärt hatten, zog die Aufmerksamkeit aller auf sich. Alberts Herz schlug wieder, er atmete, er hatte Puls. Er war sehr schwer verletzt, doch er wirkte wie ein kräftiger Mann und würde durchkommen.

Voller Freude darüber, dass ihr gelungen war, wofür sie so lange Medizin studiert hatte, lächelte die Ärztin und sagte zu Albert, obwohl sie nicht wusste, ob er sie hören konnte: »Eines Tages wirst du natürlich sterben müssen. Aber das wird nicht heute sein.«

ENDE

Jener Tag, vor dem dir als dem letzten graut,
ist der Geburtstag der Ewigkeit.

Lucius Annaeus Seneca

Anhang

Die Fakten, die diesem Roman zugrunde liegen – einige Anmerkungen zu den Quellen

Sehr geheimnisvoll schreibt der heilige Matthäus in seinem Evangelium (Mt. 10, 28): »Fürchtet euch nicht vor denen, die den Leib töten, die Seele aber nicht töten können, sondern fürchtet euch vor dem, der Seele und Leib ins Verderben der Hölle stürzen kann.«

Die Johannes-Apokalypse ordnet *dem Tier* (also Luzifer, dem leibhaftigen Antichristen) die Zahl 616 zu – so umstritten diese Zuordnung sein mag –, und nicht die 666, die sich gemäß der hebräischen Numerologie *(Gematrie)* aus den Buchstaben des Namens NERON KESAR (von der griechischen in die hebräische Schrift transliteriert) ergibt. Diese Änderung verdankt sich der blutrünstigen Verfolgung der Christen durch Nero und den Hinrichtungen der Apostel Paulus und Petrus.

Die älteste Quelle der Apokalypse, in der die Zahl des Tieres genannt wird, das sogenannte *Oxyrhynchus-Papyrusfragment 4499*, nennt auf Griechisch ebenfalls die Zahl 616: XIC, also die Buchstaben Chi, Iota und Stigma.

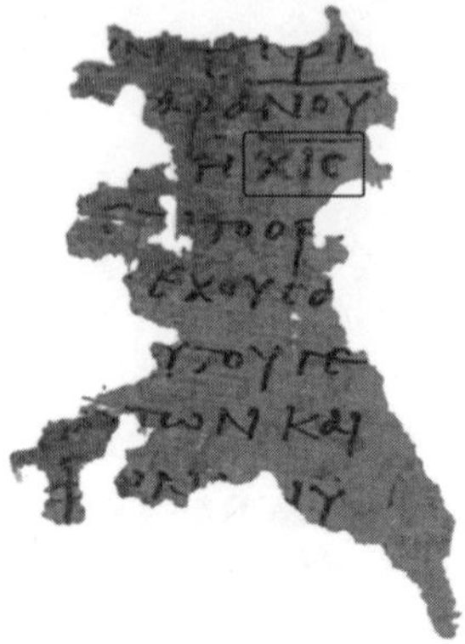

Oxyrhynchus-Papyrusfragment 4499

Judas ist eine in der christlichen Theologie außerordentlich umstrittene Gestalt. Die katholische Kirche unterzieht ihn derzeit einer Neubewertung, da er von allen, die an Jesu Leben und Tod teilhatten, am rätselhaftesten ist. Das Geheimnis um Judas, der geopfert wurde, um die Menschheit zu erlösen, steckt voller dunkler Punkte; man denke nur an den Verkauf seines Herrn für die so geringe Summe von dreißig Silberlingen oder an seinen späteren Selbstmord. Walter Brandmüller ist eine reale Person, auch sein Päpstliches Komitee für Geschichtswissenschaft existiert.

Das Matthäusevangelium erwähnt als einziges der kanonischen Evangelien, dass Judas Ischariot sich erhängte (Mt. 27, 3–5): »Als nun Judas, der ihn verraten hatte, sah, dass Jesus zum Tod verurteilt war, reute ihn seine Tat. Er brachte den Hohenpriestern und den Ältesten die dreißig Silberstücke zurück und sagte: Ich habe gesündigt, ich habe euch einen unschuldigen Menschen ausgeliefert. Sie antworteten: Was geht das uns an? Das ist deine Sache. Da warf er die Silberstücke in den Tempel; dann ging er weg und erhängte sich.«

Das sogenannte »Judasevangelium« wurde 1978 in Ägypten entdeckt. Es ist in koptischer Sprache abgefasst. Der heilige Irenäus, einer der Kirchenväter, erwähnt es im Jahre 185 in seinem Werk *Gegen die Häresien (Adversus haereses)*. Es handelt sich um einen Text der gnostischen Sekte der Kainiten, die negative Figuren der Heiligen Schrift positiv bewerteten, da sie für die Erfüllung des göttlichen Plans notwendig gewesen seien (zum Beispiel die Schlange im Paradies, Kain oder Judas Ischariot selbst). Ebenso wie in dem Text in diesem Roman wird Judas im *Judasevangelium* als Jesu Lieblingsjünger gezeigt, den dieser um das Opfer bittet, einen zuvor vereinbarten Verrat zu begehen. Somit ist dieser Verrat eigentlich eine Heldentat, ähnlich wie die Feigheit des Gangsters Rocky Sullivan (James Cagney) in dem Film *Chicago – Engel mit schmutzigen Gesichtern* (Michael Curtiz, 1938): Vor seiner Hinrichtung auf dem elektrischen Stuhl gebärdet Letzterer sich nämlich wie ein Feigling, um seinen Nimbus bei den armen Jugendlichen seines ehemaligen Stadtviertels, für die er ein Rollenvorbild gewesen war, zu zerstören. Die scheinbare Feigheit vor dem Tod war somit ein Akt höchsten Mutes.

Die Idee eines Jesus, der Judas bittet, ihn den Wachen zu übergeben – nicht ihn zu verraten –, findet sich bereits in *Die letzte Versuchung* (1951) des griechischen Schriftstellers Nikos Kazantzakis.

Der fiktive Text des Judas, der gegen Ende dieses Romans in einer Höhle im Berg Nebo auftaucht, ist auf Griechisch abgefasst. Diese Sprache wurde zur Zeit Jesu in der gesamten griechisch-römischen Welt verwendet, von Südeuropa bis in den Nahen Osten und in Nordafrika. Die geographischen Angaben zum Berg Nebo im heutigen Jordanien stimmen ebenso

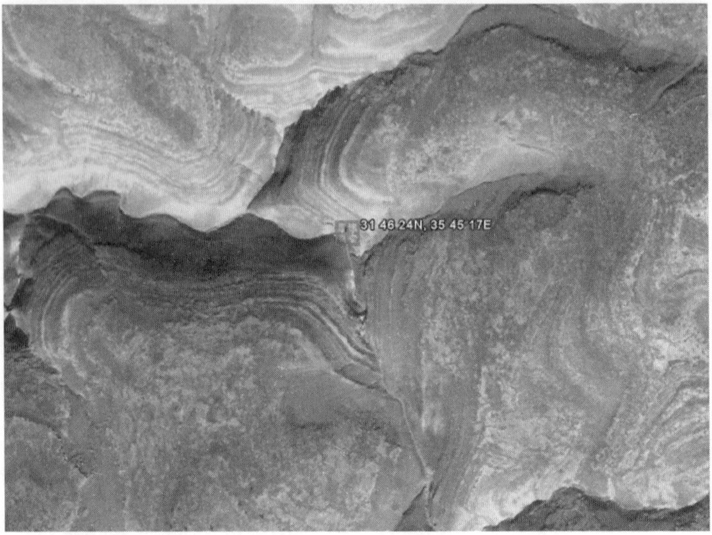

Genauer Standort der Schrift des Judas im Roman

wie die biblische Beziehung zwischen diesem Berg und Moses und der Bundeslade.

Man hat die reale Existenz Jesu angezweifelt. Heute wissen wir durch die Geschichtswissenschaft, dass es sich nicht um eine erfundene Person handelt. Dennoch stecken die kanonischen Evangelien voller Widersprüche, und die Apokryphen steuern mehr Informationen über die frühen Christen als über Jesus selbst bei. Jedenfalls wissen wir neben anderen erstaunlichen Dingen, dass Jesus weder im ersten Jahr unserer Zeitrechnung noch im Monat Dezember geboren wurde; möglicherweise wurde er nicht in Bethlehem, sondern in Nazareth geboren und starb auch nicht mit dreiunddreißig Jahren.

Das unergründlichste Rätsel in den Evangelien ergibt sich aus der Frage: »Mein Gott, mein Gott, warum hast du mich verlassen?« Ein weiteres großes Rätsel für die christliche Theologie ist die Frage, warum Gott dem Teufel gestattet, in der Welt zu handeln. Diese Punkte wird man vielleicht nie klären können.

Die Fragmente aus apokryphen Texten in diesem Roman sind korrekt zitiert.

Der Text des Exorzismusrituals in diesem Buch ist authentisch. Das Ritual wurde 1614 von Papst Paul V. eingeführt und 1990 als letzter Ausläufer des Zweiten Vatikanischen Konzils durch die Kongregation für den Gottesdienst und die Sakramentenordnung reformiert. Mit dieser Reform, welche die Übersetzung in sämtliche Sprachen gestattet und in der verschiedene Vorgehensweisen und Gebete geändert sind, sind viele Exorzisten nicht einverstanden.

Das Exorzismusritual und seine Durchführung besitzen heute in der katholischen Kirche volle Gültigkeit. Das sichtbare Oberhaupt der katholischen Kirche, Benedikt XVI., unterstützt und ermuntert die Arbeit der Exorzisten. Papst Johannes Paul II. führte selbst Exorzismen durch. Einer davon – an einem jungen Mädchen – begann vor Tausenden von Gläubigen auf dem Petersplatz.

Wenn man eine vermeintlich besessene Person einem Exorzismus unterzieht, muss sie ihr Einverständnis dazu geben. Es wird empfohlen, dass bei dem Ritual wenn möglich ein Psychiater zugegen ist und dass das gesamte Geschehen in Bild oder Ton aufgezeichnet wird.

Für Exorzisten gibt es verschiedene Anzeichen einer echten Besessenheit. Als wichtigste gelten: eine Aversion gegen heilige

Gegenstände (auch wenn der Besessene gar nicht weiß, dass er sich in Gegenwart eines geweihten Gegenstands befindet); Xenoglossie – die Fähigkeit, in toten oder sehr seltenen Sprachen zu reden; übermenschliche Körperkräfte; Dermographie – spontan auf der Haut des Besessenen erscheinende Schrift.

Pater Gabriele Amorth, Exorzist der Diözese Rom, existiert wirklich und ist Präsident der Internationalen Exorzistenvereinigung. Neben Conrado Balducci ist er womöglich der berühmteste Exorzist.

Die Wölfe Gottes sind eine aus Jesuiten bestehende Ermittlungseinheit, die unserer Fantasie entsprungen ist. Es gibt im Vatikan jedoch ähnliche Ermittlungseinheiten. Die Gesellschaft Jesu ist ganz allgemein der christliche Orden, der sich am gründlichsten mit den Wissenschaften wie auch den Grenzwissenschaften beschäftigt. Es gab einmal eine christliche Vereinigung mit dem Namen »Wölfe Gottes«, deren Aufgabe der Kampf gegen Zauberei und Hexerei war. Sie wurde 1510 gegründet und 1750 aufgelöst.

Tonbandstimmen, spontane Entzündungen, Telepathie et cetera sind reale Phänomene. Es steht jedem frei, sie für sich zu interpretieren, doch sie sind eine unleugbare Tatsache. Die angesehenen Hochschulen Duke University, Stanford University und Princeton forschen zu diesen Phänomenen, und selbst Albert Einstein glaubte an die Möglichkeit, dass sie eine physikalische Grundlage haben.

Die Forschungsprogramme PEAR, Global Consciousness Project und STAR GATE gibt beziehungsweise gab es wirklich, ebenso das ESPER-Labor des multinationalen Sony-Konzerns.

Die Zener-Karten wurden in den dreißiger Jahren des zwanzigsten Jahrhunderts von dem Psychologen Karl Zener entwickelt und von J. B. Rhine von der Duke University wissenschaftlich eingesetzt, um die übersinnlichen Fähigkeiten von Menschen zu überprüfen.

Schwarze Magie ist nicht nur ein Aberglaube aus alten Zeiten. Sie wird heute vielerorts auf der Welt mit neuer Intensität praktiziert. Das Voodooritual in diesem Roman basiert auf tatsächlichen Praktiken, die manchmal die Grenze zum Verbrechen überschreiten.

Geistig behinderte Menschen sind empfänglicher für fremdartige Phänomene, ebenso wie junge Mädchen, die ihre erste Menstruation bekommen, sowie außergewöhnlich gütige oder zutiefst fromme Menschen. Auch Tiere scheinen einen sechsten Sinn zu besitzen, den die meisten Menschen verloren haben.

Die Autoren am Denkmal für die toten Feuerwehrleute vor dem Vendome Building in Boston

Die Geschichte des Brandes im Vendange Building in Boston ist authentisch. Allerdings lautet der echte Name des Gebäudes Vendome. Der Blick vom Denkmal für die beim Brand gestorbenen Feuerwehrleute auf das Gebäude ist beeindruckend. Heute ist das Vendome Building kein Hotel mehr, sondern beherbergt verschiedene Firmen. Sonst hätten wir es nicht als Schauplatz für die Unterhaltungen mit dem Teufel verwenden können.

Der Brand an der Universität Harvard, bei dem bis auf *The Christian Warfare Against the Devil, World and Flesh*, wie der englische Titel des Buches von John Downame lautet, sämtliche von John Harvard gestifteten Bücher zerstört wurden, ist eine historische Tatsache.

Der Brauch, bei Heiligsprechungsverfahren den Anwärter auf eine künftige Heiligkeit zuvor zu exhumieren, um das Innere des Sarges zu untersuchen, ist nicht unsere Erfindung, wird aber nicht mehr praktiziert. Der spanische Asket Fray Luis de León wurde tatsächlich nicht heiliggesprochen, weil man Kratzspuren im Holz seines Sarges fand. Er war in kataleptischem Zustand lebendig begraben worden, und als er das Bewusstsein wiedererlangte, beging er die Sünde der Verzweiflung.

Manche Menschen haben an der Grenze zum Tod Visionen eines furchterregenden Jenseits – allerdings ist das die große Minderheit, rund fünf Prozent. Von dieser verstörenden Erfahrung weiß man bereits von alters her. Es gab Menschen, die sich um solcher Visionen willen absichtlich an diese Grenze begaben, beispielsweise ägyptische Priester. Der Film *Flatliners – Heute ist ein schöner Tag zum Sterben* handelt von Medizinstudenten, die genau dasselbe tun.

Den *Codex Gigas* gibt es wirklich. Er ist das größte mittelalterliche Manuskript und unter der Bezeichnung »Teufelsbibel« bekannt. Der Legende zufolge schrieb ein Mönch ihn mit Hilfe Satans in einer einzigen Nacht nieder, und das Bild des Teufels darin ist angeblich das wahre Bild des Bösen.

Die selbstlose Arbeit von Nonnen wie den Vinzentinerinnen verdient große Anerkennung. Sie opfern ihre Zeit und ihre Mittel in einem Akt der Nächstenliebe, dessen einziger Zweck der ist, die Welt zu verbessern. Falls es wirklich einen Himmel gibt, verdienen sie ihn sich Tag für Tag. Sie haben bereits den angesehenen Prinz-von-Asturien-Preis erhalten.

Die Erlösung Luzifers sowie sämtlicher Geschöpfe am Ende der Zeiten ist eine Vorstellung, die in der christlichen Theologie als *Apokatastasis* bekannt ist. Charles Baudelaire allerdings soll gesagt haben, die höchste List des Teufels sei es, uns glauben zu machen, er existiere gar nicht. Hoffentlich ist die List des Teufels nicht noch größer und schrecklicher.

Danksagung

Dieses Buch ist dem Andenken an José Antonio Gutiérrez Tapia gewidmet, der ein integeres Leben führte und aus Liebe starb.

Außerdem möchten wir es Javier Sierra widmen, weil er so ist, wie er ist, und weil er der ist, der er ist. Das Tor zur Ruhmeshalle ist sehr schmal, doch man muss Größe besitzen, um es durchschreiten zu können.

Schließlich möchten wir es all denen widmen, die wie die Vinzentinerinnen selbstlos tagaus, tagein für eine bessere Welt arbeiten.

Viel zu verdanken haben wir – und das ist jetzt nicht nur so dahingesagt – denjenigen, die in höherem oder geringerem Maße dazu beigetragen haben, diese Geschichte zu dem zu machen, was sie ist:

Unseren »Lieblingslesern«, die das von uns Geschriebene stets mit konstruktiver Kritik gelesen haben, besonders Jorge Traver, und auch Francisco Íñigo, José María Íñigo, José Luis und Mercedes Zurdo, Belén Gutiérrez und Pedro Baráibar, Óscar Navarro, Fernando Acevedo und Carlos Rojo sowie Alberto Marcos, Emilia Lope und Elisa Fenoy.

Den Schriftstellern und den verschiedenen Fachleuten, deren Werke oder direkte Unterstützung uns geholfen haben, präzise zu sein und Fehler zu vermeiden: Nacho Ares, Ken Arnold, José María González, José Carlos Rivas, Joseph C. Shore, Clara Tahoces, José Luis Valbuena, Álvaro Vázquez und Lilian K. Ginneom.

Unseren Familien dafür, dass sie uns ertragen haben, was oft alles andere als einfach war.

Selbstverständlich unserer literarischen Agentin Ute Körner und ihren Partnern Sandra Rodericks und Günter Rodewald für ihre Unterstützung, ihren langen Atem und dafür, dass sie von Anfang an an uns geglaubt haben. Ebenso Raquel Gisbert und Deborah Blackman von Random House für ihren kritischen und genauen Blick.

Und schließlich allen, die glauben, ohne zu sehen.

Bill Napier

Der 77. Grad

Mysterythriller

Der britische Buchhändler Harry Blake wird von einem reichen Lord gebeten, ein verschlüsseltes, 400 Jahre altes Manuskript zu enträtseln. Es scheint sich um ein Tagebuch zu handeln, verfasst von einem Schiffsjungen. 1585 begleitete dieser den Abenteurer Sir Walter Raleigh auf einer Expedition in die Karibik. Ihr Ziel: der 77. Grad, der Längengrad Gottes.
Als sein Auftraggeber ermordet wird, begreift Blake, dass in dem mysteriösen Journal aus der Zeit von Königin Elisabeth I. ein dunkles Geheimnis verborgen sein muss. Gemeinsam mit der Historikerin Zola Khan deckt Blake eine unglaubliche Verschwörung auf …

»Ein packender Nachfahre von Dan Browns ›Sakrileg‹.«
Publishers Weekly

Knaur Taschenbuch Verlag

… denn das Zeichen des Tieres ist 666

Jörg Kastner

Teufelszahl

Thriller

Hals über Kopf begibt sich der junge Jesuitenbruder Paul Kadrell nach Rom. Ein Alptraum hat sich bewahrheitet: Sein alter Lehrer, Pater Sorelli, wurde ermordet und grausam zugerichtet. Auf seiner Stirn prangt die blutig eingeritzte Zahl des Teufels – 666. Als noch weitere Opfer mit dem Zeichen des Bösen gefunden werden, nimmt Kadrell zusammen mit der römischen Kommissarin Claudia Bianchi die Ermittlungen auf. Die beiden stoßen auf ein Manuskript, das den Tod nach sich zieht. Auf ein uraltes, von den Jesuiten gehütetes Geheimnis. Und auf Pauls wahre Identität …

Knaur Taschenbuch Verlag

Vorsicht!
Kabel unter Spannung